MOEDERVLEKKEN

Arnon Grunberg

Moedervlekken

Lebowski Publishers, Amsterdam 2016

Dank aan Can Karayalcin

Omslagontwerp: Riesenkind
Auteursfoto: © Bettina Fürst-Fastré
Typografie: Crius Group, Hulshout

ISBN 978 90 488 1913 3
ISBN 978 90 488 2983 5 (e-book)
NUR 301

www.arnongrunberg.com
www.lebowskipublishers.nl
www.overamstel.com

OVERAMSTEL
uitgevers

Lebowski Publishers is een imprint van Overamstel uitgevers bv

1

Kadoke wil aanbellen, maar het gras doet hem aarzelen. Hij pakt de tuinslang en begint de voortuin water te geven, de bomen, de planten, het gazon. De zoon die, zoals dat van hem werd verwacht, psychiater is geworden verzorgt de tuin. Vroeger speelde hij weleens badminton met zijn vader in de voortuin. Die tijd is voorbij, er wordt nu voornamelijk naar het gras gekeken als naar een vertrouwd en toch nog altijd mooi schilderij. Het heeft al bijna tien dagen niet geregend, op het gras zijn gele plekken ontstaan. Jarenlang is het hier goed onderhouden, met liefde is aan deze tuin gewerkt, in elk geval met een volharding en een verantwoordelijkheidsgevoel die niet van liefde te onderscheiden zijn. Doorzettingsvermogen is ook liefde – de weigering om op te geven, de weerzin om te verliezen, om te sterven, allemaal vormen van liefde. Tragisch dat een korte periode van droogte zo'n ravage aanricht.

Het is vroeg in de ochtend maar nu al warm. Een buurvrouw staart naar hem, maar Kadoke doet alsof hij haar niet ziet. Er is niets merkwaardigs aan dit tafereel: de zoon geeft de verdorde tuin water, de goede zoon, de zich om alles en nog wat bekommerende zoon, de zoon die leeft opdat anderen niet hoeven te sterven.

Maar hij kan zich nu juist niet om alles bekommeren, of beter gezegd: zijn zorg leidt niet altijd tot het gewenste resultaat. Dát is het probleem. Hij heeft de meisjes instructies gegeven, sommige heeft hij in het Engels opgeschreven en in de keuken op een kast gehangen en terwijl hij het gras water geeft, begint hij zich af te vragen waarom zijn simpele instructies niet zijn opgevolgd.

'Please, water the garden when the lawn is dry'; zo moeilijk is dat toch niet te begrijpen? De jonge vrouwen die zijn moeder verzorgen kunnen best tussendoor de tuin besproeien. Zo intensief hoeft moeder ook weer niet in de gaten te worden gehouden, dat er geen tijd meer is voor het gras.

Kadoke weet wie hij is: Otto Kadoke, kalm, toegewijd maar niet té empathisch, dat is slecht voor de kalmte, slecht voor de behandeling, de arts moet niet te nabij komen. De nadruk ligt op de derde lettergreep, het is Kadoké, maar als mensen zijn naam verkeerd uitspreken corrigeert hij hen niet. Wat is een naam? Hooguit een geschiedenis waartoe je je moet verhouden. Ze mogen hem ook 'dokter' noemen. Officiële papieren ondertekent hij met O. Kadoke.

Hij is vernoemd naar Otto Frank, een huisvriend van het gezin, al schijnt zijn moeder de beroemde Otto niet echt te hebben gemogen.

Zijn voornaam stond hem als kind al tegen, alsof zijn ouders hem met die naam een streek hadden willen leveren. Vrijwel iedereen verzoent zich met zijn naam, hij niet, en ergens op de lagere school begon hij zich Oscar te noemen. Voor vrienden is hij Oscar, voor patiënten dokter Kadoke. Hij is een man zonder voornaam. Zijn vrouw noemde hem alleen Otto als ze ruzie hadden. De laatste anderhalf jaar van hun huwelijk heeft ze hem vrijwel uitsluitend met Otto aangesproken. Een keer zei ze, toen ze met een bevriend stel, een dermatoloog en zijn vrouw, aan het eten waren: 'Durf je eigenlijk wel te zeggen dat je van me houdt? Kun je het überhaupt over je lippen krijgen?' Hij had gezwegen, zich pijnlijk bewust van zijn zwijgen maar ook onmachtig het te verbreken. Met het einde van zijn huwelijk keerden de rust en de weemoed terug in zijn leven; voor hem betekent weemoed rust. Niets is hem vertrouwder, weinig is hem liever. De scheiding verliep pijnloos, hij bleef kinderloos, zijn ex is inmiddels zwanger van zijn opvolger, zijn collega's mogen hem en hij denkt te weten hoe dat komt: hij doet zijn werk zonder daarvoor meer beloning te verwachten dan zijn salaris. Hij hoeft niet te horen hoe goed hij is, hoe belangrijk, hij weet dat wat hij doet feitelijk hopeloos is – het hopeloze geval waarop hij veelal stuit, brengt hopeloos werk met zich mee –, maar daar heeft hij zich bij neergelegd. De menselijke waardigheid schuilt in de volharding waarmee het hopeloze werk wordt verricht.

Tien tot vijftien keer per dag gunt hij zichzelf de geneugten van een sigaret, soms vaker. Hij rookt zoals hij zijn patiënten probeert te helpen, tegen de klippen op. Hij rookt niet omdat het geloof in genezing hem heeft verlaten, dat zou al te mooi zijn, hij begon te roken, ging ermee door, kon er niet mee ophouden en gaandeweg, terwijl hij zeg maar aan het roken was, verliet de hoop op genezing hem. De genezing zelf ontglipte hem als een geliefde, maar met het roken had dat verlies niets te maken. Hij rookt niet omdat hij iets verloren heeft. Kadoke heeft niet meer verloren dan andere mensen. Je moet het verlies niet cultiveren.

Een botbreuk kun je genezen, leukemie in sommige gevallen, maar wie doet wat Kadoke doet, weet wat er te verwachten valt: hij stabiliseert. Meer dan dat zit er dikwijls niet in. En zelfs het stabiliseren lukt niet altijd.

Hij draait de kraan dicht maar houdt de slang vast, zo belt hij aan. Een sleutel heeft hij niet, die heeft de buurvrouw. Hij wil geen sleutel hebben, Kadoke wil aanbellen, hij wil zich geen vaste plek toe-eigenen in het huis dat hij met moeite heeft verlaten.

Rose doet open in een korte broek en een T-shirt. Ze draagt gele slippers. Ze is een van de twee meisjes die voor zijn moeder zorgen en dat doet ze met overgave en liefde. Ze komt uit Nepal, is naar Nederland gekomen om au pair te worden en is nooit meer teruggegaan. Er was voor haar geen toekomst in Nepal. Voor wie wel? Bij moeder en Kadoke vond ze werk en onderdak. Ze was niet langer au pair, ze vond zichzelf opnieuw uit als bejaardenverzorgster, hoewel er natuurlijk overeenkomsten bestaan tussen beide beroepen. In Nepal was ze begonnen aan een opleiding tot verpleegkundige maar het Westen riep, of misschien moet je het anders zeggen. De armoede riep: 'Ga weg.'

Er zijn nu en dan misverstanden, onvermijdelijke culturele verschillen, klein maar niet klein genoeg om geen verschil meer genoemd te worden. En Kadoke's moeder is niet altijd even makkelijk, achterdocht speelt haar parten, afgunst maakt zich van haar meester. Kadoke beschouwt Rose als een engel in mensengedaante.

'Hi,' zegt ze. 'Mother is still upstairs. Hot, isn't it? I like the heat. It reminds me of home.'

Hij legt de tuinslang neer, betreedt het huis. Rose gaat hem voor naar de keuken. 'Tea?' vraagt ze.

'Just water, thanks. How is everything? How is mother?'

Ze schenkt hem een glas water in. 'Okay,' zegt ze. 'Eating is still difficult. One day better, next day not so good.'

Hij drinkt het water, knikt Rose toe. Kadoke wil haar aanmoedigen om verder te spreken maar hij wil haar ook laten blijken dat hij haar ondersteunt in het gevecht om moeder beter te laten eten.

'Sometimes I'm really worried,' zegt Rose, leunend tegen het aanrecht.

'I know. But you can always call me. If there's something, call me. You are such a good caregiver, Rose. We are so lucky to have you here.'

En zij antwoordt: 'You are such a good son.'

Ze geven elkaar graag complimenten, de psychiater en de bejaardenverzorgster. Kadoke doet het uit oprechte genegenheid voor Rose en omdat hij denkt dat het verstandig is iemand die dag en nacht met je moeder bezig is niet alleen geld te geven. Af en toe heeft Rose ook wat emotionele aandacht nodig.

Er zijn momenten dat hij overvallen wordt door de gedachte dat hij van Rose houdt. Hij is de eerste om toe te geven dat hij niet zeker weet of hij echt van haar houdt, van wie zij is, van Rose zelf, of van wat zij vertegenwoordigt: het meisje dat voor zijn moeder zorgt, het meisje dat zijn moeder in leven houdt.

'I'm going to mother's room,' zegt hij.

Hij gaat de trap op, komt langs de kamer die zijn kinderkamer is geweest en gebleven. Zijn ouders hebben alles zo laten staan, alsof ze dachten dat een reis in de tijd mogelijk is en de volwassen Kadoke opeens weer als een elfjarige voor hun neus zou staan en een grote behoefte zou hebben om opnieuw met LEGO te spelen. Of was het voor het kleinkind dat niet kwam? Nu slapen de meisjes er.

De zoon klopt op de deur van moeders slaapkamer.

'Ja.' Het is een zwak ja, een klaaglijk ja.

Moeder ligt nog in bed. Ze kijkt hem aan en lacht, als in een reflex, zoals een baby lacht als hij zijn moeder ziet. Een lach zonder zelfbewustzijn.

Hij loopt naar haar bed, aait haar voorzichtig over haar hoofd, eerst haar linkerwang, dan haar voorhoofd.

'Hoe heb je geslapen?'

'Het gaat. En jij?'

'Goed. Heb je last van de warmte?'

'Ik heb nooit last van de warmte. Ik vind de warmte heerlijk, ik kan niet tegen de kou. Maar jij ziet pips. Midden in de zomer zie je pips.'

Er komt weer leven in moeder. Zolang ze zich zorgen om haar zoon maakt, zit er leven in haar.

De psychiater pakt haar hand. 'Rose is een beetje zenuwachtig. Vanwege het eten. Je eet erg weinig, zegt ze. Je eet niet zo goed als je zou moeten. Ze is ongerust.'

'Ik ben toch geen gans die moet worden volgestopt? Laat ze zich om zichzelf ongerust maken.'

'Dat ben je niet, moeder, allesbehalve, maar je moet wel boven een bepaald gewicht blijven, er is een kritische grens en die moeten we niet bereiken.'

'Wie zegt dat?'

'Dat zegt de dokter.'

'Jij bent toch mijn dokter?'

'Ik zeg het ook.'

Ze kijkt hem met vertwijfeling in haar ogen aan. 'Ik doe mijn best maar ik ben geen gans, jongen, die moet worden vetgemest voor Kerstmis.'

Het is heet in de slaapkamer. Hij begrijpt niet waarom moeder bij deze temperaturen onder een donzen dekbed gaat liggen, maar hij herinnert zich van vroeger hoe moeder vanaf eind september tot midden mei met een kruik naar bed ging. Waar de kruik was was moeder.

Hij zweet, hij voelt het druppelen onder zijn oksels in zijn overhemd.

'Ik moet zo naar mijn werk,' zegt Kadoke.

'Je moet jezelf ook wat rust gunnen, jongen.'

'Ik gun mezelf rust.'

Hij kust moeder drie keer, wil eigenlijk gaan, maar houdt nog even haar hand vast. Omdat hij nooit weet hoe ze eraan toe zal zijn als hij haar weer terugziet, rekt hij het afscheid, als een bezwering.

Op de gang trekt hij zijn colbertje en overhemd uit. Het overhemd is bij de oksels drijfnat. Dit gaat niet, zo kan hij de patiënten niet onder ogen komen, zo bezweet, stinkend misschien. Hij moet een ander overhemd aantrekken. Er liggen hier nog wel wat shirts van vroeger. Kadoke beseft dat die in zijn kinderkamer liggen en daar kan hij nu niet in, daar slapen de meisjes. Rose door de week, June in het weekend. Het zou onbeleefd zijn, van gebrek aan respect voor hun privacy getuigen om daar nu zomaar binnen te gaan. Eerst vragen, dan betreden. Dat is de volgorde.

Een paar seconden twijfelt hij maar dan besluit hij dat een volwassen man in het huis van zijn moeder best met ontbloot bovenlijf mag rondlopen, ook in aanwezigheid van de bejaardenverzorgster. Hij gaat naar beneden. In de keuken is Rose bezig het ontbijt voor moeder te maken.

'Rose, do you happen to know if there are still some clothes of mine in my room? Can I go in and have a look?'

'Of course, it's your room. It's your house. You can go wherever you want.'

Hij schudt zijn hoofd. 'No Rose, it's mother's house. It's your house. I'm just a guest.'

Hij ziet vertedering in haar blik. Ze kennen elkaar al zo lang en ze hebben zijn moeder gemeen. Er is een vreemde intimiteit tussen Rose en Kadoke ontstaan, een weemoedige melange van gemak en ongemak, van spanning en zorg, van geld en dankbaarheid, van langzaam ontluikende liefde en een net zo langzaam naderende dood.

Hij draait zich om, loopt de keuken uit, maar Rose zegt: 'What's that? On your back?'

Hij blijft staan, probeert over zijn schouders naar zijn rug te kijken.

'There,' zegt ze. Ze komt dichterbij, raakt met een wijsvinger voorzichtig de rug net boven zijn billen aan.

'Those things are growing,' zegt ze. 'I have seen them before, but they are growing. You should go to a doctor. I know somebody who died because of these things. You have to be careful.'

Hij voelt over zijn rug. Die plekjes hebben daar altijd al gezeten, maar ze lijken iets te zijn gegroeid. De psychiater loopt naar de spiegel in de hal, kijkt even. Ja, ze zijn inderdaad gegroeid.

'You should do something. I don't want you to die,' roept ze.

Hij moet lachen. Rose is een goede verzorgster, maar soms is ze te bang, te bezorgd. Ze ziet de dood op plekken waar van dood geen sprake is. Het kan ook zijn dat het haar cultuur is, dat zij de dood meent te ontwaren op plekken waar de westerling niets wenst te zien en waar ook daadwerkelijk niets te zien is.

'I'm not going to die, Rose, but I'll call my dermatologist. If you insist. I cannot say no to you, you know that.' Even raakt hij haar linkerschouder aan, als in een reflex, om aan te geven dat hij haar zorgen waardeert.

Kadoke loopt naar boven, hij betreedt voor het eerst sinds jaren zijn kinderkamer. Hij probeert niet naar de spulletjes van Rose te kijken. Omdat ze van donderdag tot en met zondag hier niet woont is het nooit echt haar kamer geworden, op zijn best is het een hotelkamer, een tijdelijke verblijfplaats. Haar spullen zitten in een tas, een paar kleren liggen op een opklapstoel die zijn moeder ooit bij de vuilnis heeft gevonden.

Hij doet een kast open. Er zit servies in. Wat het daar doet is hem een raadsel. In een tweede kast vindt hij nog wat oude kleren en inderdaad enkele keurig, ongetwijfeld door moeder gestreken en opgevouwen overhemden. Hij pakt er drie. De eerste twee lijken te zijn verkleurd. De derde, een witte, gaat nog wel. Hij houdt het overhemd voor zich. Kadoke doet niets aan zijn conditie, maar hij komt niet aan. Hij valt af door te roken. Moeder valt af door niet te eten. Maar hij kan het nog hebben, zij niet.

Terwijl hij nog bezig is het overhemd dicht te knopen gaat hij met het colbertje over zijn arm de trap af.

'Coffee?' vraagt Rose. 'Do you want some coffee? Or more water?'

'No, thanks. I have to go.'

Hij kijkt naar het fruit dat ze voor moeder heeft gemaakt. Partjes appel, en sinaasappel.

'Are you going to call the doctor?' vraagt Rose.

'For mother?'

'For you! For your back.'

'I will call my dermatologist, but it's nothing serious. A mole, a few moles. Birthmarks. Don't get upset, Rose. I don't need care. I'm fine, I'm okay. It's mother who needs your care.'

'They are growing. I'm not blind.' Ze kijkt heel serieus.

Hij aarzelt, dan doet hij een stap in haar richting en geeft haar een knuffel, om te benadrukken dat ze zich geen zorgen hoeft te maken, dat hij haar begrijpt, haar onzekerheid, haar paniek, haar existentiële angst dat hij er niet meer zal zijn en zij alleen met moeder zal achterblijven. Daarom neemt hij haar in zijn armen, drukt haar even tegen zich aan. 'Take good care of yourself,' zegt hij. 'I'll try to come by tonight, after work.'

Ze zitten aan elkaar vast door moeder, ze lijken onafscheidelijk, al was het maar omdat hij zich niet kan voorstellen dat Rose op een dag niet meer voor moeder zal zorgen. Zonder Rose en June ziet hij zijn moeder niet meer levend voor zich. Kadoke kijkt op zijn telefoon, hij moet eigenlijk weg maar hij rent nog snel naar boven.

Moeder ligt in bed, haar ogen gesloten.

'Ik ga,' zegt hij zacht en hij legt zijn linkerhand onder het hoofd van zijn moeder. 'Eet het fruit dat Rose je zo brengt, eet het allemaal op, het is belangrijk. Doe het voor mij.'

Ze kijkt hem boos aan. 'Voor wie zou ik het anders doen?'

Nog vier kussen geeft hij zijn moeder, dan rent hij naar beneden. 'Bye Rose,' roept hij. 'See you tonight.'

In zijn auto steekt hij snel een sigaret op en gaat vervolgens met zijn rechterhand over zijn onderrug. Ja, ze groeien. Hij zal het advies van Rose opvolgen.

2

Kadoke werkt al jaren voor de crisisdienst. Zijn ouders hadden eigenlijk gehoopt dat hij kinderpsychiater zou worden, maar hij is een andere kant opgegaan. Of het een besluit was of het noodlot weet hij niet meer zeker, een combinatie van beide waarschijnlijk. Suïcidepreventie werd zijn specialisatie. Hij heeft er een paar wetenschappelijke artikelen over gepubliceerd waaruit nog weleens wordt geciteerd. Niet onverdienstelijk, noemen collega's zijn artikelen. Academische ambities heeft hij niet meer. De patiënten zijn hem genoeg, en als hij eerlijk is moet hij toegeven af en toe ook iets te veel. Dat is waarschijnlijk onvermijdelijk als je in de zorg zit.

Bij de crisisdienst dient hij, altijd samen met een collega, patiënten te evalueren. Hij gaat na of ze een gevaar zijn voor zichzelf of voor de maatschappij of voor zichzelf én de maatschappij, al zou je natuurlijk kunnen zeggen dat wie een gevaar is voor de maatschappij dat per definitie ook voor zichzelf is en vice versa. Kadoke stelt vast of de patiënt tegen zijn wil moet worden opgenomen. Een ibs, een inbewaringstelling. Hij houdt van jargon omdat het zo bezwerend en daardoor geruststellend klinkt. Zo aangenaam onpersoonlijk.

Hij parkeert zijn auto, rookt nog snel een tweede sigaret en betreedt het kantoor van de crisisdienst waar hij ogenblikkelijk een dubbele espresso uit de automaat haalt.

Sinds de reorganisatie zijn er geen vaste kamers meer. De zorgverlener zoekt een bureau dat vrij is. Sommigen noemen dit vooruitgang.

Deze week heeft hij dienst met Ed, een vriendelijke maar ietwat stille sociaalpsychiatrisch verpleegkundige met een baard. Ed geniet intens van het roken, dat schept een band.

Kadoke zoekt niet alleen een leeg bureau maar ook een lege kamer. Hij heeft het liefst een kamer voor zichzelf. Ouderwets ongetwijfeld, die behoefte aan afzondering.

Zittend aan het bureau wacht hij op een noodgeval. Meestal duurt dat niet lang. Tijdens het wachten werkt hij dienstverslagen uit en leest hij de evaluaties van een arts in opleiding die na een week nachtdienst met een burn-out thuis zit. Lang niet iedereen is geschikt voor suïcidepreventie. De arts in opleiding moet langzaam geschikt worden gemaakt voor dit onderdeel van de psychiatrie.

Rose stuurt hem een app. 'Mother ate all her fruit. I'm so happy.' Ze voegt er drie smileys aan toe.

Kadoke schrijft terug: 'This is fantastic. Thank you, Rose, thank you for everything.' Even aarzelt hij of hij zijn bericht met een smiley moet afsluiten. Normaal doet hij dat niet, hij is geen tiener, maar misschien stelt Rose het op prijs. Misschien brengt het hem nader tot haar. Eén smiley dan, dat kan geen kwaad. Zoals het ook geen kwaad kan Rose van tijd tot tijd in zijn armen te nemen, haar tegen zich aan te drukken, deze engel in mensengedaante.

Ed komt langs om een praatje te maken. Omdat ze niet zoveel tegen elkaar te zeggen hebben, mondt zo'n praatje uit in zwijgend roken op de parkeerplaats van de crisisdienst.

Aan het einde van de ochtend dient zich het eerste noodgeval aan. Een man van middelbare leeftijd die jaren in Zuid-Amerika heeft gewoond maar sinds een paar maanden terug in Nederland is. Hij schijnt vrienden te hebben verteld over een afscheidsbrief die hij heeft geschreven. Die vrienden hebben de brief gelezen en vervolgens hebben ze zijn huisarts gebeld. De huisarts nam het zekere voor het onzekere en contacteerde de crisisdienst.

Het noodgeval woont in de buurt van het Muiderpoortstation. Indien het noodgeval zich niet op straat of in het ziekenhuis bevindt, wordt het thuis opgezocht.

Onderweg vraagt Kadoke aan Ed: 'Hoe lang kennen wij elkaar eigenlijk al?'

Ed denkt na, voelt aan zijn baard. 'Ruim tien jaar?'

Kadoke zwijgt even en zegt dan: 'Dat is lang.'

Meer woorden worden er niet aan vuilgemaakt.

Ze parkeren en lopen naar de woning van het noodgeval. Gerstenfeld. Hij woont op de eerste verdieping.

Kadoke en Ed worden binnengelaten door een man in een spijkerbroek en een donkerblauw overhemd. Hij loopt op sokken. De man ziet er goed verzorgd uit, net als de woning. Gerstenfeld heeft weelderig haar voor zijn leeftijd. Hij biedt aan om aan de eettafel te gaan zitten waarop een bosje rozen in een iets te grote vaas staat. Enigszins verlept.

Aan de andere kant van de kamer staat een ventilator op een stoel die langzaam heen en weer draait. Er waait een licht briesje door de ruimte.

'Willen jullie wat drinken?' vraagt Gerstenfeld.

'Nee, dank u,' zegt Kadoke. 'U weet dat wij van de crisisdienst zijn? Ik ben psychiater Kadoke en dit is sociaalpsychiatrisch verpleegkundige Ed.'

Hij wacht even, om te kijken of er een reactie komt. Omdat die uitblijft zegt Kadoke: 'Ik vermoed dat u begrijpt waarom wij hier zijn? Uw huisarts heeft u ingelicht?'

'Mijn huisarts was een beetje in paniek.' Gerstenfeld lacht, niet schamper, eerder amicaal. Dat de huisarts in paniek was kan hij best begrijpen maar hij weet ook dat het niet nodig was. Hij lacht om iedereen gerust te stellen.

De man heeft volle, droge lippen. Er hangen wat velletjes aan zijn lippen, wat verder niets afdoet aan de verzorgde indruk die hij maakt.

Kadoke legt zijn handen op tafel, naast zijn aantekenboekje.

'Maar u hebt toch een brief geschreven waarin u aangaf niet verder te willen leven en u hebt met vrienden over die brief gesproken? Is dat juist? En is het dan niet begrijpelijk dat uw huisarts en uw vrienden zich daar zorgen om maken?'

Gerstenfeld knikt langzaam, in gedachten verzonken. 'Zeker, dat heb ik gedaan, ik heb een afscheidsbrief geschreven en ik heb die mijn vrienden laten lezen. Ik kan hem u laten zien. Iedereen schrijft weleens zoiets, denk ik. Eén keer in zijn leven. Of misschien vaker.'

Gerstenfeld glimlacht, staat op, loopt naar een bureau en pakt twee vellen papier die hij aan Kadoke overhandigt.

Vluchtig leest Kadoke de afscheidsbrief. Het handschrift is als de man zelf: goed verzorgd. Gerstenfeld somt eerst enkele redenen op waarom het leven in het algemeen niet de moeite waard is geleefd te worden, mensen zijn wolven op twee benen, en gaat dan in op zijn eigen situatie, die niet bijzonder dramatisch is maar die hij kennelijk toch voor uitzichtloos houdt: lusteloosheid en weerzin spelen hem parten.

Kadoke geeft de brief aan Ed.

'Ik had deze brief niet aan vrienden moeten laten lezen,' zegt Gerstenfeld. 'Ik heb er spijt van. Ik was op een avond in een melancholische bui en liet me meeslepen, en hoe vreemd en ijdel dit ook mag klinken, ik was trots op mijn brief.'

Gerstenfeld pakt een tandenstoker uit een doosje en stopt die in zijn mond.

'Maar ik had dit allemaal niet in werking willen zetten. Dat was niet de bedoeling.'

Ed schuift de brief over de tafel richting Gerstenfeld, die er een blik op werpt maar hem daar laat liggen.

'Hebt u vaker zulke buien?' vraagt Kadoke. 'Melancholische buien? U had het in uw brief over lusteloosheid? Hebt u die al langer?'

Gerstenfeld kijkt de kamer rond, alsof ze daar nog zouden kunnen liggen, zijn melancholische buien. 'Ach, wat zal ik zeggen. Het leven heeft ups en downs, nietwaar? Die avond was een nogal diepe down. Ik zat hier alleen, had een fles wijn gedronken.'

Gerstenfeld kauwt zachtjes op zijn tandenstoker. 'Maar nogmaals, ik heb er spijt van. Ik begrijp nu beter dat een afscheidsbrief serieus wordt genomen. Ik had het niet moeten doen. Ik had die brief niet aan vrienden moeten laten lezen.'

Hij kijkt begripvol, alsof hijzelf de hulpverlener is en voor kalmte moet zorgen.

'U hebt langere tijd in het buitenland gewoond?' vraagt Kadoke.

'Ruim vijftien jaar. Colombia. Ik zat in de fruitexport. Mijn vrouw is nog daar. Een mooi land. We hadden het goed.'

'En waarom bent u teruggegaan?'

Gerstenfeld wrijft met zijn hand over de tafel alsof er stof ligt. 'Ik verloor mijn baan. En ik kreeg een ontsteking in mijn voet die maar niet overging. Financieel gezien hoef ik me geen zorgen te maken, ik zou nu kunnen stoppen met werken. Maar ik ging terug naar Nederland om te kijken of ik hier nog iets kon opzetten. En om iets aan mijn voet te laten doen, want die werd maar niet beter.'

Aan de muur hangt een poster van een tentoonstelling in het Stedelijk Museum van lang geleden. Een poster die op de een of andere manier niet bij Gerstenfeld past. Kadoke vraagt zich af of hij deze woning gemeubileerd huurt of dat hij tijdelijk bij een vriend is ingetrokken.

'Uw vrouw is nog in Colombia?'

'Ja, ze geeft Engelse les. Die lessen gaan gewoon door. Iedereen wil Engels leren. Ze heeft het druk.'

'Hoe is uw huwelijk?'

De man lacht, hij heeft een aangename lach, hij lijkt eraan gewend te zijn om anderen op hun gemak te stellen. Sociaal capabel, zo komt Gerstenfeld op Kadoke over. 'Ja, hoe is een huwelijk na bijna dertig jaar? Goed toch, anders houd je het niet zo lang uit met elkaar.'

Zijn antwoord is eerder een vraag dan een echt antwoord. Gerstenfeld haalt de tandenstoker uit zijn mond en legt hem op tafel.

'Hebt u nog familie hier?'

'Mijn ouders zijn gestorven. Ik heb een broer in Australië. Niet veel contact mee, wat ook logisch is gezien de afstand.'

'Hebt u regelmatig contact met uw vrienden?'

'Ja, zolang ze niet doodgaan wel.' Gerstenfeld glimlacht en stopt de tandenstoker weer in zijn mond.

'Hebt u veel van uw vrienden verloren?'

'Eentje, ruim vijftien jaar geleden. Niet iedereen begrijpt mijn humor.'

'Gebruikt u drugs?'

'Nee, maar waarom stelt u mij al deze vragen? Ik zei toch al dat ik het niet had moeten doen? Wie is nou nooit een keertje melancholisch? Ik had die brief niet moeten schrijven, meer kan ik er niet over zeggen.'

'Dat is het protocol,' antwoordt Ed. 'We willen zeker weten dat we straks de juiste beslissing nemen, dat we niets over het hoofd hebben gezien.'

Tien jaar. Ze vormen een hecht team. Soms weet Kadoke al wat Ed gaat zeggen nog voor hij zijn mond open heeft kunnen doen.

'Drank?' vraagt Kadoke.

'Wijn, als het eten erom vraagt. Een whisky met vrienden. Ik heb mijn leven lang hard gewerkt, dat gaat niet goed samen met drank.'

'Bent u in behandeling geweest bij een psychiater of psycholoog?'

'Nee. Nergens voor nodig. Je gaat er niet zomaar heen, toch?'

Gerstenfeld lacht alsof hij een grap heeft gemaakt en Kadoke knikt bedachtzaam.

'Hebt u vaker last van suïcidale gedachten?'

Gerstenfeld is even stil. 'Eigenlijk niet, die ene avond was de eerste keer. Het verbaasde me eerlijk gezegd. Ze kwamen als een verrassing, die gedachten.'

'Na die avond zijn die gedachten niet teruggekeerd?'

'Ze waren de volgende ochtend al verdwenen.' Behendig gaat hij met de tandenstoker tussen zijn voortanden heen en weer.

'Begrijpt u dat uw vrienden zich zoveel zorgen maakten dat ze uw huisarts contacteerden?'

De man haalt zijn schouders op. Er valt een stilte. 'Het is inderdaad niets voor mij. Maar ik had liever gehad dat ze het niet hadden gedaan, het was onnodig. Ik ben meestal vrolijk.'

'Gebruikt u medicijnen?'

'Af en toe wat pijnstillers, vanwege mijn voet.'

'Hoe slaapt u?'

'Goed.' Gerstenfeld haalt de tandenstoker weer uit zijn mond en kijkt er even naar. 'Ik heb altijd goed geslapen. Ik ben geen langslaper, dat kon niet vanwege mijn werk. Maar ik slaap prima. Ik kan overal slapen, ik heb geen bed nodig. Slaap ook in een stoel, of op de grond.'

'Hebt u kinderen?'

'Nee.'

'En u weet heel zeker dat de suïcidale gedachten die u had toen u deze brief schreef niet zijn teruggekomen?'

'Ja, dat weet ik zeker, anders zou ik hier ook niet zo zitten. Zo vrolijk. Ik ben als ik alles overdenk een blij mens.'

'Hebt u het gevoel dat ze misschien toch nog latent aanwezig zijn? Dat ze als het ware liggen te wachten om weer toe te slaan? Wanneer hebt u de brief precies geschreven?'

De vriendelijke, begripvolle man bestudeert de tandenstoker

alsof daar het antwoord op deze vraag te vinden is.

'Een week of twee geleden. En nee, er ligt niets op mij te wachten in mijn hoofd. Ik begrijp niet wat mij die ene avond bezielde. Ik had me niet zo moeten laten gaan, ik had mijn vrienden niet moeten meesleuren in mijn plotselinge somberheid. Dat hebben ze niet verdiend. En ik ben zoals gezegd geen somber mens. Ik hou van het leven. Van wat zou je anders moeten houden?'

Gerstenfeld kijkt Kadoke aan. Alsof hij instemming van de psychiater verwacht: er is niets anders om van te houden dan het leven zelf.

'Als de gedachten toch weer zouden terugkomen, denkt u dan dat u hulp zou zoeken?'

'Natuurlijk, als ik hulp nodig heb zoek ik hulp. Dat heb ik gedaan voor mijn voet, dat zou ik ook doen voor andere kwaaltjes.'

'Hebt u nu behoefte aan hulp?'

De man kijkt geamuseerd. 'Voor mijn voet wel, verder niet. Ik ben best gelukkig. Mogen we tevredenheid geluk noemen? Mag dat?'

Kadoke kijkt rond. 'Is deze woning van u?'

'Airbnb. Ik wist niet hoe lang ik precies in Nederland zou blijven. Maar tot nu toe mocht ik mijn verblijf steeds verlengen. Nou ja, ik betaal er ook goed voor. Een hotel is bijna net zo duur.'

Het is weer even stil. Dan vraagt Kadoke: 'Ed, heb jij nog iets?'

Ed kijkt op van zijn aantekeningen. 'Ja, uw voet. Zit daar verbetering in?'

'Die gaat langzaam vooruit, maar ze kunnen niet vinden wat het is. Ik moet volgende week weer naar het ziekenhuis voor een nieuw onderzoek.'

'Hebt u er erg last van?' vraagt Ed.

Gerstenfeld haalt zijn schouders op. 'Het lopen gaat soms moeilijk. Hangt een beetje van de pijn af. Als die te hevig wordt neem ik pijnstillers.'

'Hebt u geregeld contact met uw vrouw?'

‘We appen elke dag. Om de twee, drie dagen bellen we.’

‘En dat contact verloopt prettig?’

Gerstenfeld stopt de tandenstoker weer in zijn mond. ‘Heel prettig.’

‘Is uw vrouw van plan naar Nederland te komen, u op te zoeken?’

‘Ik denk dat ik op een gegeven moment wel weer terugga naar Colombia, als mijn voet er beter aan toe is. Mijn toekomst ligt toch eerder daar dan hier.’

‘Oké,’ zegt Ed. Hij maakt weer een aantekening.

‘Als u het goedvindt,’ zegt Kadoke, ‘trekken we ons even terug om met elkaar te overleggen. We zijn over vijf minuten weer bij u. Dan bellen we aan. Dan weet u dat wij het zijn.’

‘Ik kan ook naar buiten, ik kan wel op het balkon gaan staan. Dan kunnen jullie hier gewoon aan tafel blijven zitten. Als jullie rustig met elkaar willen praten.’

‘Nee,’ zegt Kadoke, ‘wij gaan even op straat overleggen. Blijft u maar hier.’

Ze verlaten de kamer. Onder de kapstok in de gang staan twee grote blauwe kaplaarzen en nog wat damesschoenen, waarschijnlijk van de oorspronkelijke bewoner.

Ze lopen de trap af, de psychiater en de sociaalpsychiatrisch verpleegkundige. De tien jaar zijn omgevlogen, al kan Kadoke zich Ed vaag nog zonder baard herinneren. Buiten is het drukkend.

Op de hoek van de straat doet Kadoke zijn colbertje uit. ‘Ik vind dit geen gedwongen opname,’ zegt hij. ‘De man komt coherent en stabiel over. Hij geeft aan hulp te willen zoeken als het nodig is. Hij zegt nu geen hulp nodig te hebben, hij heeft geen last meer van suïcidale gedachten. Ik zou niet weten waarom wij deze man tegen zijn wil in moeten laten opnemen.’

Ed kijkt in zijn aantekeningen. ‘Eens,’ zegt hij na een korte stilte. ‘Ik denk dat die brief een uitglijder was. Zoals hij zelf zegt zal de wijn hebben meegespeeld. Geen gedwongen opname. Duidelijk.’

Ze lopen terug, bellen aan en Gerstenfeld laat hen binnen.

'We hebben de informatie die u ons hebt gegeven met elkaar besproken,' zegt Kadoke aan tafel. Ze zijn precies zo gaan zitten als ze net zaten, alsof ze niet zijn weggeweest. 'We vinden dat er geen reden is voor opname. U hebt aangegeven geen last meer te hebben van suïcidale gedachten, u hebt aangegeven hulp te zoeken als ze eventueel toch terugkomen. Dat klopt allemaal?'

'Dat klopt,' zegt Gerstenfeld, die voor zich op tafel een vierkant van tandenstokers heeft gelegd. 'Als ik hulp nodig heb zoek ik hulp.'

'We zullen uw huisarts inlichten over dit consult en dan vertrouw ik erop dat u hem contacteert als zich een crisissituatie voordoet, dus als u weer last hebt van suïcidale gedachten. U weet dat er ook een crisiscentrum is dat u vierentwintig uur per dag kunt bereiken?'

Gerstenfeld knikt. 'Dat weet ik, daar heeft mijn huisarts me voor jullie kwamen al over verteld.'

'Zal ik het nummer van het crisiscentrum voor u opschrijven?'

'Dat heb ik al. Ik heb alle nummers die ik nodig heb. Bedankt.'

Ze staan op en geven de man een hand. 'Sterkte met uw voet,' zegt Kadoke.

De straat is verlaten. Er staat een driewieler naast een boom maar het kind dat erbij hoort is nergens te bekennen.

'Het is heet,' zegt Ed als ze naar de auto wandelen. 'Te heet.'

'In dit land duurt hitte nooit lang,' antwoordt Kadoke.

Als ze in de auto zitten merkt Ed op: 'Het rook er naar zeep. Die indringende lucht van groene zeep.'

'Niet geroken. Hij kauwde op tandenstokers, maar kauwen op tandenstokers kan ook lekker zijn. Hij was verbaal sterk.'

'Die brief was niet slecht geschreven,' zegt Ed en hij opent het autoraampje.

'Zeker,' antwoordt Kadoke. 'Helemaal niet slecht.'

De psychiater heeft te veel afscheidsbrieven gelezen. Hoe minder afscheidsbrieven hoe beter, is zijn devies.

Dan ziet hij op zijn telefoon dat de crisisdienst heeft gebeld.

'We kunnen volgens mij zo door naar het volgende noodgeval. Het wordt een drukke dag,' zegt Kadoke.

Ed wrijft over zijn baard. 'Laten we het weer de schuld geven. De mensen worden gek in deze hitte.'

3

Het is avond en nog altijd benauwd. Op de thermometer die bij de voordeur van zijn moeder hangt, ziet Kadoke dat het 28 graden is. In de schaduw. Hij verlangt naar de zonsondergang.

Zoals beloofd is Kadoke na zijn dienst naar zijn moeder gegaan. Hij had verwacht dat ze buiten zou zitten, genietend van de tuin, maar kennelijk vond zelfs zij het te warm.

Zijn colbertje heeft hij op de achterbank in de auto gelegd, hij begrijpt niet waarom hij het überhaupt die ochtend heeft aangetrokken.

Na Gerstenfeld hadden Kadoke en Ed nog drie noodgevallen bezocht, onder wie een adolescent. Een heftig geval. Ed had gelijk: door de hitte raken mensen van streek.

Het gras ziet er hopeloos uit. Kadoke steekt een sigaret op. Waarom het gras dood moet, begrijpt hij niet. Dit zinloze sterven bevalt hem niet. Juist in de avond als de zon niet meer zo sterk is zou hier water moeten worden gegeven. Dat zou Rose makkelijk kunnen doen.

Moeder zit binnen, ze kijkt tv, hij ziet haar niet maar hij hoort de vertrouwde stem van Dr. Phil. Nu zou Rose de tuin water moeten geven. Als moeder voor *Dr. Phil* zit heeft ze Rose niet nodig. Vroeger deed ze alles zelf in de tuin, van tuinmannen moest ze weinig hebben, maar daar heeft ze de kracht niet meer voor. De strijd tegen tuinmannen heeft ze opgegeven.

Tegen zijn principes in begint hij zich op te winden. Hij is een man die efficiënt door het leven gaat, vol begrip voor menselijk falen, hij bezit de kalmte waarover een arts moet beschikken. Stel je een dokter voor die in paniek raakt in het aangezicht van de dood of bij het zien van de ontreddering die een ernstige ziekte met zich meebrengt. Zo'n dokter heeft al bij voorbaat gefaald. Maar deze stervende tuin ergert Kadoke elke dag meer.

Hij ziet zwarte stipjes op een kleine, dorre boom, nog geplant door zijn vader. Luis. Zou de luis door de droogte komen of was de luis er al voor die tijd? Zo moeilijk kan het toch niet zijn om luis op een boom te bestrijden; toch niet moeilijker dan op een kinderhoofd?

Kadoke pakt de tuinslang. Hij zou nu op de bank in de voorkamer willen liggen, een kwartier zijn ogen dicht willen doen en daarna zou hij de post doornemen. Moeder opent nog wel de enveloppen, ze denkt om mysterieuze redenen dat haar zoon dat niet zelf kan (hij doet het met zijn vingers, zij met een schaar), maar ze kijkt niet meer wat er in de enveloppen zit. 'Voor Otto,' schrijft ze op de enveloppe. Haar zoon, de psychiater, moet namens haar de buitenwereld afhandelen. Hij staat als een muur tussen haar en de buitenwereld.

Met de peuk nog in zijn mond begint hij de tuin te besproeien maar wordt snel bevangen door onrust. Dit is niet zijn taak. De psychiater draait de kraan dicht, gooit de peuk weg en belt aan.

Er wordt niet opengedaan. Hij belt nog een keer. Harder, driftiger. Ten overstaan van de zelfverkozen dood van mensen blijft hij kalm, maar het afsterven van gras doet hem zijn evenwicht verliezen. Hij wankelt, maar besteedt er geen aandacht aan, daarvoor is hij te zelfverzekerd; leven is wankelen, als geen ander weet hij dat, als geen ander kan hij dat. Misschien is de sensatie van het wankelen heftiger dan anders. Dat verontrust hem niet, de hitte heeft ook invloed op hulpverleners.

Een derde keer belt hij aan, lang en hard, alsof hij een huiszoekingsbevel heeft. Als Rose bezig is, kan moeder toch opendoen? Of hoort ze hem niet? Overstemt *Dr. Phil* ook de deurbel?

Eindelijk gaat de voordeur open. Rose staat in de deuropening met alleen een handdoek omgeslagen. Een oude, verkleurde handdoek.

Rose. Waarschijnlijk heet ze niet echt Rose, zoals hij niet echt Oscar heet, maar wat doet het ertoe? Mensen gaan naar een ander land en kiezen een andere naam, een die bij hen past of die past bij het land waar ze naartoe zijn gegaan, zoals ze het noodlot kiezen dat ze nog net kunnen verdragen. Ze kiezen een naam als een kledingstuk, ze trekken het aan, en zeggen: 'Ja, dit noodlot past mooi bij mijn huid, het kleurt ook goed bij mijn ogen, vind je niet?' Soms kiezen ze verkeerd, ze dreigen ten onder te gaan aan het noodlot, maar dan komt Kadoke.

'I was taking a shower, excuse me,' zegt Rose.

Die handdoek, daarmee heeft hij zich nog afgedroogd, lang geleden. Niets wordt er vernieuwd in dit huis, alles blijft bij het oude. Elke uitgave wordt tegengehouden met een beroep op de naderende dood die tot spaarzaamheid noopt en tot afwachten maant. Waarom geld uitgeven als er niet lang meer van de uitgave kan worden genoten?

Het gras, Kadoke herinnert zich het stervende gras dat er niet voor heeft gekozen dood te gaan in moeders voortuin. Hij pakt het meisje bij de bovenarm, zachtjes, liefdevol en toch ferm. Normaal doet hij dit niet, hij raakt de meisjes niet zo streng aan, hooguit begripvol, vaderlijk. De psychiater houdt gepaste afstand.

Rose schrikt niet, ze vertrouwt hem. Geduldig, alsof ze een patiënt is, laat ze zich naar het gras leiden. Ze loopt op blote voeten, in huis draagt ze altijd slippers, zelfs in de winter.

Eigenlijk is hij te hoffelijk voor deze strenge aanpak, maar hij die altijd gewankeld heeft, wankelt nu op een manier die nieuw voor hem is. Als een overmoedige, als iemand die hij niet kent.

'The garden needs a shower,' zegt hij, staand op het gras, wijzend naar de verdorde plekken die zich als uitslag over de tuin hebben verspreid. Eczeem. Psoriasis. Acne. Als de huid de spiegel van de ziel is, zoals ze beweren, dan is de ziel van deze tuin hulpbehoevend.

Midden op het gras staan ze, Rose en Kadoke. Hij wijst om zich heen, overal dorre plekken, verval.

'I need to put on my clothes,' zegt Rose. 'I need to take care of mother.'

Ze rukt zich los, ze rent, nee, ze huppelt het huis in en hij blijft even naast de dorre boom staan, verbaasd over zijn eigen gedrag, maar ook niet bij machte om zichzelf te stoppen. Alsof hij een machine is, opeens is hij aangegaan, nu wil hij niet meer uit.

Dr. Phil is aan het praten, maar niemand kijkt naar hem, moeder is kennelijk ergens anders. Hij gaat achter Rose aan, de trap op, en duwt de deur van de badkamer open. De badkamerdeur kan niet op slot. Het slot is onklaar gemaakt, er kunnen ongelukken gebeuren als de hulpbehoevende mens zichzelf per ongeluk opsluit. De hulpverleners moeten altijd bij de hulpbehoevende mens kunnen, de hulpbehoevende mens is 24 uur per dag geopend.

Rose schrikt, houdt de handdoek voor zich als een schild, maar ze hoeft niet te schrikken, hij is gekomen om te praten, hoe lang kennen ze elkaar al niet? Kadoke houdt van haar omdat zij van zijn moeder houdt, ze verzorgt haar met liefde. Zo houden ze van elkaar, Rose en hij, via zijn moeder. Als zij zijn moeder dagelijks naakt ziet, hoeft hij van haar halve naaktheid niet te schrikken, wat is naaktheid voor een arts?

'We need to talk, Rose.'

In zijn broekzak zitten zijn sigaretten. In het huis van zijn moeder rookt hij niet. Ze weet immers niet dat hij rookt. Dat heeft ze nooit geweten, dat zal ze nooit weten. Misschien speelde ze het spel mee, heeft ze in een ver verleden weleens iets geroken. Tegenwoordig hoeft ze niet eens te doen alsof ze niets ruikt want ze ruikt niets meer. In de leugen zit de liefde, vooral daar.

'Mother is not feeling well,' zegt Rose. 'I tried to call you earlier.'

Nadat ze deze zin heeft uitgesproken doet ze iets merkwaardigs:

ze laat de handdoek van zich afglijden. Het is meer de zwaartekracht dan haar wil. Nu staat ze naakt voor hem, zij die zorg geeft, 24 uur per dag, vier dagen in de week.

In gedachten herhaalt hij haar woorden, hij schudt zijn hoofd. Vanochtend had hij moeder aan de telefoon, ze klonk uitstekend. Een heldere stem. Aan een stem kun je alles horen: de naderende dood, ziekte, maar ook verliefdheid, een goedaardige ziekte, meestal goedaardig in elk geval.

'The physician has seen my mother recently,' zegt hij. 'He was perfectly happy, he told me that mother was in good shape, I spoke to him on the phone. She is in good shape.'

De laatste zin verkondigt hij met enige nadruk, zoals een dokter een patiënt aanraadt in beweging te blijven, niet op te geven; gewoon doorgaan met leven is het beste medicijn tegen de dood. Overal ligt levensmoeheid op de loer, je moet eroverheen stappen zoals je over regenplassen heen stapt.

Kadoke doet een stap in haar richting. Zonder met haar ogen te knipperen staat ze daar. Alsof dit bij haar taken hoort, ook dit is zorg. Uitnodigend kijkt ze hem aan, of eerder afwachtend? Is dit hoe ze uitnodigend kijken in Nepal? Is deze naaktheid een uitnodiging of eerder een ongeluk? Een samenloop van omstandigheden?

Merkwaardig genoeg ziet hij Gerstenfeld voor zich, met een tandenstoker in zijn mond. Kauwend, zijn gebit reinigend alsof er niets anders meer te reinigen valt.

Kadoke zou nu ook wel zin hebben in een tandenstoker. Of een sigaret.

'Mother is not feeling well,' zegt Rose. 'I tried to call you. You didn't pick up the phone. I know you are busy with the patients. I know you work hard.'

Nog een stap doet hij in haar richting. Ze deinst niet terug. 'She is not eating,' zegt ze. 'A few spoons of the tomato soup. That's all. She was really difficult tonight. No soup, no food.'

‘She doesn’t like tomato soup, you know that she cannot stand tomato soup.’

Dat niet willen eten is een probleem. Een groter probleem dan de tuin. Je moet de mensen verleiden om te eten zoals je hen moet verleiden tot liefde, en het verschil tussen dwingen en verleiden is niet altijd even duidelijk. Alleen niet met tomatensoep, daarmee verleid je Kadoke’s moeder niet.

Hij legt zijn handen op de onbedekte schouders van Rose, zijn warme, plakkerige handen, alsof hij haar gaat zegenen of onderzoeken.

Straks zal hij naar zijn moeder gaan, maar nu geeft hij zich over. Dit moment kan hij niet straffeloos voorbij laten gaan, dat zal hij zichzelf niet vergeven. Hij houdt van deze vrouw. Als hij behalve van zijn moeder nog van iemand anders kan houden, dan van deze engel die zijn moeder in leven houdt.

De psychiater begint Rose te kussen. Hij kust haar alsof ze de laatste vrouw is die hij ooit zal kussen, alsof hij zelf stervende is en de levenslust nog één keer opspeelt, nog één keer het toneel komt op gerend voor een grandioze finale.

Ze kust terug. Gretig en teder, ze duwt hem zachtjes tegen de wastafel. Ze smaakt naar kauwgom. Zo kussen hulpverleners kennelijk: gretig en toch teder, maar de nadruk ligt op gretigheid. Ze kussen zoals ze hulp verlenen. En van beneden komt het geluid van de televisie.

Steeds dieper duwt hij zijn tong in haar mond, alsof daar iets te vinden is. En terwijl hij haar blijft kussen glijden zijn handen over haar lichaam. Elk plekje bevoelt hij, elke holte wordt aangeraakt, elke onregelmatigheid gevoeld. Ook Rose heeft plekjes, net als hij.

‘Why didn’t you water the garden?’ fluistert hij in haar oor. Hij zweet.

Dit is zorg. Deze engel verzorgt de vrijwel hopeloze gevallen en nu moet ze in hem een vrijwel hopeloos geval hebben gezien.

De tuin was ze vergeten, maar hem niet, de tuin was haar niet hopeloos genoeg. Dat is het.

Met zijn linkerhand op haar schouder wrijft hij met zijn andere over haar dijbenen tot de hand bij haar geslachtsdeel is aangekomen. Hij streelt het, zich verliezend, want dit is het leven, de laatste akte ervan allicht, maar levendiger dan al die aktes ervoor. Hier wordt de levensmoeheid voor eens en voor altijd verslagen.

Kadoke meent dat ze kreunt, dat ze hijgt zoals hij hijgt, maar ze zegt iets, ze fluistert iets in zijn oor. Hij voelt haar handen op zijn rug. Dan verlaat het laatste restje twijfel hem.

'I watered the garden,' zegt ze. 'Every evening I water the garden.'

Een woord overvalt hem als een dolkstoot: kolonialisme. Dit is kolonialisme, of wat ervan over is: postkolonialisme. Hij die het falen van de mens heeft geaccepteerd, heeft er – op bescheiden schaal weliswaar – naar gestreefd de maatschappij te hervormen opdat de mensen kunnen falen zonder al te veel schade aan te richten. En nu staat hij in moeders badkamer als een tropenarts, een koloniaal in eigen land, die neemt wat hij nodig heeft, wat misschien de enige juiste definitie van kolonialisme is: nemen wat je nodig hebt.

Kadoke knoopt zijn overhemd open. Een knoop valt op de grond, maar als dit de laatste akte is, dan zijn er hierna geen knopen en overhemden meer nodig.

'You are gorgeous,' zegt hij. 'You are an angel. I love you.'

Hij meent het. Eindelijk ziet hij wie Rose echt is, zoveel meer dan een bejaardenverzorgster, dan een vrouw uit Nepal op de vlucht voor armoede, nee, ze is een vrouw voor wie hij zijn hart wil openen. Hij zou niet weten hoe hij het anders moet zeggen, daarom wil hij het precies zo in haar oor fluisteren, dat hij zijn hart voor haar wil openen, voor haar en niemand anders. Nu en voor altijd.

Zijn overhemd is uit, hij gooit het in de badkuip. Hij laat zich op zijn knieën vallen en begint de binnenkant van haar bovenbenen te likken. Hij likt het geslachtsdeel van de engel en meent even Nepal te ruiken. Kathmandu, het ruikt er naar vuur.

Straks zal hij zich om zijn moeder bekommeren, hij zal in de keuken groentesoep opwarmen, met een knakworstje erin. Zelfs op die momenten dat de levenslust zijn moeder dreigt te verlaten kan ze worden verleid met een koosjere knakworst. Hij zal haar geven wat hij maar kan, maar eerst moet hij zich aan de verzorgster geven.

'We need to see mother,' zegt Rose. Haar hand rust op zijn hoofd, op zijn haar. Hij is trots op zijn haar, het is nog altijd mooi, voluptueus. Waar het verval ook mag beginnen, niet in zijn hoofd, niet op zijn hoofd.

'Yes,' antwoordt Kadoke, maar hij likt verder, hij stopt zijn tong diep in haar, alsof alleen zo het leven verlengd kan worden, alsof dit de enige manier is om het noodlot gunstig te stemmen.

Dan richt hij zich weer op. Hij schopt zijn schoenen uit. Instappers, vanaf midden mei loopt hij principieel op instappers, de zomer dient zich aan zijn schoenkeuze aan te passen en niet omgekeerd.

Hij trekt zijn broek uit, haastig en onelegant. 'You didn't water the garden,' zegt hij. 'You didn't. But you are taking care of mother. Thank you for keeping mother alive, thank you, Rose. Thank you for everything.'

'It's my job,' antwoordt ze. 'It's just my job, but thank you, thank you for your trust.'

In zijn broekzak zoekt hij naar een condoom. Hij is een verantwoordelijk man, hij loopt ondanks alles altijd met condooms rond, een ongeluk zit in een klein hoekje.

'Angel,' zegt hij terwijl hij het condoom omdoet, 'you give my mother such good care, you are such a lovely caregiver, but my mother doesn't like tomato soup, she must have told you this already twenty times. I have told you this at least fifty times.'

'No,' zegt ze. 'Usually mother likes tomato soup. Every week she eats tomato soup.'

Op straat spelen kinderen, het badkamerraam staat open. Hij hoort hen schreeuwen.

Zachtjes duwt hij Rose tegen de commode. Met haar handen zoekt ze steun, de shampoo van zijn moeder valt op de grond, haar föhn.

Hij duwt zijn geslachtsdeel tegen de engel die zijn moeder in leven houdt. Hij twijfelt er niet langer aan dat de menselijke seksualiteit kolonialisme is, en toch is er meer dan alleen naakte lust, er zijn emoties, absurde emoties. Een verliefdheid in augustus, de zomer is bijna voorbij maar Kadoke is verliefd.

'Do you love me?' vraagt hij. 'Do you love me, Rose? Because I love you. I know I should have told you this earlier, I know this is not the appropriate time for declarations of love, but what's a good time for these declarations?'

De dag- en nachtcrème van zijn moeder vallen op de grond. Hij had deze engel nog langer willen likken, hij had haar urenlang willen likken, want zo stem je de goden gunstig, door de engelen te likken, onvermoeibaar en met de doortastende tederheid waarop de goden zo dol zijn, maar hij moet nog soep voor zijn moeder opwarmen, daarom duwt hij zichzelf nu al in de engel.

Ze zucht, ze steunt, en zegt: 'You've always been good to me, Oscar, and I love your mother, but I cannot love you the way you want me to love you, we are not compatible. We don't understand each other.'

Dus zo eindigt het leven, in de badkamer, de verzorgster van de moeder in je armen die verklaart dat jullie niet voor elkaar gemaakt zijn. Maar voor wie zijn de mensen eigenlijk gemaakt? Zijn soort mensen, de wankelende mensen, voor wie zijn ze gemaakt?

'You will see,' zegt hij, 'we are compatible, we are going to understand each other, we belong together, we can stay together, we have mother together,' en hij kust haar, zoent haar, haar schouders, haar oneffenheden, haar pukkels, hij zoent alles.

Hij stoot in haar. De goden zullen gunstig worden gestemd, dit zal de goden niet onberoerd laten, deze levenslust, deze overgave.

Dan hoort hij zijn naam, nee, hij hoort niet alleen zijn naam, hij hoort haar stem. Ze roept hem. Krachtig klinkt haar stem, maar ook geërgerd.

Hij laat de engel los, kijkt om.

Zijn moeder is bleek maar ze staat, in de gang voor de open deur van de badkamer, ze heeft een wit nachthemd aan, een stok in haar hand. Er loopt iets langs haar been, bloed zo te zien.

'Ga zitten, mama,' zegt hij.

Hij maakt zich los uit de verstrengeling en brengt moeder naar de stoel die buiten de badkamer gereed staat voor het geval de weg van slaapkamer naar badkamer net iets te lang is.

Hij laat zijn moeder zitten, knielt voor haar neer, en veegt met zijn blote handen het bloed van haar rechterbeen. Langzaam, met streken, alsof hij aan het schilderen is. Een knokig been. Veel bloed is er gelukkig niet. De huid is dun, misschien heeft ze zichzelf opengekrabd.

Ze ademt zwaar, hijgt, maar ze heeft nog kracht om te spreken. 'Wat deed je met Rose?' vraagt ze. 'Wat deed je met dat meisje? Je weet dat ze van mij is.'

Kadoke kijkt naar zijn moeder en wat hij in haar ogen ziet verrast hem en stelt hem tegelijkertijd gerust: jaloezie, alles overweldigende jaloezie. Het komt allemaal goed.

Hij antwoordt niet, hij blijft het been van zijn moeder strelen.

Rose staat nu naast hem. Ze draagt een korte, afgeknipte spijkerbroek en een T-shirt, haar voeten steken in groene slippers. Razendsnel moet ze zich hebben aangekleed. Alsof ze het eerder heeft gedaan. Alsof ze er jaren voor geoefend heeft.

'We will call de doktersdienst,' zegt hij tegen Rose.

'Yes, please,' zegt ze. 'And have you called the dermatologist? About your back. Have you?'

'Yes,' zegt hij. 'Don't worry about me. It's mother who needs care, we are here for mother.'

Ze gaat naar beneden. Bijna geruisloos, zoals engelen zich voortbewegen. Ze loopt niet zoals stervelingen lopen.

'Trek eerst iets aan,' zegt zijn moeder. 'Je vat nog kou. En ik heb geen doktersdienst nodig, ik heb helemaal niemand nodig. Ik red me uitstekend alleen.'

Maar ze klinkt benauwd.

'Maar waarom zit je niet beneden bij *Dr. Phil*? Zoals elke avond.'

'Omdat ik me niet goed voelde. Maar nu voel ik me weer uitstekend. Alleen jij bent niet helemaal lekker.'

Dan pas merkt hij, geknield voor zijn moeder, dat hij het condoom nog omheeft. Hij trekt het eraf, een geel condoom, met een smaakje vermoedt hij, ananas, vanille misschien. Hij weet niet waar hij het moet laten, en legt het onder de stoel van zijn moeder. Iets achter haar schoenen. Ook voor de kleine afstand tussen slaapkamer en badkamer trekt ze haar schoenen aan. Ze gaat nooit zonder schoeisel op stap.

'Blijf hier zitten,' fluistert de zoon in zijn moeders oor. 'Verroer je niet. Ik ben zo weer bij je.'

Vanuit de slaapkamer van zijn moeder belt hij met de doktersdienst. Ze beloven die avond langs te komen, binnen twee uur zullen ze er zijn.

Kadoke's kleren liggen nog in de badkamer, maar voor hij zich aankleedt stuurt hij een app-bericht aan Rose, die beneden in de keuken bezig is. 'I love you,' schrijft hij. 'I know that it may be inappropriate because you are mother's caregiver. But I can't help it. I love you.'

4

De volgende dag gaat Kadoke na zijn werk – hij heeft de hele week geen nachtdienst – direct naar het huis van zijn moeder. De avond ervoor was na enig wachten de doktersdienst gekomen, een vriendelijke, vrouwelijke arts die aarzelde en twijfelde en uiteindelijk besloot om telefonisch te overleggen met een cardioloog.

Het bloed op het been had niets te betekenen, gewoon wat huid die was opengesprongen door de ouderdom. Gezamenlijk waren arts, cardioloog en Kadoke tot de conclusie gekomen dat ziekenhuisopname niet nodig was. Zijn moeder had ook steeds herhaald: 'Ik wil niet naar het ziekenhuis, dat is nergens voor nodig.' Hij had echter de arts in het oor gefluisterd dat zijn moeder de neiging had de ernst van de situatie te relativeren, soms met desastreuze gevolgen. 'Een angststoornis,' had hij eraan toegevoegd, en hij noemde de naam van het medicijn dat zijn moeder tegen de angst slikte. Of het medicijn hielp was de vraag, maar het was vermoedelijk beter dan niets. Ze vreesde de dood maar stiekem vreesde ze alles.

In overleg met de cardioloog was besloten om Kadoke's moeder een week lang dagelijks een extra plastablet te geven. Hoeveel plastabletten kan een mens slikken? De flexibiliteit van het lichaam blijft Kadoke verbazen, maar hij weet ook hoe snel het daarmee gedaan kan zijn. Het lichaam herstelt zich razendsnel maar nog sneller stort het weer in.

De arts had zijn opmerking – 'de omstandigheden zijn wat minder leuk, maar het is altijd fijn met je samen te werken' – compleet genegeerd en kort daarop was ze samen met de broeder vertrokken. 'Ik beëindig het consult,' had ze gezegd. Het consult, geen vriendschap, zelfs geen collegiale vriendschap.

Kadoke is geen man voor vrijpostige opmerkingen. Het moet het wankelen zijn geweest, de liefde die hij onverwacht voor Rose voelde, wanhoop, voor zover liefde en wanhoop van elkaar te scheiden zijn. Zijn hele leven heeft hij geprobeerd emoties te verklaren en te ordenen, maar deze gevoelens hadden hem overweldigd, in de badkamer van zijn moeder nog wel. Het zal geen toeval zijn geweest. Wie betekenis zoekt zal betekenis vinden. Hij is een man die zich jarenlang had gelaafd aan betekenisloosheid en die nu naar betekenis snakte, hoewel hij beseft dat betekenis groeit op de drassige grond van het toeval. Zijn lichaam schreeuwt om betekenis, seks was slechts het glibberige pad ernaartoe. Een van de vele glibberige paden.

In zijn tas zoekt hij naar sigaretten.

Het vergaren van zelfkennis is een doorlopend project, er komt altijd iets bij, het beeld is zelden compleet. De witte vlekken blijven talrijk. Er was eens een psychiater die op een avond in de zomer verliefd werd op de verzorgster van zijn moeder. Dat is een goed voorbeeld van een witte vlek. Jarenlang heeft die man alleen een verzorgster gezien en op een avond ziet hij iemand anders, een geliefde, een vrouw die de zijne kan worden.

Hij had Rose nog uitgelegd dat de extra plastablet niet in de baxterrol die van de apotheek kwam zat en dat die tablet het best elke avond kon worden gegeven, dat de apotheek morgen extra plastabletten zou brengen. Toen had hij zijn moeder een half kopje groentesoep gevoerd, hij had haar geaaid en gekust, en daarna was hij naar huis gegaan.

Nu staat hij weer in de straat van zijn moeder en rookt snel een sigaret. De verkoeling die op komst zou zijn is nog niet gearriveerd.

Halverwege de sigaret trapt hij hem uit, hij is ongeduldig. Rose had hem niet meer gecontacteerd, dat was een goed teken. Zijn moeder had wel twee keer gebeld om over de buren te klagen, maar dat was al met al ook een goed teken. Toch maakt de gezondheidstoestand van zijn moeder Kadoke nerveus, zoals gokkers nerveus worden in het casino. Zijn moeder is het casino, haar gezondheid de roulettetafel, en hij de verslaafde speler. Je weet nooit wat het noodlot nu weer voor je in petto heeft. Het moet altijd opnieuw worden uitgedaagd, je moet elke dag weer alles kunnen verliezen.

De zoon belt aan. Regen zal de tuin goeddoen, de gele vlekken blijven hem irriteren.

Darko doet open, de vriend van Rose. Hij komt ook uit Nepal, en waarschijnlijk heet hij niet echt Darko. Wat doet het ertoe? Darko is gesteld op moeder. Hij noemt haar 'moeder' – 'mother' – en soms komt hij langs om met zijn vriendin te kletsen. Bijna altijd neemt hij een bloemetje mee voor Kadoke's moeder, al is zij zelf niet op die bloemetjes gesteld. De meeste bloemen vinden geen genade in haar ogen. Zonnebloemen vindt ze bijvoorbeeld vreselijk. 'Als mensen dood zijn breng je zonnebloemen naar hun graf, maar zolang ze nog leven kun je dat beter laten,' heeft ze eens gezegd tegen een buurvrouw die met een bos zonnebloemen voor haar neus stond.

'Hi Darko,' zegt Kadoke.

Soms werkt Darko in de tuin, hij heeft verleden zomer geprobeerd een boom te snoeien. Goed was hij daar niet in, maar je moet de vriend van de verzorgster van je moeder helpen. Als de verzorgster ongelukkig is, is moeder ongelukkig. Moeder kan niet tegen het ongeluk van anderen, ze wil de enige zijn die ongelukkig is, dat moet je haar gunnen.

'How are you?' vraagt Kadoke. 'Where is Rose?'

Hij stapt over de drempel. Als hij zijn tas op de grond onder de kapstok heeft gezet en verder wil lopen, slaat Darko hem met zijn vuist hard in de maagstreek.

Kadoke buigt in een reflex lichtjes voorover. Meer nog dan pijn voelt hij verbazing. 'Darko,' stamelt hij.

Een tweede vuistslag treft hem in het gezicht. Hij bukt zich, grijpt in een reflex naar zijn tas waarin zijn laptop zit en wat medicijnen, een ietwat versleten tas, en houdt die voor zijn gezicht, daarna gaat hij door zijn knieën en maakt zich zo klein mogelijk, tegen de elektriciteitskast aan.

Hij sluit even zijn ogen, maar opent ze algauw weer. Hij ziet dat hij nu ook geschopt zal gaan worden, hij ziet hoe Darko uithaalt alsof Kadoke niets anders is dan een voetbal. Maar hij voelt gek genoeg geen pijn. Ook de pijn is een witte vlek.

'Darko,' weet hij nog uit te brengen tussen twee klappen door, 'what's going on? Why are you doing this?'

Hij wil niet schreeuwen, hij wil moeder niet alarmeren. Zo goed en zo kwaad als het gaat probeert hij zich een paar keer op te richten, maar elke keer als hij dat doet wordt het slaan en het schoppen heviger en uiteindelijk geeft hij de hoop op menselijkheid op, als een worm zal hij over de grond kronkelen.

Is dit de prijs die hij betaalt voor zijn liefde? Alle liefde heeft een prijs, dit is wel een erg hoge. Dit heeft hij niet verdiend. Darko had kunnen proberen eerst een gesprek met hem te voeren, de vrouw is geen lijfeigene van de man.

Als het slaan en schoppen afneemt en dan helemaal ophoudt, maakt hij van de gelegenheid gebruik om op handen en voeten – de tas nog altijd met zich meesleurend, medische dossiers moet hij niet verliezen, daar zit gevoelig materiaal bij – de woonkamer binnen te kruipen.

Hij wil moeder niet ongerust maken, hij moet haar wel gedag zeggen, hij is hier voor haar. Maar hij vindt dat moeder hem zo moet zien. Ook deze worm is Kadoke. Hij die zijn hele leven zijn ouders met zelfcensuur tegemoet heeft getreden, voelt op dit moment de behoefte alle zelfcensuur achter zich te laten. Alsof hij tegen moeder wil zeggen: Kijk, zo worden mensen gestraft voor hun liefde.

'Wat doe je raar,' zegt moeder, die op haar vaste plek aan de eettafel zit.

Rose zit ook aan tafel, met haar rug naar hem toe.

'Dag lieve mama,' zegt hij, met enige moeite. Hij voelt een lichte pijn in en rondom zijn mond.

Geen zelfcensuur, dat is het ideaal, maar nu heeft hij daar toch weer spijt van, nu vindt hij dat je beter kunt doen alsof er niets aan de hand is. Zijn moeder is al labiel genoeg. Ze heeft recht op beleefdheidsleugens, ze heeft recht op een verbeterde versie van haar zoon, ook al is die versie niet reëel.

Kadoke merkt dat hij niet alleen lichte pijn voelt, maar dat hij bloedt in of om zijn mond, hij veegt met zijn hand over zijn lip. Het bloed blijft op de rug van zijn hand kleven, hij weet niet zeker of het uit zijn mond of uit zijn lip komt.

Darko komt naast hem staan. Hij heeft een tas van Rose in zijn hand en eindelijk richt hij het woord tot Kadoke. Eindelijk wordt er niet meer geslagen en geschopt maar gepraat. In de conversatie voelt Kadoke zich net iets meer thuis dan in het gevecht. 'You think we are your slaves, you think you can do with us whatever you want.'

'No no,' zegt Kadoke, 'not at all.'

Hij wil zich weer oprichten, als worm heb je toch een achterstand, zelfs als het op een gesprek aankomt, maar hij krijgt meteen een trap tegen zijn gezicht. Hij voelt meer bloed. Het bloed zit in zijn mond. Het komt niet uit zijn lip, maar vanbinnen, van diep in zijn mond. Uit zijn keel misschien wel.

Moeder zit er als versteend bij, alsof het haar niet aangaat, alsof hij niet haar zoon is en dit niet haar huis. Ze zegt alleen: 'Jongen, kijk toch uit.'

De angststoornis speelt haar natuurlijk parten. Ze moet een extra dosis hebben om te kalmeren. 'Rose, give her some tranquillizers,' zegt Kadoke met een mond vol bloed. 'You know this is not good for mother.'

Maar Rose blijft zitten. Ze draait zich alleen even om, kijkt hem aan, niet haatdragend, niet kil, eerder alsof ze niet meer zeker weet wie hij is. Alsof ze niet meer wil weten wie hij was, wie hij nog steeds is. De wankelende psychiater. De liefhebbende psychiater. De toegewijde zoon. De minnaar van moeders verzorgster.

Kadoke ligt nog altijd op de grond, op het Perzische tapijt dat ooit door zijn vader is aangeschaft.

Darko bukt zich. Kadoke denkt dat hij weer zal worden geslagen, en hij houdt zijn oude dokterstas als schild voor zijn gezicht, maar Darko brult in Kadoke's oor: 'You think you can get away with everything, you white Dutch people think you can get away with everything.'

Daarna komt nog een schop, maar deze is zachter dan de eerdere schoppen. Het vuur is eruit.

'We are not Dutch,' zegt Kadoke, 'and we are not white.'

Rose zegt iets in het Nepalees tegen haar vriend, Kadoke vraagt zich af wat ze gezegd heeft. De klank van haar stem was lieflijk, misschien heeft ze haar vriend aangespoord medelijden met hem te hebben. Mededogen. Rose heeft veel mededogen. Al die jaren dat ze voor moeder werkt heeft hij dat gevoeld. Het mededogen en de toewijding van een engel. Daar kwamen ook de onverwachte gevoelens vandaan die hem gisteravond als wilde paarden meesleurden, toen hij eigenlijk de doktersdienst had moeten bellen. Ze kwamen uit het mededogen van Rose voort, uit haar empathie, uit haar zorg. Hoe kun je niet verliefd worden op een engel die voor je moeder zorgt? Hoe kun je uiteindelijk niet verliefd worden op de vrouw die je moeder in leven houdt?

'What did you do with Rose?' vraagt Darko. 'What did you do with my girlfriend? I saw your WhatsApp. I saw it. I read it. You call yourself a psychiatrist? You are a pervert.'

Rose staat op. Kadoke ziet dat ze in de medicijndoos rommelt. 'I will give mother a sleeping pill,' zegt ze.

'Yes,' antwoordt Kadoke, 'please do. She is trembling, it's her anxiety disorder, she should not witness this. Please. This is not good for her.'

En tegen moeder roept hij: 'Mama, je moet even gaan liggen. Ik kom zo bij je. Er is niets aan de hand. Het is allemaal in orde.'

Moeder staart hem aan alsof wat hij zegt en wie hij is niet meer tot haar doordringt. Ze is niet meer hier, ze is ergens anders, in een andere wereld, in een andere tijd.

Het app-bericht, dat was de fout. Hij had zijn liefde niet schriftelijk moeten verklaren.

Nu richt hij zich tot Darko, hij durft zich niet te bewegen, maar hij kan wel pleiten. Niet zozeer voor zichzelf, maar voor moeder.

'I didn't do anything with Rose,' zegt hij. 'Believe me, I have to admit that my WhatsApp was inappropriate, it is something I regret. But please, forgive me. For mother's sake, for the sake of her health, for the sake of all those years that Rose has been working here, forgive me.'

Darko opent zijn mond, maar niet om te spreken. Hij laat er spuug uit lopen, dat op Kadoke's gezicht valt. De tijd voor vergiffenis is nog niet aangebroken, er moet eerst gespogen worden, het evenwicht moet worden hersteld. Kadoke begrijpt dat, het is alleen jammer dat het zo lang duurt en zoveel pijn doet. Zijn mond voelt aan als een slagveld.

'You didn't do much?' vraagt Darko. 'That's what you call it, not much?'

Wat weet hij? Heeft Rose hem iets verteld? Of denkt hij iets te weten? Op grond van dat app-bericht? Was dat genoeg voor hem? Een zo'n tekstje? Genoeg om zijn hoofd op hol te jagen, om zijn fantasie te doen exploderen?

Kadoke ziet hoe Rose de stok van moeder pakt, hoe moeder opstaat uit haar stoel, hoe ze langzaam in de richting van de bank loopt, verstijfd, stijver dan anders. Bij het passeren legt ze, bijna ongemerkt, haar hand op het hoofd van haar zoon, alsof het eigenlijk niet mag, maar ze toch wil aangeven dat ze bij elkaar horen. Stiekem.

Nee, dit is helemaal niet goed voor moeder. Dit is het laatste wat ze nodig heeft, in haar woonkamer nog wel. Oude trauma's zullen bovenkomen.

Hij ziet hoe zijn moeder op de bank gaat zitten, hoe ze haar stok neerzet, hoe Rose die liefdevol aanneemt, hoe moeder vooroverbuigt om haar schoenen uit te trekken. En hoe ze dan gaat liggen, de knieën opgetrokken, ze draagt haar zalmroze jurk. Hij kan haar onderbroek zien.

'We go now,' zegt Darko. 'We will never come back. I'm sorry for mother, but you are her son after all. You don't deserve us, you Jew. You should have known better, you suffered enough, and what do you do? You make other people suffer. That's all you do. You make the world such an ugly place.'

Kadoke schudt zijn hoofd. Wordt hij hier als Jood tot de orde geroepen? Ook dat nog.

'No,' zegt hij eerst zacht, en dan iets harder: 'No, let's not talk about the world. Let's talk about this family. Let's talk about mother. She is important. I'm not important. I may be a sinner.'

Hij richt zich nu half op. De zonde en de zondaar, dat zal de Nepalees begrijpen. Of hij echt een zondaar is, is nu niet belangrijk. Als hij moeder helpt door de zondaar te spelen, dan zal hij die rol op zich nemen, voor altijd als het nodig is. Hij zal als zondaar door het leven gaan, het zal hem weinig moeite kosten. De rol van heilige ligt hem minder, maar de zondaar is een potentiële heilige.

'A sinner?' Hij hoort hoon in de stem van Darko, walging. 'You touched my girlfriend, you kissed my girlfriend, you made yourself available to her, you tried to seduce her, and then you call yourself a sinner. And now you would like us to act as if nothing happened?'

Touched. Kissed, dat klinkt niet erg. Dan weet hij misschien niet alles. Dan is er allicht nog ruimte voor onderhandelingen.

In een reflex pakt Kadoke het been van Darko, het stevige jongensbeen, hij is nog een jongen. Hij speelt basketbal. Hij maakt schoon bij mensen in de binnenstad. Het is jaloezie. Onzekerheid. Onvermogen. Daarom is hij in de greep van de jaloezie, omdat hij nog een jongen is. Onbekend met het leven. Zelfkennis is voor hem nog een onontgonnen gebied.

'It was affectionate,' zegt Kadoke zacht. 'I didn't really touch her. She is mother's caregiver, I wanted to thank her, I fell in love with mother's caregiver. One evening I came home, mother wasn't feeling well and she stood there, your beloved one, your future wife, your sweetheart, your angel, she stood there, and I couldn't help myself. I couldn't.'

Rose is naast haar vriend gaan staan. Ze kijkt naar beneden, ze heeft een treurige blik, ze heeft gehuild.

'Rose,' zegt hij, 'please, explain to Darko what happened.'

Ze wil iets zeggen, en hij wacht op wat ze gaat zeggen, zoals hij zelden heeft gewacht, maar als ze eindelijk haar mond opendoet is alles wat eruit komt: 'It's too late.'

Hij schudt zijn hoofd. Moeder mag niet zo achterblijven, moeder heeft verzorging nodig. Ze kan niet alleen douchen, ze weet niet wanneer ze haar medicijnen moet nemen, er moet voor haar worden gekookt. Ze dreigt met zelfmoord zodra de woorden 'verzorgingsflat' of 'bejaardentehuis' vallen.

Hij grijpt het been van Darko met nog meer kracht vast. 'I will repent,' zegt hij. 'I will give you passports, I know people, I have connections, I will make up for my sins. You will become legal citizens in this country, the two of you. Darko, you will have children, legal children, Dutch children, white children, please, Darko, you have known me for four years now, it was a mistake, but give me the opportunity to ask you for forgiveness. To repent. Forgive me, Darko. Forgive me. Please, Darko, if you cannot forgive me, forgive me for mother's sake, I ask you, I beg you, please find kindness in your heart.'

Vriendelijkheid, zit dat in het hart? En is dat wat hij echt vraagt, vriendelijkheid? Mildheid? Hij weet zelf eigenlijk niet waar hij precies om vraagt, maar hij wil dat Rose niet weggaat, dat ze hier blijft, bij moeder.

De jongen rukt zijn been los, hij gaat de kamer uit, Kadoke hoort hem de trap op lopen. Wat is hij van plan daarboven? De resterende spullen van Rose inpakken? Wat zou er nog liggen? Shampoo? Deodorant? Een paar tijdschriften? Een bijbel misschien.

Waar moeten ze van leven als ze hier weggaan? Het is wederzijdse afhankelijkheid. Ze kunnen niet zonder elkaar, de Kadoke's en Rose. De Kadoke's en Darko, de vriend van Rose, haar beschermer. Ruw, ongepast en weinig diplomatiek.

Kadoke richt zich op. Hij gaat tegenover Rose staan, verfomfaaid en bloederig als hij is, een desillusie, hij legt zijn rechterhand op haar schouder.

Ze laat hem begaan, ze kijkt hem aan met betraande ogen. Hij hoopt maar dat de slaaptablet heeft gewerkt en dat moeder nu slaapt, zoals ze wel vaker midden op de dag op de bank gaat liggen. Het leven heeft haar uitgeput, de strijd heeft haar moe gemaakt.

'Why did you tell him about us?' vraagt hij zacht.

Hij begrijpt het niet. Het was niet nodig. Zo roekeloos had hij Rose niet ingeschat.

'Why?' Kadoke dringt aan.

'I didn't say anything. He looked in my phone. He is anxious. He understood everything, immediately. You should not have sent me these words. You should not have done that.'

Ze begint te huilen. Hij heeft veel huilende mensen in zijn leven gezien, patiënten vooral, hij weet hoe hij ermee moet omgaan. Andermans tranen verontrusten hem niet bovenmatig, maar dit is anders.

Bijna vier jaar is ze nu hier, ze hoort bij dit huis zoals het Perzische tapijt bij dit huis hoort. Hij kan zich niet voorstellen dat ze weggaat, dat ze zo impulsief handelt. Kadoke had een uitstekende verstandhouding met haar opgebouwd, iets wat op een vriendschap leek, nee, iets wat ongemerkt liefde werd. Op een zomeravond konden ze het allebei niet meer ontkennen. Eén avond kan dat niet allemaal tenietdoen. Al die jaren, al die zorg. Verwarrende gevoelens kunnen vier jaar niet ongedaan maken. En het zijn meer dan alleen verwarrende gevoelens, hij weet het zeker. Als ze nu tegen hem zou zeggen: 'Neem me tot vrouw,' zou hij dat doen. Hij zou bij haar blijven, hij zou haar een kind geven, misschien meer dan een.

Waarom moet hij, een man van 42, iemand die de menselijke ziel heeft bestudeerd, die gespecialiseerd is in suïcidepreventie, nog zo laat, halverwege het leven eigenlijk, worden geplaagd door zo'n verschrikkelijke verliefdheid? Welke duivel heeft dat bedacht?

Kadoke omhelst Rose. Hij drukt haar tegen zich aan. Hij ruikt haar, hij wordt opnieuw overmand door emotie, hij wil het goedmaken, de onherroepelijkheid moet worden teruggedraaid. De onherroepelijkheid maakt hem gek. Op A volgt B, maar op A kan ook C volgen. De geschiedenis is geen rekensom. Niets zou onherroepelijk moeten zijn, alles zou teruggedraaid moeten kunnen worden.

'I'm sorry,' zegt hij. 'I'm so sorry.'

Er is geen lust, hooguit de echo van lust; er is vooral een ongezond verlangen naar betekenis. Hij weet niet hoe hij het anders zou moeten benoemen. Ongezond is dit verlangen.

Als hij Darko op de trap hoort laat hij haar meteen los.

Zoals hij dacht heeft Darko de laatste bezittingen van zijn vriendin in twee plastic zakken gepropt. Hij is vastbesloten. Jaloezie is een keuze. Op zijn minst een aandoening die gemakkelijk bestreden kan worden en waar je ook niet aan onderdoor hoeft te gaan, zoals de meeste mensen tegenwoordig ook niet meer aan een longontsteking bezwijken. Het is zo negentiende-eeuws, deze jaloezie, dat is wat Kadoke eraan tegenstaat. Wanneer komen deze mensen in de nieuwe tijd aan?

'We don't want your passports,' zegt Darko, 'we don't want your crumbs, you white people should leave us alone. We don't need you and your patronizing smiles and your patronizing gifts.'

'We are not white,' herhaalt Kadoke. 'Darko, we are not white, we are something else. And this has nothing to do with the fact that you and Rose were born in Nepal. This is attraction, this is a clear-cut case of mutual attraction. I'm sorry to say this, but it wasn't frivolous. It was mutual affection. Nothing else, mutual affection, but I'll keep asking you for forgiveness, I won't stop, I will go on for the rest of my life if necessary. I should have respected your relationship with Rose, I should have reminded myself of your love, but I was afraid.'

Voor het eerst voelt hij dat hij een waarheid nadert, dat hij zegt wat hij wil uitdrukken, ondanks zichzelf, ondanks zijn liefde en al zijn zelfreflectie. Hij was bang, hij was zo bang dat moeder die avond zou sterven dat hij zich vergreep aan haar verzorgster. Het was de angst die hem een erectie gaf, die hem in zijn oor fluisterde: 'Je houdt van haar, je kunt bij haar blijven, jullie kunnen voor altijd samen voor moeder zorgen.' Het was de angst die hem gek maakte van geilheid. Sterker dan lust is de angst, machtiger dan liefde, dat krankzinnige dier dat de mensen voor een godin aanzien.

'You are the boss,' zegt Darko. 'You pay, you take. You touch. No affection, boss. No affection.'

Deze mensen zijn zo trots. Onnodig trots. Waren ze maar wat minder trots, dan zouden ze ook minder snel sterven.

Hoe kan hij hen overtuigen? Welke argumenten heeft hij nog tot zijn beschikking? Rationele argumenten zijn hier niet meer op zijn plaats. Hij heeft hun paspoorten in het vooruitzicht gesteld, het maakte hun niet uit, ze wimpelden het aanbod af alsof paspoorten voor het oprapen liggen. Darko is niet rationeel, Kadoke had de politie kunnen bellen. Zelfbehoud interesseert Darko niet, een primitieve behoefte aan wraak heeft hem in zijn greep terwijl Kadoke allesbehalve een bedreiging voor de jonge Nepalees is.

Hij wilde Darko's plaats helemaal niet innemen, hij wilde de status-quo niet veranderen, hij nam hooguit wat hij nodig had. Hij was een man die dacht zonder al te veel liefde te kunnen en op een avond in de late zomer werd hij overvallen door een gruwelijke behoefte. Op die avond meende hij dat zijn moeders verzorgster hem een aanbod deed dat hij niet kon weigeren. Kan liefde een vergissing zijn? Ongepast misschien, maar is de ongepaste liefde een vergissing?

Kadoke begint te bidden. Niet dat hij gelovig is, maar deze mensen die niets hebben, geen papieren, geen bankrekening, geen thuishaven, hebben vaak een relatie met God, daarom bidt hij, om te laten zien dat ook hij een relatie met God heeft, dat hij engelen van stervelingen kan onderscheiden.

Hij knielt, hij grijpt het stevige been van Darko alsof hij eigenlijk op Darko verliefd is en zich alleen aan diens vriendin heeft vergrepen omdat hij zich niet aan Darko zelf durfde te vergrijpen. 'Sjema Jisrael,' zegt hij, 'adonai elohenoe, adonai echad.' Hij schraapt zijn keel, het bloed heeft hem schor gemaakt. 'Stay here, don't leave us! Mother needs Rose, mother doesn't trust most people, you know her, she is very suspicious of human beings, I beg you, in the name of mother, in the name of your God, stay with mother, you won't see me. I will come only when Rose is not there. But please, stay. Don't leave us. You may not need us but we need you.'

Het bidden maakt weinig indruk, misschien had Kadoke het gebed met meer overtuigingskracht moeten brengen, misschien voelden ze dat God voor hem hooguit een uitwijkmogelijkheid was. Een verhaal, maar zo verteld dat iedereen begrijpt dat andere verhalen ook mogelijk zijn.

Darko kijkt hem alleen maar aan. Zijn blik zegt alles. Het is te laat, het zal altijd te laat blijven.

De psychiater is in paniek en precies dat stoort hem. Wankelen is tot daaraan toe maar paniek is overbodig. Er zijn altijd alternatieven. Waarom is Kadoke zo bang? Hij is zijn moeder niet. Hij bestrijdt de angst, hij heeft er normaal gesproken geen last van. En waar is zijn waardigheid? Is hij in feite weinig anders dan een behoeftige bedelaar?

'We go now,' zegt Darko, 'and we will never come back.'

Rose loopt naar moeder, ze streelt haar haren, fluistert iets in haar oor. Moeder reageert niet. Is het de slaappil? Slaapt ze? Meestal heeft ze aan één pil niet genoeg.

Dus zo neemt Rose afscheid van moeder. Zo terloops, zo gemakkelijk alsof ze er volgende week weer zal zijn. Na al die jaren is dit gedwongen en onnodige afscheid ondraaglijk.

Ze gaan naar de vestibule en Kadoke loopt achter hen aan. Alsof hij bezoek uitlaat. Uit zijn portemonnee haalt hij al het papiergeld dat erin zit en drukt het in de hand van Rose. Ze stribbelt eerst tegen, ze wil het niet aannemen, maar hij knijpt haar hand dicht. 'Take it,' fluistert hij. 'You will need it.'

Dan lopen ze door de voortuin. Darko draagt de tas, Rose de twee plastic zakken. De jongen kijkt niet meer om. Hij is echt nog een jongen, hij zou een scholier kunnen zijn. Bij het tuinhek blijft Rose heel even staan, ze kijkt achterom. Kadoke zwaait en vervolgens roept hij: 'How are we going to survive without you? And how are you going to survive without us? We need each other?'

Maar ze lopen door, geven geen antwoord. Ze kijken niet meer om, de vraag lijkt hun niet te interesseren.

Kadoke staart nog even naar het halfverdorde gras, alsof hij wacht of ze zich niet toch bedenken, maar als het duidelijk wordt dat dat niet gaat gebeuren sluit hij de deur, keert terug naar de woonkamer en gaat op de bank naast de voeten van moeder zitten.

Ze opent haar ogen.

'Sliep je?' vraagt Kadoke.

'Hoe kan ik slapen met al dat lawaai? Ben je niet goed wijs?'

Ze gaat rechtop zitten, ze doet haar schoenen aan.

'Je hebt je niet kunnen verweren,' zegt ze. 'Je hebt je weer niet kunnen verweren. Moet je kijken naar je gezicht.'

Hij gaat naar de spiegel in de gang. Een blauw oog, een wang is opgeblazen, zijn tanden lijken nog stevig in zijn mond te zitten, maar daarmee is ook het meest positieve over die mond gezegd.

'Je moet naar de dokter,' roept moeder vanuit de woonkamer. 'Zal ik de doktersdienst bellen? Misschien kan ik de buurtzorg nog bereiken. Ze komen altijd voor mij, ze mogen ook wel een keer voor jou komen. Dat doen ze graag.'

'Ik ga naar de eerste hulp,' zegt Kadoke. 'Dat is beter.'

Zijn moeder staat op, grijpt de stok vast, loopt met enige moeite naar de eettafel, pakt haar agenda en begint iets op te schrijven.

'Wat doe je?' vraagt Kadoke.

'Ik schrijf iets op.'

'Wat schrijf je op?'

'Dat je in elkaar geslagen bent.'

Hij gaat achter haar staan. Ja, daar staat het al. 26 augustus, ze heeft het tijdstip in haar keurige maar ietwat bibberige handschrift erbij geschreven: '19:15 Otto thuis in elkaar geslagen'.

'Waarom doe je dat?' vraagt hij.

'Ik schrijf belangrijke dingen op in mijn agenda, dan vergeet ik ze niet.'

Ze bladert nu driftig door de pagina's, bijna panisch.

'Wat zoek je?' vraagt Kadoke.

'Ik wil weten of je eerder dit jaar ook al een keer in elkaar bent geslagen.'

'Nee,' zegt hij en hij aait zijn moeder over haar hoofd, 'het was de eerste keer dit jaar, het was de eerste keer sinds lange tijd. Ik kan me de vorige keer niet eens herinneren. Het moet lang geleden zijn geweest.'

Ze klapt de agenda dicht.

'Je bent bijna vijftig,' zegt ze, 'en je kunt je nog altijd niet verweren. Misschien moet je op een vechtsport. Dat zou je goed doen. Een beetje beweging.'

'Tweeënveertig.'

‘Hoe kan ik doodgaan als jij niet bij machte bent je te verweren?’

‘Wil je dan dood?’

‘Zolang jij je niet kunt verweren,’ zegt ze, ‘zolang jij niet durft op te treden tegen de mensen, kan ik niet doodgaan. Het is geen kwestie van willen. Het is onmogelijk. Ik kan jou niet zo achterlaten. Het zou onmenselijk zijn.’ Ze draait zich naar hem toe, knijpt kort in zijn linkerhand.

Dan opent ze haar agenda en leest nog eens terug wat ze net heeft opgeschreven.

Ze staat op, kijkt naar het kleed. ‘Dat dure tapijt kunnen we ook weggooien, het zit onder het bloed, dat gaat er nooit meer uit. Nou ja, jij leeft nog, dat is het belangrijkste.’ Ze vervolgt haar weg naar de wc.

‘Ik ga even naar het ziekenhuis,’ roept Kadoke, ‘en als ik terug ben regelen we je verzorging.’

‘Er valt niets te regelen,’ roept moeder vanuit de wc. ‘Je wordt van voor en van achter bestolen. Ze noemen het verzorging maar het is diefstal en als ze de volgende keer komen, zogenaamd om me te verzorgen, bel ik de politie.’

5

In de wachtkamer van de eerste hulp is het niet druk, toch begint het wachten hem al na minder dan een kwartier tegen te staan. Geduld is niet Kadoke's sterkste kant. Alleen met patiënten heeft hij geduld. Een kind en een moeder schreeuwen om beurten tegen elkaar. Het is onduidelijk wie eerste hulp nodig heeft, misschien allebei. Even voelt hij de aanvechting om erheen te gaan, om een gesprek te beginnen, maar hij zit hier niet als arts, hij zit hier als patiënt en de rol van patiënt is betrekkelijk onderdanig en passief. Hij moet zich maar even schikken in die rol.

Naast de balie waar hij zich moest melden hangt een papier waarop geschreven staat: GEEN BETALING, GEEN BEHANDELING. De mededeling verbaast hem. Zouden onverzekerden hier zonder medische zorg worden weggestuurd? Als Darko hier zat, zou hij dan naar huis zijn gestuurd met de opdracht: 'Ga eerst maar geld halen'? Gelukkig heeft Kadoke eraan gedacht zijn paspoort mee te nemen, zijn tas met de laptop heeft hij bij zijn moeder achtergelaten. Hij zit in de wachtkamer zonder iets te lezen bij zich te hebben, geen krant, geen vaktijdschrift, geen dienstverslag. De medische zorg vereist steeds meer administratieve handelingen; het eindeloos invullen van rapporten is een doel op zich geworden. Wat ooit was bedoeld om fouten te voorkomen en transparantie te bevorderen, is verworden tot hoofdtaak. Hij is er nooit verbolgen over geweest, maar hier in de wachtkamer van de eerste hulp betrapt hij zich op de sombere gedachte dat hij deel uitmaakt van een systeem waar hij zich niet meer thuis in voelt.

Als hij eindelijk aan de beurt is wordt hij opgehaald door een kranige vrouw op leeftijd die de triage doet. Ze meet zijn bloeddruk. Ze verzwijgt wat de resultaten zijn, maar hij ziet dat alles in orde is. Dan vraagt ze of hij rookt. Intuïtief wil hij nee antwoorden, maar hij herstelt zich snel: 'Ja, tien tot vijftien sigaretten per dag. Soms iets meer.'

Ze knikt alsof ze geen ander antwoord verwachtte. Vervolgens informeert ze, een tikkeltje streng: 'Wilt u aangifte doen?'

'Nee,' antwoordt hij.

'Het protocol schrijft voor dat bij geweldsdelicten, ongeacht of er aangifte wordt gedaan of niet, een psycholoog of maatschappelijk werker even met het slachtoffer komt praten. Dat u dat alvast weet.'

Aha, hij is dus niet alleen patiënt, hij is nu ook al slachtoffer. Hij vraagt zich af wat Rose en Darko hiervan zouden vinden, en welk commentaar zijn moeder hierop zou leveren. Darko zag geen liefde, Darko zag kolonialisme en nu zit Kadoke als slachtoffer bij de eerste hulp.

'Prima,' zegt hij kortaf. 'Geen bezwaar. Als het niet te lang duurt, mijn moeder is alleen thuis en ze heeft verzorging nodig.'

'Als ze niet alleen thuis kan blijven,' antwoordt de vrouw niet eens onvriendelijk, 'moet ze misschien naar een bejaardentehuis. Ga maar even in de wachtruimte zitten, u wordt zo opgehaald.'

Ze doet hem een polsbandje om waarop zijn geboortedatum en naam staan. 'Dat krijgt iedereen hier,' zegt ze. 'Het betekent niet dat u wordt opgenomen. Het is protocol.'

Protocol, het toverwoord van de zorg. Alles is protocol, waarmee eigenlijk wordt bedoeld: alles is angst om fouten te maken.

Hij gaat terug naar de wachtruimte, waar moeder en kind nog altijd zitten. Ze kijken hem allebei aan alsof ze iets van hem verwachten, misschien alleen een teken van solidariteit, een blik van verstandhouding, patiënten onder elkaar, zij die overgeleverd zijn en dat ook weten. Het verlossende woord moet van de arts komen, die zelden over dergelijke woorden beschikt.

Omdat hij het staren van moeder en kind ongemakkelijk vindt, kijkt hij weg in de richting van een koffieautomaat en om zich een houding te geven loopt hij er vervolgens heen. Pas als hij voor de automaat staat beseft hij dat hij geen kleingeld bij zich heeft.

Een jonge, vrouwelijke arts vraagt: ‘Wacht u ergens op?’

Ze haalt soep uit de automaat.

Kijkend naar de vrouw herinnert hij zich zijn liefdesleven, hoe hij na de scheiding een onstuimige fase met veel artsen in opleiding had gekend. Geleidelijk aan had zijn liefdesleven de waakvlamstand weer aangenomen. Dat stoorde hem niet, omdat voor de scheiding het vuur al nauwelijks flakkerde. Desondanks heeft hij altijd condooms op zak. Hij houdt alle mogelijkheden open, in theorie dan.

Het gebrek aan hartstocht in zijn leven ervaart hij niet als problematisch. Er was genoeg hartstocht in zijn leven geweest: verliefdheden, affaires, een huwelijk. In zijn werk komt hij veel hartstochten tegen, vooral de fatale gevolgen ervan, en is zijn liefde voor moeder geen hartstocht? Soms gaat hij naar de opera om naar emoties te kijken en te luisteren die hem niet helemaal vreemd zijn, maar die hij nooit meer aan den lijve ervaart. De totale ontreddering die hij zich kan herinneren uit zijn puberteit heeft hem verlaten en dat spijt hem niet (hij ziet overal ontreddering om zich heen).

Tot gisteren, toen de zomerse verliefdheid toesloeg. Misschien moet hij zeggen: het was ontreddering die zich vermomd had als verliefdheid.

Kadoke loopt naar buiten en steekt een sigaret op. Er zit een weldadige rust in het roken die hem vaag aan liefde doet denken. Tien tot vijftien keer per dag bedriegt hij zijn moeder met een sigaret. Dit bedrog is geen smet op de relatie, maar geeft de essentie ervan weer. Hij houdt zoveel van moeder dat hij haar voor de waarheid wil behoeden, zonder dat hij overigens precies zou kunnen zeggen wat die waarheid is, hooguit dat hij niet degene is die zij denkt dat hij is, die hij graag voor haar wil zijn.

De waarheid is dat hij rookt, de waarheid is een sigaret. Hij is iemand die zijn gezondheid en zijn overleven niet boven alles stelt, dat is de voor moeder al te pijnlijke waarheid. Overigens roken de meeste mensen die hij in de psychiatrie kent, andermans geestesziekte dwingt je tot roken.

Het bedrog is een vorm van assimilatie, hij past zich aan, maar nooit helemaal. Het dubbelleven is voor hem niet de uitzonderingstoestand, niet het gevolg van een onverwachte maar ietwat precaire samenloop van omstandigheden, het dubbelleven is de normaliteit die bestaat uit het consequent voldoen aan tegenstrijdige verlangens en wensen. Wie hij echt is zou hij niet durven zeggen en voor zover hem dat ooit interesseerde is het een interesse die hij heeft verloren.

Het dubbelleven is de regel, niet de uitzondering. Staand voor de eerste hulp met uitzicht op de parkeergarage weet hij dat zeker. Andermans verlangens confronteren hem met zijn falen, dat uiteindelijk de harde kern is van het menselijk bestaan. Dat zou hij nooit zo hardop zeggen waar collega's bij zijn, het zou wat al te filosofisch klinken, maar precies dat is zijn grootste bezwaar tegen zelfmoord: de zelfmoord maakt een eind aan de mogelijkheid om te falen.

Je hebt een dubbelleven omdat je je stiekem moet verhouden tot je eigen falen.

Een man van zijn leeftijd stapt uit een taxi, hij heeft een bloedende hand. Hij blijft voor Kadoke staan en wijst op diens oog.

'Ook gevochten?' vraagt de man.

Kadoke bekijkt de man, hij ruikt naar zweet, ziet er tamelijk onverzorgd uit en heeft overgewicht. Het hoort bij Kadoke's beroep, het observeren, het ordenen. Overal ziet hij patiënten, dat is niet erg, zolang de patiënten maar geen onwenselijk gedrag vertonen. Uiteindelijk is hij door de maatschappij aangesteld om dat onwenselijke gedrag een halt toe te roepen.

'Ik heb me niet verweerd,' zegt Kadoke rustig. 'Dus van vechten was nauwelijks sprake.'

'Heb je een sigaret voor me?' vraagt de man.

Kadoke geeft hem een sigaret. Bijna hijgend staat de man naast hem te roken. De psychiater vermoedt een hartprobleem. 'Het is de tweede keer al deze maand,' zegt de man. 'Maar ik kan toch niet over me heen laten lopen?'

Kadoke knikt.

'Is het al wat afgekoeld? Ik voel het niet. Is het aan het afkoelen?'

'Vergeleken met gisteren is het stukken koeler,' antwoordt Kadoke. Hij trapt zijn sigaret uit, gaat naar binnen en hoort vrijwel meteen hoe een jonge arts driftig zijn naam roept.

Snel en ietwat onderdanig loopt hij naar haar toe. 'Ja,' zegt hij. 'Kadoke, dat ben ik.' Waarop zij antwoordt: 'Ik sta hier al een tijd te roepen.' Hij excuseert zich, loopt achter haar aan.

In een behandelkamer vertelt ze dat ze Petra heet, dat ze nog in opleiding is maar dat ze straks gaat overleggen met haar supervisor en dat hij zich geen zorgen hoeft te maken.

'Dit is een academisch ziekenhuis, ik had niet anders verwacht dan een arts in opleiding. En ik maak me geen zorgen. Dat doe ik zelden. Zo min mogelijk. Wij hebben het niet in de hand.'

Petra gaat niet op zijn woorden in, ze vraagt niet wat 'het' is. Ze bekijkt Kadoke's wonden, maakt ze schoon, stelt naar zijn smaak net ietwat te ongeïnteresseerd enkele vragen over zijn medische voorgeschiedenis. Je moet afstand bewaren tot de patiënt maar de patiënt moet erop kunnen vertrouwen dat hij zijn leven in handen legt van iemand voor wie dat leven ook enige waarde heeft.

Kadoke zegt dat hij weliswaar rookt maar dat hij desondanks een man is zonder klachten, hij heeft geen noemenswaardige medische voorgeschiedenis. Ze knijpt in zijn wang en wil weten hoeveel pijn dat doet op een schaal van nul tot tien. 'Drie,' zegt hij.

Voor de zekerheid wil ze nog even naar zijn longen luisteren.

Dan verklaart ze: 'Ik ga nu overleggen met mijn supervisor en in de tussentijd komt een maatschappelijk werker met u een praatje maken.'

Hij blijft achter in de behandelkamer. De deur heeft ze half open laten staan. Hij ziet veelal jonge artsen voorbijlopen, sommige werpen een nieuwsgierige blik naar binnen. Morgen zal hij op zijn werk het blauwe oog moeten toelichten, maar dat geeft niet, hij kan dat zonder de waarheid al te veel geweld aan te doen. Omdat de maatschappelijk werker op zich laat wachten belt Kadoke zijn moeder, die hem aanraadt in het ziekenhuis te blijven en zich daar te laten verzorgen. Ze voegt eraan toe dat ze heus wel een dag of wat zonder hem en zonder verzorging kan, maar hij antwoordt dat de wonden zijn schoongemaakt, dat er niets gehecht hoeft te worden, dat er niets gebroken is en dat hij zo snel mogelijk weer thuiskomt om het avondeten klaar te maken.

Nog voor hij het gesprek heeft kunnen beëindigen komt de maatschappelijk werker binnen, een jongeman die al behoorlijk kalend is. Verder lijkt hij aan gewichtheffen te doen, hij heeft indrukwekkende biceps.

De maatschappelijk werker stelt zich voor, legt uit waarom hij hier zit en vraagt dan: 'Is dit uw eerste confrontatie met huiselijk geweld?'

'Huiselijk geweld?' Kadoke trekt zijn wenkbrauwen op. 'Hoe weet u dat dit huiselijk geweld was?'

De jongen knippert nerveus met zijn ogen. 'Dat weet ik niet zeker,' zegt hij, 'ik trok die conclusie op grond van de informatie die ik had gekregen. Als het geen huiselijk geweld was, hoe zou u het geweld dan willen omschrijven?'

Kadoke heeft behoefte aan nog een sigaret en voor het eerst sinds tijden, nee voor het eerst sinds gisteravond, heeft Kadoke zin in seks. Alsof de biceps van de maatschappelijk werker iets in hem losmaken. Al maanden had hij geen zin in seks, de lust drong zich niet meer aan hem op, tot gisteravond, tot de verzorgster van zijn moeder de deur opendeed met alleen een handdoek omgeslagen. Rose, in wie hij onverwacht een engel had ontwaard met wie hij zijn leven wilde delen. Hij zou haar willen zoenen, zelfs nu nog. Seks was hem ontglipt zoals gitaarspelen je kan ontglippen: een tijd speel je intensief gitaar tot je op een avond tot je eigen verbazing merkt dat het instrument al maanden ongebruikt in een hoek van de kamer staat.

Deze maatschappelijk werker roept afschuw in hem op, hij had liever een psychologe gehad die hij had kunnen charmeren. Hoewel hij ook voor psychologen in het algemeen geen goed woord overheeft, voor hun methodes, hun therapieën, hun kijk op de patiënt die samenvalt met hun kijk op de wereld.

Maar Kadoke moet bekennen dat zelfs hij de neiging altijd en overal te diagnosticeren niet kan onderdrukken. Met professionele distantie, maar trouw aan de eed die hij ooit heeft gezworen.

Kadoke tolereert de maatschappelijk werker die tegenover hem zit, net zoals hij psychologen in zijn team tolereert; zolang ze hun werk doen en niet te veel spreken over hun opvattingen vindt hij alles best.

'Ik zou het geweld niet verder willen omschrijven,' zegt Kadoke, 'ik zou er geen overbodige adjectieven aan vast willen plakken. Ik zou het gewoon geweld noemen. Het vond overigens plaats bij mijn moeder thuis, in die zin was het huiselijk.'

De maatschappelijk werker schrijft iets op.

'Was degene die het geweld uitoefende iemand die u goed kende? Maakte hij deel uit van het gezin?'

'Diegene maakte geen deel uit van het gezin, ik ken die persoon niet goed.'

'Hebt u reden aan te nemen dat dit zich in de toekomst zal herhalen?'

'Ik heb geen reden aan te nemen dat dit geweld zich zal herhalen.'

'U bent niet bang?'

'Iedereen heeft angst, maar voor deze meneer of mevrouw, want specifieke informatie wens ik u niet te verschaffen, ben ik niet bang. Het was iets eenmaligs.'

De maatschappelijk werker is even stil. Dan herhaalt hij, bijna mompelend, het woord 'eenmalig' alsof hij niet weet wat hij met dat woord aan moet. 'Hoe weet u zo zeker dat dit iets eenmaligs was?' vraagt hij uiteindelijk.

'Omdat ik het niet meer zal laten gebeuren.'

Kadoke dwingt zich om sympathie op te brengen voor de maatschappelijk werker. De jongeman zit hier ook maar omdat de protocollen hem daartoe dwingen, omdat hij gestuurd is.

'Zijn er dingen die ik zou moeten weten?' vraagt de maatschappelijk werker. 'Is er iets wat u me wilt vertellen?'

Kadoke kijkt naar het plafond, er zijn scheuren zichtbaar.

'Dat de geestelijke gezondheidszorg in Nederland op een moreel en praktisch faillissement afstevent. Ik zou als ik u was een ander beroep kiezen.'

Dat was niet empathisch en zeker niet sympathiek, maar hij dacht aan Rose, hoe ze daar had gestaan in de deuropening, hoe ze die ochtend had laten blijken dat ze niet wilde dat hij stierf, hoe ze zijn onderrug had bekeken, de angst in haar ogen. Hoe hij zich in zijn fantasie aan haar had verbonden. Hij kon het niet helpen.

De maatschappelijk werker is even stil. 'Ik zit hier niet om met u de staat van de gezondheidszorg te bespreken, dat weet u ook.'

'Neem me niet kwalijk,' antwoordt Kadoke. 'Ik zou even willen roken voor we het gesprek voortzetten, kan dat?'

'Is het dringend?'

'Als het niet dringend was, had ik de vraag niet gesteld.'

De maatschappelijk werker knikt en Kadoke besluit dat knikken voor toestemming aan te zien. Hij loopt naar buiten, waar ook een agent staat te roken. Ze monsteren elkaar even, maar tot een gesprek komt het niet.

Vanwege zijn werk heeft Kadoke veel met de politie te maken. Tussen het criminaliseren en het medicaliseren van onwenselijk gedrag zit een grijze zone en je zou kunnen zeggen dat Kadoke zich in die zone heeft gespecialiseerd, al is hij daar bij toeval terechtgekomen. Aanvankelijk was hij meer geïnteresseerd in vroegtijdige preventie bij jeugdige, psychotische patiënten, maar vanwege een conflict besloot hij een andere specialisatie te kiezen en hij kwam uit bij suïcidepreventie. Is dat niet de kern van de psychiatrie, dat de patiënt verleid moet worden tot leven, al was het maar omdat psychiaters anders overbodig zouden worden? Elke beroepsgroep creëert zijn eigen perpetuum mobile.

Een collega had een tijd geleden gezegd: 'Ik vind dat je een beetje een autistisch gevoel voor humor hebt.'

'Nee,' had Kadoke geantwoord, 'autistisch zou ik het niet willen noemen. Joods ook niet. Als ik er al een naam aan zou moeten geven zou ik voor "droog" kiezen, maar als je wilt kan ik de humor best onderdrukken. Alles kan worden onderdrukt, ook humor.'

'Onderdruk maar niets,' had de collega geantwoord.

Niet lang daarna was die collega naar een ziekenhuis in Den Haag gegaan en niemand in het team met wie Kadoke nu werkt heeft klachten over hem. Hij wordt gerespecteerd en gewaardeerd.

Hij gaat terug naar de behandelkamer, die hij slechts met moeite kan vinden. Alle behandelkamers lijken op elkaar. De maatschappelijk werker zit te spelen met zijn balpen en houdt daar pas mee op als Kadoke weer in zijn stoel zit en aangeeft dat het gesprek wat hem betreft kan worden voortgezet. 'Ik heb even overlegd met mijn supervisor,' zegt de maatschappelijk werker uiteindelijk, 'als u verder niets met mij te bespreken hebt, als er echt niets is wat u nog kwijt wilt dan zal ik het hierbij laten. De arts komt zo nog even langs om het somatische, het lichamelijke gedeelte met u te bespreken.'

'Ik weet wat somatisch is,' zegt Kadoke kortaf en hij heeft ook daar meteen spijt van.

De maatschappelijk werker negeert Kadoke's sarcasme met een mate aan professionaliteit waarvoor Kadoke alleen respect kan opbrengen. 'Ik moet u deze ene vraag nog stellen. U weet zeker dat u geen aangifte wilt doen?'

'Dat weet ik zeker.'

'Sterkte,' zegt de kalende jongeman. 'Sterkte met alles.'

Kadoke veracht zijn hardheid, zijn onverbiddelijkheid. Hij slaat van zich af maar op de verkeerde momenten. In deze schuldbewuste stemming blijft hij wachten op de somatische afsluiting van de behandeling.

Vermoedelijk zijn zijn hardheid en zijn ongevoeligheid onvermijdelijk, besluit hij. Op je zwakste momenten moet je jezelf vergeven, omdat niemand anders het doet.

Wie dagelijks met het lijden van anderen wordt geconfronteerd, of beter gezegd: wie dagelijks met de doodswens van anderen wordt geconfronteerd, moet hard worden, een zekere ongevoeligheid ontwikkelen om niet mee te worden gesleurd in andermans wanhoop. Daarbij zou hij het narcisme van de hulpverlener nooit willen onderschatten. Als er iets is wat de hulpverlener onder ogen dient te zien is het zijn onvermogen, zijn eigen machteloosheid. Hij moet begrijpen dat hij niet veel kan doen, dat hij de situatie door zijn aanwezigheid soms erger maakt in plaats van beter, dat hij zich dan moet terugtrekken en de narcistische wens om te willen helpen moet leren onderdrukken.

Petra komt weer binnen, sluit de deur en neemt plaats tegenover Kadoke. Ze trekt een gezicht alsof ze een gewichtige mededeling gaat doen. 'Ik heb alles doorgenomen met de supervisor,' zegt ze. 'U kunt naar huis. Als u veel last hebt van uw wang of uw oog kunt u wat ijs in een zak of een doek wikkelen en dat ertegenaan drukken.'

Hij bedankt haar voor het advies, een karig advies, zeker gezien de tijd die hij geïnvesteerd heeft in dit bezoek. 'Succes met de rest van de opleiding,' zegt hij bij wijze van afscheid.

Kadoke neemt een taxi naar het huis van zijn moeder, hij heeft de sleutel zekerheidshalve meegenomen. Er is geen Rose die voor hem kan opendoen en moeder wil hij niet onnodig naar de deur laten komen.

De zoon komt zo geruisloos mogelijk binnen, hij wil weten hoe zijn moeder erbij zit als ze zich onbespied waant. Niet omdat hij haar op iets oneerbaars zou willen betrappen, maar omdat hij wil weten hoe het echt met haar gaat.

Ze zit op haar bureaustoel aan de eettafel te slapen met haar hoofd in haar handen. Als ze haar ogen opent, kijkt ze alsof hij niet weg is geweest, alsof hij al die tijd voor haar heeft gestaan. Ze concentreert zich op zijn wang en zijn oog, ze staart ernaar. 'Het ziet er nog steeds niet goed uit,' zegt ze. 'Je gezicht is opgezwollen.'

Ze opent haar agenda en sluit die weer. Het opgezwollen gezicht van haar zoon maakt haar nerveus. Ze heeft nooit goed met ziektes kunnen omgaan. Zelfs in een verkoudheid herkende ze de dood.

'Als kleuter kon je al niet van je afbijten,' verklaart ze, meer aan zichzelf dan aan haar kind, 'en er is in al die jaren niets veranderd, helemaal niets.'

'Ik ga op een vechtsport,' zegt hij. 'Ik zal er iets aan doen.'

'Dat is laat. Nu nog op een vechtsport. Heel laat. Maar je hebt mooie haren. Die maken je jonger. Laat je nooit wijsmaken dat je oud bent.'

Hij warmt in de keuken de linzensoep op die Rose nog heeft gemaakt, dan gaat hij naast zijn moeder zitten en kijkt toe hoe ze eet. Ze eet met smaak, wat een goed teken is, maar hij kan zich vergissen. Zijn moeder is een bedrieglijk wezen. Terwijl ze nog in de soep lepelt gaat hij naar de keuken en belt het meisje dat altijd in de weekenden komt. June.

'June,' zegt hij, 'it's me. Rose left us unexpectedly. I will explain later why. Could you work a few more days for the time being?'

'No,' zegt June. 'I know what happened. And I will never come back to your house. Do not count on the Nepalese community, we know who you are. I'm sorry for mother, but you will never see me again. There is something broken and I cannot fix it. I will pray for mother and you.'

Ze hangt op.

Hij zou willen terugbellen om te zeggen dat als ze toch voor moeder bidt ze moeder misschien ook kan verzorgen, dat is zinvoller dan bidden, maar hij beseft dat die mededeling niet in goede aarde zal vallen.

De Nepalese gemeenschap weet wie hij is. Wat weten ze eigenlijk? Wat bedoelen ze ermee, dat hij ontmaskerd is, dat hij zichzelf ontmaskerd heeft? Ze weten wie hij is en daarom willen ze niets meer met hem te maken hebben.

Hij gaat terug naar moeder. Ze slaapt alweer.

'Moeder,' zegt hij, 'June wil hier ook niet meer werken. Ik neem de schuld op me. We vinden wel nieuwe meisjes. Maar vannacht blijf ik hier slapen.'

Ze opent haar ogen en meteen zegt ze: 'Ik heb je altijd gezegd dat dit huis jouw huis is. Ik heb nooit begrepen dat je bent weggegaan. Jouw opklapbed is opgemaakt. Ik heb altijd tegen de meisjes gezegd: "Misschien blijft hij slapen." Maar je bent nooit blijven slapen, en nu de meisjes er niet meer zijn durf je opeens. Altijd al was je bang voor de mensen, altijd ben je een moederskindje geweest.'

'Het heeft niets met durven te maken, moeder,' zegt hij, 'ik ben een volwassen man, ik heb een huis, ik had een vrouw. En de meisjes sliepen op mijn opklapbed. Mijn opklapbed was het bed van de meisjes ge–'

'Ja, je had een vrouw,' onderbreekt moeder hem, met giftige

nadruk op het woord 'had'. 'Wat een ramp was dat. Goed dat die er niet meer is. Ze was een nagel aan mijn doodskist, die vrouw, en een nagel aan jouw doodskist. Hoe vaak heb ik haar niet horen zeggen dat je er slecht uitzag. En één keer zei ze dat je een smalle borstkas had. Dat zeg je toch niet tegen je man? Een smalle borstkas.'

'Ze bedoelde het goed, mama.'

Dus zijn moeder heeft al die tijd gewacht tot hij weer bij haar zou intrekken? Hij had nooit aandacht besteed aan het feit dat het opklapbed in zijn jongenskamer altijd uitgeklapt was, altijd opgemaakt, dat er een handdoek op het hoofdkussen lag die daar ongebruikt bleef liggen. Tot de meisjes bij moeder introkken en het bed niet meer onbeslapen bleef. Hij had gedacht dat zijn moeder soms zelf in zijn oude bed kroop, omdat ze rusteloos was, omdat ze niet kon slapen, omdat ze zenuwachtig was, vooral 's nachts, en dan van bed naar bed ging. Dat verklaarde die handdoek misschien niet, maar zijn moeder houdt er in de ogen van vreemden nu eenmaal merkwaardige rituelen op na. Rituelen die hij vroeger verklaarde of vergoelijkte tegenover vriendjes. Nu hoeft dat niet meer. Moeder leeft in het geheim.

Maar ze wachtte dus op hem, de handdoek was meer dan een ritueel, terwijl ze toch had kunnen weten dat kinderen het huis uit gaan om nooit meer terug te keren. Zijn moeder leefde in een fantasiewereld, en in die fantasiewereld kwam haar zoon weer bij haar wonen. Daarom bleven de meisjes elke week een schone handdoek in de badkamer leggen voor Kadoke. Ook al was de oude niet gebruikt. Omdat zijn moeder wachtte op een wonder.

Hij zou tegen haar willen zeggen: 'Wacht niet op een wonder, niemand zou zichzelf dat moeten aandoen.' Maar in plaats daarvan zegt hij: 'Ik breng je zo naar boven. Alles komt goed. Je hoeft nergens bang voor te zijn.'

Hij gaat achter zijn moeder staan en begint haar schouders te masseren. Hij vraagt zich af waar hij zo snel vervanging kan vinden voor de meisjes die al die jaren voor haar hebben gezorgd, hij vraagt zich af of dit zijn verdiende loon is of dat hun reactie overtrokken is en ook een zekere harteloosheid verraadt.

Hoe schuldig is hij? Hij was verliefd geworden, met een kracht en een ontreddering die niet bij zijn leeftijd pasten. Gevoelens hadden hem overmand. Of ze gepast waren kon hij zich op dat moment niet eens afvragen. Het is lastig, misschien onmogelijk overmand te worden door gevoelens en die tegelijkertijd te herkennen als een vergissing, als iets waarvan je je moet distantiëren. Zijn verliefdheid was een vergissing, vermoedelijk kon zijn leven een vergissing worden genoemd.

Kadoke had gedacht dat de volledige ontreddering hem aan het eind van zijn puberteit had verlaten maar nu moet hij toegeven dat dat niet zo is, dat de ontreddering er altijd was geweest en nooit meer zal weggaan, dat hij haar alleen niet had willen zien, dat hij blind voor haar was geweest.

'Au,' roept zijn moeder. 'Ik ben niet van steen.'

Hij heeft haar zachtjes in haar hals gebeten. Dat doet hij vaker, om haar aan het lachen te maken. Lachen doet ze vandaag niet. Morgen is er weer een nieuwe kans.

'Ik blijf vannacht hier slapen omdat de meisjes er niet meer zijn om op je te passen, maar ik heb een huis, mama, ik ben een getrouwde man geweest. Dat jij haar afschuwelijk vond weet ik, maar jij zou iedere vrouw afschuwelijk hebben gevonden, om precies te zijn iedere vrouw die ik mee heb genomen vond je afschuwelijk. Pas als ze niet meer in beeld waren, kon je ze in sommige gevallen accepteren.'

'Omdat je geen smaak hebt,' zegt ze. 'Als het om vrouwen gaat heb je nooit smaak gehad. Omdat je altijd vrouwen hebt gezocht die over je heen liepen en je misbruikten. Je hebt geen ruggengraat. Je was een jongen zonder ruggengraat. Nu ben je een man zonder ruggengraat. En zolang je geen ruggengraat hebt kan ik niet doodgaan.'

Het woord 'misbruikten' treft hem onaangenaam. 'Ze misbruikten mij niet,' mompelt hij. 'Ik ben niet misbruikt.'

In de keuken doet hij het polsbandje af dat ze hem in het ziekenhuis hebben gegeven. Even staart hij naar zijn geboortedatum en zijn naam alsof die niet bij hem horen, dan gooit hij het bandje weg.

Nu is hij geen patiënt meer, nu is hij weer psychiater.

6

Via een collega heeft hij een Nederlandse dame gevonden die op bejaarden past en na de dood van haar laatste bejaarde op zoek is naar nieuw werk. Ze is duurder dan de illegale Nepalezen, maar dat moet maar. Het zal wel horen bij de straf die hij over zichzelf heeft afgeroepen.

Bij binnenkomst zegt ze: 'Ik wil graag Betty worden genoemd.' Wat de toon zet voor de rest van het gesprek. Ze had ook kunnen zeggen dat ze Betty heette, maar nee, ze geeft als wens vermomde bevelen.

Ze draagt een beige regenjas en daaronder een felgele trui. Pas op aandringen van Kadoke is ze bereid de regenjas uit te trekken. Ze kijkt rond alsof ze niet is gekomen om te solliciteren, maar om het huis te kopen.

Bejaardenverzorgster en zoon gaan in de woonkamer zitten terwijl moeder aan de eettafel langzaam in slaap sukkelt. Er staat nog een schaaltje met aardbeien voor haar dat Kadoke haar na de lunch (een knakworstje en een aardappel) bij wijze van dessert heeft geserveerd. Hij is een onhandige maar potentieel bekwame verzorger, hij leert snel.

Koffie wil Betty niet, thee evenmin en een glaasje water slaat ze ook af. 'Zullen we ter zake komen?' vraagt ze. 'Wat voor iemand is uw moeder? Ik heb met de meest uiteenlopende bejaarden gewerkt, ik heb veel ervaring met dementerende bejaarden. Ik mag wel zeggen dat dementie mijn specialisatie is. Demente bejaarden kun je bereiken door middel van muziek. Ik zing moet u weten, dus zodra ik iets merk van dementie ga ik zingen en dat werkt meestal goed.'

'Mijn moeder is absoluut niet dement,' antwoordt hij terwijl hij naar zijn moeder kijkt. Gezang in huis lijkt hem niets, maar een verzorgster die zijn moeder gaat behandelen alsof ze dement is, is pas echt een catastrofe. Zijn moeder heeft een speciaal gevoel voor humor en kan op sommige momenten agressief uit de hoek komen, dat is nog geen dementie.

Hij vindt het niet prettig om over zijn moeder te praten waar ze bij zit, maar het gaat nu niet anders. Dit is een noodsituatie, de Kadoke's hebben geen verzorgsters meer en op de lange termijn kan hij niet alles alleen blijven doen. Ze heeft al drie dagen niet gedoucht, moeder wil niet dat hij haar onder de douche zet en als hij aandringt zegt ze: 'Een keer per week is meer dan voldoende, zo warm is het nu niet meer.'

Moeder lijkt niet te merken dat ze is verworden tot een geval. Niet langer iemand die echt zelf spreekt, maar iemand over wie wordt gesproken. Ze is weer wakker en bezig het groen van een aardbei te verwijderen met een concentratie die iets bovenmenselijks heeft.

'Mijn moeder is makkelijk in de omgang,' zegt hij. 'U zou voor haar moeten koken, u zou haar moeten helpen met douchen. Soms kan ze alleen naar de wc, soms heeft ze hulp nodig, ze draagt broekjes.'

'Luiers.'

'Broekjes. U zou met haar moeten wandelen.'

'Wandelen doe ik graag. Ook als het wat minder mooi weer is. Ik vind dat bejaarden er zo veel mogelijk uit moeten. Het ergste wat de bejaarde medemens kan overkomen is dat hij de hele dag op een stoel zit te dommelen.'

De badinerende toon waarop Betty over bejaarden praat vindt Kadoke storend, maar het zou een beroepsafwijking van de bejaardenverzorgster kunnen zijn. Hij sluit niet uit dat ook hij weleens badinerend over psychiatrische patiënten praat. Moeder zit nu weer op haar stoel te dommelen. Haar kin rust op haar borst, haar mond hangt half open. Eén aardbei heeft ze gegeten. Zou Betty's opmerking een verkapt verwijt zijn? Is de verzorging die hij moeder biedt verwaarlozing in vermomming? Onverschilligheid misschien? Maar dan is vrijwel alle zorg verwaarlozing in vermomming.

'Moeder gaat één keer per dag naar buiten, als het weer het toelaat. Soms heeft ze geen zin, ze moet een beetje gestimuleerd worden.' Hij praat zacht, alsof hij geheimen heeft voor moeder. Vermoedelijk heeft hij die ook. Dat hij over haar praat, dat is het geheim. Zijn per definitie ontoereikende en onvolmaakte zorg.

'Stimuleren vind ik het allerbelangrijkste van de bejaardenverzorging. Ik zeg altijd: een bejaarde verzorgen is geen kunst. Waar het om gaat is de bejaarde te stimuleren. Een bejaarde voor de tv zetten kunnen we allemaal wel, dat is net zoiets als een kleuter een iPad in de hand drukken. Het gaat erom de bejaarde iets aan te bieden waardoor zijn ontwikkeling wordt gestimuleerd. Er valt altijd iets nieuws te ontdekken, hoe oud je ook bent.'

Hij begint zich af te vragen of Betty de juiste persoon is voor zijn moeder. Kadoke schat zijn moeder niet in als een persoon die wil worden gestimuleerd, die op haar leeftijd nog iets nieuws wil ontdekken. Ze heeft genoeg stimulatie in haar leven gehad, ze heeft, vermoedt hij, al heel lang geen behoefte meer aan stimulatie van de medemens, ze zou die stimulatie zelfs buitengewoon onaangenaam kunnen vinden. Of hij en Betty met elkaar overweg kunnen vraagt hij zich ook af, maar dat is minder belangrijk, het gaat om moeder en Betty. Ze komt op hem over als iemand die er vooral van houdt om bevelen te geven aan mannen. Maar hij zal zich schikken. Hij zal Rose missen, nee, hij mist haar al, het verlangen, het zeer discrete maar altijd gapende gat van de begeerte waardoor een bezoek aan zijn moeder meer was dan alleen een bezoek aan de overlevende ouder. Het was ook altijd een bezoek aan de vrouw op wie hij zonder dat hij dat zelf besefte een verlangen had gericht, een absurde vorm van hoop, de vrouw die voor zijn moeder zorgde, de engel; hij zal zich aanpassen aan de nieuwe situatie, de nieuwe bejaardenverzorgster. Geen engel of althans een heel ander soort engel. Geen liefde. Geen hoop. Zelfs geen broeierigheid. Zakelijke zorg. Uitstel van executie. Gratie. Op zijn best.

'Ik blijf hier alleen niet slapen,' zegt Betty, 'slapen doe ik in mijn eigen bed.'

'Dat begrijp ik. Dat verwacht ik ook niet. We zoeken nog iemand voor de nacht. De meisjes die hier werkten bleven ook slapen, maar die gunst kun je niet aan iedereen vragen.'

Vooral niet aan mensen met een geldig Nederlands paspoort, wil hij eraan toevoegen, maar dat doet hij uiteraard niet.

Hij ziet Betty voor zich in haar eigen bed, een droevig bed is het, een bed van seksuele misère. Kun je zeggen: seksueel gezien is mijn leven miserabel, maar op het werk gaat het uitstekend? Is het waar, wat ze zeggen, wat hij lang geleden aan een patiënt heeft verteld, dat seksualiteit overschat is? Of is dat slechts een poging van de altijd maar stervende mens zich te verzoenen met wat hij niet kan veranderen?

'Slaapt uw moeder goed?' informeert Betty.

'Ze slikt slaaptabletten.'

'Dus ze slaapt slecht.' Betty zegt het op een toon alsof ze dingen aan het afvinken is. Geen dementie, wel slaapproblemen. 'Als ze slaaptabletten slikt zal ze 's ochtends vroeg nog wel suf zijn. Ik ken dat van de vorige dame die ik verzorgd heb, bijna acht jaar lang. Haar dood heeft me aangegrepen, het is toch alsof je een familielid verliest. Je bent betrokken bij iemand, maand na maand, jaar in jaar uit, en dan van de ene op de andere dag is diegene er niet meer. Enfin, dat hoort bij mijn beroep. Ik zal er rekening mee moeten houden dat als ik hier 's ochtends kom uw moeder waarschijnlijk nog wat versuft is van de slaaptabletten. En wat zijn de interesses van uw moeder?'

Hij vindt dat moeilijk te zeggen. Heeft zijn moeder nog echte interesses? Haar wereld is klein geworden, maar hij zou willen zeggen dat haar wereld altijd klein is geweest. 'Mijn moeder heeft de kampen overleefd en soms vertelt ze daarover, of droomt ze erover, maar er zijn ook dagen, zelfs weken, dat de soaps op televisie haar meer bezighouden dan de kampen. *Dr. Phil.*'

'Welke kampen heeft ze overleefd als ik vragen mag?'

'Een paar,' zegt Kadoke. Hij vindt het niet nodig in details te treden.

'Ik was een jaar of wat geleden in Dachau, samen met mijn partner, die toen nog leefde. Indrukwekkend. Zat uw moeder toevallig in Dachau?'

'Nee,' zegt hij. 'Daar heeft ze niet gezeten.'

Betty kijkt teleurgesteld. Had moeder haar niet het plezier kunnen doen om ook in Dachau te hebben gezeten? Het was een kleine moeite geweest. Hij begrijpt Betty's teleurstelling. Dachau kent ze. Van de andere kampen kan ze zich vermoedelijk geen voorstelling maken, die zijn abstract voor haar. Dachau niet. Daar is Betty zelf geweest.

Op dat moment staat moeder op, ze pakt haar stok en loopt in de richting van de wc.

'Waar gaat uw moeder heen?' vraagt Betty.

'Naar de wc, vermoed ik.'

'Ik zal uw moeder helpen.'

Ze springt op en loopt achter moeder aan naar de wc. Vandaar hoort hij geluiden die doen denken aan een handgemeen, maar hij vindt het niet zijn taak tussenbeide te komen. 'Ik heb geen licht nodig,' hoort hij moeder roepen. Kadoke verroert zich niet. Betty is een bejaardenverzorgster, eentje met ervaring, ze zal wel weten wat ze doet.

Dan hoort hij een ijselijke gil die hem door merg en been zou zijn gegaan als hij enig mededogen voor Betty zou hebben gevoeld, maar op welke gevoelens hij zich ook tegenover Betty heeft weten te betrappen, mededogen zat er niet bij.

Betty gilt nog een keer, ze komt de kamer binnengestormd.

'Uw moeder...' zegt ze. Ze slikt. Ze worstelt met wat ze moet gaan zeggen, alsof ze een bekentenis wil gaan doen waar ze enorm tegen opziet. Ze slikt nog een keer. Ze zwaait met haar rechterhand, zoekend naar een woord lijkt het wel, maar het zou ook kunnen dat ze iemand wil slaan en dat ze haar agressie nu, bij gebrek aan mensen, op de lucht uitleeft. Of is ze duizelig? Wil ze zich aan iets vastgrijpen?

'Uw moeder,' zegt ze. Even is ze stil. Kadoke kijkt haar met enige verbazing maar ook met afschuw aan. Hij vindt Betty zo inefficiënt, ze is zo op zichzelf gericht terwijl een verzorgster toch vooral met de ander bezig zou moeten zijn, hij houdt niet van dit theater. Rust, hij houdt van rust. Tegelijkertijd dringt het tot hem door dat hij vooralsnog geen alternatieven voor Betty heeft. Bij de Nepalese gemeenschap kan hij niet meer terecht, andere bejaardenverzorgers kent hij niet. Het zou fijn zijn als Betty hier kwam werken, al was het maar tijdelijk. Meer dan fijn, het zou dringend gewenst zijn. Dan zegt Betty: 'Uw moeder heeft een piemel.'

Het woord 'piemel' komt eruit alsof het een synoniem is van 'fascist', alsof mensen met piemels feitelijk niets anders zijn dan fascisten, al zullen er ongetwijfeld verzachtende omstandigheden bestaan voor sommige van die mensen. Iets in de intonatie van Betty houdt die mogelijkheid open, de mogelijkheid van medelijden met wat aan de piemel vastzit moet niet op voorhand worden uitgesloten.

Ja, hij was er nog niet aan toegekomen dat te vertellen, maar Betty had hem ook nauwelijks de kans gegeven.

'Gaat u zitten,' zegt Kadoke.

'Nee, ik blijf staan.'

Ze klinkt agressief en angstig tegelijkertijd.

'Zoals u wilt.'

Kadoke zelf blijft zitten, dat vindt hij nu het beste.

'Kunt u mij uitleggen wat hier gaande is, wat gebeurt er eigenlijk in dit huishouden?'

De zoon drukt zijn handen tegen elkaar, hij heeft zin in een sigaret maar hij moet dit eerst afhandelen. Hij zou willen dat hij Betty's vraag kon beantwoorden, dat hij rustig in een paar zinnen kon vertellen wat hier gebeurt maar hij heeft het gevoel dat hij het zelf niet weet. 'Na de dood van mijn moeder raakte mijn vader in een diepe depressie,' zegt hij. 'Hij kwam er niet uit, tot hij na weken, maanden, mijn moeders kleren begon aan te trekken, hij werd als het ware zijn vrouw, zijn dode vrouw. Hij deed zijn pakken de deur uit, hij ging anders praten, hij eigende zich haar geschiedenis toe, hij veranderde in zijn dode vrouw.'

Hij zegt het voorkomend en begripvol. Kadoke weet dat dit een uitzonderlijke situatie is, hij beseft dat mensen hiervan kunnen schrikken, daarom is hij graag bereid tekst en uitleg te geven. Geleidelijk aan wordt hij weer de hulpverlener die hij nu eenmaal ook is, altijd bereid tot kalme toelichting, altijd geneigd iedereen tot rust te manen, de psychiater die zich door niets of niemand uit het veld laat slaan.

'Dat is niet normaal,' zegt Betty, die nog altijd lijkbleek is.

Ze gaat zitten. Dat is een goed teken. Misschien kan hij haar toch vermurwen om hier in elk geval een paar weken te komen werken. Betty is verre van ideaal maar hij heeft niets te wensen op dit moment en na verloop van tijd wennen mensen, ook aan het abnormale. Als je er dan nog meer tijd overheen laat gaan wordt het abnormale buitengewoon normaal. Men heeft zich neergelegd bij wat eerst onacceptabel leek.

'Ik begrijp uw verbazing,' zegt Kadoke, 'u moet weten dat we alles geprobeerd hebben, dat mijn vader zijn bed niet uit kwam zoals ik al zei, op geen enkel medicijn en geen enkele therapie reageerde, het was een mentaal probleem, zijn lichamelijke conditie was toen nog uitstekend. U moet begrijpen dat het pas weer langzaam beter met hem ging toen hij op een ochtend een jurk van zijn overleden vrouw, mijn moeder, aantrok. In mijn ogen is het een creatieve manier om met een ernstige depressie om te gaan.

Mijn vader is volledig opgegaan in zijn nieuwe rol, hij is letterlijk mijn moeder geworden.'

De bejaardenverzorgster zucht.

'Ik vind het niet normaal,' zegt ze. 'Het spijt me. Ik vind het abnormaal.'

'Hebt u iets tegen transseksualiteit?' vraagt Kadoke voorzichtig. Om de situatie tot een goed einde te brengen moet hij weten wat de bejaardenverzorgster precies abnormaal vindt.

'O nee.' Het komt eruit met een stelligheid die hem verbaast. 'Ik discrimineer niet. Op de Gay Parade vind ik de travestieten altijd het leukst, maar niet meer op deze leeftijd. Begrijpt u?'

Zou moeder hulp nodig hebben? Ze zit nog altijd op de wc.

'Niet meer op deze leeftijd, aha. Wat kan ik doen,' vraagt Kadoke terwijl hij aan een sigaret denkt, 'om u te verleiden hier te komen werken? Al was het maar om een moeilijke periode te overbruggen. Wat kan ik u aanbieden en wat kan ik voor u doen dat u zich hier thuis zou gaan voelen? Dat u mijn moeder kunt accepteren. Zoals ze is. Een gemankeerde moeder. Een moeder die ooit vader was. Een moeder die een zware depressie op een voor iedereen verrassende wijze heeft overwonnen.'

Vermoedelijk is Betty's begrip voor transseksualiteit leeftijdsgebonden, zoals seksualiteit zelf leeftijdsgebonden is. Vanaf een bepaalde leeftijd hoort de mens niet meer aan seksualiteit te doen, waar eens seksuele misère was is dan niets meer, hooguit een vaag gevoel van opluchting, het zaligmakende besef dat prostaat- of borstkanker je vooralsnog bespaard is gebleven. Geen seks meer en nog geen kanker of andere dodelijke ziektes, een gelukkige tussenfase.

'Hoe kan ik u verleiden hier te komen werken?' Ze heeft nog niet geantwoord dus dringt hij aan. Stilte doet de hoop groeien. Hij probeert charmant, ja misschien zelfs begeerlijk te kijken.

Er lijkt enige mildheid op het gezicht van Betty te verschijnen. Zou alleen het woord 'verleiden' al wonderen kunnen verrichten?

'Draagt ze een pruik?'

'Mijn moeder. Ja, dat is een pruik. Gemodelleerd naar het haar van de vrouw die is overleden. Zijn echtgenote, mijn moeder. Dat wilde mijn vader zo. Toen hij nog mijn vader was.'

Betty knikt.

Ze kijkt om zich heen, wijst dan op een schilderij.

'Bent u dat?' vraagt ze.

'Dat ben ik toen ik jong was.'

Ze knikt weer, staat op, gaat voor het schilderij staan dat er al decennia hangt. 'U hebt dus eigenlijk geen vader meer?' zegt ze na een korte maar intense stilte, alsof dit geen sollicitatiegesprek is maar een museumbezoek. Een merkwaardig museumbezoek, dat wel, waarbij de museumbezoeker en de suppoost zich tot elkaar verhouden als de klant tot de dealer, al voelt Kadoke zich steeds meer klant dan dealer. Hij is de vragende partij en dat wordt hem ook ingewreven.

Kadoke knikt. 'Je zou kunnen zeggen dat ik die in het proces ben verloren. Mijn vader is als het ware opgelost, maar ik heb er iets voor teruggekregen. Mijn vader heeft zich specifieke uitdrukkingen van mijn moeder toegeëigend, hij heeft zelfs haar handschrift overgenomen, hij is een rol gaan spelen en uiteindelijk is hij samengevallen met die rol. Zoals een boom die wordt overgeplaatst toch nog wortel kan schieten in nieuwe aarde, zo heeft hij wortel geschoten in zijn dode vrouw. Hij is zijn dode vrouw geworden, ik kan het niet anders zeggen, hij is vergeten wie hij was en dat was zijn redding. Ja, ze heeft nog een piemel, maar is dat belangrijk? De meisjes die haar tot nu toe hebben verzorgd stoorden zich daar niet aan. Ik ben eigenlijk ook vergeten dat moeder ooit mijn vader was. Ik ben haar piemel helemaal vergeten.'

Zelf vindt hij dat hij goed heeft gesproken. Een ziekteproces teruggebracht tot de kern ervan: de onconventionele genezing. Misschien is dit per hoge uitzondering meer dan stabilisatie, misschien is dit voorzichtige genezing.

Hij herinnert zich zijn echte moeder. Ze had een prolaps, een baarmoederverzakking. Een keer zag hij per ongeluk de baarmoeder uit de vagina van zijn moeder hangen. De baarmoeder die daar naar buiten hing deed hem aan een penis denken, een misvormde penis. Kort daarop stierf ze.

Betty aarzelt. Ze pakt een papieren zakdoekje uit haar broekzak, wrijft ermee over haar ogen. Huilt ze? Is er in deze schijnbaar zo kille vrouw plotseling emotie losgewoeld?

'Moeder!' roept Kadoke. 'Gaat alles goed daar?'

'Alles gaat goed,' antwoordt ze vanuit de wc.

Betty staat nog altijd voor het schilderij, met een verfrommeld papieren zakdoekje in haar hand. Is het misschien een allergie? Of ziet ze iets in de jeugdige Kadoke? Iets wat hij over het hoofd heeft gezien? Kan ze zich niet tot de volwassen man verhouden maar wel tot de jongen die hij ooit is geweest?

'Ik kan het niet,' verklaart ze starend naar het schilderij. 'Het spijt me. Ik kan het niet.'

Kadoke denkt na, hij weet niet wat hij moet zeggen om haar te overtuigen. Hij probeert het zo: 'Dat mensen moeten blijven wie ze zijn is een ouderwetse, om niet te zeggen achterhaalde gedachte. Mijn moeder, of misschien moet ik zeggen: mijn vader, praat zelfs zoals mijn moeder praatte, hij heeft haar tot in de kleinste details geïmiteerd. Zo heeft hij zichzelf gered. Ik heb niets tegen redding, alleen beroepsmatig gezien al niet, en ik heb al helemaal niets tegen creatieve manieren waarop mensen zichzelf redden. Ik heb dit proces zelfs gestimuleerd, omdat ik zag hoe helend het was. Ook merkwaardige genezingen blijven genezingen. Het gaat om het resultaat, de manier waarop doet er volgens mij niet zoveel toe. U zou daar waardering voor moeten hebben, misschien zelfs respect.'

Betty ademt zwaar. Ze blijft maar naar het schilderij staren, ze praat niet meer met hem maar met de achtjarige jongen die hij ooit was en die vereeuwigd is door een buurvrouw voor wie hij vier zaterdagavonden poseerde. Kort daarop kreeg de buurvrouw kanker.

‘Ik kan hier niet werken, dat begrijpt u misschien. Of niet, het doet er ook niet toe. Ik verzorg alleen vrouwen, ik verzorg geen mannen. Toen u belde had u het over uw moeder, een alleenstaande vrouw. Ik dacht, dat kan ik wel doen, dat is prima. Maar nu zit ik hier met een man opgescheept. En ook al ziet uw moeder eruit als een vrouw, vanuit de verte en in het halfdonker, ook al kleedt ze zich als een vrouw, ook al praat ze als een vrouw, als je haar op de wc zet zie je dat ze een man is. Een man met alles erop en eraan.’ Ze heeft zich nog altijd niet afgewend van het schilderij.

Kadoke staat op. Dit heeft geen zin. Deze vrouw verzorgt niets wat man is of ooit man is geweest. Ze zal er haar redenen voor hebben, hij moet niet verder aandringen.

Hij gaat naar de vestibule en pakt de regenjas van Betty. Op de weg terug roept hij tegen moeder: ‘Ik kom er zo aan.’

‘Laat me maar even,’ antwoordt moeder.

Hij helpt Betty in haar jas.

‘Het spijt me,’ zegt ze.

Kadoke pakt haar hand, een oude maar toch nog vitale hand. Ze rukt zich niet los, ze lijkt zijn hand zelfs prettig te vinden. Hoe lang zal het nog duren voor ze zelf verzorging nodig heeft? Betty heeft een ijskoude hand, alsof die in het vriesvak heeft gelegen, en zo, met haar hand in de zijne, begeleidt hij haar voorzichtig naar buiten. Mannen verzorgt ze niet, maar de aanraking van Kadoke vindt ze ondanks alles aangenaam.

Als ze in de voortuin staan laat hij haar los en pas daar neemt haar ongewone, misschien wel ongezonde concentratie af. Ze ziet niet meer het schilderij, ze ziet Kadoke, de man die hij is geworden. Zoals ooit iemand tegen hem zei: ‘Je bent goed opgedroogd.’ Of zij dat ook vindt waagt hij te betwijfelen.

‘Ik zal hier met niemand over praten,’ zegt ze, ‘meer kunt u niet van me verwachten. Ik zal het geheimhouden.’

‘Dat is goed,’ zegt Kadoke, al vraagt hij zich af wat er precies geheimgehouden moet worden. Het is geen geheim.

Hij steekt een sigaret op. De nazomer is dit jaar overgeslagen. De tropische hitte is verdwenen, herfstige kou en nattigheid zijn ervoor in de plaats gekomen. Rose hield niet van de kou, hoewel het ook in Nepal koud kon zijn, maar waar zij woonde niet. Rose kwam uit een gebied waar het altijd zomer was, maar waar ze toch niet wilde blijven omdat er geen toekomst was. Had ze hier haar toekomst gevonden? Was dat toekomst? Bejaarden verzorgen? Altijd in angst leven omdat uitzetting dreigt? Afhankelijk van gunsten van derden, derden die in ruil voor die gunsten soms zelf ook gunsten wilden. En daar is die sluimerende gedachte weer: was hij zelf niet ook iemand geweest die een gunst tegen andere gunsten had willen ruilen? Had hij niet genomen wat hij om de een of andere reden nog niet had gekregen? En was het inderdaad angst geweest, angst voor de totale, allesomvattende nederlaag: de dood van moeder? Of was het toch liefde, zoals hij die avond dacht, liefde die naar buiten moest, liefde die het niet meer had uitgehouden in zijn magere lichaam?

Nee, het was een verliefdheid in de late zomer geweest. Hij mist Rose, haar slippers, haar korte broek, haar adviezen, haar lachen. Het is een pijnlijk, schurend missen. Dat is het probleem van echte pijn, dat je er uiteindelijk altijd mee samenvalt. Maar Kadoke zal wennen aan deze nieuwe toestand. De pijn zal afnemen, terechtkomen in de categorie: klein ongeluk. Als het goed is komt alle pijn na verloop van tijd in die categorie terecht.

Betty ziet er ontredderd uit. 'Je rookt,' zegt ze. Verwijtend maar ook bedroefd, zo klinkt het. De moeder is een man en de zoon rookt. De vrouw die binnenkwam als een overwinnaar, een verzorgster die wist wat de bejaarden nodig hadden, verlaat het pand als iemand die gezien heeft wat ze hoopte nooit te zullen zien. Eigenlijk heeft hij medelijden met Betty. Ze laat hem in de steek, maar hij ziet haar bed voor zich, hij ruikt haar eenzaamheid. De meeste mensen ruiken naar eenzaamheid, althans de mensen die hij ontmoet.

'Wat is er trouwens met je oog gebeurd?'

De formele toon heeft ze laten varen. Het is nu je en jij, na de ontreddering volgt kennelijk het tutoyeren. Na de afschuw de intimiteit.

'Een ongelukje.'

'IJs,' zegt ze, 'er had meteen ijs op gemoeten, dan had het er nu niet zo uitgezien.'

'Ik had geen tijd voor ijs.'

Ze wil kennelijk toch wat doen voor Kadoke. Verzorging van moeder ging helaas niet, maar tot adviezen over de behandeling van een blauw oog is ze wel bereid.

Hij zou haar willen helpen, maar hij weet niet hoe en hij beseft dat hij zich bij het onvermijdelijke moet neerleggen. Zij zal zijn moeder niet verzorgen, en hij kan de bejaardenverzorgster niet helpen, hij moet haar laten gaan, zoals ze daar staat, eenzaam en verloren.

'Ik ga weer naar binnen,' zegt hij. 'Moeder wacht op me.'

'Je moet je vader helpen,' antwoordt ze. 'Zo kan hij niet leven. Dit is waanzin. Die gekkigheid moet stoppen en jij moet ophouden met roken, jullie maken elkaar gek met zijn tweeën.'

'Ik zit in de psychiatrie,' zegt hij, 'de meeste van mijn collega's roken. De meeste patiënten roken trouwens ook. Dat is wat patiënt en psychiater met elkaar gemeen hebben, als we niet nog meer dingen met elkaar gemeen hebben. Rook is als een muur die de buitenwereld op afstand dient te houden. We kunnen niet al te veel medelijden hebben, anders zouden we tot niets meer in staat zijn. Ik deel uw mening over mijn moeder niet. Maar dat weet u. We hoeven er verder geen woorden aan vuil te maken.' Hij is weer formeel geworden, hij is terug in zijn oude rol. Zijn medelijden blijft afstandelijk, effectief maar niet bijzonder warm.

'Dus jouw moeder,' zegt ze, 'die niet jouw moeder is, droomt en praat over kampen waar ze nooit is geweest?'

Hij had zich al van haar verwijderd, hij was op weg naar de

groene vuilnisbak die ooit dienstdeed om compost in te bewaren. Hij wilde zijn sigaret daar doven, maar nu keert hij terug naar de vrouw die niet voor moeder wil zorgen.

'Mijn moeder is gestorven,' zegt hij. 'Mijn vader heeft de rol van mijn moeder overgenomen, hij heeft alles van haar overgenomen, dus ook haar trauma's. Hij is de voortzetting van haar trauma's, en in zekere zin heeft hij zo zijn eigen trauma's kunnen vergeten, kunnen overwinnen. Maar wij zijn allemaal de voortzetting van andermans trauma's, u, ik – we zouden moeten ophouden te geloven dat het onze eigen trauma's zijn die ons op onverwachte momenten komen bezoeken, als geesten, als stemmen, als demonen.' Hij brandt zich aan zijn sigaret, gooit de peuk op de grond, trapt hem uit, raapt hem op en loopt dan terug naar het huis van zijn moeder.

Kadoke sluit de voordeur. De neiging Betty grondig van repliek te dienen, nog grondiger, haar uit te leggen dat de transformatie geslaagd is, dat het geen verkleedpartijtje is, dat er geen vader meer is, alleen een moeder, zij het dan een aan wie nog een piemel zit, onderdrukt hij. Geen nutteloze discussies, niet nu, niet hier.

Betty staat nog altijd in de tuin, ziet hij door het raam. Besluiteloos, versteend. Maar hij kan niet op haar blijven wachten en hij kan haar ook niet overtuigen. Ze moeten het zonder elkaar doen.

'Moeder,' roept hij, 'je zit nu al een kwartier op de wc. Misschien wel langer. Ben je in slaap gevallen?'

Hij doet de deur op een kier, haar hoofd rust tegen de muur.

'Je bent in slaap gevallen,' zegt hij. 'Dat is gevaarlijk. De wc is geen plek om te slapen.'

'Ik heb tijd nodig,' roept ze terug. 'Laat me toch.'

Ze klinkt nijdig, alsof hij de indruk wekt haar geen tijd te gunnen. Kadoke sluit de deur.

In de woonkamer gaat hij op de stoel zitten waarop zijn moeder altijd zit als ze tv-kijkt.

Betty staat nog altijd in de voortuin, maar hij heeft daar niets op tegen, ze mag daar zo lang blijven staan als ze wil. Misschien twijfelt ze, misschien wil ze alsnog op zijn aanbod ingaan. Hij wil niet meer, hij weet te veel: moeder maakt haar bang en hij maakt haar boos. Kadoke vertrouwt op zijn intuïtie. Betty kan deze situatie niet accepteren, nu niet, nooit, dit genezingsproces valt buiten haar belevingswereld. Wat niet in haar wereld bestaat, mag niet bestaan. Zelfs als ze in staat was zich over haar aanvankelijke weerzin heen te zetten, zou er een onwerkbare situatie ontstaan.

Waarschijnlijk had hij niet over transseksualiteit moeten beginnen. Dat woord roept misverstanden en soms ergernis op. Het is nu te laat om zijn woorden ongedaan te maken. En woorden zijn daden.

Het kan ook zijn dat hij de transformatie van zijn vader niet goed heeft kunnen uitleggen, hij was een matig advocaat gebleken. Kadoke had het kunnen weten, tegenover Darko had hij zijn eigen zaak evenmin goed kunnen bepleiten.

Is het dan zo raar dat we niet verder willen leven als degene die we noodgedwongen zijn geworden, maar dat we degene willen worden die we moeten missen? De transformatie van zijn vader, zes jaar geleden nu al, was voor de meeste mensen een opluchting gebleken. De huisarts, de cardioloog, enkele artsen van de huisartsendienst, men had zich er niet alleen bij neergelegd, men was zelfs blij dat de zware depressie overwonnen leek. De psychiater die Kadoke's vader had behandeld vond het al met al een uitstekende, in ieder geval humane oplossing, die woorden had hij letterlijk gebruikt, hoewel 'humane' natuurlijk weer iets anders is dan 'uitstekende'; achter het woord 'humaan' gaat doorgaans iets gruwelijks schuil, op zijn minst een groot onbehagen.

Kadoke heeft nachtdienst. Hij kan hier nog een paar uur blijven, een paar uur die hij moet gebruiken om na te denken wie moeder kan verzorgen nu Betty is afgehaakt.

Moeder komt uit de wc. 'Ik ga op de bank liggen,' zegt ze. Ze kijkt hem niet aan.

Haar trainingsbroek zit iets te hoog opgetrokken, hij wil hem lager trekken, maar ze zegt: 'Niet doen.'

'Moet je niet je handen wassen?' vraagt hij.

'Nee,' antwoordt ze, 'op mijn leeftijd hoeft dat niet meer.'

Ze doet haar schoenen uit en gaat op de bank liggen. Even doet ze haar ogen dicht, maar al snel zijn ze weer open. 'De meisjes kookten beter dan jij,' zegt ze.

Hij knikt. IJs. Betty zei dat er meer ijs op zijn oog had gemoeten. Hij haalt wat ijsblokjes uit het vriesvak en drukt ze tegen zijn linkeroog, dat er inderdaad nog altijd blauw uitziet.

Staand voor de spiegel in de vestibule, een positie vanwaar hij ook moeder in de gaten kan houden, denkt hij weer aan Rose. Het lijkt al eeuwen geleden dat ze hier werkte. Wat bezielde hem om van haar te houden, beter gezegd: wat bezielde hem om te denken dat hij van haar hield? Deze vragen laten hem niet los. Hoe kon hij, uitgerekend hij, overmand worden door gevoelens?

Met het ijs op zijn oog beseft hij dat hij nog altijd snakt naar betekenis. Als hij hier de taken wenst te verrichten die hij alleen al moreel gezien zou moeten verrichten, heeft hij dringend een illusie nodig.

7

Op donderdagochtend is er casuïstiek, dat wil zeggen dat de gevallen van de afgelopen week worden besproken. In een kleine vergaderruimte op de tweede verdieping van het pand zitten de psychiaters, de sociaalpsychiatrisch verpleegkundigen, de artsen in opleiding, de psychologen en de directeur bij elkaar. Ze bespreken de patiënten informeel maar respectvol. Meestal valt er niet heel veel te zeggen. Het is duidelijk: gezien de omstandigheden heeft men juist gehandeld.

Een week woont Kadoke nu weer bij zijn moeder. De hoop om snel vervangsters te kunnen vinden voor de twee Nepalese meisjes heeft hij opgegeven. Hij heeft zelfs nog overwogen om bij Rose langs te gaan, maar hij vreesde voor een nieuwe geweldsuitbarsting. En toen ze niet reageerde op een app-bericht waarin hij had geschreven: 'This is not how it should end, mother needs you and to be honest: I need you as well', raakte hij zo ontmoedigd dat hij van verdere pogingen afzag. Vooral het besef dat hij geen idee had waar ze woonde – ergens in Amsterdam-West herinnerde hij zich, verder kwam hij niet – stemde hem weemoedig. Geen contact. Voorlopig niet, misschien nooit meer.

Hij doet het nu dus zelf, dat wil zeggen dat er grote delen van de dag niemand bij moeder aanwezig is, maar dat is niet anders. Het is tijdelijk. Er zal een echte verzorger of verzorgster worden gevonden. Een man is wat hem betreft ook goed, hoewel zijn moeder dat liever niet heeft.

Tot zijn eigen verbazing slaapt hij goed op het opklapbed waar hij zijn halve jeugd op heeft gelegen, maar er zijn nachten dat moeder door het huis wandelt, kasten opentrekt, in lades rommelt. De slaaptabletten werken niet afdoende. Als hij haar door het huis hoort spoken wordt hij wakker en dan lukt het hem niet meer om in slaap te komen, bang als hij is dat ze zal vallen. Hij probeert haar terug naar bed te brengen, wat niet altijd meteen lukt. Soms wil ze naar spullen zoeken achter in een kast. Kandelaars voor de sjabbat bijvoorbeeld. Een keer trof hij haar midden in de nacht aan in de slaapkamer tussen allemaal handdoeken.

'Wat ben je aan het doen?' vroeg hij.

'Ik ben de handdoeken aan het tellen.'

'Die hoeven niet geteld te worden.'

'Jawel,' zei ze, 'de meisjes hebben twee van mijn handdoeken gestolen. Ik heb alles drie keer geteld. Ik ga naar de politie. Zal ik ze bellen of wil jij dat voor me doen?'

'Nee,' antwoordde hij, 'we gaan nu slapen. Slaap is belangrijker dan de handdoeken. Jouw gezondheid is belangrijker dan alle handdoeken van de wereld bij elkaar.'

Hij pakte de handdoeken en legde ze terug in de kast. Daarna probeerde hij zijn moeder weer naar bed te brengen, maar ze sloeg zijn hand van haar arm. 'Aan jou heb ik niets,' zei ze. 'Je neemt me niet serieus. Niets vind jij echt belangrijk, niets neem jij echt serieus.'

Hij probeerde haar niet te overtuigen van het tegendeel, hij streelde haar alleen over haar rug. Misschien was dat neerbuigend, dat geaai, misschien wilde hij een werkelijk gesprek vermijden, maar zij leek het niet onprettig te vinden. De wereld was teruggebracht tot fysiek contact, tot koosnaampjes. Meisje. Lieverd. Mijn alles. Mijn allerliefste. Mijn allermooiste. Mijn Mädele. Het liefst bracht hij zijn moeder terug tot het woord Mädele.

Was 'teruggebracht' wel het juiste woord? Deed dat geen onrecht aan het reëel bestaande contact, de strelingen, de koosnaampjes, de bezweringen? Was een werkelijk gesprek nou zoveel beter en waardevoller dan een streling? En dan: een werkelijk gesprek waarover? Waarover kun je werkelijke gesprekken voeren? Hij had gezegd dat haar gezondheid belangrijker was dan alle handdoeken van de wereld bij elkaar. Als dat haar niet overtuigde wist hij het ook niet meer. De strelingen waren contact, de strelingen vervingen niet alleen een goed gesprek, ze stegen er ook boven uit.

Kadoke roert in zijn koffie, hoewel hij die zwart en zonder suiker drinkt. Op de een of andere manier is er een roerstokje in zijn koffie beland.

Collega's heeft hij verteld dat hij is gevallen in de badkamer. Hij probeert zich te concentreren op de casuïstiek, maar af en toe dwalen zijn gedachten af naar moeder en dan weer naar Rose, naar zichzelf in een oud opklapbed waarin hij door omstandigheden terecht is gekomen, een verliefdheid in augustus.

Volgens zijn moeder was hij een man die niets serieus nam. Misschien was hij daarom in het opklapbed beland dat hij dacht voor altijd achter zich te hebben gelaten: als represaille.

Kadoke: gestraft voor een chronisch gebrek aan ernst. Als hij het leven serieuzer had genomen, zou dit nooit zijn gebeurd. Zijn werk was een ernstige aangelegenheid, andermans lijden moest dat wel zijn. De dood was een ernstige aangelegenheid, andermans dood, maar het leven zelf? Zijn leven?

'Gerstenfeld,' zegt de directeur. 'Oscar, dat was jouw patiënt.'

'Ja,' zegt Kadoke, hij bladert in zijn aantekeningen.

Het bericht kwam twee dagen geleden. Het had veel gedachten aan Rose verdrongen.

'Ik heb nog met de huisarts getelefoneerd,' zegt Kadoke al bladerend. 'Gerstenfeld was een man van achter in de vijftig die lang in Zuid-Amerika had gewoond. Door omstandigheden was hij teruggekeerd naar Nederland. Zijn vrouw bevond en bevindt zich nog in Zuid-Amerika. Nadat hij een afscheidsbrief had geschreven en met vrienden over die afscheidsbrief had gesproken, alarmeerden die vrienden op hun beurt de huisarts van de man.

De huisarts meende na een consult dat gedwongen opname misschien wenselijk was. Wij troffen een goedverzorgde man aan, geen overgewicht, geen verslavingsproblematiek. Hij beschikte over een – moet ik zeggen – uitstekend ziekte-inzicht, voor zover er van ziekte sprake was. Hij had spijt van zijn brief, was ontmoedigd geraakt door een somatisch probleem, een blessure aan zijn voet die was gaan ontsteken en waar hij veel last van had, maar nogmaals, de man betoonde spijt van zijn brief en de overlast die hij anderen daarmee had bezorgd door over die brief te spreken. Hij zei dat het een vergissing was, dat hij zich had laten meeslepen door gevoelens van melancholie, dat hij overwoog terug te keren naar zijn vrouw in Zuid-Amerika. Hij wilde zich in Nederland nog verder laten behandelen voor zijn voet. De man had op die voet na geen medisch dossier, gebruikte geen medicijnen, alleen wat ontstekingsremmers en pijnstillers voor de voet. Ik zag geen enkele reden voor gedwongen opname. Het is jammer dat Ed er niet is.'

Hij kijkt rond.

'Nee, Ed is er niet,' zegt de directeur.

'Juist, Ed is er niet, maar wij waren beiden van mening dat er geen reden bestond om deze meneer te laten opnemen. Hij was stabiel, verbaal erg sterk, nogmaals: beschikte over ziekte-inzicht en gaf duidelijk aan dat hij zelf hulp zou zoeken als hij weer last zou krijgen van suïcidale gedachten.'

Hij bestudeert even zijn aantekeningen, dan kijkt hij naar zijn collega's. Hij ziet vriendelijke gezichten, ze lijken hem aan te moedigen om door te praten maar zijn gedachten dwalen weer af. Hij wankelt, zoals op die warme avond dat zijn moeder, misschien door de hitte, niet goed was geworden en haar hart dreigde te falen. Die avond was het liefde, liefde doet je wankelen. Wat is het nu?

'Maar een paar dagen later...' zegt de directeur.

'Drie dagen later,' hervat Kadoke zijn betoog, 'drie dagen na ons bezoek heeft deze meneer zich succesvol gesuïcideerd. Ik heb gisteren contact gehad met zijn huisarts. Tussen ons bezoek en de suïcide heeft de patiënt voor zover wij kunnen nagaan geen contact meer gehad met hulpverlenende instanties. De huisarts had in ieder geval niets van hem gehoord.'

Kadoke neemt een slok van zijn inmiddels koud geworden koffie. Hij drinkt ook koude koffie, met graagte zelfs, als hij daarna maar kan roken.

'Misschien was er geen medisch dossier omdat hij in het buitenland woonde,' zegt een collega met een baard. Die baard is nieuw. Sinds een paar maanden is de baard er. Daarvoor was er geen baard. Verder is de man hetzelfde gebleven. 'Gezien de feiten, gezien de afloop, heeft deze man je in de luren gelegd met al zijn verbale kracht,' gaat de psychiater met de baard verder.

'Soms worden we in de luren gelegd,' zegt Kadoke, geïrriteerder dan hij zou willen, 'daar is niets aan te doen, dat weet je net zo goed als ik. Als we iedereen die een suïcidepoging doet of een afscheidsbrief schrijft gedwongen laten opnemen moeten we er nog een paar klinieken bij laten bouwen. Nog afgezien van de vraag of dat humaan is, of dat is waarvoor de maatschappij ons heeft aangesteld.'

Zijn concentratie is terug, zijn gedachten dwalen niet meer af, hij is nergens anders meer, alleen nog hier, op de tweede verdieping van de zorginstelling die psychiatrische bijstand verleent in noodgevallen, de crisisdienst. Hij wankelt niet meer, niet nu in elk geval.

'Waarvoor heeft de maatschappij ons aangesteld?' vraagt een oudere vrouwelijke collega. Nog een paar jaar, dan mag ze met pensioen. Ze draagt bij voorkeur een paardenstaart, wat haar een jeugdigheid geeft die niet past bij haar ernst. Zij was het die Betty had aanbevolen. Hij had haar bedankt en gezegd dat het helaas niet was gelukt. Over het feit dat zijn moeder ooit zijn vader was en om die reden nog over een piemel beschikt, een overblijfsel uit een verleden dat verder is afgezworen, heeft hij zijn collega's nooit ingelicht. Over bepaalde feiten spreek je niet. Er valt over sommige feiten immers niets te zeggen en ze gaan eigenlijk ook niemand wat aan.

'Om de verwarde mens tegen zichzelf te beschermen, om de maatschappij tegen de verwarde medemens in bescherming te nemen, om een humane oplossing te zoeken voor de verwarring,' zegt Kadoke. Als hij het woord 'humane' uitspreekt verschijnt er een kleine glimlach op zijn gezicht.

'Maar Oscar,' zegt de psychiater met de baard, 'en dit is niet alleen voor Oscar bedoeld, ik zeg het al langer, al heel lang, namelijk dat wij feitelijk op een sociologisch probleem stuiten. Wij doen het goed met laagopgeleide patiënten, mensen uit de onderste lagen van de samenleving, maar zodra wij hoogopgeleide patiënten tegenkomen, dat wil dus veelal zeggen patiënten die verbaal sterk zijn, gaan wij systematisch fouten maken. Juist omdat wij ons zo goed met hen kunnen identificeren denken wij dat het zo'n vaart niet zal lopen. Wij verwarren opleiding, intelligentie en sociale status met mentale gezondheid.'

'Dat is onzin,' zegt Kadoke. 'Dit geloof je zelf niet. Ten dele zíjn opleiding, intelligentie en sociale status mentale gezondheid.'

Hij doet nu geen moeite meer zijn irritatie te verbergen.

'Ik vind wat Han zegt niet onbegrijpelijk,' verklaart de psychiater met de paardenstaart, 'maar ik denk eerder dat wij tegenover patiënten uit de laagste klassen, uit de onderklassen, tekortschieten, het zijn dikwijls patiënten met een taalprobleem, met een geschiedenis die wij niet kunnen verifiëren, die wij niet echt kunnen begrijpen, en juist daar maken wij, is mijn indruk, de meeste fouten. We grijpen in waar we beter niet hadden kunnen ingrijpen, we laten dingen passeren die we niet hadden moeten laten passeren. Soms vraag ik me af: hoe moeten wij met laagopgeleide patiënten praten?'

Kadoke slaat met zijn hand op tafel. Niet echt hard, maar toch. Dat had hij niet moeten doen. Het herinnert hem aan zijn vader, die sloeg ook altijd met zijn hand op tafel. Een stille man was zijn vader, die soms zonder dat daar enige aanleiding toe leek te zijn met zijn hand op tafel sloeg, bijvoorbeeld als hij radio luisterde. En als je dan vroeg wat er was, zei hij: 'Niets.'

'Ik zou om te beginnen gewoon met laagopgeleide patiënten spreken, en als dat niet werkt kun je altijd nog het tekenblok erbij halen. Verder werken we niet bij de IND, we hoeven geen geschiedenissen te verifiëren,' zegt Kadoke. 'En er zijn hier collega's die Turks en Marokkaans spreken.' Hij kijkt even rond, maar ze zijn er vandaag niet. 'Enfin, taal hoeft geen probleem te zijn, en als het echt moet bellen we de tolkentelefoon.'

'Ach Oscar,' zegt de vrouw met de paardenstaart, 'je weet zelf dat dat geen doen is met die tolkentelefoon. Als ik de tolkentelefoon moet bellen, ben ik eigenlijk al de wanhoop voorbij. Dat weet jij ook. Soms zitten er goede tolken bij, maar veel vaker heb je de indruk met oplichters te maken te hebben die geen enkele taal beheersen en om de een of andere duistere reden toch bij de tolkentelefoon zijn beland.'

'Als noodoplossing, Susanne, fungeert de tolkentelefoon redelijk tot goed. En nog even over dat ingrijpen, we grijpen niet in, we zijn geen halfgoden die in het menselijk lot ingrijpen. Met de beste bedoelingen, maar toch. Zo zie ik ons werk niet, zo zie ik ons niet. We zijn hulpverleners, menselijke hulpverleners, dus gemankeerde hulpverleners, we nemen risico's omdat we niet anders kunnen, omdat we inderdaad geen halfgoden zijn, omdat we de toekomst niet kunnen voorspellen. We schatten een situatie in zo goed en zo kwaad als dat gaat.'

Er valt een stilte. Normaal gaat het hier vriendelijker aan toe. Misschien is het de spanning die Kadoke zo fel maakt, onrust die voortvloeit uit het feit dat hij nu alleen voor moeder zorgt, licht onbehagen om weer op zijn opklapbed te moeten slapen, het vage gevoel een mislukking te zijn. Rose. Gerstenfeld. Hij weet dat het niet zo is, hij weet dat hij boven de oordelen van de maatschappij staat, voor die oordelen is hij te intelligent, al was het maar omdat ze doorgaans niets anders zijn dan vooroordeel en angst, en toch heeft hij enkele van die oordelen geïnternaliseerd, vreest hij. Hij is een man van in de veertig die in het huis van zijn moeder op een opklapbed slaapt. En dat terwijl hij een eigen huis heeft, hij was er gisteravond nog om wat spulletjes op te halen. Het voelde nauwelijks meer als thuis, hij liep door zijn eigen slaapkamer als door een hotelkamer.

'Oscar,' zegt de psychiater met de baard, 'wij worden geacht de toekomst te voorspellen. Dat is wat politie en justitie ons vragen te doen en niet alleen politie en justitie–'

'Misschien,' onderbreekt Kadoke hem, 'moet iemand dan eens aan politie en justitie vertellen dat we dat niet kunnen. Dat wij geen toekomstvoorspellers zijn met een glazen bol die eigenlijk op de kermis hadden moeten staan. Dat wij inschattingen maken op grond van verworven kennis en intuïties en dat die inschattingen soms goed en soms minder goed uitpakken. Misschien moet iemand dat eens aan justitie uitleggen. Dat wij psychiaters zijn en dat we geen tarotkaarten leggen. Dat ze daarvoor op de kermis moeten zijn.'

Hij wil een slok koffie nemen, maar er zit niets meer in zijn bekertje.

'We dwalen af,' zegt de man met de baard. 'Ik wilde slechts duidelijk maken dat als wij besluiten iemand niet te laten opnemen en die persoon zich drie dagen later suïcideert, het dan te makkelijk is om die suïcide weg te wuiven met de opmerking dat elke inschatting een risico bevat. Misschien moeten we dan nagaan of er een fout is gemaakt en ik zou zeggen: een geslaagde suïcide drie dagen na ons bezoek wijst op een fout in onze beoordeling.'

Kadoke schudt zijn hoofd. 'Ik blijf achter mijn oordeel staan,' zegt hij. 'Toen ik bij die man was, was er geen enkele reden voor een ibs, niets wees in de richting van een gedwongen opname. Niets.'

'De afscheidsbrief,' zegt de man met de baard. 'Het feit dat de huisarts en zijn vrienden meenden dat zo'n brief ernstig genoeg is om in actie te komen. De vrienden namen niet voor niets contact op met de huisarts, de huisarts nam niet voor niets contact op met ons.'

Kadoke glimlacht, hij schudt zijn hoofd, hij aarzelt of hij moet spreken, hij doet het dan toch. 'Je weet hoe huisartsen zijn,' zegt hij, 'overwerkt en angstig. Hun grote ambitie, misschien wel hun enige ambitie is om geen enkele beslissing te nemen op het voorschrijven van een hoestdrankje na, om alle beslissingen over te laten aan de specialisten. Het feit dat een huisarts ons contacteert omdat die meent dat een ibs misschien wel verstandig is, is voor mij geen enkele indicatie, hooguit begrijp ik daaruit dat de huisarts in kwestie geen zin heeft om werk te verrichten. Er was geen indicatie voor een inbewaringstelling. Eén afscheidsbrief is geen afdoende reden voor een ibs, dat weten jullie ook.'

'Je overdrijft, Oscar,' zegt de psychiater met de paardenstaart. 'Vroeger was je genuanceerder. Vroeger was je ook minder fel. Heb je slecht geslapen of zo?'

Voor hij antwoord kan geven, verklaart de directeur: 'Goed, we laten het hierbij. We sluiten het dossier. En de vergadering.'

De psychiaters en sociaalpsychiatrisch verpleegkundigen, de artsen in opleiding, de psychologen en de directeur verlaten zwijgend de vergaderruimte. De psychiater met de paardenstaart ruimt de bekertjes op die haar collega's hebben laten staan. Kadoke werpt haar een blik van verstandhouding toe, maar de glimlach waarmee ze zijn blik beantwoordt komt niet van harte. Heeft ze van Betty gehoord dat zijn moeder een piemel heeft en zou ze daar ook een mening over hebben? Hij kan zich dat van een psychiater niet voorstellen, en vooral niet van haar. Misschien was hij inderdaad te fel, nam hij de suïcide toch te persoonlijk. Een beginnersfout, je neemt de suïcide van een patiënt nooit persoonlijk, dat kan niet. Of was hij even niet in staat om met de kritiek van collega's om te gaan? Kwam een restant ijdelheid bovendrijven? Had hij geanticipeerd op een aanval en zich daarom al te agressief verdedigd? Hoe dan ook, het dossier-Gerstenfeld is gesloten. De man is dood. En als hij echt dood wilde had een gedwongen opname toch niet geholpen, dat is Kadoke's misschien wat fatalistische opvatting; zij die vastbesloten zijn te sterven vinden altijd wel een manier. Hij kan eigenlijk alleen de twijfelaars beschermen, zij die onzeker zijn, die zich nog wel willen bedenken, voor wie de allerergste wanhoop niet meer is dan een fase.

8

Kadoke loopt naar de kleine parkeerplaats achter de zorginstelling en rookt in de wat mistige lucht van die ochtend een sigaret. De directeur, hoewel zelf psychiater, is toch vooral manager geworden en daarmee wat Kadoke betreft een vijand van de psychiatrie. De dossiers moeten razendsnel worden gesloten, het gaat erom het juiste aantal face-to-facecontacten per jaar af te leggen en tot een goed einde te brengen. Dat wil zeggen dat de patiënt zich naar behoren gedraagt, oftewel zichzelf noch een ander iets aandoet. Een andere, betrouwbare manier om succes te meten is eigenlijk niet voorhanden. Als de term 'face-to-facecontacten' valt tijdens vergaderingen, overvalt hem altijd een zeker verdriet, misschien niet meer dan een vage weemoed, maar toch, voortkomend uit het besef welk gat er gaapt tussen de verwachtingen die hij had van zijn vak en de praktijk.

Een arts in opleiding komt naast hem staan. Ze is hier nog maar kort, Dekha heet ze. Ze komt uit Afrika of haar ouders komen daarvandaan, dat weet hij niet meer zeker. Hij heeft nooit lang met haar gesproken.

'Wij werken vandaag samen,' zegt ze. Ze glimlacht.

'We zijn vandaag een team,' antwoordt hij. 'Ben je met de auto?'

'Ik heb geen auto, ik ben met de fiets. Die heb ik namelijk wel.'

'Dan gaan we met mijn auto.'

Ze wachten tot zich ergens een noodgeval voordoet. Ze hoeven nooit lang te wachten. Kadoke heeft het gevoel dat het aantal psychiatrische noodgevallen alleen maar toeneemt, hoewel hij daar geen bewijzen voor heeft. Het kan natuurlijk ook komen doordat de crisisdienst sinds kort intensiever met de politie samenwerkt. Zo hoeft de politie psychiatrische noodgevallen niet meer eigenhandig in een cel op te sluiten wegens openbare ordeverstoring, maar belt de crisisdienst en vraagt of zij even willen komen kijken of het psychiatrische noodgeval wel echt een psychiatrisch noodgeval is, en niet een doodgewone crimineel of een ordeverstoorder zonder psychische aandoeningen. Het is een stap vooruit. Een kamer in een kliniek, zelfs op de gesloten afdeling, is beter dan een cel op een politiebureau. En toch, als hij op het bureau patiënten evalueert kan hij het gevoel zich schuldig te maken aan een lichte vorm van collaboratie niet onderdrukken. Hij werkt mee aan iets waar hij zelf kritisch tegenover staat. Hij scheidt het wenselijke van het minder wenselijke, het ziekelijke van het criminele, het criminele van het ziekelijke, zonder altijd de consequenties van zijn evaluaties te willen of kunnen overzien.

Dekha blijft naast hem staan. Hij biedt haar een sigaret aan, maar ze antwoordt: 'Ik rook niet.'

'Je bent de eerste arts in opleiding sinds jaren die niet rookt.'

Ze zwijgt. Over het roken heeft ze niets te melden. Niet of ze ooit gerookt heeft, of ze van plan is het te gaan doen, niets.

'Ik ben geen witte arts in opleiding,' zegt ze uiteindelijk. 'En vermoedelijk ben je niet zoveel artsen in opleiding tegengekomen.'

'Misschien, maar dat staat verder los van roken. Roken is voor zover ik kan nagaan geen raciale kwestie.'

Ze mompelt iets, maar dan doet het gemompel Kadoke toch meer aan neuriën denken. Het kan ook zijn dat ze zachtjes een lied zingt. Artsen in opleiding zijn dikwijls verlegen en verlegen mensen doen rare dingen. Hij laat de onderwerpen verder rusten, de raciale kwestie, het roken. Hij heeft al genoeg spanningen opgeroepen vandaag.

Toch blijft ze naast hem staan. Ze heeft binnen een bureau tot haar beschikking, ze kan ook daar op het noodgeval wachten, maar ze geeft kennelijk de voorkeur aan de parkeerplaats.

'Wil je verder in de psychiatrie?' vraagt hij na een tijdje.

'Ik dacht van wel, daarom ben ik hierheen gegaan, maar nu twijfel ik.'

'Waarover?'

'Ik wil wel, maar ik weet niet of ik het kan. Of ik het aankan. Waarom ben jij eigenlijk psychiater geworden?'

Een sociaalpsychiatrisch verpleegkundige loopt langs, hij vraagt om een sigaret. Even ziet het ernaar uit dat hij bij hen komt staan om een praatje te maken, maar hij zegt: 'Ik moet dringend telefoneren.' En hij gaat verderop onder een boom staan. 'Waarom ben ik psychiater geworden?' Kadoke overweegt het verhaal te vertellen dat hij meestal vertelt: hij zou psychiater zijn geworden om te weten wat hij gemeen had met de patiënten. 'Ik wilde erachter komen wat mentale gezondheid is, ik wilde de grijze zones van de normaliteit verkennen,' had hij vaak gezegd. En daar hadden de meeste mensen genoegen mee genomen. Maar op de een of andere manier had hij vandaag geen zin in dat verhaal. Het is te vaak verteld.

'Ik ben psychiater geworden,' zegt hij nu, 'omdat mijn ouders dat van me verwachtten. Al toen ik een kind was zeiden ze: "Jij bent onze kleine psychiater." Ik heb gedaan wat ik moest doen, maar ik heb geen spijt. Ook dat wat je moet doen kan gaandeweg een hartstocht worden, of is het misschien altijd al geweest. De ziekte verveelt minder snel dan de gezondheid. Natuurlijk zitten er ook in de ziekte herhalingen, volgt die dikwijls bepaalde patronen, maar toch ben ik er nog altijd, na al die jaren, door geïntrigeerd. Gezondheid is de conventie, ziekte is wat niet binnen de conventie past, om goede redenen meestal, en desondanks hebben mijn ouders en hun ambitie uiteindelijk de doorslag gegeven...'

Hij wil nog iets zeggen, maar het lukt hem niet meer zijn gedachten helder en bondig te formuleren.

Ze kijkt hem aan. Niet verbaasd, eerder argwanend, alsof hij een spelletje met haar speelt, alsof hij haar niet de waarheid heeft verteld. 'En waarom?'

'Waarom wat?'

Hij zou nog een sigaret willen opsteken. Ze heeft felle ogen, ze komt niet op hem over als iemand die genoegen neemt met standaardantwoorden en standaardgesprekken.

'Waarom intrigeert de ziekte je?'

Hij pulkt iets van zijn lippen. Tabak kan het niet zijn. Hij rookt filtersigaretten. Hij kijkt naar wat hij van zijn lippen heeft gepulkt. Het lijkt op het witte draadje van een sinaasappel.

'Sorry,' zegt hij. 'Ik hoop niet dat je dit vies vond. Omdat de ziekte ons dichter bij de waarheid brengt, omdat de ziekte in sommige gevallen misschien de waarheid is.'

Ze schudt haar hoofd.

'En waarom moeten patiënten genezen? Als ziekte de waarheid is, waarom dan genezen? Is de genezing een leugen?'

'Ze moeten niet, ze mógen, of in elk geval in theorie. Omdat de waarheid van de ziekte onleefbaar is, in veel gevallen, bieden we genezing aan. Een leugen zou ik genezing niet willen noemen, wel vaak een onmogelijkheid. We bieden iets aan wat we slechts zelden kunnen waarmaken. En we genezen ook of proberen dat te doen, beweren dat te proberen, omdat de maatschappij ons heeft aangesteld te stabiliseren en de patiënt uitzicht te bieden op genezing waar mogelijk. Het is geen individueel vraagstuk, het is een maatschappelijke kwestie. De maatschappij kan zich zelfmoord niet veroorloven. Stel je voor, als suïcide gewoon zou worden, dat zou subversief zijn, het diepste wezen van de maatschappij aantasten, het zou alles ontregelen. Het zou ons ontregelen.'

Ze schudt haar hoofd. 'Volgens mij is ziekte gewoon ziekte en is het beter om gezond te zijn, niet ziek in ieder geval. Leven is beter dan sterven. Tenzij je terminaal bent, misschien dat je dan dood wilt, maar daarvoor hebben we euthanasie.'

'Het gaat niet altijd om de vraag wat beter is, dat is een tamelijk beperkt uitgangspunt, misschien is het wel beter om ongeboren te zijn. De vraag is wat iets betekent. Mijn indruk is helemaal niet dat patiënten alleen maar genezen willen worden, ze willen ergens mee kunnen leven, dat verschilt fundamenteel van genezen. Ziekte is ook identiteit, ze willen weten wat het betekent dat ze dit zijn en niet iets anders.'

'Ze lijden,' zegt Dekha. 'De patiënten lijden. Daarom wilde ik ooit psychiater worden, omdat ik dacht: ik ga iets doen aan het lijden. Ik ga het verminderen, ik ga het stopzetten.'

Kadoke steekt toch nog maar een sigaret op. Onder de boom staat de sociaalpsychiatrisch verpleegkundige nog altijd te telefoneren. Ook hij wacht op een noodgeval.

'Ze lijden,' zegt Kadoke bedachtzaam, 'dat is waar. Niet altijd, meestal wel. En wij zouden het lijden dan meenemen zoals vuilnismannen de vuilnis meenemen? Beetje bij beetje hun pijn verminderen? Volgens een door de verzekeraars goedgekeurd behandelplan? Wij zijn dus eigenlijk een paracetamolletje in mensengedaante? Ik weet niet of ik ben aangesteld om het lijden te verminderen, ik weet niet of ik dat kan. Ik ben aangesteld om waar mogelijk dingen te voorkomen. Zelfvernietiging te voorkomen.'

Ze is een mooie vrouw, Dekha. Fors, maar mooi.

'We nemen ook oorzaken weg, we zijn meer dan een paracetamolletje.'

'Oorzaken?' Hij inhaleert, hij kucht, Kadoke heeft een droge keel. 'Volgens mij is de hele psychiatrie al heel lang niets anders dan symptoombestrijding. Wat weten wij van oorzaken? Zelfs als we kunnen zeggen, die en die mensen hebben een hogere kans om die en die ziekte te krijgen, weten we dan echt iets over oorzaken?

We zijn op ons best symptoombestrijders. Of ontmoedig ik je nu? Had je iets anders verwacht? Je kunt altijd nog theologie of godsdienstwetenschappen gaan studeren. Ik bedoel dit niet sarcastisch. Of mensen te biecht gaan bij een psycholoog of bij een priester maakt uiteindelijk niet zo heel veel uit. Het gaat erom dat ze het idee hebben dat ze vrijuit kunnen spreken, dat ze vormgeven aan hun pijn door die te benoemen.'

'Wat ben je paternalistisch.'

Ze zegt het streng, maar haar ogen lachen. Ze plaagt hem. Zo ziet hij het. Hij wordt geplaagd. Ze vindt hem niet echt paternalistisch, ze speelt een spel, en hij speelt mee. De rolverdeling is weinig anders dan een ritueel, een kennismakingsritueel allicht.

'Als je mijn echte mening wilt weten: wij zijn er vooral om te voorkomen dat allerlei gedragingen gecriminaliseerd worden. We helpen de politie. En daarmee ook onze patiënten. We houden ze in veel gevallen uit handen van justitie. En de brandweer, die helpen we misschien ook wel, anders moeten die weer uitrukken omdat er iemand op een dak staat. We hebben vooral maatschappelijke taken, we doen het lijden niet verdwijnen, wij zijn de smeerolie van de maatschappij, we verwijderen waar nodig schroefjes uit de machines, we helpen vastgelopen machinerieën weer op gang te komen. Dat is misschien een beetje een ouderwetse industriële metafoor, maar de mens is industriëler dan je denkt. Hij vergelijkt zich graag met een computer, maar hij is toch eigenlijk veel meer een stoomlocomotief. Natuurlijk verricht de politie soortgelijke taken, maar wij doen het beter denk ik, menselijker uiteindelijk, dát is wat wij hier doen.'

'Geef me toch maar een sigaret,' zegt ze.

Ze roken samen, zwijgend.

'Ik maakte me al zorgen,' zegt hij nadat de helft van haar sigaret is opgerookt. 'Een arts in opleiding die niet rookt, maar gelukkig valt het mee. Als je verder wilt in de psychiatrie zou ik gaan roken.'

Dekha lacht niet. 'Ik rook bijna nooit,' zegt ze, 'ik doe het voor jou. Je ziet eruit als iemand die wel een mederookster kan gebruiken. Ik rook alleen op feesten. Ben je echt zo teleurgesteld in je vak of is dat de pose die je aanneemt voor artsen in opleiding? Denk je dat wij dat sexy vinden? De zachtmoedige verbittering van de kettingrokende psychiater.'

Hij wil iets terugzeggen, hij wil haar uitleggen dat het geen pose is, dat hij hooguit zijn woorden wat heeft aangedikt. Is dat niet wat je doet als je elkaar net ontmoet? Je probeert enige indruk te maken, al was het maar om niet uit elkaar te vallen waar de ander bij staat. Om coherent te blijven, om je reputatie waar te maken. Kadoke is nog geen 45 en toch een veteraan bij de crisisdienst.

Ze worden opgeroepen. Een noodgeval. Eindelijk, menig noodgeval heeft hem een pijnlijke conversatie bespaard. Confessies die hij op het punt stond aan collega's te doen en waarvan hij achteraf ongetwijfeld enorme spijt zou hebben gehad als hij ze had gedaan. Maar het noodgeval redde hem. Zoals misschien ook nu.

Het is onjuist dat de patiënt vooral de hulpverlener nodig heeft, dat de hulpbehoevende niet zonder de verzorger kan. Omgekeerde hulpbehoevendheid komt eveneens voor. De verzorger heeft de hulpbehoevende dikwijls net zo nodig als andersom. Als er geen geestesziektes bestonden, zou de psychiater ze moeten uitvinden. Kadoke drijft op het noodgeval. De crisisdienst is meer dan zijn werkgever, de crisisdienst is een aanzienlijk deel van zijn leven; in andermans crisis vindt hij zijn bestaansrecht.

De telefoniste geeft hun kort informatie over de patiënt. Zij bepaalt of het noodgeval werkelijk een noodgeval is, zij is de eerste hindernis die degene die hulp nodig heeft, moet nemen.

Kadoke pakt zijn tas en loopt samen met Dekha naar zijn auto, een oude Volkswagen.

'Ik excuseer me bij voorbaat voor de rotzooi,' zegt hij. 'Ik ruim altijd alles op maar mijn auto opruimen, daar komt het zelden van.'

Ze gaan zitten. 'De rotzooi is geen probleem,' zegt Dekha. 'Het is meer de stank. Je kunt op zijn minst even luchten of rook je bij voorkeur in je auto?'

'Ik rook overal, bijna overal, ook in mijn auto. Toen ik nog met mijn vrouw was, rookte ik op het balkon. Daarna ben ik ook in de slaapkamer gaan roken. Mij stoort het niet.'

'De slaapkamer? Gadverdamme.'

Hij start de auto, voert het adres in op zijn telefoon. Ze moeten in de Kinkerbuurt zijn.

Terwijl hij rijdt, recapituleert Dekha alles wat de telefoniste heeft genoteerd. 'Vrouw van 27. Lange voorgeschiedenis. Eerst als borderliner gediagnosticeerd. Toen werd een depressie met zware angststoornissen geconstateerd. Vervolgens weer een borderline-diagnose. Zat drie maanden intern. Heeft al eerder intern gezeten. Is sinds vier maanden weer terug. Krijgt twee keer per week bezoek van een verpleegkundige. Is na drie maanden stabiel te zijn geweest recentelijk weer begonnen met automutilatie. Kreeg volgens verpleegkundige ook last van paranoïde wanen. Verpleegkundige stelde voor dat ze zich zou laten opnemen. De vrouw weigerde dat. Verpleegkundige heeft het nog twee dagen aangezien, vond dat de situatie alleen maar verslechterde en na bezoek vanochtend aan de vrouw belde hij ons omdat hij het niet geheel verantwoord vond dat ze nog langer alleen thuis bleef.'

'Oké,' zegt Kadoke.

Hij probeert de voorinformatie niet te vergeten, maar hij wil er ook niet al te veel door worden beïnvloed. Hij wil straks vooral een inschatting maken van wat hij ter plekke aantreft, te veel voorinformatie kan de observatie nadelig beïnvloeden. Hij wil waarnemen, luisteren, ervaren. Ruiken, ook dat.

Het verkeer staat om de haverklap vast.

'Ze zouden ons sirenes moeten geven,' zegt Dekha.

'Ik denk niet dat ze ons ooit sirenes zullen geven, daarvoor zijn onze patiënten niet belangrijk genoeg. Als je sirenes wilt had je op een ambulance moeten gaan rijden.' Hij werpt een blik op Dekha. 'Je hebt mooi haar,' zegt hij.

'Dat moet een witte man niet tegen me zeggen. Ik ben meer dan mijn kapsel.'

Het verkeer staat weer stil. Hij ergert zich niet, hij is een boeddhist in zijn auto, het is nog nooit gebeurd dat hij ergens aankwam en dat de patiënt al dood was. Wel kwam het een paar keer voor dat hij aanbelde en dat de patiënt was weggelopen. Ook vervelend, soms moest de politie er dan aan te pas komen, maar fataal hoefde zelfs het weglopen niet te zijn. Zij die weglopen om uit handen van de psychiatrie te blijven hebben doorgaans genoeg levensdrift over om de zelfmoord nog een tijdje uit te stellen. Wel kunnen ze soms gevaarlijk worden voor derden, en hij heeft ook een keer meegemaakt dat een wegloper in paniek een verkeersongeluk veroorzaakte. De paniek, daar begint het dikwijls allemaal mee. Wie beseft dat hij nog niet dood is, dat hij leeft, zou inderdaad in paniek moeten raken.

'Ik ben niet wit,' zegt hij terwijl hij naar een haringkar kijkt. 'Een man wil ik best zijn als het moet. Maar wit ben ik niet.'

'Wat ben je dan? Je bent wit. Zo wit als maar kan. Wat denk je dat je bent?'

'Niet wit.'

Ze rijden een stukje verder en staan dan weer stil.

Dekha kijkt hem onderzoekend aan, ze lijkt zijn huid te bestuderen. Vraagt ze zich af of ze voor de gek wordt gehouden, of hij dingen zegt die hij niet meent? Maar hij meent alles.

'Je bent wit,' zegt ze. 'Ik weet niet hoe ik dit moet opvatten. Als ik je beledigd heb, sorry, maar je bent wit.'

'Mijn witheid is een vermomming.'

Ze rijden weer tien meter verder.

'Een vermomming? Wat ben ik dan, ook vermomd als witte?' vraagt Dekha.

'Wat jij bent moet jij weten, ik ga niet over jouw identiteit.

We laten het onderwerp rusten. We weten iets meer over elkaars gevoeligheden, dat zou een goede basis moeten zijn voor verdere samenwerking.'

Dekha zegt niets. Ze doen een kwartier over een afstand van hooguit vierhonderd meter en zijn dan nog een kwartier bezig met het zoeken naar een parkeerplaats.

Al die tijd heeft Dekha niets meer gezegd, maar als ze van de auto naar de woning van het noodgeval lopen, vraagt ze: 'Dus je wilt geen witte man worden genoemd. Heb je verder nog andere gevoeligheden?'

Kadoke schudt zijn hoofd. 'Nee, ik geloof dat dat de enige is. Ik ben een nogal ongevoelig mens zoals de meeste psychiaters. En jij, behalve je haar, heb jij andere gevoeligheden?'

Ze schudt haar hoofd. 'Ik wil liever niet dat je met me flirt. Verder ben ook ik gehard.'

'Ik flirtte niet met je,' zegt Kadoke. 'Ik maakte je een compliment. Een klein maar niet onbelangrijk verschil. Hoe heet ze eigenlijk?'

Dekha kijkt in haar papieren. 'Michette. Michette Dubois.'

'Franse naam. Spreek jij Frans?'

'Ik kan eten in het Frans bestellen.'

'Dat is al heel wat. Als je in Frankrijk bent.'

Ze staan stil voor een benedenwoning. Kadoke belt aan. Er staat geen naam op de deur.

Ze wachten. Hij kijkt Dekha aan, belt nog een keer, dan wordt er opengedaan. Een vrouw in een zwarte ochtendjas versierd met vlinders staat in de deuropening. Haar haar zit in de war, verder ziet ze er betrekkelijk verzorgd uit. Ze loopt op blote voeten, haar teennagels zijn nog niet zo lang geleden gelakt.

Kadoke legt uit waarvoor ze zijn gekomen, maar halverwege onderbreekt ze hem. 'Ik weet waarom jullie hier zijn,' zegt ze.

'Mogen we binnenkomen?' vraagt hij.

Ze knikt, wacht even tot het bezoek in de hal staat, en sluit de deur dan met een terloopse, bijna joviale beweging. Vervolgens gaat ze de psychiater en arts in opleiding voor de woonkamer in.

De woning is een pijpenla, keurig opgeruimd, op het maniakale af. Er is een zwarte bank, waarop Kadoke en Dekha plaatsnemen.

De jonge vrouw blijft eerst staan, aarzelend, bijna verlegen, maar dan gaat ze tegenover hen op een zwarte stoel zitten. Ze kijkt langs Kadoke heen, nu niet meer verlegen maar brutaal. Tussen hen in staat iets wat zou kunnen doorgaan voor een koffietafel, maar het zou ook een goed afgewerkt blok hout genoemd kunnen worden.

Pas nadat ze is gaan zitten ziet hij op de binnenkant van haar linkeronderarm een flinke pleister. Er zijn ook meerdere littekens zichtbaar. In de buurt van haar enkel zit een tatoeage. Hij kan niet zien wat de afbeelding moet voorstellen. Is het wel een afbeelding?

Er staan verschillende planten in de woning. Het lijkt erop alsof iemand ze uit de aarde heeft proberen te trekken.

Hij neemt het woord. 'Ik ben psychiater Kadoke en dit is arts in opleiding Dekha. Wij zijn van de crisisdienst. De verpleegkundige die hier twee keer per week langskomt maakt zich zorgen over u. Hij denkt dat het beter is als u een tijdje teruggaat naar de kliniek waar u eerder bent geweest. Daarom zijn we hier. Om na te gaan wat voor u de beste oplossing is op dit moment.'

'Ik weet het,' zegt Michette. 'Maar ik wil niet.'

Ze kijkt Kadoke niet aan, ze kijkt langs hem heen, ze speelt onverschilligheid.

'Wat wilt u niet?'

'Naar de kliniek.'

'Waarom niet?' vraagt hij.

'De mensen die daar zitten, daar heb ik niets mee. Ik kan niet met ze praten. Dat zijn allemaal borderliners. Ik ben geen borderliner. Jullie denken dat ik dat ben, maar dat ben ik niet. Iedere keer als ik het woord borderline hoor word ik gek. Het is alsof een mes in mijn buik wordt omgedraaid. Jullie diagnose maakt me gek. Jullie diagnose maakt me ziek.'

Even is het stil.

'Die pleister op uw onderarm,' zegt hij. 'Hebt u uzelf pijn gedaan?'

Michette knikt. Ze heeft bruine ogen, flinke wenkbrauwen, een smal gezicht.

'Wanneer hebt u dat gedaan?'

'Vanochtend.'

'En waarom?'

'Omdat ik naar de kliniek moet, ik wil daar niet heen. Dat zei ik toch? Ik wil er niet heen.'

Er valt opnieuw een stilte. Hij kijkt naar Dekha of ze een vraag wil stellen, maar ze zwijgt.

'Doet u dat vaker?' vraagt hij. 'Doet u uzelf vaker pijn?'

'Soms. Meestal doe ik het anders. De laatste tijd doe ik het anders.'

'Hoe doet u het dan?'

Ze komt rustig over, maar aan kleine zenuwtrekjes merkt hij de spanning. Ze heeft haar linker- over haar rechterbeen geslagen en beweegt haar linkervoet ritmisch heen en weer, alsof ze muziek hoort. Ze kijkt nog steeds langs hem heen, zoekend, je zou kunnen denken dat er iets te zien is achter hem.

'Ik drink,' zegt Michette. 'Ik drink schoonmaakspullen. Bleekwater. Van dat spul om de ramen mee te lappen, tot ik moet kotsen. Soms drink ik door.'

Kadoke knikt, alsof ze heeft gezegd dat ze wel een glaasje wijn bij het avondeten lust. Maar zo knikt hij altijd, er bestaat in de wereld van de psychiatrie geen verbazing, geen ontzetting. Elk menselijk gedrag is van tevoren ingecalculeerd, met alles is rekening gehouden. Op zijn minst veinst de psychiater vakkundig dat hij niets anders verwachtte.

'Weet u wanneer u uzelf precies pijn doet? Weet u waarom u het doet?'

Er valt weer een stilte. Ze kijkt naar haar arm alsof ze zich probeert te herinneren waarom ze erin heeft gesneden. Die arm lijkt niet van haar, zo kijkt ze.

Hoeveel van deze gesprekken heeft hij al gevoerd? Duizend? Meer, waarschijnlijk. Nee, het verveelt hem niet, en toch verontrust het hem dat deze gedachte voor het eerst in hem opkomt. Hij is niet zichzelf. En weer is daar die gedachte: hoeveel potentiële zelfvernietigers heeft hij al geprobeerd te weerhouden van de zelfvernietiging?

Dan zegt ze: 'Spanning. Als ik bang ben. Om mezelf af te leiden.'

Ze ziet dat Kadoke naar haar voet staart en ze beweegt hem nu niet meer ritmisch op en neer. Ze kijkt weer naar de muur achter Kadoke en Dekha.

'Zijn er specifieke dingen waarvoor u bang bent?'

De jonge vrouw schudt haar hoofd. 'Nee,' zegt ze. 'Niet specifiek. Vaak ben ik bang. Punt. Ik wil het er niet over hebben.'

Kadoke zit half voorovergebogen naar haar toe gedraaid, je zou kunnen denken dat hij in de bange vrouw zou willen verdwijnen, maar het is noodzaak, ze praat zacht, een passief-agressieve manier van zacht praten, hij kan haar nauwelijks verstaan. Ze dwingt hem naderbij te komen.

Hij wendt zich tot Dekha. 'Heb jij nog vragen?'

Dekha gaat verzitten, hij heeft het gevoel dat ze zal antwoorden 'nee, geen vragen', maar dan zegt ze: 'Ja, ik heb nog een paar vragen. Woont u hier alleen?'

'Nu wel.'

'En daarvoor?'

'Met mijn vriend.'

'En waar is de vriend nu?'

Kadoke houdt Dekha in de gaten. Hij geeft artsen in opleiding altijd de ruimte. Ook om schijnbaar overbodige vragen te stellen. Soms hoor je iets wat je anders misschien niet zou hebben gehoord, en wat achteraf toch essentiële informatie blijkt te zijn. Dekha zit er geroutineerd bij, ze maakt een goede indruk op de psychiater.

'Ik wilde hem de deur uit zetten,' zegt de vrouw. 'Maar ik durfde niet. Hij was ziekelijk jaloers. Hij zei dat ik een hoer was. Omdat ik met mannen sms'te. Is dat wat hoeren doen? Sms'en? Voor hij wegging heeft hij alle planten geknakt. Ik was bang dat hij gewelddadig zou worden, daarom durfde ik hem niet het huis uit te zetten. Uiteindelijk heeft hij zich alleen aan de planten vergrepen en flink tegen de deur staan trappen. Het viel mee.'

Kadoke kijkt naar de planten. Geen enkele stengel staat nog rechtop. Zorgvuldig geknakt. Niet in panische woede, maar in alle rust, systematisch, een voor een.

Even ziet hij Darko voor zich en zichzelf, liggend op de grond, de psychiater als voetbal, dan bestudeert hij de deur. Deuken, afgebladderde verf.

Dekha is stil. Hij kan haar lichaamsgeur ruiken, geen onaangename geur. Beter dan de meeste deodorant.

'Wanneer is uw vriend weggegaan?' vraagt Kadoke.

'Een paar dagen geleden. Maar weggaan vind ik iets anders. Hij is vertrokken en hij beweert dat hij terug zal komen. Ik denk niet dat hij dat zal doen.'

Kadoke knikt. 'Slaapt u goed?'

'Ik pieker.'

'Dus u slaapt slecht?'

'Ik pieker. Eerst piekerde ik erover hoe ik van mijn vriend af moest komen, hoe ik hem eruit kon zetten zonder dat hij alles kort en klein zou slaan. Nu pieker ik erover hoe ik van jullie af kom. Ik ben namelijk geen borderliner. Ik zei het al: jullie diagnose maakt me ziek. Daarom slaap ik niet. Maar ik kan heel goed met weinig slaap. Ik ben het gewend. Ik heb altijd gepiekerd.'

Ze kijkt hem nu eindelijk aan. Met haat en walging. Hij kent die blik, hij begrijpt die, op een bepaalde manier heeft hij de haat van de ander die hij moet helpen geïnternaliseerd. Als die haat er is, is er hoop. Pas wanneer het noodgeval hem ontvangt met onverschilligheid of soms zelfs een soort van vriendschap maakt hij zich zorgen. En toch, kijkend naar de geknakte planten, beseffend dat hij zijn beslissing al heeft genomen, betrapt hij zich ook op het verlangen om die haat niet meer te voelen.

Deze vrouw moet naar de kliniek, of ze nu wil of niet, dat is het belangrijkste, ze kan hier niet blijven. Niet alleen, niet zoals ze nu is.

'We gaan even overleggen in het halletje,' zegt hij. 'We zijn zo terug.'

Hij sluit de tussendeur en gaat met Dekha in de kleine gang staan waar ook een paar jassen, een spijkerjack, en een regenjas aan een kapstok hangen.

'Ik denk dat dit een ibs is,' zegt Kadoke zacht. 'Ze is weer gaan automutileren, ze geeft aan slaapstoornissen te hebben. Het vertrek van haar vriend zal bij hebben gedragen aan de crisis.'

Dekha schudt van nee. 'Dit is toch geen automutilatie met suïcidale gestes, Oscar? En misschien is het vertrek van die man wel een opluchting. Ze gaf duidelijk aan dat ze van hem af wilde. Ik vind dat we haar een kans moeten geven.'

'Een kans, Dekha? Wat voor kans? De kans om dood te gaan? Wat mij betreft is het drinken van bleekwater automutilatie die gepaard gaat met suïcidale gedragingen, we weten niet welke hoeveelheden ze naar binnen werkt. Ik vind het een te groot risico als we haar alleen laten. De meeste psychiaters noemen me trouwens Kadoke.'

Om de gewenste sensatie te bereiken moet degene die automutileert steeds verder gaan, de patiënt moet steeds dieper snijden om de sensatie te voelen die hij de eerste keer voelde. Als je maar lang genoeg doorgaat ontaardt alle automutilatie in suïcidaal gedrag, zo heeft Kadoke het geleerd, en de ervaring bevestigt de theorie.

Hij bespeurt onbehagen bij Dekha. Hij drukt een beslissing door, maar hij is hier de autoriteit, iemand moet het doen, uiteindelijk moet hij de beslissing nemen. De vrouw wil niet naar de kliniek. Je zou mededogen met haar kunnen hebben, maar dat is in zijn vak vaak niets anders dan onverschilligheid.

'Ze heeft duidelijk aangegeven dat ze zich daar onbegrepen voelt,' zegt Dekha. 'We zouden haar op zijn minst kunnen vragen of ze denkt in staat te zijn om te stoppen met de automutilatie. Als ze belooft ermee te stoppen, kan ze hier toch blijven?'

'Nee,' zegt Kadoke. 'Met borderliners kun je dat soort afspraken niet maken. Ik heb daar slechte ervaringen mee. Borderliners zijn meesters van de manipulatie. Het enige advies dat ik je kan geven: laat een borderliner nooit te dichtbij komen. Ik vind het een onverantwoord risico haar hier alleen te laten. En onbegrepen? Wie gaat naar de kliniek om zich begrepen te voelen? Suïcidepreventie gaat er niet om begrepen worden, wij zijn er niet om de mensen te begrijpen. Wij zijn er om iets te voorkomen.'

Dekha haalt haar schouders op, ze is niet overtuigd, hij weet het, maar ze heeft niet de argumenten om tegen hem in te gaan. Niet de argumenten en niet de anciënniteit. En hij weet dat hij gelijk heeft, hij twijfelt zelden over zijn beoordelingen. Gerstenfeld was een uitzondering. Hij zit al zo lang in deze tak van de psychiatrie, hij weet wat hij doet.

Kadoke neemt contact op met de burgemeester. Hij zal de burgemeester, en als die er niet is een plaatsvervanger, adviseren ibs af te geven. Er zit niets anders op.

Ze gaan weer naar binnen, de psychiater en de arts in opleiding, ze gaan precies zo zitten als ze zaten. De jonge vrouw staart nog steeds naar de muur.

'We zijn bang dat als u hier alleen blijft u uzelf vaker pijn gaat doen,' zegt Kadoke, 'dat u dingen gaat drinken die slecht voor u zijn, dat u zichzelf pijn gaat doen, en dat willen we niet. Daarom zou het een goed idee zijn als u een tijdje terugging naar de kliniek. Bent u daartoe bereid?'

'Nee.' Ze kijkt hem nog altijd niet aan, ze bestudeert nu haar handen, haar polsen, dunne, breekbare polsen. Bleke huid, op het ongezonde af, zo bleek. Haar blik is gespannen. Angstig.

'Als u daartoe niet bereid bent, moet ik een inbewaringstelling uitschrijven. Dat houdt in dat u drie weken in de kliniek moet blijven, of korter als de artsen denken dat u bent opgeknapt. U krijgt een advocaat toegewezen en morgen of overmorgen vindt in de kliniek een zitting met uw advocaat plaats.'

De vrouw trapt tegen de lage koffietafel die tussen hen in staat. 'Klootzak,' zegt ze. 'Ik wist het, ik wist het toen je binnenkwam, dat je een klootzak was. Ik zag het meteen. Ik kan klootzakken herkennen, ik kan ze ruiken, op afstand. Denk je dat jij de eerste psychiater bent die me behandelt als een crimineel?'

'Geloof me,' zegt Kadoke zacht, bijna fluisterend, 'ik vind het vreselijk dat ik dit moet doen.'

'Klootzak,' roept ze nog een keer en weer trapt ze tegen de tafel. Ze begint te huilen. Ze staat op, maakt aanstalten om Kadoke te schoppen en hij zegt: 'Als u niet kalmeert, moet ik de politie vragen de ambulancebroeders te begeleiden. Ik hoop dat de ambulance u zonder politie naar de kliniek kan brengen.'

Ze is zichtbaar niet onder de indruk van zijn woorden, maar ze kalmeert toch. Ze gaat weer zitten en zegt: 'Ik doe me overal pijn als ik dat wil. Denk je dat het me in de kliniek niet lukt? Denk je dat?'

'Ik weet het,' zegt Kadoke. 'Maar in de kliniek zijn mensen die u kunnen behoeden voor de pijn, voor de behoefte aan pijn.'

In het oor van Dekha fluistert hij: 'We gaan nog even naar het halletje.'

Dekha staat op, ze loopt achter hem aan. In het halletje gaat ze vastberaden voor hem staan, maar als hij in haar ogen kijkt, ziet hij de blik van het lam. Volgzaam. Eerst was ze stoer, nu komt ze bangig op hem over. 'We vragen of de politie de ambulancebroeders komt helpen,' zegt hij. 'Ze krijgen haar alleen niet weg. Ze zal zich blijven verzetten.'

'Als jij dat denkt,' zegt Dekha. Ze klinkt afgemeten, bijna afkeurend.

Even is hij ergens anders, hij herinnert zich Rose, de zomeravond, zijn onbezonnen liefdesverklaring. Is dat wat hij echt is? Een onbezonnen man? Is dat wat zijn moeder bedoelde toen ze zei dat hij niets serieus nam?

Hij kijkt naar zijn schoenen. Zijn deze instappers de schoenen van een man die het leven niet serieus neemt? Andermans leven wel, zijn eigen leven niet?

Zijn colbertje fladdert om hem heen. Als je voor de crisisdienst werkt kun je niet al te netjes gekleed bij de mensen binnenkomen; de noodgevallen, de verwarden, zij die stemmen horen, zij die niet meer willen leven.

'Je ziet hoe ze uiteindelijk kalmeerde,' zegt hij zacht. 'De patiënten stribbelen wel tegen, maar als je eenmaal hebt besloten tot een ibs zijn ze vaak op een eigenaardige manier opgelucht. Ze willen verlost worden van de keuze, het is dikwijls de keuzemogelijkheid die de patiënt doet lijden. De angst om verkeerd te kiezen. Het is de keuze die hen waanzinnig maakt. Maar ik wil met deze vrouw geen risico's nemen, daarom laat ik ook de politie komen.'

'Ik wist niet dat we er waren om mensen van hun vrije wil te beroven,' zegt Dekha.

Hij zou over haar wang willen strelen, hij ziet dat ook zij lijdt, hij zou tegen Dekha willen zeggen dat ze moet wennen aan de mogelijkheden en onmogelijkheden van de crisisdienst, dat de onmogelijkheden tragisch zijn maar onoplosbaar. De psychiatrie zelf bevindt zich in een crisis, zou hij willen zeggen, maar in plaats daarvan neemt hij contact op met de politie en daarna gaat hij met Dekha weer de kamer in en zegt tegen de jonge vrouw: 'Er komen zo mensen die u mee zullen nemen naar de kliniek. Tot die tijd blijven we hier even wachten. Zijn er nog dingen die u mee wilt nemen? Is er iets wat u wilt inpakken? Misschien is het goed een paar dingen mee te nemen.'

Michette kijkt recht in zijn ogen en in haar intelligente, kille blik ziet hij een waarheid die nog killer is dan die blik: dat ze dwars door alle hulpverlening heen kijkt, dat ze weet dat de hulpverleners haar niet kunnen helpen. Niemand kan iets voor haar doen, niet in de kliniek en niet daarbuiten.

9

Hoewel hij niet gelovig is en eigenlijk ook nooit gelovig is geweest neemt Otto Kadoke op zaterdagochtend de tram naar de binnenstad en wandelt vandaar naar een kleine synagoge waar hij met zijn moeder kwam toen hij nog een kind was, toen hij nog een kleine psychiater was, een kinderpsychiater als het ware. Hij is opgevoed met de rituelen van de joodse religie, maar werkelijk geloof is nooit van hem verwacht, er waren rituelen die moesten worden verricht, dat was alles.

Als hij binnen is zet hij gehaast en met een gevoel van onbehagen zijn keppeltje op en gaat op een van de achterste banken zitten. Hij slaat een gebedenboek open en bladert erin terwijl hij luistert naar de voorzanger, meer als een concentratieoefening dan uit werkelijke interesse.

Het stinkt in de synagoge, naar het zweet van oude mannen. Als kind vond hij dat het in de synagoge naar de dood rook en nu hij hier weer zit merkt hij dat er qua geur weinig is veranderd, niet ten goede in elk geval.

Kadoke is hier niet voor de gebeden, hij is hier voor zijn exvrouw, hij wil met haar spreken en het leek hem het beste dat na de dienst te doen. Hij vond de zaak te precair om per sms of WhatsApp af te handelen en telefoneren doet hij liever niet met zijn ex, ze krijgen snel ruzie over de telefoon.

Een oudere man komt op hem af en vraagt hoe het met de vader van Kadoke is. Een vraag die hem lichtelijk irriteert, want hij heeft geen vader meer, maar in de synagoge hebben ze zich daar niet bij neergelegd. Ze weigeren de transformatie te erkennen.

'Prima,' fluistert Kadoke zo onhoorbaar mogelijk.

Dan wordt hem gevraagd of hij wil worden opgeroepen, maar hij wil niet naast de voorlezer staan en hij voelt geen enkele aandrang om zegenspreuken uit te spreken. Hij is hier voor zijn ex-vrouw, niet voor God, ook niet voor de Thora of de voorzanger.

In de verte ziet hij de nieuwe man van zijn ex. Ze hebben elkaar toegeknikt, en daar laat de nieuwe man het gelukkig bij. Niet dat Kadoke iets tegen hem heeft, maar hij weet niet wat hij tegen hem zou moeten zeggen. Ze hebben weinig met elkaar gemeen, hooguit een vrouw, voor een diepgaand gesprek is dat niet voldoende.

Zijn afwerende houding heeft het gewenste effect, Kadoke wordt verder met rust gelaten, niemand komt naar hem toe, niemand stelt hem vragen. Rustig zit hij op een van de achterste banken en snuift de geur van de dood in zich op. En terwijl hij dat doet herinnert hij zich de zaterdagochtenden die hij hier heeft doorgebracht, hoe hij hier kwam met zijn moeder en hoe een onbestemde angst zich geleidelijk aan van hem meester maakte. Hij vreesde niet de dood maar het gebrek aan leven, het halfdood-zijn. Halfdood kon geen leven worden genoemd, vond hij toen nog, hij vreesde voor altijd halfdood te zullen blijven, en verder was hij bang voor de waarlijk levenden, oftewel de meeste niet-Joden, vermoedelijk uit jaloezie.

Terwijl de gebeden worden uitgesproken, ritmisch, bijna afgeraffeld, de voorzanger lijkt haast te hebben, beseft hij dat het onmogelijk is over de waarheid van ervaringen te spreken, terwijl hij toch vaak heeft geprobeerd patiënten ervan te overtuigen dat hun ervaringen niet reëel zijn en daarom ook niet waar. Maar wanneer zijn ervaringen reëel? Welke ervaringen heeft hij in deze synagoge gehad? Wat weet hij over de ervaringen van zijn patiënten, behalve dat ze er vermoedelijk ziek van worden? Niet van de ervaringen zelf, maar vooral van de interpretaties die ze aan hun ervaringen toekennen.

Kadoke staat tegenover hun ervaringen en hun interpretaties als een mijnwerker tegenover een ingestorte mijn, de toegang is geblokkeerd en graven is gevaarlijk en weinig zinvol.

En zijn interpretaties van zijn eigen ervaringen? Hij was bang. Geen overweldigende maar een onbestemde angst. Kadoke verlangde naar een leven dat hem de sensaties zou geven waarover hij had gelezen in boeken, die hij in films had gezien, die hij had opgemerkt als hij weleens in cafés in de binnenstad kwam. Wat dat voor sensaties waren zou hij niet eens meer precies kunnen benoemen. Het gevoel niet langer halfdood te zijn, liefde kwam er in zijn fantasie ook altijd aan te pas, al was die liefde voor hem niet meer dan een gerucht. En dat terwijl zijn ouders zielsveel en onvoorwaardelijk van hem leken te houden. Maar hij ervoer hun genegenheid, hun warmte en hun niet-aflatende zorg als een straf en een waarschuwing voor de straffen die in de toekomst zouden worden uitgedeeld, door andere mensen, met minder mededogen dan zijn ouders.

Oppervlakkig was zijn verlangen geweest, maar met terugwerkende kracht, met de kennis van nu; pijnlijk. Waarnaar hij verlangde, een carrière in de psychiatrie, vrouwen, trotse ouders, komt hem nu onbeduidend voor. Vooral vergeleken met het verlangen van zijn moeder, dat zoveel intenser lijkt te zijn geweest. De geschiedenis van zijn eigen leven schijnt hem willekeurig. Hij kan zich erin herkennen, hij kan de herinneringen sorteren, maar hij weet niet wat die geschiedenis te betekenen heeft. Hij kan de verlangens ordenen, vervuld, onvervuld, half-vervuld, en toch heeft hij het gevoel dat al die kleine en grote verlangens hem vooral hier hebben gebracht, naar wat hij nu is en wat hij hoopte nooit te zijn: een volwassen man die de dood van zijn moeder vreest.

Het vermoeden dat zijn leven ondanks enkele hoogtepunten, momenten van euforie, nooit iets anders is geweest dan een impasse, begeleidt hem. Hij had gewed op het verlangen, want iets anders zit er niet op voor de mens die de hogere machten heeft afgezworen, en hij kan zich niet aan de indruk onttrekken dat zijn eigen verlangen hem heeft verraden. Juist daarom, vermoedt hij, verlangt hij zo naar een illusie.

Na afloop van de dienst wordt in een kleine ruimte naast de synagoge de zegenspreuk over de wijn uitgesproken en daarbij wordt zoals altijd wat taart geserveerd. Hij wil zijn ex-vrouw met drie kussen begroeten maar hij beseft dat dat hier vermoedelijk ongepast is. Hij geeft haar een hand en een voorzichtig, bijna terloops schouderklopje. Ze is zes of zeven maanden zwanger, ze is kogelrond en toch ziet ze er blakend uit. Dan schudt hij haar nieuwe man de hand, een wiskundeleraar, en hij fluistert in het oor van zijn ex-vrouw: 'Kan ik straks iets met je bespreken?'

'Nu?' fluistert ze terug. 'Hier?'

Ze klinkt verbaasd, maar ook verontwaardigd. Zou de synagoge geen plaats zijn voor vragen en besprekingen? Had hij haar thuis moeten lastigvallen?

Zijn ex-vrouw is joods geworden. Voor hem, voor Kadoke. Het had helemaal niet gehoeven, maar ze heeft het gedaan. Zijn moeder had aangedrongen, ja, zijn moeder wist en weet wat aandringen is.

Als dank voor deze ietwat krankzinnige daad had Kadoke zijn vrouw verlaten of beter gezegd: hadden ze elkaar verlaten. Hij denkt liever niet na over de bekering van zijn vrouw. Als het kon zou hij die ongedaan willen maken. Hij had tegen haar willen zeggen toen de scheiding definitief was: 'Bekeer je tot wat je was voor je mij ontmoette. De eerste bekering was een vergissing, je bent voor niets joods geworden.' Maar dat zei hij niet, hij zei alleen veel later, en daarover schaamde hij zich ook meteen: 'Misschien moet je je nu bekeren tot degene die je was voor je mij ontmoette.'

'Wie was ik?' vroeg ze, 'wie was ik toen?'

Hij had de vraag onbeantwoord gelaten. Wist hij veel wie ze toen was, onbezorgd, vrolijk, vrolijker dan nu, dat hooguit – hij durfde er in elk geval niets over te zeggen. Een jaar of twee na de scheiding vond zijn ex een betrekkelijk gelovige jood die bereid was te doen wat Kadoke niet had kunnen en willen doen: haar een kind geven. Zijn werk bij de crisisdienst kon niet met kinderen worden gecombineerd. Hij leefde voor de crisisdienst, zeker in die tijd. Denkend aan kinderen overviel hem de gedachte dat zijn kind een patiënt zou blijken te zijn, iemand die hij moest behandelen, die niet zou willen leven. Als hij aan zijn eigen hypothetische kind dacht zag hij automutilatie voor zich.

Toch waren ze niet daarom gescheiden maar omdat hij liefde en nabijheid op de lange termijn ondraaglijk vond. Ondraaglijk was de nabijheid van de ander, ondraaglijk de liefde van de ander en het allerondraaglijkst het verdriet van de ander. Hij had ertegen moeten vechten en dat had hij ook wel gedaan, lang genoeg, maar uiteindelijk had hij het gevecht verloren. Hij had zich mee laten sleuren met de stroom, onvolwassen vermoedelijk. De laatste maanden van zijn huwelijk verlangde hij naar zijn patiënten, omdat hij bij hen even tot rust kwam. Zij boden hem de geruststellende zekerheid van de ondergang.

'Het gaat over moeder,' zegt hij zacht.

Zijn ex kijkt hem ongerust aan. 'Is ze ziek?'

'Niet veel zieker dan anders, ik leg het zo uit.'

De zegenspreuk over de wijn wordt uitgesproken, daarna volgt een korte toespraak. Een van de functionarissen van de synagoge begroet de gemeenteleden en tot zijn ongenoegen wordt Kadoke apart begroet. 'De psychiater Kadoke' wordt hij genoemd, alsof er nog andere Kadoke's zijn. Men behandelt hem als een verloren zoon, wat hij niet is en ook niet wil zijn. Hij knikt vriendelijk en zegt net luid genoeg: 'Bedankt.'

Als de plichtplegingen voorbij zijn en de mensen nog wat blijven hangen om hun taart te eten en hun koffie te drinken, lukt het hem zijn ex mee te nemen naar de gang, waar het koud is en waar het niet naar de dood ruikt maar naar lekkages die geen enkele loodgieter heeft kunnen verhelpen.

Kadoke stelt een paar vragen over de zwangerschap, en hoewel hij oprecht geïnteresseerd is wil hij zo gauw mogelijk de kwestie bespreken waarvoor hij is gekomen, daarom raffelt hij zijn vragen af als een gebed waarin de gelovige zelf niet meer gelooft.

Over de schouder van zijn ex ziet hij hoe haar man hun richting uit kijkt. Zou hij Kadoke niet vertrouwen? Sommige mensen willen het liefst dat hun partner nooit een verleden heeft gehad. Maagdelijk willen ze hun partner aantreffen, denkend, hopend, gelovend dat ze de eerste zijn, de eerste en de laatste. Je zou van een wiskundeleraar enige afstand verwachten, een zekere zakelijkheid, maar de man kijkt nog steeds naar hen, terwijl hij met een oude vrouw praat die Kadoke al jaren kent en bij wie hij, meent hij, ooit nog eens op schoot heeft gezeten. Hij zat vaak en veel op schoot bij oude mensen toen hij kind was. De dood kwam uit hun mond, hun oren en hun neus, uit al hun poriën.

Kadoke's ex vertelt over het prille leven in haar buik, ze weet niet of ze een jongetje of een meisje krijgt, orthodoxe joden willen dat niet weten. Ze willen de geschenken van God als een surprise ontvangen, de wetenschap mag niet tussen hen en de verrassing in komen te staan; al die verrassingen die God voor hen in petto heeft moeten ook waarlijk verrassingen blijven.

'Ik had een vraag,' zegt Kadoke, terwijl zijn ex nog bezig is uit te weiden over een ziekenhuisbezoek, niet dat het hem niet interesseert maar hij kan gewoon niet meer wachten. Hij houdt het niet meer uit. Zijn ongeduld is sterker dan zijn verlangen liefdevol en begripvol te zijn. 'Moeder is al een tijd niet in bad geweest, niet onder de douche. Eerst waren het dagen, maar dagen worden weken. En als we niets doen zullen de weken maanden worden.'

Zijn ex fronst. Ze was altijd erg betrokken bij moeder, maar toen ze trouwde met de wiskundeleraar werd die betrokkenheid minder omdat de wiskundeleraar vond dat zijn ouders ook aandacht verdienden.

'Waar zijn de meisjes?' vraagt ze. 'Staken ze? En wat is er met je oog gebeurd?'

'Uitgegleden in de badkamer. Ik dacht dat het al was weggetrokken. Kun je het nog zo goed zien? Nee, ze staken niet. Ik heb nog nooit van illegalen gehoord die staken, maar je moet niets uitsluiten. Misschien staat ons dat ook nog te wachten. Het zou een vooruitgang zijn. Ze hebben ontslag genomen, ze werken niet meer.'

'Ontslag? Hoezo ontslag?'

De ex verheft haar stem, ze heeft indertijd geholpen de meisjes te vinden, het was geen makkelijke zoektocht. Ze wil niet dat wat zij zorgvuldig heeft opgebouwd in haar afwezigheid weer wordt afgebroken.

Kadoke houdt niet van haar irritatie, haar boosheid, hij houdt niet van boosheid in het algemeen, alleen van zijn patiënten kan hij die verdragen, van hen verwacht hij niet anders. Hun woede stelt hem gerust.

'Ze konden er niet meer tegen,' zegt Kadoke, terwijl mensen die hij niet kent hem de hand schudden. Men gaat naar huis, de dienst is nu echt voorbij.

'Waartegen?'

Hij weet niet wat hij moet zeggen, de waarheid of leugens die hem misschien zullen blijven achtervolgen.

'Tegen mij.'

'Tegen jou?'

'Er is iets tussen Rose en mij voorgevallen en haar vriend kon daar niet tegen. Het zal de Nepalese cultuur wel zijn. Niet echt open. Achterdochtig, op het paranoïde af.' Hij spreekt nu nog zachter dan daarnet.

Rose, hij kan de naam niet uitspreken zonder de verliefdheid in augustus weer voor zich te zien, als een foto die hij te vaak heeft bekeken. Rose die opendoet met alleen een handdoek om.

'Wat is er voorgevallen?'

De stem van zijn ex klinkt scherp. Hij hoort de ingehouden woede nu duidelijk. Als hij denkt aan zijn relaties met vrouwen komt het hem voor alsof die voornamelijk uit ingehouden woede hebben bestaan. Kortstondige verliefdheid en dan jarenlang ingehouden woede. Hij beklaagt zich niet. Misschien is teleurstelling het onvermijdelijke vervolg op alle verliefdheid, en sommige teleurstelling maakt razend. Of is hij het, Oscar Kadoke, de man die vroeg of laat teleurstelling en boosheid oproept bij de mensen die hij eens meende te beminnen en die gemeend hadden hem te beminnen? Die dan tegen hem zeiden: 'Ik ben verliefd geworden op een andere man, niet op deze Oscar Kadoke. Op deze zou ik nooit verliefd zijn geworden.' Waarop hij alleen kon zeggen: 'Maar ik heb me nooit anders voorgedaan, dit is degene die ik altijd ben geweest.' Kennelijk waren er meerdere Kadoke's. Hij transformeerde van de ene naar de andere Kadoke zonder daar zelf controle over te hebben.

'Dat doet er nu niet toe,' zegt hij, 'wat er is voorgevallen en wat niet, het doet er niet toe, geloof me.' En zonder erover na te denken pakt hij de hand van zijn ex, hij herinnert zich de zomeravond, het verdorde gras, de liefdesverklaring per WhatsApp, zijn begeerte, zijn hoop. Waarom doen mensen open als ze alleen een handdoek om hebben geslagen? Hoe kon hij verliefd zijn geworden in zijn moeders voortuin? Het was absurd, een kwaadaardige grap van hogere machten. Kwaadaardig, vooral dat.

Zijn ex rukt haar hand los. 'Wat doe je?' sist ze. 'Wil je mijn man en mij beschamen?'

'Helemaal niet,' zegt hij en hij wrijft over zijn eigen hand alsof hij zich bezeerd heeft. 'Sorry. Ik wil niemand beschamen. Waar het om gaat is dat moeder niet door mij onder de douche wil worden gezet. Ik heb de mensen van de buurtzorg gevraagd maar die zeggen: "Wij meten de bloeddruk, wij zetten de medicijnen uit, maar we gaan uw moeder niet onder de douche zetten, dat moet u zelf doen." Ik heb geen vervangsters kunnen vinden voor de meisjes, één vrouw leek geschikt maar ze was bang voor de piemel van moeder. Het homohuwelijk is geaccepteerd, maar dat moeder een piemel heeft kunnen de mensen nog altijd niet verdragen. Misschien kun jij moeder onder de douche zetten? Je hebt er ervaring mee, je hebt haar vaker geholpen. Ze vertrouwt je. Op haar manier.'

Met ontzetting staart ze hem aan. Zou hij haar een onzedelijk voorstel hebben gedaan? Zou ze het zo opvatten?

'Ik ben ruim zes maanden zwanger,' zegt ze. Ze houdt haar buik vast. 'Wat wil je dat ik doe? Wat verwacht je van me? En wat heb je precies met Rose uitgespookt? Wat is er gebeurd? Rose gaat niet zomaar weg.'

'Je hoeft moeder niet te dragen, je moet haar begeleiden, je moet zorgen dat ze niet valt, ik sta paraat als het misgaat. En ik heb niets met Rose uitgespookt, het is meer de vraag wat Rose met míj heeft uitgespookt.'

'Heb je je niet kunnen inhouden? Had je ego een schoonmaakbeurt nodig? Had je iemand nodig die je vertelde hoe geweldig je bent? In bed en daarbuiten?'

'Inhouden? Of ik me heb ingehouden, of juist vergeten ben dat te doen? Nee, zo zou ik het niet willen omschrijven, maar als je het me nu op de man af vraagt, moet ik zeggen: nee, ik heb me niet ingehouden. Maar zij ook niet. Wij hebben ons samen niet ingehouden. Is het de bedoeling dat je op het eind van je leven zegt: ik heb me ingehouden, geen moment is er geweest dat ik me niet heb ingehouden, het is me gelukt. Is dat het goede leven? Is dat wat je me probeert te vertellen?'

'Ik bepaal niet meer wat het goede leven voor jou is. Wij zijn los van elkaar. Wij leven onze levens zonder elkaar. Jij hebt je keuzes gemaakt. Ik schrijf je niets voor, ik beleer je niet, het is me intussen duidelijk dat jij elk welgemeend advies uitlegt als beknotting van je vrijheid. Jij komt hier terwijl je hier anders nooit komt. Jij komt mij hier lastigvallen. Dat is het punt.'

Hij zou weer haar hand willen pakken, maar dat doet hij niet. ‘Keuzes,’ zegt hij. ‘Keuzes, dat klinkt zo rationeel, zo weloverwogen. Het voelt niet als keuzes. Noem me laf, maar ik kan in het noodlot niet mijn eigen vrije wil herkennen. Hoe dan ook, die discussie hebben we gehad. Ik heb maar één vraag, daarom ben ik naar deze synagoge gekomen, een klein verzoek dat ik je durf voor te leggen uit respect voor wie jij was in mijn leven, voor wie wij samen waren: wil je helpen moeder onder de douche te zetten?’

‘Is er niemand anders die je dit kunt vragen, Oscar? Zijn er geen artsen in opleiding die dit met liefde voor je zouden willen doen? Voor Oscar Kadoke, de specialist in suïcidepreventie?’

Hij kijkt naar zijn ex, hij bekijkt haar gezicht, de rimpels, de haren. Kan hij zich de vrouw herinneren op wie hij verliefd is geworden? Of is dat beeld vervaagd, en ziet hij alleen maar wie ze nu is: de zwangere vrouw van de wiskundeleraar, vol onverwerkte pijn die hij in haar wakker kust. Ongewild, maar toch, hij kust de pijn wakker, hij roept het verleden op. Pleisters worden van wonden gerukt, littekens worden met een scalpel bewerkt. Zijn naakte bestaan herinnert haar aan een verleden dat zij gedeeltelijk wenst te vergeten, vermoedt hij, en dat nu angstaanjagend levend blijkt. Dat verklaart de hoon en het sarcasme in haar stem.

Voor hem, de agnosticus, is ze joods geworden. Een vreselijke gedachte, een gruwel. Je kunt dat niet van mensen vragen. Eerst hoor je bij de minderheid en langzaam probeer je bij de meerderheid te horen. Dat is de weg die moet worden afgelegd, niet andersom. Waarom heeft hij dat toegelaten? Waarom heeft hij haar niet ontmoedigd? Wilde hij zijn moeder zo graag een plezier doen? Een fatale strategie, zo komt het hem nu voor, het willen plezieren van ouders en geliefden. Hij staat bij haar in het krijt. Haar jodendom maakt Kadoke schuldig, haar bekering.

‘Er is niemand anders,’ zegt hij zacht, ‘ik weet niemand aan wie ik dit zou kunnen vragen. De huidige artsen in opleiding hebben wel wat beters te doen.’

Zijn ontboezeming maakt hem nerveus. Zwak. Hij wil liever niet tegenover zijn ex staan als een vereenzaamde man, en dat is hij ook niet. Hij is niet vereenzaamd, menige arts in opleiding heeft met hem geflirt, zijn ex heeft gelijk, sterker nog, bijna alle vrouwelijke artsen in opleiding op de crisisdienst hebben met hem geflirt en sommige mannelijke artsen deden er ook aan mee, en een enkele keer heeft hij die flirt beantwoord, een kleine affaire met een arts in opleiding. Op de crisisdienst gold hij met zijn weelderige haardos en zijn zelfverzekerde optreden als een lekker ding, daarbuiten ziet het er allicht anders uit. Daar kennen ze zijn publicaties niet over suïcidepreventie, zijn gedrevenheid. Maar op de crisisdienst is hij iemand en hij herinnert zich met enige weemoed de affaires die hij daar heeft gehad. Vermoedelijk is dat de keerzijde van de kortstondige maar alles overweldigende hartstocht, de andere kant van de flirt die geen ander doel heeft dan de flirt zelf, niet eens seks, seks leek hem hooguit een neveneffect van het flirten, het kon maar het hoefde niet.

Je kunt toch moeilijk iemand met wie je een paar maanden hebt geflirt en met wie je twee keer het bed hebt gedeeld, misschien nog een keer een vluggertje in een auto, vragen je moeder onder de douche te zetten? Het romantische flirten is nu juist allesbehalve hulpverlening. De flirt heeft geen verleden en slechts een zeer kortstondige toekomst. Moeders die onder de douche moeten worden gezet hebben daar geen plaats in.

'Ik heb een man, ik krijg een kind,' zegt zijn ex, en hij ziet het verdriet in haar ogen, niet de vreugde van de toekomst, maar het verdriet van het verleden. 'Ik kan jou en je moeder niet ook nog verzorgen. Ik kan die rol niet meer vervullen, Oscar. Die tijd is voorbij. Het gaat nu om mijn man en mijn kind en ik heb ook nog schoonouders, en eigen ouders. Overal wordt een beroep op mijn zorg gedaan, Kadoke.'

'Je hoeft moeder en mij niet te verzorgen, je moet moeder onder de douche zetten, dat is alles. Dat is toch niet te veel gevraagd?'

De ex zucht, ze schudt haar hoofd, ze verkeert in tweestrijd, en ook weer niet, hij ziet het, ze heeft haar beslissing allang genomen, hij kent haar.

'Morgenavond,' zegt de ex. 'Eén keer. Een uitzondering. Ik ben zwanger, ik moet me nu daarop concentreren, ik kan jouw problemen er niet bij hebben. Het is niet anders. Jouw problemen zijn niet meer mijn problemen.'

'Concentreer je,' zegt Kadoke. 'En het zijn geen echte problemen, het zijn kleine, tijdelijke onvolkomenheden, er is even geen bejaardenverzorgster voor moeder te vinden, ik doe de zorg nu zelf en heb hier en daar wat hulp nodig. Dat is geen probleem. Ik ben blij dat ik moeder kan verzorgen.'

Heeft hij het onder de douche zetten van moeder in het juiste perspectief geplaatst? Heeft hij nu wel goed gesproken? Heeft hij de fouten die hij in het gesprek met Betty maakte vermeden? De wiskundeleraar komt naar hen toe gelopen.

'God zal je zegenen,' fluistert Kadoke nog vlug tegen zijn ex.

'Houd je cynisme voor je.'

'Je wordt toch liever door God gezegend dan door mij?'

Dan voelt Kadoke de hand van de wiskundeleraar op zijn schouder.

'Goed je weer hier te zien,' zegt de nieuwe man, 'een jood hoort hier thuis.'

'Dat is niet mijn opvatting,' zegt Kadoke.

'Ben je een jood of niet?' wil de nieuwe man weten. 'Ook de niet-religieuze Joden blijven joden, je ontkomt niet aan het jodendom, Oscar. Wij horen bij elkaar. Dit is jouw gemeente.'

'En het jodendom zal niet aan mij ontkomen,' wil Kadoke zeggen. Maar hij houdt zich in, hij wil discussies vermijden, zeker vandaag. 'Ik ben goed vermomd als witte man,' zegt hij, 'niemand ziet dat ik niet wit ben. Dat is wat ik ben, dat is wat ik wil zijn, uitstekend vermomd.'

De wiskundeleraar is duidelijk in verwarring gebracht. Dat is tenminste iets. Verder ruikt hij onaangenaam uit zijn mond, maar goed, als de liefde sterk genoeg is schijn je het niet te ruiken.

'We gaan naar huis,' zegt de nieuwe man, 'loop je een stukje mee? Of wil je mee-eten? We hebben zalm voor de lunch.'

De vriendelijkheid, die misschien niet eens geveinsd is, staat Kadoke tegen. Bovendien heeft hij geen zin in zalm. Hij heeft geen honger. 'Ik moet de andere kant uit,' zegt Kadoke. 'Een andere keer graag.'

Hij twijfelt weer of hij zijn ex zedig zal kussen, of juist onzedig om zijn autonomie en zijn lichte weerzin tegen de joodse religie te onderstrepen, of dat hij haar gewoon de hand zal schudden. Uiteindelijk doet hij niets. Kadoke zet een paar stappen achteruit. Hij zal het toilet bezoeken voor hij deze synagoge discreet verlaat. Op gepaste afstand zwaait hij naar zijn ex en haar nieuwe man. Meer is niet nodig. Dat is genoeg afscheid. In de blik van zijn ex ontwaart hij irritatie, ze lijkt nog iets te willen zeggen, maar dat moet dan maar wachten tot morgenavond.

In de kleine wc waar het opnieuw erg naar de dood ruikt, scheurt hij wat wc-papier af, pakt daarmee het deksel vast, doet het naar beneden en gaat erop zitten. Hij overdenkt de gebeurtenissen van de afgelopen weken. Hij mag dan weer op zijn opklapbed slapen, de verzorgsters mogen de benen hebben genomen, maar de ergste rampen zijn uitgebleven. Voor zover de dood de ergste ramp is. Moeder leeft, Kadoke leeft ook nog. Hij pendelt heen en weer tussen crisisdienst en moeder, maar hij wordt daar steeds bedrevener in. Zijn moeder heeft ook elke dag minder klachten over het eten dat hij haar voorzet. Hij denkt aan de casuïstiek op de crisisdienst, Gerstenfeld, de opmerkingen van zijn collega's die hij als aanval heeft ervaren, zijn deskundigheid werd in twijfel getrokken. Dan herinnert hij zich Michette Dubois, als een vogeltje fladdert ze zijn gedachten binnen.

Was het paardenmiddel dat hij haar heeft voorgeschreven nodig? Had hij haar echt door de politie moeten laten escorteren naar de kliniek? Had hij niet naar Dekha moeten luisteren? Zittend op het toilet van de synagoge twijfelt hij en het komt hem nu voor dat wankelen niets anders is dan intense twijfel. Hij wankelde niet omdat hij van Rose hield, maar omdat hij twijfelde aan die liefde. Normaal was hij zeker van zijn beslissingen, iets moet hem onzeker hebben gemaakt. Had hij Michette thuis kunnen laten zoals ze zo graag wilde? Thuis met dood en destructie binnen handbereik, bleekmiddel, afwasmiddel, scheermesjes, gewone messen, nagelschaartjes, een vijl, verf, nagellakremover. Alles heeft hij voorbij zien komen tijdens zijn jaren op de crisisdienst. Hij verwerpt de onzekerheid, hij heeft juist gehandeld, ze was een gevaar voor zichzelf, hij had geen keus. Zoals hij ook geen keus had met Rose, het overkwam hem. Rose was niets anders dan een noodlot, een Nepalees noodlot, hij hoeft zichzelf niets te verwijten.

Kadoke opent de wc en gaat naar buiten.

Op de gang staat nog altijd zijn ex te wachten.

'Je bent er nog?' vraagt hij.

'Je ruikt indringend naar rook,' fluistert ze als hij stilstaat om haar een tweede keer te begroeten en meteen ook een tweede keer afscheid van haar te nemen. Hij had bijna haar hand willen pakken om alles nog eens over te doen. 'Je zou ermee stoppen.'

'Waarom fluister je? Ik ben psychiater, wij roken omdat we anders gek zouden worden en omdat we op die manier tenminste nog één ding gemeen hebben met de meeste patiënten: de sigaret.'

'Ik fluister omdat ik je niet wil beschamen. Altijd dezelfde frasen, dezelfde excuses. Hoe kun je mensen weerhouden van zelfdestructie als je er zelf mee bezig bent?'

'Dat is een paradox,' zegt Kadoke. 'Gezondheid, geestelijke gezondheid houdt in dat je die paradoxen leert aanvaarden, dat je ermee leert leven, met het onvolmaakte, ja degene die jou komt weerhouden van zelfdestructie rookt, is dat nou echt zo erg?'

Zwijgend lopen ze naar buiten. Hij ziet dat haar nieuwe man op de hoek staat te wachten. 'Tot morgen,' zegt hij en dan loopt hij de andere kant uit. Hij grist het keppeltje van zijn hoofd en frommelt het in zijn broekzak. Hij is blij dat hij geen deel meer uitmaakt van deze gemeenschap, dat hij van geen enkele gemeenschap meer deel uitmaakt, alleen nog van die van de crisisdienst, voor zover dat een gemeenschap kan worden genoemd.

Hij wandelt verder, voorbij de tramhalte, en blijft stilstaan bij een gracht waar hij achter elkaar twee sigaretten rookt. Hij pakt zijn telefoon maar niemand heeft hem een sms of WhatsApp gestuurd, alleen zijn moeder heeft twee keer gebeld. Haastig steekt hij een derde sigaret op, gooit halverwege de sigaret toch maar in de gracht en bestelt een taxi. De psychiater geniet van zijn weekend. Even overweegt hij Rose nog een laatste app-bericht te sturen, nog één poging te doen het contact te herstellen, misschien doen de woorden 'give me one more chance, give mother one more chance' wonderen, misschien is er genoeg tijd overheen gegaan en kan ze nu alles in een ander perspectief zien. Terwijl hij dat overweegt herinnert hij zich het advies van zijn moeder. Hij moet op een vechtsport. Hij is 42, de tijd voor een vechtsport is aangebroken. Hij moet alleen nog beslissen welke.

Kadoke stapt in de taxi en noemt het adres van zijn ouderlijk huis.

Ze zit op haar vaste plaats aan de eettafel, voor haar staat een gieter.

'Ik was bezig de planten water te geven,' zegt ze, 'maar ik ben even gaan zitten. Waar was je?'

'In sjoel,' zegt hij en hij zet de gieter naast de planten op de vensterbank op de vertrouwde plek.

'Jij? In sjoel?'

'Ja, ik.'

De verbazing van zijn moeder is nauwelijks te onderscheiden van woede. Eerst heeft ze jarenlang gesmeekt of hij toch eens naar de synagoge wilde gaan en nu hij het eindelijk doet, is het ook niet goed.

'Was die vreselijke rabbijn er ook weer?' wil ze weten.

'Ik denk het,' antwoordt hij, 'maar ik heb met geen rabbijn gesproken.'

'Heb je kaddisj gezegd?' vraagt ze. 'Heb je kaddisj voor de doden gezegd?'

'Ik heb voor niemand kaddisj gezegd, dat laat ik aan jou over. Dat weet je. Ik zeg geen kaddisj, ik ben niet gelovig. Ik geloof dat de doden het ook zonder kaddisj uitstekend redden.'

'Je hoeft niet gelovig te zijn om het te zeggen.'

'Ik vind van wel, je moet niet huichelen.'

Hij aait over haar haren, de pruik die ze opheeft sinds ze transformeerde van vader tot moeder is gemaakt van zacht mensenhaar. Hij duwt zijn hoofd in haar zachte pruik.

'Huichel voor mij,' zegt ze. 'Alsjeblieft, huichel voor mij.'

Hij hoort dat ze zachtjes huilt. Het verdriet is weer terug. Als een stalker staat het altijd weer voor de deur, steeds als je denkt: het is voorgoed verdreven, is het er weer.

'Ik ga de lunch klaarmaken,' zegt hij.

'Ik heb geen honger.' Maar dat antwoordt ze altijd. Vroeger had ze honger, nu niet meer. Hij zal haar eetlust opwekken met het hele therapeutische repertoire dat hem ter beschikking staat. Hij heeft ook geen honger, ze hebben samen geen honger, toch zullen ze eten, want eten is leven.

De aardappelsalade heeft hij de avond ervoor al gemaakt, nu zet hij twee knakworstjes op het vuur. Even aarzelt hij, en dan doet hij er een derde bij. Hoewel hij totaal geen honger heeft zal hij ook een knakworstje of anderhalf eten, al naar gelang de eetlust van moeder. Uit solidariteit.

Als de worstjes min of meer gaar zijn serveert hij moeder het eten, hij gaat naast haar zitten. Ze eten zwijgend, ieder anderhalf knakworstje en wat aardappelsalade.

Soms stopt zijn moeder, maar dan pakt hij haar vork en zegt: 'Neem nog een hapje, doe het voor mij.'

Hij wacht tot moeder klaar is met eten, tot haar bord bijna helemaal leeg is, op een restje aardappelsalade na, en op dat moment zegt hij: 'Morgen komt Deborah om je onder de douche te zetten.'

Toen ze joods werd is zijn ex zich Deborah gaan noemen. Voor hem is ze geen Deborah, nooit geweest ook. Misschien ging het mis bij die naam, alhoewel hij zich doorgaans neerlegt bij de namen die de mensen in zijn omgeving zich toe-eigenen, ze moeten zelf weten met welke namen ze zich tegen de verschrikkingen van het leven wensen te verzetten.

'Ik wil niet onder de douche worden gezet en al helemaal niet door dat afschuwelijke mens dat jou heeft verlaten.'

'Ze heeft me niet verlaten, ik heb haar verlaten.'

'Ze heeft jou verlaten,' zegt moeder streng. 'Eerst liep ze over je heen, toen heeft ze je verlaten omdat je je niet kunt verweren. Je hebt het nooit geleerd.'

Ze pakt zijn arm en knijpt erin alsof dat hem alsnog zal leren zich te verweren.

Hij legt zijn hand op moeders hand. 'Je hoeft me niet te knijpen,' zegt hij. 'Ik kan me beter verweren dan je denkt. Je moet niet bang zijn. Ik ben sterker dan de meeste mensen.'

'Dat geloof je toch zelf niet,' antwoordt zijn moeder. 'Je weet dat het niet zo is, mijn jongetje.'

Hij ruimt af en serveert wat verse ananas als dessert. Moeder haat ananas uit blik, het meeste wat uit blik komt haat ze.

Zwijgend zitten ze weer naast elkaar. Af en toe werpt hij een blik op haar en zij op hem. Is dit wat er van al zijn verlangen naar liefde en avontuur is overgebleven?

'Je moet niet alleen goed eten,' zegt hij, 'je moet ook onder de douche. Het is echt belangrijk. Je kunt toch niet de rest van je leven ongedoucht blijven? Je moet worden schoongemaakt, ook van beneden. Deborah zal je goed wassen.'

'Wat willen jullie toch allemaal van mij?' vraagt zijn moeder. Het is een retorische vraag, hij hoeft hem niet te beantwoorden.

Na een paar happen schuift ze de ananas agressief van zich af, alsof die vrucht er schuld aan heeft dat ze morgen onder de douche moet.

Daarna vallen haar ogen dicht. 'Ik ga op de bank liggen,' zegt ze nadat ze enkele seconden met gesloten ogen in haar stoel heeft gezeten.

Ze staat op en loopt tergend langzaam naar de bank. Een week geleden liep ze sneller, het verontrust hem. Hij houdt zijn moeder in de gaten alsof ze de laatste overlevende is van een zeldzame diersoort.

Nog langzamer doet ze haar schoenen uit. Vervolgens gaat ze liggen. Ze trekt haar knieën op. Hij blijft aan tafel zitten en bekijkt de post die moeder voor hem heeft klaargelegd.

Hij hoort zijn moeder zachtjes snurken. Vervolgens wordt het stil en terwijl hij bezig is bankafschriften op te bergen roept zijn moeder, onverwacht, vanuit een diepe, alles overweldigende stilte: 'Je had van die Rose af moeten blijven, die meisjes zijn daar niet van gediend. Mij vonden ze aardig. Ze hebben mij ook altijd heerlijk gemasseerd, maar voor jou waren ze een beetje bang.'

Met het bankafschrift nog in zijn hand loopt hij naar de bank. Ze heeft haar ogen wijd open. 'Al deze problemen waren niet nodig geweest,' vervolgt ze, 'als jij niet aan die meisjes had gezeten. Als je een goede lieve vrouw had gehad die echt van je hield. Alle vrouwen die ik hier tot nu toe voorbij heb zien komen hielden niet echt van je. Ik heb erover nagedacht; daarom heb je aan die meisjes gezeten.'

Hij knielt.

'Jij bent de allermooiste op deze wereld,' zegt hij. 'Maar ik heb niet aan die meisjes gezeten.'

'Ik heb het toch zelf gezien?' roept zijn moeder. 'Ik was erbij. Je deed geen enkele moeite het verborgen te houden, ik had bijna het idee dat je wilde dat ik het zag, dat je het voor mij deed.'

Hij streelt zijn moeder over haar voorhoofd.

'Aan Rose heb ik gezeten, één keer. En zij aan mij. Er was wederzijdse aantrekkingskracht die ons te veel werd. Eén keer. Eén avond. Ik was verliefd. Jij was die avond niet lekker, weet je nog? Ik moest de doktersdienst bellen.'

Zijn moeder hoest, ze kucht. Het blijkt een hoestbui van zeker tien minuten, de hoestbuien van moeder duurden altijd lang. De laatste tijd is een hoestbui van een kwartier heel normaal. Nadat het hoesten aanzienlijk is afgenomen, ze kucht en rochelt nog wat maar dat mag geen naam hebben, zegt ze: 'Verliefd? Hou toch op met die onzin. Rose vond jou niet aantrekkelijk, ze vond mij leuk. Dat heb je nooit begrepen.'

Kadoke weet niet hoe hij op deze uitspraak moet reageren. Rose vond haar leuk. Als ze het zo ziet, moet ze het zo zien. Hij vraagt: 'Wil je geen deken? Krijg je het niet koud?'

'Ik lig hier prima,' zegt zijn moeder. 'Zonder deken.'

Hij kust haar pruik, gaat dan weer verder met het opbergen van de bankafschriften en andere correspondentie.

De zoon laat haar tot een uur of vier slapen, dan maakt hij haar wakker en een paar minuten later zitten ze met jassen aan op versleten tuinstoelen in een vaal zonnetje in de voortuin. Hij kijkt naar het nog altijd half verdorde gras. Er is niets meer aan te doen. Het nu maar verder laten verdorren, dat is het beste, en in het voorjaar kan dan opnieuw worden ingezaaid.

Zijn gedachten dwalen verder af, pas als hij zijn moeder een lied hoort zingen is hij weer in het hier en nu. 'Waar heb je zin in?' vraagt hij. 'Chips of ijs?'

Al die vragen die de meisjes vroeger stelden moet hij nu stellen. Hij is een soort Nepalees geworden.

Hoewel de zon nog steeds vaal is, kiest ze voor ijs. Samen eten ze een waterijsje. Vroeger had moeder een hekel aan waterijs, maar de afgelopen jaren zijn haar verlangens veranderd, en gericht op haalbare zaken, waterijs bijvoorbeeld. En kennelijk ook op Rose, die de moeder leuker vond dan de zoon. Het kan. Hij had het nooit zo bekeken, maar ieder mens heeft zijn eigen blinde vlekken.

'Dus jij denkt dat Rose jou leuker vond dan mij?' vraagt hij. Hij kan het niet laten. Het is zwakte, pure zwakte dat hij dit uitspreekt, maar het genot van de kleine confrontatie weegt zwaarder dan het besef zwak te zijn, hier eigenlijk boven te moeten staan. Zijn moeder is een oude, zieke vrouw, hij hoeft niet van haar te winnen, zij mag winnen, maar als puntje bij paaltje komt kan hij het niet laten, het winnen. Net als zijn moeder.

'Ja,' zegt moeder na een korte stilte. 'Rose hield echt van mij. Van jou heeft ze nooit gehouden. Ze deed hooguit alsof, omdat jij haar betaalde.' Moeder kijkt hem aan met een treurige blik alsof ze haar zoon deze waarheid eigenlijk had willen besparen.

Kadoke gaat naar de keuken. Absurd is het om met zijn moeder in concurrentie te zijn om een Nepalese bejaardenverzorgster, die ook nog eens de benen heeft genomen. Hij moet hierboven staan, hij moet zijn moeder die illusie gunnen, de illusie van liefde en jeugd, en dat besluit hij dan ook te doen.

Hij pakt twee ijsjes uit het vriesvak en gaat terug naar de voortuin. 'Hier,' zegt hij tegen moeder, 'we nemen nog een tweede.'

Ze kijkt hem guitig aan. 'Heb je iets goed te maken?'

Hij geeft geen antwoord, haalt het ijsje uit zijn verpakking, drukt het in haar hand.

'Als je het ophebt gaan we naar binnen,' zegt hij.

10

Op zondag aan het eind van de ochtend als moeder haar medicijnen heeft genomen en met enige moeite de trap van de eerste verdieping, waar zich de slaapkamer bevindt, is afgedaald naar de woonkamer, zet hij haar op een stoel naast de televisie. Hij heeft een teiltje met lauwwarm water klaargemaakt waarin hij haar voeten zal wassen. Daarna zal hij haar benen inzepen, vervolgens zal hij voorzichtig haar benen scheren.

'Je gaat vandaag eindelijk weer onder de douche,' zegt Kadoke, 'je moet een mooi en fris meisje zijn.' Ooit had hij een affaire met een arts in opleiding die de gewoonte had elke keer als ze uit de douche kwam te zeggen: 'Ik ben weer fris en fruitig.' Eerst vond hij die gewoonte ontroerend, later begon ze hem te irriteren. Nu zou hij willen dat zijn moeder zoiets zou zeggen, met dezelfde levenslust die die vrouw ooit uitstraalde wanneer ze uit de douche kwam.

Zijn moeder zegt niets terug, ze houdt haar blik strak op de televisie gericht. *Dr. Phil*, het gaat vandaag over relatieproblemen. Ze kijkt nooit heel lang televisie – elke namiddag een uurtje – maar als ze tv-kijkt kruipt ze er het liefst in, terwijl ze nog altijd goede ogen heeft. Hij verspreidt het scheerschuim regelmatig over haar benen, knokig zijn ze, de huid staat op springen. Littekens, blauwe plekken, aderen, de ouderdom is zichtbaar, of moet hij het verval noemen? Deze benen?

'Jíj moet een mooi meisje van jouw leeftijd vinden,' zegt moeder terwijl ze haar blik strak op de televisie gericht houdt, 'ik ben te oud voor je.'

'Jammer,' antwoordt Kadoke terwijl hij het scheermes pakt, 'jammer dat jij net iets te oud voor me bent.'

Moeder zucht. 'Maar ik ben toch ook je moeder,' zegt ze dan. 'Zelfs als ik niet net iets te oud voor je was, zou ik niet met je kunnen trouwen. Doe niet zo raar.'

Hij kijkt naar het scheerschuim op haar benen. Zeepten de meisjes haar benen ook zo in? In het begin leken ze moeders transformatie onprettig te vinden. Rose had gevraagd: 'Is dit gebruikelijk in Nederland?' 'Niet echt,' had hij geantwoord, 'maar het komt voor. Niet vaak. Soms. Steeds vaker.' Al snel wisten de meisjes niet beter, voor hen was moeder altijd moeder geweest en dat er nog een mannelijk geslachtsdeel aan moeder bungelde, namen ze niet bijzonder hoog op. Het was een speling van het lot; zoals zij illegaal waren, zo zat er een piemel aan moeder vast. Weliswaar was het in hun ogen een beetje tragisch, maar je kon ermee leven. Met een beetje geluk kon je er zelfs oud mee worden.

Moeders ook voor hem aanvankelijk raadselachtige metamorfose ging gepaard met haar verlangen op geheel eigen wijze een mooie vrouw te zijn. Oud maar wel goedverzorgd. De mentale transformatie was compleet en de fysieke transformatie hinkte er een beetje achteraan, maar Kadoke deed zijn best om moeder zo goed mogelijk een vrouw te laten worden, zonder operaties en hormoonbehandelingen, die op haar leeftijd en in haar gezondheidstoestand te riskant waren.

De vader van Kadoke had zijn oude zijn, zijn vader-zijn, zijn man-zijn, zijn weduwnaar-zijn afgezworen zoals je een slechte gewoonte afzweert. Nooit meer praatte hij over zijn oude zijn, hij sprak nog slechts over zichzelf in de derde persoon. 'Mijn man,' zei moeder weleens, 'was moeilijk. Difficile.' Ze gebruikte het Franse woord alsof moeilijk in het Frans iets anders betekende dan in het Nederlands. Maar als Kadoke haar hoorde praten over zijn vader vroeg hij zich af of zij nog wist wie zij ooit was geweest, of dat ze dat had verdrongen? Of ze een heel leven had afgezworen of dat er werkelijk sprake was van een ander? Een ander was vader geweest, een ander had zijn vrouw zien sterven, een ander was een moeilijke echtgenoot geweest, difficile.

Zacht en behoedzaam scheert hij haar benen. Slechts af en toe zegt moeder, zonder haar blik van de tv af te wenden: 'Je doet me pijn.'

Hij dept een wondje met in alcohol gedrenkte watten, hij kust haar knieën. Zou dit alle liefde zijn die hem is gegeven? Dan nog zal hij er tevreden mee zijn. De artsen in opleiding, dat is een ander verhaal, een verhaal dat over spanning en verlangen ging. Hij kwam dichtbij maar hij verdween weer en de arts in opleiding verdween ook, hij scheerde over de levens van de mensen heen. Wat precies de taak is van een psychiater, zeker een die voor de crisisdienst werkt. Hij blijft niet lang bij de patiënt, het vervolgtraject, voor zover dat nodig is, zal door andere hulpverleners worden begeleid. Hij komt, brengt problemen in kaart en gaat weer weg. Het face-to-facecontact duurt zelden meer dan negentig minuten. Zijn face-to-facecontacten met diverse artsen in opleiding hebben langer geduurd, dat wel, maar het principe bleef hetzelfde; hij vloog rakelings over de mensen heen.

Zittend op de grond voor zijn moeders benen komt het hem voor dat liefde niets met verlangen, maar juist met berusting te maken heeft. In het noodlot moet je de liefde herkennen. Overgave is berusting waaraan een kleine hoeveelheid vuur is toegevoegd. Dit is zijn noodlot, het verdwijnen van de Nepalese meisjes, het tegen alle logica in missen van Rose, de weigering van de Nederlandse bejaardenverzorgster moeder onder handen te nemen, zijn beslissing het zelf te doen, tijdelijk, maar wat is tijdelijk? Allemaal noodlot, en het vuur zit in de toewijding waarmee hij zijn moeders benen scheert.

'Wil je mijn benen openhalen?' vraagt moeder.

De meisjes deden het vast behendiger, routineuzer, de meisjes kenden elke bobbel op haar benen, elke oneffenheid. Ze is duidelijk nog niet tevreden over zijn scheerkwaliteiten. Hij doet zijn best, maar hij moet erin komen, hij moet het nog leren.

Als hij klaar is met scheren smeert hij haar benen in met bodylotion. 'Je handen zijn koud,' zegt ze. 'De meisjes hadden warme handen.'

'Maar zacht zijn ze toch wel?' vraagt hij. De vrouwen met wie hij kortstondig of minder kortstondig het bed heeft gedeeld hebben vrijwel zonder uitzondering zijn zachte handen geroemd. Hij zou het jammer vinden als zijn moeder als enige in deze reeks er een andere mening op na zou houden.

'Zacht zijn ze wel,' zegt moeder, 'maar koud. Je hebt geen goede doorbloeding, misschien moet je eens naar de dokter.'

Hij drukt zijn linkerhand op zijn borst en zegt, ook om moeder gunstig te stemmen: 'Je woont in mijn hart, allerliefste, doorbloeding is bijzaak, waar het om gaat is dat je in mijn hart woont.'

Dan kijkt ze hem aan. Haar gezicht wordt zacht, haar ogen lachen. 'Jij woont ook in mijn hart,' antwoordt ze. Zoveel is vastgesteld: ze wonen in elkaars hart.

Kadoke haalt haar voeten uit het teiltje, droogt ze zorgvuldig af. Een grote teen lijkt gevoelloos en een beetje afgestorven, maar als hij er hard in knijpt roept zijn moeder: 'Au.' Hij moet de fijne kneepjes van de bejaardenverzorging nog onder de knie krijgen. Onhandig trekt hij haar sokken en schoenen aan. Moeder maakt de veters weer open, hij had ze te strak aangetrokken. Ze neemt hem niets kwalijk, zegt ze, maar hij neemt zichzelf wel iets kwalijk. Lang heeft hij erover gedaan zichzelf niets of vrijwel niets meer kwalijk te nemen, maar sinds hij op een avond zijn liefde niet kon inhouden is zijn oude zwakte weer boven komen drijven; Kadoke neemt zich zijn eigen bestaan kwalijk alsof hij zichzelf heeft geschapen, hij is ontevreden over zijn schepping. Wat ontvlucht moet worden is precies dat, de eigen schepping, het eigen ik.

Hij moet nog wennen aan zijn nieuwe taken, zegt hij tegen moeder. Het is al met al iets anders dan suïcidepreventie. Dat laatste zegt hij niet. Zijn specialisatie kon moeders goedkeuring niet wegdragen. Vroeger zei ze geregeld: 'Had je niet iets met kinderen en psychiatrie kunnen doen?' Maar met enige tegenzin heeft ze zich bij de suïcidepreventie neergelegd. Ze heeft zich er althans nooit actief tegen verzet. Het had, dat wist zij ook, erger gekund.

Kadoke ruimt de teil en het scheergerei op en vraagt daarna aan zijn moeder wat ze wil lunchen.

Ze haalt haar schouders op. 'Doe maar knakworstjes,' antwoordt ze na een lange stilte, schuldbewust klinkt ze. Ze weet dat er een ander antwoord van haar verwacht wordt, dat er rosbief en kip in de koelkast op haar liggen te wachten.

'Wil je echt niet iets anders?' vraagt hij. 'Worden die worstjes niet eentonig?'

Ze schudt haar hoofd. 'Knakworstjes is eigenlijk het enige waar ik nog een beetje zin in heb.'

Moeder leeft op een dieet van waterijs, knakworstjes en aardappelsalade; hooguit werkt ze bij wijze van ontbijt wat fruit naar binnen. Het is een merkwaardig dieet, maar het gaat. Zelfs zo kun je overleven.

Eentonigheid is een vorm van zekerheid, met eentonigheid kun je angst bezweren.

Hij bereidt de lunch. Ze eten zwijgend, ze kroelen een beetje door elkaars haar tussen het kauwen op koosjere knakworstjes door. Daarna leest hij wat, zijn moeder zit op haar draaistoel aan de eettafel. Heel af en toe laat ze haar verstilde pose varen en bladert ze in haar agenda. Moeder zoekt iets, maar hij vraagt liever niet wat. Als ze hem iets wil vertellen, zal ze het wel zeggen. Ze belt een paar mensen, maar niemand neemt op.

'Zal ik je wat voorlezen?' vraagt hij als ze haar bord van zich af heeft geschoven.

'Nee,' zegt moeder, 'vandaag ben ik te moe.'

Ze pakt weer haar agenda. 'Welke dag was het ook alweer dat je in elkaar bent geslagen?'

'Hoezo?'

'Ik wil het graag weten. Het is toch geen geheim?'

'Het is geen geheim,' zegt Kadoke. 'Een week of twee geleden. Maar je hebt het al opgeschreven.'

Ze slaat een bladzijde om in de agenda. 'Was het een vrijdag?' informeert ze.

'Zou kunnen.'

Hij kijkt wat ze in haar agenda opschrijft, ze onderstreept de notitie dat haar zoon in elkaar is geslagen met een rode pen, waarbij ze een dikke enveloppe als liniaal gebruikt. Het pak slaag dat Kadoke kreeg was een belangrijke gebeurtenis geweest in het leven van moeder. Terwijl zijn wonden keurig zijn genezen, het was al met al een pak slaag van niets geweest. De schrik was erger dan de klappen. Hij wil er iets van zeggen maar hij doet het niet.

Zo wachten ze samen op de komst van zijn ex, die vandaag dienst zal doen als bejaardenverzorgster. Ze arriveert aan het eind van de middag met een plastic zak vol toiletspullen. Shampoo, conditioner, badschuim, bodylotion, Dode Zeezout. 'Ik weet niet wat er allemaal in huis is,' zegt ze. 'Dus ik dacht, ik neem maar wat mee.'

Ze begroet moeder met de woorden: 'Dag mevrouw Kadoke. Hoe gaat het met u? Weet u nog wie ik ben?'

'Natuurlijk weet ik nog wie u bent,' zegt moeder. 'Denkt u dat ik gek ben of dement of zo?'

De ex doet haar jas uit en gaat zitten. Kadoke negeert ze. Alsof hij er niet echt is, of slechts de nieuwe hulp in de huishouding. In die rol voegt hij zich, daarom gaat hij naar de keuken en schenkt thee in voor zijn ex. Voor opstand is hier geen plaats. Zijn moeder heeft niet overleefd omdat ze in opstand is gekomen, maar omdat ze dat heeft geweigerd, voor zover ze iets had te weigeren, omdat het overleven zelf opstand was.

'En hoe gaat het met u, mevrouw Kadoke?' vraagt de ex als ze haar thee heeft gekregen. 'We hebben elkaar een tijd niet gezien.'

Kadoke neemt naast zijn moeder plaats. Hij bestudeert zijn ex. Nu komt ze zijn moeder helpen met douchen. Zoveel is er dus niet veranderd. De zwangerschap doet haar goed.

'Het gaat achteruit,' zegt moeder met een felheid die Kadoke niet meer van haar gewend is, 'het gaat langzaam achteruit. Ziet u het? U moet het eerlijk zeggen. Ziet u hoe ik achteruit ben gegaan?'

Moeder wil getuigen voor haar achteruitgang. Ze klaagt het universum aan en daarbij heeft ze getuigen nodig. Hij houdt niet van deze aanklacht.

De ex kijkt, ze kijkt echt, hij ziet het, ze neemt moeder waar.

'Ik zie het niet,' zegt de ex, 'u ziet er monter uit. Uw ogen staan helder.'

En Kadoke voegt eraan toe: 'Je ziet er beter uit dan gisteren.'

Dat zegt hij vaak tegen moeder: 'Je ziet er beter uit dan gisteren.' Of: 'Je ziet er beter uit dan vanochtend.' Als het maar beter gaat. Zolang er vooruitgang is, is er hoop. Hij bezweert de toekomst met woorden. Psychiatrie is feitelijk een grote bezwering, al dan niet met behulp van medicijnen, maar taal speelt eveneens een rol. Taal is de ziektemaker bij uitstek, maar ook de grote genezer.

Moeder fleurt op van de woorden van zijn ex, ze gelooft haar eerder dan haar eigen zoon. Het vermoeden dat de zoon een charmeur is die niet meent wat hij zegt had moeder nooit helemaal losgelaten, want op zijn kreten, zijn liefdesverklaringen, zijn koosnaampjes, reageert ze dikwijls met de woorden: 'Ik weet dat je het meent.'

Hij weet wat dat betekent: angst dat hij het niet meent. Vrees dat zijn woorden charmante leugentjes zijn, bedrog.

'De rabbijn doet u de hartelijke groeten,' zegt de ex.

'Kotsmiddel,' antwoordt de moeder.

'Pardon?' vraagt de ex.

'Ik vind de rabbijn een kotsmiddel.'

Moeder spreekt de zin luid en duidelijk uit alsof ze aan het dicteren is geslagen.

‘Hij is rabbijn,’ zegt de ex. Waarmee ze impliceert dat rabbijnen per definitie geen kotsmiddel kunnen zijn. Voor zijn ex zijn rabbijnen autoriteiten. Het kan verkeren. Toen hij haar leerde kennen was ze een gewoon atheïstisch meisje. Misschien wilde ze Kadoke straffen door een orthodoxe jood als tweede echtgenoot te nemen, door met hem zelfs een kind te maken. Misschien wilde ze zeggen: kijk, Kadoke, wat je van mij hebt gemaakt; een jodin. Jij bent schuldig aan mijn joods-zijn, dit is het offer dat ik voor jouw liefde heb gebracht, en je hebt me verraden. Dat was jouw dank voor mijn offer.

Zij weet hoe hij joods-zijn definieert: iets wat je niet van mensen zou moeten willen maken.

‘Hij wil u binnenkort komen opzoeken,’ zegt de ex. ‘De rabbijn vraagt altijd naar u.’

Kadoke wil zeggen: de rabbijn vraagt naar vader, de rabbijn accepteert de wederopstanding van moeder niet. Voor de rabbijn is er geen moeder meer. Maar hij zwijgt, de zoon wil geen olie op het vuur gooien.

‘Ik heb liever niet dat hij komt, ik kan die opwinding niet meer hebben. Daar ben ik te oud voor,’ zegt moeder. ‘Zeg hem dat maar. Dat ik te oud en te ziek ben. Hij had eerder moeten komen. Nu is het te laat. Op Rosj Hasjana mag hij komen met de sjofar.’

Kadoke houdt er niet van als moeder zo over zichzelf praat. Nu is het te laat, van dat soort woorden moet hij niets hebben. Daarom verklaart hij als een schoolmeester: ‘We gaan naar boven, het is de hoogste tijd voor de douche. We gaan je lekker schoonboenen.’

‘Ik hoef niet lekker schoon te worden geboend,’ zegt moeder, ‘ik ben geen kind. Behandel me ook niet zo. Als het echt moet kan ik mezelf prima schoonboenen.’

Toch staat ze op. Onverwacht kwiek komt ze uit haar draaistoel, ze pakt haar stok en loopt door de woonkamer, langs de tv, in de richting van de trap, zonder aarzeling, zonder verder nog een woord te zeggen, zonder op iemand te wachten. Alsof ook zij haar lot heeft geaccepteerd, alsof ze weet dat verzet zinloos is. De ex van Kadoke is er en tegen haar kan ze niet op.

Deborah en hij lopen achter haar aan, zij met de plastic zak met alle spullen die ze uit haar eigen badkamer heeft meegenomen. Zou de wiskundeleraar weten dat ze hier is; geldt dit al als een soort vreemdgaan?

'Hebben jullie een spons?' vraagt de ex zacht. 'Moeder hield er altijd van als haar rug wordt geschrobd.'

'Ik geloof het,' zegt Kadoke zacht. 'Die liggen vast in de badkamer.' Hij kan zich even geen spons herinneren. Sinds hij hier weer is ingetrokken had hij andere dingen aan zijn hoofd dan sponzen.

Moeder beklimt de eerste treden van de trap met een agressieve vitaliteit die hij lang niet heeft gezien. Maanden niet, jaren niet. De tocht 's avonds naar het bed, naar de slaaptabletten en de valeriaan die boven op haar staan te wachten, gaat langzamer, moeizamer, doet hem altijd aan een halve doodstrijd denken. Moeder zeult zich dan omhoog, maar hulp wil ze niet en beneden de nacht doorbrengen wil ze al helemaal niet, nog liever gaat ze dood zegt ze dan. Maar nu wil ze triomferen, over de dood, over haar ziekte, over haar eigen gewicht dat geen naam mag hebben, mager is ze, zo mager dat ze soms een soort astronautenvoeding uit een flesje krijgt omdat de nodige voedingsmiddelen niet in knakworst en waterijs zitten. Omdat de kritische grens is bereikt. De laatste tijd kon het zonder astronautenvoeding, wat maar goed is, want die voeding haat ze.

Op deze grijze zondagmiddag beklimt ze de trap met een voor haar doen duizelingwekkende snelheid, maar halverwege de trap stopt ze, ze gaat zitten, nee, ze zijgt neer. 'Ik kan niet meer,' fluistert ze.

Een paar treden lager staan Kadoke en zijn ex.

Ze wachten, een minuut, twee minuten. Moeder zit halverwege de trap en schijnt niet van plan ooit nog in beweging te willen komen. 'Ik heb haar benen vanochtend geschoren,' zegt Kadoke zacht. 'Daar komen die bloedige vlekjes op haar scheenbenen van. Ik ben er nog niet zo goed in.'

De ex zwijgt. Ze inspecteert de onderbenen van moeder zoals je in de supermarkt appels inspecteert. Welke kunnen de toets der kritiek doorstaan en worden gekocht om opgegeten te worden en welke niet?

Moeder ademt zwaar. Dan zegt Kadoke: 'Je kunt hier niet blijven zitten. Je moet naar boven, of naar beneden. Maar hier halverwege de trap kun je niet blijven.'

Moeder schudt haar hoofd. 'Ik kan niet meer.'

Kadoke kijkt zijn ex aan. Ziet ze de wanhoop op zijn gezicht? Is dat de verklaring voor het verdriet in haar ogen?

'We gaan je omhooghijsen,' zegt Kadoke. 'We gaan je langzaam omhooghijsen, en daarna ga je lekker onder de douche.'

Hij wurmt zich langs haar heen, pakt haar handen, probeert haar omhoog te trekken, maar de ex zegt: 'Niet zo, ben jij nou arts?'

'Ik ben psychiater,' antwoordt Kadoke.

'Psychiaters zijn ook artsen.'

De ex pakt moeder bij haar middel en probeert haar zo omhoog te trekken, maar moeder werkt tegen. Ze weigert omhoog te worden getrokken.

'Ik ben geen verpleegkundige,' zegt Kadoke, 'ik ben psychiater en dus arts, maar ik trek geen patiënten omhoog, daarvoor zijn andere mensen verantwoordelijk. En jij zou dat in jouw conditie al helemaal niet moeten doen. Denk aan je kind.'

'We zijn bijna boven,' zegt de ex hijgend tegen moeder. 'Als u even meehelpt, kunt u boven op een stoel gaan zitten.' En dan fluistert ze: 'Als jij aan je moeder denkt, denk ik aan mijn kind. Zullen we dat afspreken? Is de rolverdeling duidelijk?'

Kadoke knikt. Dit is uiteraard wel zijn werk, dit is zijn eigenlijke werk: moeder de trap op hijsen, moeder schoonboenen.

'Ik doe mijn best,' antwoordt moeder, 'maar ik kan niet meer en ik ben misselijk.'

Ze wachten weer even. Zacht zegt Kadoke: 'Ze heeft wel erg rode konen, dat kan wijzen op hartfalen.'

'Ze had al rode konen toen ik hier binnenkwam,' fluistert de ex. Om daar harder aan toe te voegen: 'Ik ga u nu samen met uw zoon omhoogtillen. Bent u er klaar voor?'

'Nee,' zegt moeder. En haar stem klinkt nu niet zwak, maar helder en duidelijk. 'Ik wil niet omhoog worden getild en al helemaal niet door mijn zoon, want die laat me vallen. Als kind al liet hij alles uit zijn handen vallen. Je kon hem geen glas sinaasappelsap of kop thee geven of hij liet die uit zijn handen vallen, omdat hij van die bibberhandjes heeft.'

De ex is even stil.

'Oscar heeft nu geen bibberhandjes meer, hij is een heel stevige man.'

Er wordt over hem gesproken, niet tegen hem. Zijn vader, die ook niets van religie moest hebben, zou dat nooit zo hebben gedaan, maar moeder wel. Je gaat een verbintenis met mensen aan omdat je door hen verraden wilt worden, je maakt kinderen in de hoop dat zij je zullen verraden en dat jij hen kunt verraden. Bibberhandjes.

Moeder is duidelijk niet overtuigd. Ze kijkt haar zoon kort aan, lijkt even opgelucht, ademt dan toch weer zwaar. 'Hij zou meer sport moeten bedrijven,' fluistert ze. 'En hij heet geen Oscar. De naam die we hem hebben gegeven heeft hij afgewezen, zoiets doe je toch niet? Je wijst toch niet de naam af die je ouders voor je hebben bedacht? Hoe kun je dat doen? Wijs je dan niet je ouders af?'

Ze hijgt. Zou de doodstrijd zijn begonnen? Maar in je doodstrijd zeg je andere dingen, je zegt niet dat je zoon meer sport zou moeten bedrijven. Hij kan zich dat niet voorstellen, als de dood nadert denk je niet: wat wil ik nog zeggen? Dat mijn zoon vaker naar de sportschool moet. Of wat heet vaker? Dat hij eindelijk eens naar de sportschool gaat. Nee, dat is onlogisch en ongepast, zo gaat niemand de dood tegemoet.

Hij heeft de dood gezien, de dood van patiënten, hij herinnert zich afscheidsbrieven, pathetisch dikwijls, maar de dood maakt ieder mens pathetisch, vooral de zelfverkozen dood, de noodkreet die de zelfmoord in veel gevallen beoogt te zijn. Zijn halve leven heeft hij zich om andermans noodkreten bekommerd, zijn bestaan was welbeschouwd niets anders dan de vertaling van een noodkreet, maar niet zijn eigen. Wat van hem zal blijven, is andermans noodkreet.

Misschien is hij daarom geleidelijk aan ongevoelig geworden voor noodkreten in zijn directe omgeving, van zijn ex, artsen in opleiding met wie hij een affaire had, zijn ouders, noodgedwongen, zoals de alcoholist ongevoelig wordt voor alcohol.

Kadoke gaat de trap af. Hij kan dit niet meer aan, hij moet zich even, al is het maar een paar minuten, aan de situatie onttrekken. In de keuken drinkt hij water uit de kraan, gaat dan de achtertuin in en steekt een sigaret op. De achtertuin is minder goed onderhouden dan de voortuin. Halfdode bomen hangen over het gras, dat daardoor vrijwel geheel verdwenen is. Er zijn nog wat wilde rozen. Twee dennenbomen die Kadoke had meegebracht toen hij een keer met zijn moeder in Zuid-Duitsland op vakantie was. Ze hadden de jonge dennenbomen uitgegraven en in twee emmers mee teruggenomen naar Amsterdam. Moeder hield van dennenbomen.

Hij trapt de peuk in de aarde naast de wilde rozen. Dan gaat hij terug. De psychiater verandert opnieuw in bejaardenverzorger.

Moeder zit nog altijd halverwege de trap, ineengedoken, angstig. Een bang musje.

'Waarom liep je opeens weg?' vraagt de ex. 'Je kunt me toch niet zo achterlaten met moeder?'

Geïrriteerd door de verwijtende toon in de stem van zijn ex zegt hij tegen moeder: 'Of je wilt of niet, we gaan je nu omhooghijsen. Je kunt niet halverwege de trap blijven zitten, dat gaat niet. Als je zo opstandig blijft moet je naar een verpleegtehuis, dan kunnen we je niet hier houden.'

De ex kijkt hem boos aan. 'Zeg iets wat haar moed geeft,' fluistert ze. 'Vrolijk haar op.'

Zij weet wat hij weet. Dat moeder meerdere malen gedreigd heeft zichzelf van het leven te beroven als ze naar een verpleegtehuis zou moeten.

Voordat moeder omhoog kan worden gehesen komt ze zelf in actie. Ze draait zich om en op handen en knieën klimt ze zonder al te veel zichtbare moeite naar boven, alsof ze een jong hondje is dat het traplopen nog niet onder de knie heeft.

Maar ook als ze boven is staat ze niet op, ze blijft op handen en knieën lopen.

'Moeder, je bent geen hond,' zegt Kadoke. 'Kom overeind. Het is genoeg geweest.'

Moeder kruipt op handen en knieën in de richting van haar bed.

'Mevrouw Kadoke,' zegt de ex, en ze hurkt naast moeder neer. 'Vindt u het prettig om op handen en knieën door uw eigen huis te lopen?' 'Ja,' zegt moeder, 'dat vind ik heel prettig, ik had er eerder mee moeten beginnen.'

'Uw zoon wordt er zenuwachtig van. Hij vindt het niet fijn als u zo door uw huis loopt. Hij wil graag dat u op twee benen door de kamers wandelt. Kunt u dat begrijpen?'

'Mijn zoon,' zegt moeder, en Kadoke hoort hoe honend haar stem klinkt, 'hij is zo conventioneel. Hij is saai. Ik kan me niet voorstellen dat ik zo'n saai iemand op de wereld heb gezet, want zelf ben ik helemaal niet saai.'

Ze doet als een hond nog een paar passen, en als ze bij het bureau is aangekomen waaraan ze 's ochtends haar ontbijt verorbert, lijkt het alsof moeder haar achterpoot omhoog doet om tegen het bureau aan te plassen. Maar misschien is dat iets wat Kadoke zich verbeeldt.

'Sta op,' roept hij, 'het is genoeg geweest. Als het zo gaat trek ik mijn handen van je af.'

'Ik ben opstandig,' zegt moeder terwijl ze blijft kruipen. 'Nooit heb ik opstandig kunnen zijn. Nu ben ik het. Ik heb iets in te halen.'

'Tegen mij hoef je niet in opstand te komen,' roept Kadoke, 'niet tegen mij, niet tegen je zoon.' En met alle kracht die hij in zich heeft trekt hij moeder overeind. Ze hangt in zijn armen, als een danspartner, een onwillige danspartner, eentje die ook nog dronken is.

'Ik ga u nu uitkleden,' zegt de ex alsof er niets is gebeurd, 'dan ga ik u helpen met douchen en als u daarna als hond door het huis wilt wandelen, heb ik daar niets op tegen. Het is uw huis, u mag hier rondlopen zoals u wilt. Ik zal het met uw zoon bespreken en hij zal vast wennen aan uw onconventionele manier van voortbewegen, hij heeft geen keus, mevrouw Kadoke. Is dat goed?'

'Dat is goed,' zegt moeder.

En nog altijd geleund tegen haar zoon doet ze haar armen omhoog, haar zalmroze jurk zal nu worden uitgetrokken.

Met concentratie en enige inspanning trekt de ex de jurk uit en daarna ook het shirt dat ze onder haar jurk draagt.

Moeder heeft bijna geen borsten.

Kadoke durft haar niet los te laten, hij is bang dat ze zal vallen. Ze zal niet voor niets als een hond door het huis zijn gekropen. Vermoedelijk is ze duizelig. Lage bloeddruk.

'Gaat het?' vraagt hij.

'Wat denk je zelf?' antwoordt moeder. 'Hoe zou het moeten gaan?'

De ex trekt het broekje uit dat moeder draagt tegen een milde vorm van incontinentie en voor het eerst sinds lange tijd ziet

Kadoke het geslachtsdeel van zijn moeder, de piemel, de ballen. De piemel van een oude man, de ballen van een oude man. Naakt nu, met alleen nog schoenen en sokken aan, is moeder minder moeder en toch meer vader of beter gezegd: een hybride wezen ergens tussen vader en moeder in, een wezen dat niet meer van deze aarde is. Misschien niet de nieuwe mens, maar de oude, eentje die er eigenlijk niet had moeten zijn. Prehistorisch. Even denkt Kadoke weer aan de baarmoederverzakking van zijn overleden moeder. Tussen een baarmoeder die naar buiten hangt en een piemel zit eigenlijk niet zoveel verschil.

'Ik zet de douche aan,' zegt de ex. 'Breng jij haar naar de badkamer?'

Ze gaat naar de badkamer en in de slaapkamer staat Kadoke met zijn vrijwel naakte moeder in zijn armen.

'Ze is zwanger,' zegt moeder op fluistertoon, 'heb je dat gezien? Ze is zwanger. Ook dat nog. Wie zal de vader zijn?'

'Een wiskundeleraar. Een vrome jood. Dat heb ik je toch verteld? Kom, we gaan douchen.'

Hij neemt moeder bij de hand en langzaam schuifelen ze in de richting van de deur, voetje voor voetje naderen ze de badkamer.

'Je moet niet meer als hond door het huis lopen,' zegt hij zacht. 'Dat moet je echt niet meer doen, dat maakt me verdrietig.'

Moeder zwijgt. Als uitspraken of vragen haar niet bevallen, gaat ze er gewoon niet op in.

Op de drempel van de slaapkamer blijft ze staan. Ze houdt zich vast. En Kadoke kijkt naar beneden, zonder het te willen, en weer ziet hij de piemel van zijn moeder, die hem aan zijn eigen piemel herinnert. Is dit zijn toekomst? Kan hij hiermee leven, als dit zijn toekomst is? Hij zal een hybride wezen worden, hij zal zich lust en liefde herinneren of misschien ook niet, hij zal teren op herinneringen en angst. Wat hem aan het leven zal binden is angst voor de dood. Kun je op angst teren? Is dat de motor?

Het grijze schaamhaar rond de piemel van moeder maakt hem

duizelig. Misschien moet het geknipt worden, geschoren.

Kadoke heeft het nooit gevraagd, hij heeft het nooit willen vragen, bang was hij voor het antwoord, bang dat de depressie zou terugkomen als de magische cirkel van de transformatie met al te veel rationele vragen en antwoorden zou worden doorbroken, maar nu ontglipt de vraag hem alsof hij zelf dronken is, alsof hij alle controle heeft verloren. 'Waarom ben je eigenlijk moeder geworden?' vraagt hij. 'Waarom ben je niet gebleven wie je was?'

Moeder pakt hem vast. Even denkt hij dat ze zich aan hem vastgrijpt omdat ze bang is te vallen, maar dan beseft hij dat ze hem omhelst. Ze drukt hem tegen zich aan, ze geeft hem liefde. Ze fluistert in zijn oor: 'Omdat je me nodig had. Omdat ik het wist en altijd heb geweten. Niemand kan van je houden, niemand, alleen je moeder. Omdat je het zonder mij niet zou redden.'

Kadoke wil iets zeggen, hij zou willen zeggen dat het niet nodig was, dat hij het ook zonder haar had gered, dat hij zich altijd zou redden, dat ze niet onmisbaar is. Dat ze dit niet voor hem had hoeven te doen. Maar moeder klampt zich nog steviger aan hem vast, als een aap, alsof ze in hem wil klauteren. 'Toen je achttien of negentien was werd ik op een nacht wakker. Ik ging naar de wc en liep langs je kamer,' zegt ze. 'Ik hoorde je hartverscheurend huilen. Minutenlang ben ik voor je kamer blijven staan, zonder te weten wat ik moest doen. Ik wachtte tot je op zou houden met huilen, maar je hield niet op. Je weigerde op te houden en ik stond aan de andere kant van de deur. Toen ben ik weer naar bed gegaan. Altijd als ik jou zie moet ik daaraan denken, en als ik je hoor spreken hoor ik je weer huilen. Daarom besloot ik je moeder te worden toen zij er niet meer was. Omdat ik wist dat niemand anders van je zou kunnen houden, alleen zij. Je kunt het de mensen niet vragen van je te houden, het is te veel gevraagd. Alleen van je moeder mag je dat vragen.'

Hij houdt zijn moeder vast, hij moet denken aan vanochtend

toen hij haar benen schoor. Lang geleden is het niet en toch lijkt het een ander leven, hij was een andere man toen hij haar benen schoor. Hij had zijn mond moeten houden. Hij had moeder niet moeten vragen waarom zij moeder werd, waarom ze niet wilde blijven wie ze was.

Nu de woorden zijn uitgesproken gaan ze niet meer weg. Je kunt niets proberen te vergeten, want hoe meer je het probeert, hoe beter je het onthoudt. Hij moet leven met haar ontboezemingen.

'Je mag mij niet reduceren tot een avond bijna vijfentwintig jaar geleden,' zegt hij desondanks. 'Het is mensen gelukt van mij te houden en het is mij gelukt van mensen te houden. Je mag mij niet in deze fantasie betrekken.'

Moeder schudt haar hoofd. 'Ik betrek je nergens in,' zegt ze. 'Ik ken mijn zoon. Beter dan wie ook. Ik ken mijn jongen.'

Zwijgend lopen ze naar de badkamer. Daar staat de ex klaar. 'Je moet je pruik afzetten onder de douche, dat is beter,' fluistert hij nog. Dan neemt de ex moeder van hem over en Kadoke gaat naar de achtertuin om snel een sigaret te roken.

Wie is moeder om te bepalen dat niemand van hem kan houden? Wie is zij om hem te willen verleiden tot de meest monogame liefdesrelatie die ooit op deze aarde heeft bestaan?

Ze mag dan oud en ziek zijn, hij moet haar ongelijk bewijzen. Hebben de artsen in opleiding niet van hem gehouden? Hebben zij hun verlangens niet op hem geprojecteerd? Kortstondig misschien, soms maar een dag, maar liefde is niet slechts een kwestie van duur. En zijn ex? Heeft zij niet van hem gehouden? Moeder vraagt offers en brengt offers die menselijkerwijs van niemand zouden mogen worden gevraagd.

Kadoke rookt een tweede sigaret, dan gaat hij weer naar boven.

Moeder staat nog onder de douche. De ex staat naast de badkuip en wast moeders schedel. Het werd tijd.

'Wie is daar?' roept moeder.

‘Ik ben het,’ zegt Kadoke.

‘Doe de deur dicht,’ roept moeder. ‘Het tocht. Wil je me ziek hebben?’

Hij sluit de deur. Zonder het douchegordijn opzij te schuiven zegt de zoon: ‘Nee, moeder, ik wil je niet ziek maken, ik wil dat je leeft. Ik wil niets anders dan dat je leeft.’

11

Hij zit aan zijn bureau en herleest de rapporten die hij de afgelopen week heeft geschreven over zijn face-to-facecontacten. Kadoke is niet ontevreden over zijn rapporten, hij is summier en precies, anders dan veel van zijn collega's.

Met moeder heeft hij niet meer over haar ontboezeming gesproken, hij wacht op het juiste moment en hij is tot het volwassen inzicht gekomen dat hij als 42-jarige man haar niets meer hoeft te bewijzen. Als zij denkt dat niemand van hem kan houden, alleen zij, dan moet hij haar dat gunnen. Misschien geeft het haar kracht, vermoedelijk is dit idee het beste medicijn tegen de sensatie van overbodigheid die haar in het verleden heeft geteisterd. Toch zal hij nog wel op haar uitspraken terugkomen, maar later, op een geschikt moment, niet nu. Zonder verwijten, zonder woede, begripvol, uitgaand van haar behoeften, met de empathische distantie die hij niet alleen tegenover zijn patiënten in acht probeert te nemen, maar eigenlijk tegenover de hele wereld. 'Is het voor jou belangrijk dat jij de enige bent die van mij kan houden?' zal hij vragen, en terwijl hij in gedachten die vraag formuleert beseft hij meteen hoe onzinnig die vraag is. Dat is wat iedereen die liefheeft meent te denken: mij is het gelukt, alleen ik ben hiertoe in staat, niemand zal meer van je houden, niemand kan dat, niemand ziet je zoals ik je zie.

Bladerend door de rapporten komt hij de samenvatting van zijn face-to-facecontact met Michette Dubois tegen. Hij leest het rapport en is tevreden over de tekst. Alles wat erin moet staan staat erin, alles leidt naar de treurige maar onvermijdelijke conclusie: deze vrouw moet worden opgenomen.

Hoewel het niet nodig is, niet strikt noodzakelijk, belt hij de kliniek waar plaats was voor Michette Dubois. Het duurt even, maar dan krijgt hij haar behandelend arts aan de lijn. Hij kent hem niet, een nog jonge man zo te horen, die zegt: 'Michette Dubois, zeker weet ik wie dat is, ik heb haar vanochtend ontslagen.'

'Waarom?' vraagt Kadoke.

'Omdat ze hier niet wilde zijn. Omdat ik sterk de indruk had dat ze het thuis beter zou hebben dan hier bij ons. Omdat ik niets voor haar kon doen. Bent u de arts die haar naar ons heeft doorverwezen met een ibs?'

'Dat ben ik,' zegt Kadoke.

Er valt een stilte.

'Hallo,' zegt Kadoke. 'Bent u daar nog?'

'Ja,' zegt de behandelend arts, 'ik ben er nog. Ik wil uw deskundigheid niet in twijfel trekken en ik was er natuurlijk niet bij toen u met haar sprak, maar ik heb het gevoel dat het een verkeerde beslissing was.'

'Ze automutileerde,' zegt Kadoke. 'De verpleegkundige gaf aan dat er sprake was van paranoïde wanen. Ik kan iemand met zo'n voorgeschiedenis die op zo'n manier aan het automutileren is geslagen niet thuis laten, dat is onverantwoord. Ik laat niemand met automutilatie die gepaard gaat met suïcidaal gedrag alleen thuis.'

Weer valt er een stilte.

'Hallo.'

'Ik weet niet of deze discussie überhaupt moet worden gevoerd,' zegt de voormalig behandelend arts van Michette Dubois, 'maar ik kreeg de indruk dat ze automutileerde omdat ze stress had dat ze weer naar de kliniek moest. Om nog maar te zwijgen over de vraag of er werkelijk sprake was van suïcidale gestes. Waar het om gaat is dat ik niets voor haar kon doen, ze was beter af zonder ons.'

Nu is het Kadoke die stil is. Hij zoekt in zijn zak naar sigaretten, stopt er een in zijn mond, haalt hem er dan weer uit.

'Wij zijn niet aangesteld om onze patiënten te vertellen dat we niets voor hen kunnen doen,' zegt hij, 'ik geloof niet dat dat is wat zij van ons verwachten.'

Spreekt hij zo? Is dit Kadoke? Zijn dit zijn overtuigingen of ventileert hij slechts zijn onmacht? Zijn zijn overtuigingen alleen maar theorie die hij niet in de praktijk kan of wil brengen? Hij heeft steeds de beperkingen van de psychiatrie benadrukt, de onmacht van de behandelaar, en nu wil hij er niets van horen. Wanneer moet je iemand opgeven? Is dat wat hij niet kan? Is dat zijn zwakte? Het onvermogen om iemand echt op te geven, het onvermogen die beslissing te nemen en de patiënt in de ogen te kijken terwijl je je beslissing toelicht: 'Ik geef je op. De psychiatrie geeft je op, maar misschien zijn er elders mogelijkheden voor je, misschien zijn er andere mensen die iets voor je kunnen doen.'

'Soms kunnen we onze patiënten niet helpen,' zegt de arts. 'Het is vervelend maar het is de waarheid.'

'Is dat wat u uw patiënten vertelt?'

'Dat vertel ik weleens. Helaas, ja.'

'En u zegt het ook tegen hun familieleden?'

'Ik zeg het natuurlijk ook tegen hun familieleden.' De man zucht, luid en ongegeneerd. Vanwege de vragen van Kadoke of bij de herinnering aan gesprekken met familieleden van patiënten?

'Ik weet genoeg,' zegt Kadoke.

Hij wil het gesprek beëindigen, maar de andere psychiater is hem voor. 'Luister,' zegt deze, 'vat het niet persoonlijk op, misschien is het gewoon een generatiekloof.'

'Een generatiekloof? Ik weet niet hoe oud u denkt dat ik ben.'

'Ik wil het niet persoonlijker maken dan het al is,' zegt de arts. 'Het gaat niet om uw leeftijd, ik heb de patiënte ontslagen omdat ik sterk de indruk had dat ik bijdroeg aan de crisis in plaats van die te mitigeren. Zullen we hiermee het onderhoud afsluiten?'

'Dat is goed,' zegt Kadoke. 'Laten we het onderhoud afsluiten.'

Hij hangt op, leest zijn rapport nog eens door, gaat naar beneden, haalt espresso uit de automaat en rookt een sigaret op het parkeerterrein.

Hij ziet hoe Dekha haar fiets op slot zet.

Ze begroet hem met de woorden: 'Sta je hier alweer of nog steeds?'

'Alweer.'

Hij biedt haar geen sigaret aan, in plaats daarvan zegt hij: 'Kun je je Michette Dubois herinneren? Die borderliner. Ik heb met de kliniek gebeld, ze hebben haar ontslagen.'

Er verschijnt een flauwe glimlach op het gezicht van Dekha. Ze kijkt hem niet triomfantelijk aan, eerder begripvol, en toch voelt Kadoke hoe Dekha triomfeert, hoe ze zegeviert, over hem, zijn ervaring, zijn kennis. Zij zag dingen die hij niet had gezien. 'Het was geen ibs,' zegt ze. 'Je hebt je denk ik laten meeslepen.'

'Door wat?'

'Emoties.'

'Nee, die slepen mij niet mee.'

'Dan weet ik het niet, wat je meesleepte.'

Ze wil nog iets zeggen, maar ze houdt zich in. 'Ik ga naar binnen,' zegt ze. 'Het is koud.' Ze legt even een hand op zijn linkerschouder. Misschien wil ze hem troosten, misschien zoekt ze nabijheid. Overal wordt nabijheid gezocht, in de crisisdienst en daarbuiten en Kadoke's antwoord is steevast: empathische distantie. Tot die zomeravond toen Rose de deur opendeed met een handdoek om haar middel geknoopt. Toen was van distantie niets te bekennen, en van empathie vermoedelijk ook weinig.

Hij blijft staan om nog een sigaret te roken. Onrust heeft zich van hem meester gemaakt. Iets sleepte hem mee. Emoties kunnen het niet zijn geweest, die heeft hij onder controle. Zeker als hij werkt.

Hij doet nog twee noodgevallen, routineus maar vakkundig als altijd. In de tussentijd voert hij een kort gesprek met een collega over adolescenten met een psychose. Als hij kort na vijven de zorginstelling verlaat belt hij vanuit zijn auto zijn moeder en geeft door dat hij wat later is, om meteen daarop te vragen of ze dat erg vindt. 'Helemaal niet,' antwoordt ze. 'Het gaat hier prima. Ik heb eigenlijk niemand nodig.' Ook in haar stem hoort hij iets van triomf. De jonge arts, Dekha, zijn moeder, iedereen triomfeert vandaag over hem.

Hij start zijn auto en rijdt naar Amsterdam-West, de radio staat aan, hij neuriet mee met een nummer dat hij nauwelijks kent. Vrolijk is hij niet, maar wel op een eigenaardige manier uitgelaten, zoals die dag dat hij in de tuin bij zijn moeder stond en de droge plekken zag. Het verdorde gras. Ietwat verbolgen en op een eigenaardige manier toch uitgelaten, omdat hij verliefd aan het worden was.

Kadoke parkeert en loopt naar de kade waar hij een paar dagen eerder met Dekha was. Kadoke moet zoeken, hij vindt de woning minder makkelijk dan hij had gedacht. Het begint te regenen, hij heeft geen paraplu bij zich maar het deert hem niet, hij voelt de regen niet, hij is te gespannen om die te voelen. Na ongeveer vijf minuten staat hij voor haar deur. Hij belt aan. Ze doet open in een spijkerbroek en een donkerblauwe trui. Ze loopt op blote voeten.

'Ik ben Kadoke,' zegt hij, 'psychiater bij de crisisdienst.'

'Ik weet het.'

'Een paar dagen geleden ben ik hier geweest met een collega.'

'Ik weet het.'

'Kan ik even binnenkomen?'

'Wil je me weer laten opnemen? Ik ben net ontslagen.'

'Ik wil u niet laten opnemen. En ik weet dat u ontslagen bent.'

Ze kijkt hem onderzoekend aan alsof het een valstrik is, alsof hij geen ander bestaansrecht heeft dan mensen tegen hun wil in een kliniek op te sluiten.

Dan zegt ze: 'Kom binnen.'

Ze gaat hem voor naar de kleine woonkamer.

'Mag ik mijn jas ergens ophangen?' vraagt hij.

Ze neemt zijn natte regenjas aan, net zo versleten als zijn tas, en loopt ermee naar de gang. Hij blijft staan, routineus en toch onzeker, want dit is geen doorsnee noodgeval, dit is een misstap. Hij weet het, hij twijfelt er niet langer over, hij weet weer wat hij doet, dit bezoek is een vergissing maar hij kon niet anders. Voor zover hij mens is, voor zover zijn mens-zijn iets te betekenen heeft, moet hij zijn beslissing toelichten. Kadoke kan zich niet langer verschuilen achter professionele distantie en statistieken, redeneringen over tarotkaarten en psychiatrie. Zijn hele leven heeft hij de fatale fout gevreesd, nu moet hij alles wat angst is achter zich laten, eindelijk misstappen.

Dit keer neemt ze plaats aan een eettafel die ergens achterin staat, in het donkerste gedeelte van de woning. De tafel is leeg. Ze zegt: 'Ik drink whisky, kan ik jou wat aanbieden?'

'Nee,' zegt hij. 'Niets, dank u.'

De geknakte planten staan er nog steeds. Kijkend naar die planten herinnert hij zich de woorden van de patiënt. Een man, een vriend, een geliefde die in blinde woede planten knakt omdat hij wordt verlaten, omdat er geen plaats meer voor hem is, niet in dit huis. Je moet je niet voorbereiden op de dood, daarop kun je je niet voorbereiden, maar je moet je voorbereiden om verlaten te worden, dat is waar leven uiteindelijk op neerkomt. Meer niet. Je wordt verlaten, doe niet alsof je het niet wist. Doe niet alsof je ziende blind was. Het verlaten en het verlaten worden zijn het bestaansrecht van de intimiteit.

Ze drinkt haar whisky uit een waterglas, er drijven ijsblokjes in. Hij ziet een verse pleister op de binnenkant van haar linkerarm. De neiging te vragen of ze zichzelf weer pijn heeft gedaan onderdrukt Kadoke.

Hij die de misstap heeft begaan moet zijn routineuze vragen achterwege laten, hij moet zich concentreren op zijn eigen misstap.

'Ik ben hier,' zegt hij, 'om mijn beslissing toe te lichten, mijn beslissing van verleden week. Hebt u daar behoefte aan?'

'Behoefte? Ben je serieus? Eerst laat je me door de politie en een stel stinkende kerels van de ambulance naar een kliniek slepen en een paar dagen later kom je vragen of ik behoefte heb aan toelichting.'

'Ik zou mijn beweegredenen om u te laten opnemen, tegen uw zin in, willen toelichten.'

'Ik heet Michette. Zullen we daarmee beginnen? Dat ge-u werkt me op mijn zenuwen. Zelfs in de kliniek doen ze niet zo raar tegen me.'

'Prima. Mijn beslissing om je te laten opnemen, daar hadden we het over. Om ibs te adviseren, om ook de politie in te schakelen, omdat ik vreesde dat je een gevaar kon worden voor jezelf en je omgeving. Professioneel gezien hoor ik hier niet te zijn maar ik geloof dat je een toelichting verdient, als je daar tenminste op zit te wachten.'

Hij staat. Zij zit. Hij zet zijn tas neer.

Michette knikt minzaam. Het kan van alles betekenen: dat ze erop zit te wachten of juist niet. Dat ze hem gedoogt zoals ze eerder andere behandelaars en therapeuten heeft gedoogd. Is hij niet meer dan de zoveelste behandelaar die tegen haar aan praat? De twintigste in een reeks? De goede bedoelingen zijn nauwelijks van het achter protocollen verstopte cynisme te onderscheiden.

Hij schraapt zijn keel, hij zou willen roken. Er zou hier ook vast gerookt mogen worden, maar hij houdt zich in. Niet langer wil hij de koloniaal zijn die neemt wat hij nodig heeft, hij wil geven wat de ander nodig heeft. Maar hij beseft hoe problematisch deze positie is. Zit deze jonge vrouw op een toelichting te wachten? Wordt hier via een omweg niet toch weer zijn behoefte vervuld? Er is hoe dan ook geen weg terug, hij is hierheen gegaan om zichzelf te verklaren en hij zal zichzelf verklaren. Hij zal haar serieus nemen, dat wil zeggen: eindelijk het leven serieus nemen.

'Ik heb achteraf de indruk,' zegt hij, 'dat ik een verkeerde beslissing heb genomen. Ik had je niet tegen je zin in moeten laten opnemen. Dat zag ik op dat moment niet in. Daarom ben ik teruggekomen, om je dat te vertellen. Dat was alles eigenlijk.'

Ze staat op, schenkt haar glas whisky weer halfvol. Alcoholproblematiek, daar heeft niemand het over gehad, zij niet, de doorverwijzer niet. Hij had niets gezien of geroken wat in die richting wees, maar hij zit hier niet om de patiënt in kaart te brengen, hij zit hier slechts om zijn excuses aan te bieden. Meer hoeft hij niet te doen en meer zal hij ook niet doen. Daarna zal hij verdwijnen om de gevolgen van zijn misstap tot een minimum te beperken.

Hij schraapt zijn keel voor een tweede keer en neemt toch maar even plaats tegenover haar aan tafel, terwijl zij whisky drinkt alsof het water is. 'Ik wilde mijn excuses aanbieden. Ik heb een foute beslissing genomen, hoewel ik ervan overtuigd ben dat jou hier achterlaten ook een foute beslissing zou zijn geweest. Van twee foute beslissingen heb ik de foutste beslissing genomen en daarvoor wil ik mijn excuses aanbieden.'

Zo, hij is klaar, hij heeft spijt van zijn komst en eigenlijk ook van zijn spijtbetuiging, maar hij heeft de schade beperkt. Nu kan hij weggaan en Michette vergeten.

'Waarom?' vraagt ze met heldere, misschien zelfs ietwat lachende ogen. 'Waarom heb je de foutste beslissing genomen?'

Kadoke wilde opstaan maar hij is haar blijkbaar meer dan alleen een pro forma-excuus verschuldigd.

'Daarover heb ik vandaag ook nagedacht,' zegt hij. 'Er zijn verschillende antwoorden mogelijk. Ik heb een paar theorieën.'

Ze stopt een ijsblokje in haar mond en kauwt erop. 'Wat is de meest waarschijnlijke theorie?'

Kadoke legt zijn handen op tafel. Hoeveel moet hij van zichzelf laten zien? Wat is verantwoord? Hij bekijkt zijn handen en denkt aan zijn moeder, die hem ervan betichtte koude handen te hebben.

'Ik was bang dat je zou sterven,' zegt hij. 'Ik kon jouw dood er niet bij hebben. Mijn angst was ongegrond en ook niet professioneel. Wij behandelaars moeten de dood van onze patiënten niet vrezen, wij moeten die dood voorkomen, voor zover mogelijk althans.'

Ze knikt, staat op, loopt naar een van de planten en haalt iets uit de aarde wat ze voor Kadoke op tafel legt.

'Mooi, hè,' zegt ze, terwijl ze naast hem blijft staan.

Voor hem ligt een dode kever. Hij weet niet wat voor kever, hij is niet thuis in de wereld van kevers. Neemt ze hem in de maling? Maakt ze hem belachelijk? Zijn angst, zijn excuses, zijn misstap? Hij kijkt schuin omhoog, recht in haar gezicht. Nee, ze vindt de kever echt mooi.

'Je mag hem hebben,' zegt ze.

Ze gaat weer zitten, drinkt de laatste restjes whisky uit het glas.

'Ik verzamel geen dode kevers,' merkt Kadoke op.

'Dit is geen dode kever, dit is een mooi object.'

Ze rommelt in een kast en komt terug met een enveloppe waarin ze de dode kever stopt.

'Ik moet gaan,' zegt Kadoke, 'er wordt op mij gewacht. Dit was uiteraard geen echt consult, maar ik verklaar het consult voor beëindigd. Je bent ongetwijfeld in contact met je behandelaar om een plan uit te stippelen. Ik hoop dat je eruit komt.'

Hij staat op.

'Neem de kever mee,' zegt ze.

'Ik neem geen cadeautjes van patiënten aan.'

Ze heeft haar haren in een vlecht, een zorgvuldig gevlochten vlecht.

'Dit is geen cadeautje,' zegt ze, 'dit is een dode kever. Je hebt het zelf gezegd. Hoe kan zoiets een cadeautje zijn?'

Hij staart naar de enveloppe die op tafel ligt, het waterglas waarin whisky zat. Dan kijkt hij naar de patiënt, hij ziet de littekens op haar arm, kleine en grotere, de kleur van haar tanden, haar ogen, iets wat oogschaduw zal zijn.

Afwezig pakt hij de enveloppe, vouwt hem op en stopt hem in zijn broekzak.

'Je bent zeker blij weer thuis te zijn?'

Ze knikt. 'Ik word gek in de kliniek,' zegt ze. 'Ik heb niets met de mensen die daar zitten. Ik kan niet met ze praten. En wat kun je daar doen? Een beetje pingpongen.'

Hij steekt een hand in een broekzak, voelt zijn autosleutels. Hij moet weg, Kadoke is hier lang genoeg geweest. 'Hangt mijn jas in de gang?' vraagt hij. 'Pingpongen kan heel prettig zijn, het is een concentratieoefening.'

Ze loopt naar de gang, pakt zijn jas, die nog altijd nat is en overhandigt hem die, alsof hij een schooljongen is.

'Ben je hiervoor gekomen?' vraagt ze. 'Was dit echt alles? Heb je daarvoor al deze moeite genomen? Om me te vertellen dat pingpongen in een kliniek nog niet zo gek is? Denk je dat ik dat niet wist? Dat ik het niet geprobeerd heb? Dat ik niet dagenlang, wekenlang, maandenlang gepingpongd heb? Tot ik er gek van werd. Jullie hebben me maandenlang laten pingpongen met zieke mensen en dat noemden jullie therapie.'

Hij staat op, trekt zijn jas aan, een rilling gaat door hem heen als hij voelt hoe vochtig de jas nog altijd is, ook vanbinnen. Kadoke pakt zijn tas.

'Meer heb ik je niet te bieden,' zegt hij. 'Dit was alles. Vanuit professioneel oogpunt was het eigenlijk te veel.'

Ze ruikt naar whisky, zoals hij naar rook ruikt vermoedelijk. 'En hoe moet het nu verder met me?' vraagt ze.

Weer staart hij naar de planten. Waarom laat ze die staan? Zet ze bij de vuilnis. Vergeet de ex. Zoek een beter liefdesobject.

'Er zal ongetwijfeld een nieuw behandelplan worden opgesteld, maar daar ga ik niet over.'

'Ik wil geen nieuw behandelplan, ik wil weten hoe het met me verdergaat. Wat moet ik met een behandelplan? Weet je hoeveel behandelplannen ik al heb gehad?'

Nee, hij had niet moeten komen. Als hij iets haat zijn het dergelijke discussies, vooral met patiënten.

'Hoe het met je verdergaat,' zegt hij zacht en zonder al te veel accenten te leggen, alsof hij een machine is die een tekst opleest, 'is iets wat je ook zelf in de hand hebt. Niemand anders kan jouw leven voor je leiden, je moet het zelf doen.'

Ze schudt haar hoofd. 'Ik wil graag dat anderen het doen, ik wil graag dat anderen mijn leven voor mij leiden, ik wil het niet zelf doen, ik kan het niet zelf. Dat weet ik. Dat weet ik al heel lang. Dat zeg ik al jaren, maar niemand gelooft me. Ik kan het niet. Het lukt me niet.'

Ze spreekt afgemeten, anders dan daarnet, bijna agressief.

Kadoke wrijft over zijn hoofd en voelt een bultje. Heeft een mug hem gestoken? Of heeft hij zich gestoten?

'Dat begrijp ik,' zegt hij, 'maar dat is niet iets wat je met mij moet bespreken. Ik ben niet je behandelaar, ik ben een passant van de crisisdienst.'

Hij moet nu echt aanstalten maken om te gaan, hij moet duidelijk maken dat het gesprek is beëindigd, daarom doet hij een paar passen in de richting van de gang. Ze volgt hem niet.

Misschien moet hij uitspreken wat hij nooit heeft willen zeggen, alleen tegen collega's, misschien is de waarheid uiteindelijk helend. 'Ik kan niets voor je doen,' zegt hij. 'Ik ga nu. Het spijt me.'

Hij doet weer een stap. Kadoke staat nu in de gang en zij nog altijd in de woonkamer. Waarom aarzelt hij? Hij heeft gezegd wat hij wilde zeggen, een spijtbetuiging en een vonnis, dat was dit bezoek kort samengevat.

'Mag ik je bellen?' vraagt ze.

Hij zet zijn tas neer, knoopt zijn jas dicht.

'Waarom zou je iemand bellen die niets voor je kan doen?'

'Je kan me laten opnemen. Je hebt het eerder gedaan. Dus waarom zou je het niet nog een keer doen? Jij kunt het. Niemand kan het beter dan jij.'

'Dat kan ik,' fluistert hij, 'maar als je wilt worden opgenomen heb je mij en mijn paardenmiddelen niet nodig, dan kun je gewoon zelf naar de kliniek gaan. Je kent de procedures.'

Hij heeft het gevoel dat ze de professionele kant van zijn bestaan doorziet, dat ze weet wat hij kan en mag doen. Mensen laten opnemen. Is er veel meer over hem te vertellen dan dat? Wat is Kadoke buiten zijn werk? Zijn moeder.

'Vond je het leuk me te laten opnemen?' vraagt ze. 'Vond je de macht opwindend? De politie die je belde. Gaf je dat een kick? Om je op die manier boven mij te stellen? Heb je dat nodig om je gezond en normaal te voelen? Anderen laten opnemen?'

Hij snakt naar een sigaret. Hij schraapt zijn keel en verklaart met schorre stem: 'Het heeft niet geholpen. Dat is alles wat ik erover kan zeggen. Het was een vergissing, juist daarom ben ik hierheen gegaan, om je dat te vertellen. Misschien was dat vertellen ook weer vergissing. Dan heb ik twee vergissingen begaan die elkaar helaas niet opheffen.'

De psychiater pakt zijn autosleutel, hij houdt hem in zijn hand zoals moeder haar stok in de hand houdt, half als wapen, half als steun en toeverlaat.

'Als ik voel dat er niets anders op zit, als ik het idee heb dat alleen opname mijn dood nog kan voorkomen,' zegt Michette en ze klinkt vrolijk, ze lijkt zich erop te verheugen, op de opname, de dood, 'als ik zeker weet dat ik dood wil, zo zeker dat er eigenlijk geen twijfel meer is, als ik het echt niet meer weet, mag ik je dan bellen? Je neemt wel op, toch?'

Hij krabt aan de bult op zijn hoofd. Ze schijnt uit te kijken naar de volgende crisis, ze kan niet wachten. Misschien is dat leven voor haar. De crisis, de pijn, de intensiteit van de pijn die de dagelijkse tevredenheid zo node moet missen.

'Als het zover is, bel je je behandelaar. Je weet precies wat je moet doen in dergelijke gevallen. Je hebt me niet voor niets verteld hoeveel behandelplannen je al achter de rug hebt. Ik ga nu.'

'Ik wil jou bellen. Ik wil dat jíj me opneemt. Ik wil dat jij me naar de kliniek stuurt. Je bent het me verschuldigd.'

Ze loopt naar hem toe, gaat vlak voor hem staan, alsof ze hem wil slaan, alsof ze hem weer wil schoppen, zoals die dag dat hij samen met Dekha in deze woning was. Professioneel, empathisch en kortstondig, precies zoals het hoort. De kortstondigheid maakt deel uit van zijn identiteit, het over de mensen heen scheren, alles zien, maar nooit lang blijven, altijd weer weggaan, omdat het volgende noodgeval roept.

Michette pakt de revers van zijn natte jas, ze wrijft erover alsof ze een vlek wil verwijderen. 'Jij moet me opnemen,' zegt ze met de overtuigingskracht van iemand die weet dat haar verzoek zal worden ingewilligd. 'Jij kan het. Jij wil het.'

Kadoke is haar niets verschuldigd. De psychiater weet dat ze een patiënt is, een van de velen, de ervaring heeft hem geleerd hoe goed sommige patiënten kunnen manipuleren, hoewel er ook genoeg niet-patiënten zijn die dat uitstekend kunnen, en toch pakt hij een pen uit zijn jas. Hoeveel misstappen kan een mens op een dag begaan? Waarom is de misstap zo aanlokkelijk? Zoveel begeerlijker dan het protocol, het gebaande pad.

Met de pen in zijn ene en de autosleutels in de andere hand vraagt hij zich af of hij moet vertrouwen op de bureaucratie van de gezondheidszorg. Op de protocollen. Is hij daar niet te intelligent voor? Proberen te genezen is improviseren. Hij zal improviseren. De improvisatie is de waarheid van de psychiatrie, als hij nog ergens in gelooft dan in die improvisatie.

'Geef me een papiertje,' zegt hij.

Ze pakt een visitekaartje uit haar broekzak, achterop schrijft hij zijn nummer. Hij heeft het gevoel dat hij zijn doodvonnis tekent maar hij tekent het met zoveel opluchting, met de bravoure van een kwajongen, met de trots van zijn moeder. Pas als hij het visitekaartje uit nieuwsgierigheid omdraait ziet hij dat het van haar is.

'Je hebt visitekaartjes?' vraagt hij.

Ze moet de verwondering in zijn stem hebben gehoord, want ze antwoordt: 'Ja, die heb ik. Ik heb ook werk. Ik ben een patiënt met werk. Ik ben meer dan dit.' Ze laat haar armen zien. 'Ik ben meer dan mijn ziekte. Is dat allemaal zo vreemd? Raar? Ongewoon? Mogen patiënten alleen nog maar hun ziekte zijn? En wat ben jij dan? De niet-zieke, de genezer, die mensen komt genezen die helemaal niet op die genezing zitten te wachten?'

'Nee,' zegt hij, 'helemaal niet raar of ongewoon. De meeste patiënten blijven onzichtbaar en misschien is dat ook onze taak. Ervoor zorgen dat de patiënt onzichtbaar blijft, voor zichzelf en voor anderen. Bel me alleen in noodgevallen.'

En terwijl hij die zin uitspreekt beseft hij dat het leven van deze jonge vrouw niets anders is dan een aaneenschakeling van noodgevallen. Elke ontmoeting een noodgeval, elke dag een crisis.

'Hoe heet je eigenlijk? Je hebt je naam genoemd maar ik ben hem vergeten.'

'Kadoke, psychiater Kadoke.'

'Geen voornaam? Of is dat een voornaam, Kadoke?'

'Kadoke is voldoende.'

Hij geeft haar een hand, ze schudt die. Hij verwacht dat ze nog iets zal zeggen, dat ze een poging zal doen het gesprek te rekken, maar ze laat hem gaan.

Zo vertrekt hij uit haar woning, wetend dat hij een misstap heeft begaan maar tegelijkertijd de mogelijkheid openhoudend dat het geen echte is, dat hij aan het improviseren is geslagen met geen ander doel dan te stabiliseren.

Het regent nog altijd. Hij loopt over de kade als een man die uit een illegaal gokhuis komt, opgelucht dat hij alles wat hij bij zich had heeft verloren.

12

In het huis van zijn moeder, dat nu ook zijn huis is – hij is voor onbepaalde tijd terug en dat wil zeggen, misschien wel voor altijd – zet hij knakworstjes op het vuur.

Zijn moeder zit op haar vaste plaats. Ze roept: 'Je zei dat je wat later zou komen, dit is niet wat later, dit is veel later. Je bent niet te vertrouwen.'

Hij loopt van de keuken naar de woonkamer, een pannenlap die zijn moeder ooit zelf gebreid heeft in zijn hand.

'Sorry,' zegt hij. 'Ik was bij een patiënt.'

'Je hebt meer over voor je patiënten dan voor je eigen moeder.'

Iets later serveert hij haar knakworstjes. Tijd om aardappelen te koken had hij niet, maar er zijn chips en die strooit hij naast de knakworstjes over haar bord en het zijne. Zijn moeder kijkt misprijzend naar het eten, maar zijn onbetrouwbaarheid schijnt ze alweer vergeten te zijn. 'Gelukkig heb ik nooit meer honger,' zegt ze. Dan overvalt haar een emotie, hij ziet het aan haar gezicht, ze pakt hem bij zijn arm en ze verklaart met luide stem: 'Je zou ook niet moeten koken. Ten eerste kan je het niet, ten tweede ben je er te intelligent voor. Je zou je met andere dingen moeten bezighouden. Belangrijker dingen.'

'Met wat dan?' vraagt hij terwijl hij op zijn knakworstje kauwt. Kadoke proeft de smaak van de worst niet meer. Het wordt tijd voor een ander dieet, maar hoe kan hij zijn moeder verleiden tot ander, beter voedsel? Misschien moet een diëtist bij moeder op bezoek komen.

Moeder haalt haar schouders op. De emotie die haar even beet had heeft haar weer losgelaten. 'Mij schiet even niets te binnen. Met je werk, denk ik. Je bent een volwassen man, je moet zelf iets zoeken om je mee bezig te houden. Als kind hield je je alleen maar met mij bezig. Je verloor mij niet uit het oog. Andere kinderen speelden. Jij zat naast mij en observeerde mij.'

'Ja, ik zat naast je en hield je in de gaten,' zegt hij. 'Want ik was bang dat je zou weglopen. Ik heb op je gepast.'

Ze knikt, maar hij ziet dat ze alweer ergens anders aan denkt. Moeder pakt haar agenda en begint driftig te bladeren. Ze slaakt een kreet. 'Ik ben het helemaal vergeten,' zegt ze, 'en jij hebt er ook niet aan gedacht. Het is vandaag Rosj Hasjana.'

Joods Nieuwjaar, hij had er inderdaad niet aan gedacht. Moet hij daar ook nog aan denken? Tussen alle noodgevallen door? Maar alles wat Joods is, is natuurlijk ook een noodgeval, vooral Rosj Hasjana.

'Wat wil je dat ik doe?'

'Haal de kandelaars,' zegt ze. 'Het is nog niet te laat.'

Kadoke gaat naar boven en haalt de zilveren kandelaars die nog van de ouders van zijn moeder zijn geweest, kandelaars die op mysterieuze wijze de oorlog hebben overleefd en die ze om redenen die hij nooit helemaal heeft kunnen begrijpen in een kast onder het beddengoed verstopt. Alsof de dieven daar niet zouden zoeken.

In de keuken vindt hij kaarsen.

Hij laat moeder de kaarsen in de kandelaars zetten. Ze steekt de kaarsen aan en spreekt staand de zegenspreuk uit terwijl de helft van haar knakworst op haar bord koud aan het worden is.

Kadoke gaat weer naar de keuken, op zoek naar een appel en honing, want appel en honing eet je met Joods Nieuwjaar. Veel is hij vergeten, dat niet. Honing vindt hij in een kast naast de soepblokjes, appels in de tuinkast.

De instructies voor de meisjes die op een kast in de keuken hingen heeft hij een paar dagen geleden verwijderd. Zelf heeft hij geen instructies nodig en de hoop dat er nieuwe meisjes komen voor wie de instructies nuttig zouden zijn, is verdwenen. Maar de plek waar het papier met wenken, adviezen en als suggesties vermomde bevelen hing is nog altijd zichtbaar. Even staart hij naar die verkleuring op de kast, dan vermant hij zich. Hij moet samen met moeder enkele rituelen volbrengen. Dat wil ze, dat is belangrijk voor haar. Of het belangrijk is voor hem betwijfelt hij. Hij is een man die niet meer weet wat belangrijk voor hem is en die dat vermoedelijk ook niet wil weten.

Opgelucht dat hij alles wat nodig is voor de rituelen heeft kunnen vinden betreedt hij de woonkamer met appel, mes, bord en honing. Hij snijdt de appel zorgvuldig in partjes, doopt wat appel in de honing en geeft moeder een stukje.

Ze bekijkt het partje appel grondig. 'Schil hem de volgende keer,' zegt ze, en ze begint vervolgens te kauwen. 'Dat het een zoet jaar mag worden,' fluistert Kadoke in haar oor, 'dat God je mag opschrijven in het boek van het leven.'

'Jou ook,' antwoordt moeder. 'Vooral jou. Ik ben oud. Voor mij doet het er niet meer zoveel toe. Hoewel ik het paradijs niet vertrouw. Ik zie er eerlijk gezegd erg tegen op.'

Ze eten nog een stukje appel, en daarna nog een, zo eten ze de hele appel op. De rituelen zijn bijna volbracht, moeder zal straks rustig kunnen slapen. Ze heeft maar de helft van haar eten gegeten, maar morgen komt de buurtzorg en die zullen haar op de weegschaal zetten. Als ze daadwerkelijk is afgevallen zal hij haar bijvoeren. Hij zal haar vetmesten als een gans.

Kadoke pakt het zorgdossier, dat altijd op tafel ligt, en bladert erin. Verleden week woog ze 54,5 kilo, de week ervoor 55. Ze is ook al eens 56 geweest, het toppunt de afgelopen jaren was 57. Dat waren zorgeloze weken.

Terwijl hij het gewicht van moeder doorneemt alsof de getallen mystieke betekenis hebben, zegt hij, meer als een bezwering, half in gedachten: 'Ik hoop dat je 120 wordt.'

'Ik hoop dat ik volgend jaar haal,' zegt moeder, 'ik doe mijn best. Omdat ik weet dat jij me nodig hebt, maar ik heb mijn twijfels. Ik weet dat je het niet wilt horen, maar ik ga achteruit.'

'Je gaat je hele leven al achteruit, dat hoort bij het leven.'

'O nee,' zegt moeder, 'ik ben heel lang vooruitgegaan. En toen ben ik achteruitgegaan. Het begon toen jij werd geboren, toen begon de achteruitgang. Maar ik heb toch altijd heel veel van je gehouden, ondanks alles. Ik heb op je gewacht, moet je weten. Ik heb jarenlang op je gewacht.'

'Het is een geluk dat we elkaar hebben ontmoet,' zegt Kadoke. 'Stel je voor dat we elkaar waren misgelopen.'

Hij omhelst zijn moeder, hij drukt haar tegen zich aan. Ook een ritueel. Zijn ritueel. Dan ruimt hij af. Het is al bijna donker, maar hij gaat nog even naar de voortuin, waar hij rookt en met een heggenschaar een stuk van de heg bijwerkt. Dit is niet het beste moment om het te doen, maar wanneer moet het dan? Vroeger deden de meisjes het. Iemand anders moet nu de tuin bijhouden. De zoon, hij moet het doen.

Dan ziet hij hoe moeder in de voordeur staat, met haar stok.

'Kom binnen,' roept ze. 'Op Rosj Hasjana knip je niet de heg. Dat doe je niet.'

Hij gaat naar binnen, de kaarsen branden nog. Ze gaan weer aan tafel zitten. In zijn zak vindt hij de enveloppe, hij legt hem op tafel en schudt de kever eruit.

'Wat is dat?' vraagt moeder.

'Een kever.'

'Dood?'

'Dood,' zegt Kadoke. 'Morsdood.'

Kadoke kijkt naar de kaarsen, moeder kijkt naar de kever.

'Bah,' zegt ze.

Ze schuift de kever op de enveloppe, opent de tuindeur en gooit het beest in de achtertuin.

Dan gaat ze zitten.

'Ik wil geen dode kevers in huis,' verklaart ze. 'Hoe kom je er eigenlijk aan?'

'Cadeautje van een patiënt.'

Moeder schudt haar hoofd. 'Zijn ze niet helemaal goed wijs, die patiënten van je? Jij doet alles voor ze en dan schepen ze je af met een dode kever. Overal wordt over je heen gelopen, echt overal.'

Ze kijken nu allebei naar de kaarsen, ze zwijgen. Moeder begint opnieuw in haar agenda te bladeren. Een bezwering. Of zoekt ze echt iets? Een naam die ze vergeten is? Een telefoonnummer?

'Mijn patiënten zijn niet goed wijs,' zegt Kadoke. 'Daarom zijn het patiënten. Ik denk dat de kever veel voor haar betekende, maar ik weet niet wat.'

'Daar geloof ik niets van,' zegt moeder, 'die patiënten weten heel goed wat ze je geven. Ze schepen je af met waardeloze spullen. En ik zeg het nog één keer: ik wil geen dode kevers in huis.'

13

Op de eerste dag van Joods Nieuwjaar heeft Kadoke nachtdienst. 's Ochtends wast hij het bovenlichaam van moeder met een washandje. Meer verzorging heeft ze niet nodig, zegt ze. Dan eet hij gezeten aan het bureau naast haar bed samen met haar een appel en een sinaasappel en geeft hij haar haar medicijnen. Ze zitten aan een schrijftafel waaraan nooit iemand heeft geschreven of gewerkt. Het bureau is wit en zakelijk. Een aanschaf van Kadoke's vader, die hield van zakelijkheid, ook in de slaapkamer. Maar hij heeft nooit aan het bureau gezeten. Het stond op hem te wachten, het wachtte en het wachtte, het bleef ongebruikt. Pas toen moeder ziek werd zijn ze het bureau gaan gebruiken. Als ontbijttafel weliswaar, maar toch.

Praten doen ze niet. 's Ochtends is moeder niet zo spraakzaam, de slaaptabletten werken nog door. Af en toe duwt Kadoke zijn hoofd tegen moeders bovenarm om contact met haar te maken maar ook om haar aan te moedigen door te gaan met eten, niet weer in slaap te vallen. 's Nachts ligt ze wakker, overdag slaapt ze, dat gaat niet. Ze kan niet van de dag de nacht maken en omgekeerd.

Hij pakt een stukje sinaasappel en duwt het voorzichtig in haar mond.

Moeder slaapt net als haar zoon op een opklapbed. Iedereen in de familie Kadoke slaapt op opklapbedden, om ruimte te besparen; een overblijfsel uit de tijd dat ze nog klein woonden. Het verschil met vroeger is dat de opklapbedden niet meer hoeven te worden opgeklapt.

Als ze haar ontbijt opheeft zegt ze: 'Ik hoop dat de rabbijn me niet is vergeten en dat hij zo meteen komt om op de sjofar te blazen, maar dat misbaksel zal wel weer niet aan me gedacht hebben.'

De rabbijn kan haar gestolen worden, maar moeder wil graag het geluid van een ramshoorn horen op deze dag en dat mag haar niet worden ontzegd. Het is te laat om de rabbijn te bellen, die neemt op Joods Nieuwjaar de telefoon niet op, maar misschien heeft hij er zelf aan gedacht, om tijd voor moeder die hij consequent 'vader' blijft noemen, in te ruimen. Wellicht kan hij zich op deze belangrijke dag over zijn bezwaren tegen haar transformatie heen zetten?

Aan het eind van de ochtend zou de rabbijn kunnen komen, de dienst in de synagoge is dan voorbij. Moeder en zoon zitten beneden aan de eettafel op hem te wachten, lezend, starend, dommelend, slapend, elkaar aanrakend, maar wie ook komt, niet de rabbijn.

De vrouw van de buurtzorg staat voor de deur. Kadoke was haar komst vergeten, het schema van de buurtzorg zit nog niet zo in zijn hoofd.

Een vrouw van een moeilijk te schatten leeftijd doet haar jas uit. Lotte. Twee keer per week staat ze voor de deur, soms komt een collega. Ze komt altijd een beetje verloren over, als een handelsreizigster die een product in de aanbieding heeft waarin ze zelf niet gelooft. Ze zou achter in de vijftig kunnen zijn maar ook achter in de dertig. Haar haar is donkerrood geverfd en ze is steevast gewapend met een boodschappentas. Als ze eenmaal binnen is laat Lotte de indruk van de onwillige handelsreizigster achter zich. Nu doet ze hem eerder aan een buurvrouw denken die op de koffie komt, vriendelijk maar ook ietwat nerveus.

Kadoke heeft haar al vaak gezien en toch hebben ze nooit echt met elkaar gesproken. Een handdruk, een paar woorden, daar laat Lotte het meestal bij. Soms blijft zelfs de handdruk achterwege, alsof ze dergelijke formaliteiten niet op zijn plaats vindt. Ze is hier voor moeder, niet voor de zoon, en dat wil ze ook duidelijk maken, daar mag geen misverstand over bestaan.

Als hij haar ziet bekruipt hem het gevoel dat Lotte zelf eigenlijk een patiënt is. Hij heeft haar niet onderzocht of behandeld, maar zijn intuïtie laat hem niet in de steek. Daarop vertrouwt hij, waarop moet je anders vertrouwen als je bij de crisisdienst werkt? Overal ziet hij patiënten, waar hij ook kijkt, op straat, in de tram, in de supermarkt, patiënten, en soms wordt hem dat te veel. Overal dringt zich andermans lijden aan hem op, het sluipt zijn bloedbaan binnen, doet een beroep op hem. Het stilzwijgende beroep, dat is het ergste. Het beroep dat alleen maar bestaat uit een blik. Die blik van Lotte maakt hem week, maar niet in de romantische zin van het woord. Hij wordt professioneel week, hij ziet het urgente lijden en hij wenst het niet te zien. Niet hier, niet bij zijn moeder in de woonkamer.

'Wat zitten jullie hier lekker met zijn tweetjes,' zegt Lotte. 'En hoe gaat het met u, mevrouw Kadoke?'

'Het is Joods Nieuwjaar,' antwoordt moeder. Alsof dat alles zou verklaren.

'En hebt u al flink feest gevierd?' vraagt Lotte, terwijl ze in het zorgdossier bladert.

'De Joden vieren geen feest met nieuwjaar,' zegt moeder. 'Ze treuren. Ze overdenken hun zonden.' Ze zegt het alsof ze zelf eigenlijk geen jodin is, maar door omstandigheden wel decennia te midden van die merkwaardige stam heeft moeten leven en als een participerend antropologe uiteindelijk maar hun gebruiken en gewoontes heeft overgenomen.

'Hebt u al veel zondes overdacht?' vraagt Lotte terwijl ze de bloeddrukmeter pakt, naast moeder gaat zitten en moeders mouw opstroopt. Moeder laat alles met zich doen. Opstandig is ze alleen nog maar tegen haar zoon. Vroeger was ze opstandig tegen de wereld, nu is de wereld haar zoon geworden, de laatste voor wie ze de energie verzamelt om 'nee' tegen te zeggen. Het is een indringend 'nee', een snerpend 'nee'.

Omdat moeder geen antwoord geeft, dringt Lotte aan. 'En,

hebt u al veel over uw zondes nagedacht, mevrouw Kadoke?'

Een ongebruikelijke vraag voor Lotte. Hij heeft haar nog nooit op humor kunnen betrappen, maar misschien ontgaat haar zelf ook de ironie van de vraag. Misschien meent ze het. Vermoedelijk is dat de reden van het stilzwijgend lijden dat uit haar ogen spreekt, dat ze zelf voortdurend haar zondes overdenkt. Alsof het voor Lotte elke dag Rosj Hasjana is.

'Nee,' zegt moeder. 'Ik denk niet aan zondes. Ik denk aan mijn zoon.'

Bedoelt ze dat hij de zonde is? Of bedoelt ze dat ze aan de zondes van haar zoon denkt bij gebrek aan eigen zondes? Dat laatste kan hij zich niet voorstellen, want moeder is kritisch op zichzelf. Ze is niet iemand die over zichzelf zou beweren dat ze vrij van zondes door het leven gaat. 'Een goed mens ben ik niet,' heeft ze altijd gezegd. 'Ik ben een normaal mens.'

'Zo, uw bloeddruk ziet er prima uit,' zegt Lotte. 'Bovendruk en benedendruk, allebei uitstekend, als van een jong meisje. Dan gaan we u nu nog even wegen. Als u dat goedvindt tenminste.' Ze mag stiekem een patiënt zijn, ze slaat tegenover moeder een aangename toon aan. Respectvol. Moeder waardeert dat. Ze geeft zich over aan alle verplichtingen die horen bij het in leven blijven, toch houdt ze er niet van om gecommandeerd te worden. Leven zonder gecommandeerd te worden, dat is haar laatste doel. Dat is misschien altijd haar doel geweest.

'Waar zijn de meisjes eigenlijk?' vraagt Lotte terwijl ze moeder helpt opstaan. 'Ik heb ze al een tijdje niet gezien.'

'Mijn zoon heeft ze weggejaagd.'

Kadoke kijkt moeder aan, maar ze negeert zijn blik. Zou ze hem zo verraden? Zomaar, omdat het kan, zonder reden, alsof ze zelf niet beseft wat ze zegt. 'Mijn zoon heeft ze weggejaagd.' Zo simpel is het om iemand te verraden.

Moeder, de verraadster. De vrouw die als puntje bij paaltje komt niet voor haar kind zal kiezen. Is dat zijn angst? Of was dat haar angst die hij zich eigen heeft gemaakt? Hij heeft haar angsten overgenomen zoals je kleren overneemt. Omdat die in goede staat zijn, nog prima bruikbaar.

'Met de mattenklopper?' vraagt Lotte, die kennelijk toch meer humor heeft dan Kadoke dacht. Lotte denkt dat moeder grapjes maakt, dat is zijn redding. Moeder bluft met de waarheid, maar voor de buitenstaander is die bluf een al dan niet geslaagde poging tot humor. Net als kinderen en gekken worden oude mensen niet meer serieus genomen als ze de waarheid spreken. Een van de schaarse voordelen van heel erg oud worden, je kunt straffeloos eerlijk zijn.

'Ze zijn met vakantie,' zegt Kadoke omdat moeder zwijgt. 'Een lange vakantie. Ik ben nu de meisjes. Ik heb er wel hulp bij, maar ik ben als het ware zelf de meisjes.'

'Dapper,' zegt Lotte. 'Zo helemaal alleen. Maar moeder zal wel blij zijn. Dan heeft ze haar zoon dicht bij zich. Kom maar even, mevrouw Kadoke, dan ga ik u wegen.'

Hij is de meisjes geworden. Is dat het? Is dat het verhaal waarmee de mensen genoegen nemen? Is dat wat hij de komende jaren zal vertellen, zoals hij vroeger vertelde hoe hij psychiater was geworden?

Moeder staat op. Ze loopt achter Lotte aan naar de gang, waar de weegschaal staat.

Kadoke blijft aan tafel zitten. Moeder ziet en weet alles, ze takelt af vindt ze zelf, maar daartoe is ze nog in staat. Alleen zijn verliefdheid nam ze niet serieus. Die was haar te frivool, die vond ze niet bij haar zoon passen. Een verliefde zoon is een zwakke zoon.

'54 kilo,' hoort hij Lotte zeggen. 'Eet u wel goed? U bent weer een have kilo afgevallen.'

'Ik doe mijn best,' antwoordt moeder. 'Ik kan niet tegen mijn zin in eten. Ik kan me toch niet volproppen als ik misselijk ben?'

Misselijk van angst? Hartfalen? Misselijk van het leven zelf? Of van haar zoon, van wie ze houdt en die haar toch misselijk maakt omdat hij geen vruchtbare plek op deze aarde heeft weten te bewonen? Omdat hij nalaat te doen wat andere mensen doen: zich voortplanten, werken, gelukkig zijn op een simpele manier. Hij kent het geluk als een zomeravond. Rose doet open, in de badkamer laat ze de handdoek van zich afglijden, ze toont hem haar lichaam en hij weet met een zekerheid die hem ontroert dat hij van haar houdt. Die zekerheid overvalt hem, het verlangen. Een krankzinnig geluk, waarvan de echo's nu nog natrillen. Dat soort geluk kent hij.

Een vruchtbare plek op deze aarde, is dat wat moeder voor hem wenst? Maar mag je als zoon ook nee zeggen tegen die vruchtbare plek? Nee, bedankt, ik blijf liever op de onvruchtbare plek. Daar ben ik thuis, daar wil ik wonen en sterven.

Dan herinnert hij zich dat de meisjes Lotte en andere werknemers van de buurtzorg altijd een kop thee aanboden. Hij loopt langs Lotte en moeder, die in de gang met de weegschaal in de weer zijn. Moeder staat op de weegschaal alsof die een galg is. Kadoke opent de thermosfles en schenkt thee in voor Lotte. In de kasten zoekt hij of er nog cake of koekjes zijn maar hij vindt niets. Nu de meisjes er niet meer zijn moet hij ook de boodschappen anders organiseren.

Tegen de tijd dat hij de woonkamer binnenkomt met de thee zitten Lotte en moeder alweer aan de eettafel. Lotte is bezig met de medicijnen, ze controleert de rol die de apotheek heeft afgeleverd.

'Ik heb wat te drinken voor je ingeschonken,' zegt Kadoke.

Lotte kijkt hem aan, een beetje meewarig, misschien wel bezorgd. Hij ziet ook angst in haar ogen, weet ze stiekem toch iets? Denkt Lotte nu dat hij zich ook op haar zal werpen? Een man die de verzorgsters van zijn moeder niet met rust kan laten? Een verleider van het ongewenste soort?

Kadoke kan de gedachte dat ze vermoedt wat hier is voorgevallen niet geheel onderdrukken. Een onprettig idee. Heeft een van haar collega's hem met een blauw oog gezien? Weet ze dat moeder en hij dragers zijn van een liefdesgeheim? Want zo moet hun geheim toch wel worden genoemd.

Hoewel Lotte hier uitsluitend is om moeder te helpen ruikt hij haar eenzaamheid. Zoals honden elkaar ruiken, zo ruikt hij andermans eenzaamheid. Een gave misschien, maar wel een waar hij onbehaaglijk van wordt.

Hij blijft even staan, aarzelend of hij het gebrek aan koekjes en cake moet toelichten. Dan gaat hij terug naar de keuken en schenkt voor zichzelf en moeder nog wat thee in. Normaal drinkt hij geen thee, maar hij past zich aan. Knakworstjes, chips, thee. Moeders dieet is zijn dieet.

Als hij weer naast moeder zit, vraagt Lotte: 'Wat zouden we kunnen doen om uw eetlust op te wekken, mevrouw Kadoke?'

Moeder kijkt naar buiten, naar de achtertuin, de bomen, de rozen, onkruid.

'Mama,' zegt Kadoke, 'waar zou je zin in hebben? Wat zou je willen eten? Die knakworstjes helpen ons niet verder. Je valt af.'

Ze denkt diep na, je ziet het aan haar gezicht. Dan zegt ze na lange tijd met een overtuiging alsof ze eindelijk het verlossende woord heeft kunnen vinden: 'Een kippetje.'

Lotte en Kadoke werpen elkaar een blik van verstandhouding toe, volwassenen onder elkaar die het kind doorzien. Die om het kind kunnen lachen.

Kip. Zo makkelijk is het. Er ligt vast nog wel kip in de vriezer.

'U moet zeggen waar u zin in hebt,' zegt Lotte. 'Het is belangrijk dat u eet waar u trek in hebt, want dan eet u ook meer. Wilt u kip eten?'

'Nu heb ik zin in een kippetje,' zegt moeder. Ze kan niet meer wachten tot de lunch, het kippetje moet nu voor haar neus staan, meteen, zonder vertraging. Eerst weken, maanden op subtiele wijze aan hongerstaking doen en dan als de buurtzorg aandringt dat ze beter moet eten om een kippetje smeken, alsof de zoon haar dat al die tijd heeft onthouden.

Lotte schrijft iets in het zorgdossier en met de pen nog in haar hand zegt ze: 'De meisjes komen toch wel weer terug?'

'Zeker,' antwoordt Kadoke. 'Maar wanneer is onbekend.'

'Ze waren zo lief,' zegt Lotte met enige weemoed in haar stem. Kadoke beaamt dat. Lief waren ze. En zorgzaam. Maar hij herinnert zich ook dat ze soms moeilijk waren. Ze maakten ruzie met elkaar. Moeder maakte ruzie met hen. Ze kon Kadoke bellen en begon dan voordat hij iets kon zeggen te spreken: 'Die meisjes eten al mijn mandarijnen op. Zo gaat dat niet langer.' Maar nu zijn ze weg. Niemand eet de mandarijnen meer op. Hij zal doen alsof de meisjes terugkomen, alsof het slechts een kwestie is van weken en hij niet meer is dan een tijdelijke vervanger. Zelf weet hij dat hij de verzorger van zijn moeder is geworden. Op een gegeven moment zal niemand meer durven vragen naar de meisjes, alsof ze hier nooit zijn geweest. Een man en zijn moeder. De psychiater en zijn moeder. De vrijgezel en zijn moeder. De specialist in suïcidepreventie en zijn moeder. Zo zullen de mensen over hen spreken. De buren, een paar vrienden, kennissen, collega's, artsen in opleiding, ook zij.

'Heerlijk,' zegt Lotte, 'nog twee cliënten. Dan ga ik lekker in mijn volkstuintje werken.' Ze pakt alles in. Ze geeft moeder een hand en laat haar andere hand daarbij even op moeders schouder rusten. Moeder kijkt haar intens verlangend aan. Waar komt dat verlangen vandaan? Dat plotselinge vuur in haar ogen? Het kan natuurlijk zijn dat moeders vriendelijke blik op hem overkomt als een vurige blik. Nee, vriendelijkheid is iets anders dan vurigheid. Moeder laat de hand van Lotte niet los. Een intiem moment tussen verpleegkundige en cliënt, tussen de ene eenzame en de andere.

Als ze op vakantie is stuurt Lotte altijd kaartjes aan moeder. Niet dat Lotte ergens heen gaat, ze gaat naar haar volkstuin. In de zomermaanden wordt ze vervangen door een gedrongen man uit Schotland en in plaats van Lotte komen er dan wekelijks ansichtkaarten uit de volkstuin. Een tijd bewaart moeder die kaarten in haar agenda tot ze op een dag zegt, zonder dat daar werkelijk aanleiding toe is: 'Ik kan ze niet meenemen in mijn graf, gooi die kaarten maar in de vuilnisbak.'

Lotte geeft Kadoke geen hand, ze blijft bang voor hem, merkt hij. Bang voor zijn blik, bang voor zijn observaties, bang voor zijn conclusies die helder en onbevooroordeeld dienen te zijn.

'Laat Lotte uit,' zegt moeder. 'Laat haar toch niet alleen naar buiten lopen.'

Hij gaat achter haar aan, ze rukt haar jas van een hanger, hij is nog net op tijd om de voordeur voor haar open te houden. Kadoke wenst haar een prettige dag. Met de meisjes, weet hij, zat ze soms nog een halfuur in de keuken te praten, over ditjes en datjes, over moeder en eten, over planten en tuinen, over de bezorgers van de apotheek, over het leven. Met hem praat ze niet. Hij ziet hoe ze haar fiets van het slot haalt. Nog twee bejaarden, dan mag ze naar de volkstuin.

Binnen zit moeder achter haar thee. 'Ze moet haar haren weer eens verven,' zegt ze, 'je ziet het grijs erdoorheen.'

'Ik zal vandaag kip voor de lunch voor je maken,' antwoordt Kadoke.

'Niet te veel,' antwoordt moeder. 'Ik heb geen honger.'

Wachtend op de rabbijn met zijn ramshoorn lunchen ze. Moeder eet goed voor haar doen. Kadoke ruimt af. Hij is niet ontevreden over zijn kookkunst, hij mag volgens zijn moeder te intelligent zijn voor koken, hij heeft toch iets eetbaars weten te maken van de kip uit de vriezer. En hoe intelligent je ook bent, af en toe moet je koken. Je kunt je leven niet vullen met enkel denken, ook al is dat wel wat je ouders stiekem van je verwachten.

Als het tegen vieren loopt en moeder haar dutje heeft gedaan zegt Kadoke: 'Ik denk dat de rabbijn niet meer komt. Ik vind het naar voor je, ik weet hoe belangrijk het voor je is.'

'Het loeder,' antwoordt moeder. 'Ik wist het wel.'

Ze doet haar schoenen aan, zittend op de bank, dan loopt ze langzaam naar de eettafel. Soms vergeet ze dat ze de stok nodig heeft, dat ze eigenlijk niet zonder stok kan. 'Het loeder,' zegt ze nogmaals, terwijl ze door de kamer schuifelt, 'geen sjofar dit jaar, geen goed teken.'

Ze gaat aan de eettafel zitten.

Hij moet iets voor moeder doen, hij heeft hier geen ramshoorn, maar boven liggen nog minstens vier blokfluiten die ooit van hem zijn geweest. Het restant van zijn muzikale opvoeding. Hij pakt de kleinste, loopt ermee naar beneden, gaat voor de eettafel staan en blaast hard op de kleine blokfluit.

'Wat is dat?' vraagt moeder. 'Wat ben je aan het doen?'

'Dit is bij wijze van sjofar,' zegt Kadoke.

'Houd toch op,' zegt moeder, 'alsof God het verschil niet hoort tussen een sjofar en een blokfluit, alsof Hij gek is.'

Het theekopje waaruit Lotte heeft gedronken staat nog altijd op tafel. Er kleeft lippenstift aan de rand. Het was hem niet opgevallen dat Lotte lippenstift droeg. Ze was op hem overgekomen als een vrouw die principieel geen make-up draagt.

Kadoke aarzelt, met de blokfluit in zijn hand, hij herinnert zich zijn jeugd als een droom. Zijn vader die badminton speelt, zijn moeder die boodschappen doet, de muziekstandaard, zijn moeder die smeekt: 'Ga nog even blokfluiten. Doe het nou voor mij.'

'Waarom blazen we ook alweer op de sjofar?' vraagt Kadoke.

Moeder schudt haar hoofd. 'Ik weet het niet meer. Om tot inkeer te komen. Om God wakker te maken.'

Met de blokfluit in zijn hand gaat hij naast moeder zitten. 'Zijn we tot inkeer gekomen?' vraagt hij zacht. 'Is dat wat we aan het doen zijn? Of zal ik nog een keer op de blokfluit blazen? Misschien komen we dan tot inkeer.'

Moeder kijkt hem aan, ze moet glimlachen. 'Voor mij is het te laat,' zegt ze. 'Ik ben te oud om nog tot inkeer te komen. En jij bent er te koppig voor. Jij houdt te veel van je vrijheid om tot inkeer te komen.'

Te koppig. Nooit heeft hij over zichzelf nagedacht als een koppig mens. Flexibel, zo zou hij zichzelf omschrijven, het tegenovergestelde van koppig. Een man met opvattingen, die bereid is zijn opvattingen te wijzigen of te verzwijgen als de omstandigheden hem daartoe uitnodigen. En houdt hij te veel van zijn vrijheid? Kun je te veel van vrijheid houden? Hij ziet zichzelf eerder als iemand die er te weinig van houdt, die bereid is ervan af te zien om zo problemen te voorkomen.

'Ik ben in de oorlog tot inkeer gekomen,' zegt moeder. 'Ik heb mijn portie inkeer wel gehad.'

Hij bekijkt zijn oude blokfluit. Er is weinig op gespeeld. Hij vergat zijn huiswerk te doen, muzikaliteit was niet zijn sterkste kant.

'Zal ik nog eens op de blokfluit blazen?' vraagt hij. 'Misschien helpt het.' Tegen wat zou het moeten helpen? Hij weet het zelf niet.

Moeder haalt haar schouders op. 'Doe maar,' zegt ze, 'ik breng in de tussentijd de kopjes naar de keuken.'

Ze wil de kopjes opstapelen om ze naar de keuken te brengen, maar ze zet ze weer op tafel. Ze loopt naar Kadoke en legt haar handen op zijn hoofd, ze moet daarvoor op haar tenen gaan staan. 'Ik zal je zegenen,' zegt ze.

'Dat hoeft niet.'

'Ik heb je al zo lang niet gezegend. Je weet toch hoe blij ik met jou ben? Ik kan me geen betere zoon wensen. Jij bent mijn jongetje. Op jou heb ik gewacht. Voor jou heb ik geleefd.'

Kadoke knielt, zodat moeder niet meer op haar tenen hoeft te staan.

'Jesimcha Elohim, ke'Efraim vechiMenasje. Jewarechecha Adonai vejismerecha. Ja'er Adonai panav elecha wichoeneka. Jisa Adonai panav elecha, wejaseem lecha sjalom. Ga in vrede,' zegt ze.

Hij staat op. Ze omhelzen elkaar.

'Ik ga toch niet weg,' zegt Kadoke. 'Ik blijf hier, bij jou. Ik ga nergens heen.'

'Ga in vrede,' zegt ze weer. Dan pakt ze de kopjes en loopt ermee naar de keuken. Hij ziet haar handen trillen. Een paar seconden blijft hij onbeweeglijk staan. Dan blaast hij hard op de blokfluit, de toon is schel en onaangenaam. Nog een keer blaast hij. Muziek kan dit niet worden genoemd, maar dat is ook niet de bedoeling van het blazen op de ramshoorn.

Als God hier niet wakker van wordt, weet Kadoke het ook niet meer.

14

Iets na middernacht wordt hij wakker gebeld. Hij slaapt in het opklapbed en zijn telefoon ligt naast het kussen, precies zoals toen hij nog in zijn eigen tweepersoonsbed lag, het bed waarin hij met zijn ex sliep, al hebben er ook wel wat artsen in opleiding gelegen.

Een middelbare scholiere heeft een zelfmoordpoging gedaan. Ze heeft de antidepressiva van haar vader geslikt, en alle pijnstillers die ze in huis kon vinden. Ze is in het park gevonden en nu zit ze op het politiebureau. Er kan met haar worden gesproken.

Kadoke heeft dienst met Dekha. Hij belt haar, legt kort uit wat er aan de hand is en vraagt waar ze wil worden opgepikt. Ze noemt het adres en zegt dat ze buiten op hem zal wachten.

Misschien niet zo snel als een brandweerman dat zou doen, maar toch met routine schiet hij in zijn kleren. Hij ziet dat er licht brandt in moeders kamer. Zachtjes opent hij de deur.

'Ik hoorde je praten,' zegt ze. 'Je gaat weer weg?'

'Heb ik je wakker gemaakt?'

'Ik kon toch niet slapen. Ga je weer weg?'

'Ja,' zegt hij, 'ik moet weer gaan. Er is een noodgeval. En jij moet nu echt gaan slapen. Jij hebt je slaap nodig. Heb je valeriaan genomen?'

Als het gewone slaapmiddel is ingenomen en de slaap desondanks wegblijft, is er nog altijd valeriaan. Een veredelde placebo, maar daar is niets mis mee.

Hij loopt naar moeder en kust haar op haar voorhoofd. 'Waarom moeten ze altijd 's nachts zelfmoord plegen?' vraagt ze. 'Kunnen ze dat niet overdag doen? Dan kun jij tenminste een beetje slapen. De egoïsten. Jij hebt je nachtrust harder nodig dan ik.'

'Ik denk dat dit overdag is gebeurd,' antwoordt hij en hij legt zijn hoofd op haar borst. 'Ik denk dat ze al eerder op de dag een poging heeft gedaan, maar ze was niet eerder klaar om met mij te praten.'

Hij geeft moeder een laatste kus, trekt haar deken recht en gaat dan naar buiten.

In de auto rookt hij nog snel een sigaret voor Dekha zal instappen.

Ze staat zoals ze had aangekondigd voor een Indiaas restaurant. Ze stapt in, lijkt hem een hand te willen geven maar beperkt zich toch maar tot een klapje op zijn schouder. Onhandig, maar ongetwijfeld goed bedoeld.

Ze draagt een jurk. Hij kan zich niet herinneren eerder met iemand nachtdienst te hebben gedraaid die een jurk droeg.

Ze rijden door de stad. Hij vertelt haar kort wat details over het noodgeval, dan vraagt hij: 'Heb je vaker nachtdienst gehad?'

'Tweede keer,' zegt ze. 'Maar de eerste keer gebeurde er vrijwel niets. Ik wachtte de hele avond, ik zat in een stoel naast mijn bed, en er gebeurde niets.'

'Uitzonderlijk,' antwoordt hij. 'Hoogst uitzonderlijk.'

Ze ziet er zonder make-up jonger uit, kinderlijker. Zou ze nu weer in een stoel naast haar bed hebben gezeten, wachtend op het telefoontje? Of was ze dit keer toch maar in bed gekropen? Beseffend dat je 's nachts beter in bed kunt wachten dan op een stoel.

'Sommige psychiaters en verpleegkundigen geven er de voorkeur aan met kleren en al op een bank te gaan liggen,' legt hij uit. Hij beseft dat hij vaderlijk klinkt maar hij heeft de leeftijd bereikt waarop hij vaderlijk mag klinken. Een vaderlijke man zonder kinderen, maar met een moeder. 'Ik ga altijd echt in bed liggen,' vervolgt hij. 'Je weet het nooit, soms doe je geen oog dicht, maar een andere nacht slaap je een paar uur achter elkaar en dat kun je beter in bed doen dan op de bank.'

'Slaap je in je pyjama?' vraagt ze.

Is zij nu met hem aan het flirten? Hoe moet hij deze vraag duiden? Ze kijkt hem niet aan. Ze heeft een make-updoosje in haar hand. Ze doet wat oogschaduw op. Voor wie maakt ze zich op? Voor hem? Voor het minderjarige noodgeval?

'Ik slaap in mijn onderbroek,' zegt hij.

Dekha knikt alsof ze niets anders had verwacht. Natuurlijk, geen pyjama. Alleen een onderbroek. Dat hoort bij Kadoke. Zo ziet ze hem kennelijk voor zich. 'Waar gaan we eigenlijk heen?' vraagt ze.

'Politiebureau,' zegt hij. 'Ze is nog op het politiebureau.'

Het voordeel van nachtdienst is dat je geen last hebt van het verkeer, ze zijn er binnen tien minuten.

Kadoke meldt zich bij de agent achter de balie met de woorden: 'Wij zijn van de crisisdienst.'

De agent is niet van hun komst op de hoogte, hij antwoordt met een afgemeten: 'Ja?'

'Ik ben psychiater Kadoke, er schijnt hier een meisje te zijn dat een zelfmoordpoging heeft gedaan, ik kom haar evalueren. Wij komen haar evalueren.'

Nu gaat er bij de agent een licht op. Hij staart Kadoke niet meer aan zoals je een potentiële crimineel aanstaart, maar zoals je iemand bekijkt die op geheel eigen wijze aan ordehandhaving doet, een collega.

'Ik ga even iemand bellen,' zegt hij, 'ik geloof dat ik weet waar dit over gaat.'

Ze wachten een paar minuten, dan verschijnt een wat gezette agente.

Ze begroet Kadoke en Dekha met de woorden: 'Goed dat jullie er zijn. Ik heb het schepseltje in een kamer apart gezet.'

Dekha en Kadoke kijken elkaar aan. Het schepseltje. Het noodgeval teruggebracht tot een woord dat vertedering en onschuld moet oproepen.

‘De vader is er ook,’ gaat de agente verder, ‘maar het schepseltje wil de vader niet zien, dus ik dacht, ik wacht wel tot jullie er zijn.’

‘Dat is goed,’ antwoordt Kadoke, ‘ik zal later met hem spreken.’ Ze lopen door het bureau. Een enkele agent groet hen met een vanzelfsprekendheid alsof ze hier dagelijks komen.

‘Dit is de afscheidsbrief die de vader vond. Daarna belde hij 112.’

De agente overhandigt Kadoke de brief.

Op een proefwerkblaadje is in een kinderlijk handschrift geschreven. ‘Lieve papa en mama, als jullie dit lezen leef ik niet meer. Ik weet niet hoe ik het anders moet oplossen. Het spijt me voor de overlast die ik jullie heb bezorgd. Wees niet verdrietig. Het is beter zo. Ik was geen goede dochter, maar ik heb altijd veel van jullie gehouden. *It's better to burn out than to fade away*. Liefs en kussen – Nelleke.’

De zelfmoordenaar is pathetisch. Hoeveel afscheidsbrieven heeft hij niet al gelezen? Honderden. Duizenden. Hij is de tel kwijtgeraakt. Kadoke zou ze niet meer willen lezen, maar het hoort bij zijn werk. Misschien staat er iets in wat hij moet weten, wat hij niet over het hoofd mag zien.

Hij vouwt de afscheidsbrief op en stopt hem in de binnenzak van zijn colbertje. Dan kijkt hij in zijn aantekeningen. Hij vergeet zelden iets, toch maakt hij aantekeningen als ze hem bellen. Een boekje ligt altijd binnen handbereik, vaak naast zijn telefoon, een potlood ernaast. Nelleke is 14.

Ze worden een kamer binnengeleid waar op een stoel op een groot geel kussen een iel, bleek meisje zit. Veel meer een kind dan een jonge vrouw. Eigenlijk zelfs geen adolescent. Het noodgeval ziet er aanmerkelijk jonger uit dan haar leeftijd. Geen rondingen, geen borstjes.

De agenten moeten haar een kussen hebben gegeven zodat ze beter bij de tafel kan. Waar zouden ze dat gele kussen vandaan hebben gehaald?

Dekha en Kadoke gaan tegenover het meisje zitten.

Het meisje zit op de stoel alsof ze elk moment kan opstijgen, alsof ze te licht is voor deze wereld. Ze is volledig in zichzelf gekeerd. De komst van de psychiater en de arts in opleiding heeft ze nauwelijks opgemerkt. Er zullen al heel wat mensen naar haar hebben gekeken vandaag. Ze is in korte tijd gewend geraakt aan bezoek, vragen, onderzoekende blikken. Er staat een koffiebeker met water voor haar op tafel, maar zo te zien heeft ze er niet uit gedronken.

'Wij zijn van de crisisdienst,' zegt Kadoke. 'Ik heet Oscar, ik ben psychiater, en naast mij zit Dekha, zij is arts in opleiding. Weet je waarom we hier zijn, Nelleke?'

Voor het eerst erkent ze het bestaan van de hulpverleners: ze knikt, maar knikken is niet voldoende. Ze moet spreken, ze zal spreken.

Hij probeert het nog een keer. 'Kun je ons vertellen waarom je denkt dat we hier zijn, Nelleke?'

'Omdat ik niet meer wilde leven,' antwoordt ze.

Ze spreekt zacht en monotoon.

'Kun je vertellen wat er vandaag is gebeurd? Ik kom wat dichterbij zitten. Ik kan je slecht verstaan.'

Hij verschuift zijn stoel. De ruimte is naargeestig. Vermoedelijk worden hier normaal gesproken verdachten gehoord. Dit is ook een verhoor, maar toch anders. Een evaluatie is een verhoor dat niet tot een bekentenis hoeft te leiden. Er zijn geen bekentenissen in de wereld van Kadoke. Er zijn verhalen, anekdotes, afscheidsbrieven, en tot slot een evaluatie. Gedwongen opname is niet nodig, gedwongen opname is wel nodig, de patiënt laat zich vrijwillig opnemen, de patiënt mag naar huis, voor zover hij een huis heeft. Veel meer mogelijkheden zijn er niet.

'Ik heb tabletten geslikt. In het park. En daar ben ik gevonden. Ik dacht dat ik dood zou zijn, maar ik was niet dood.'

Kadoke kijkt naar Dekha. Ze zit er stil bij. Ze heeft wallen onder haar ogen. De make-up accentueert de wallen.

'Weet je hoeveel tabletten je ongeveer hebt geslikt?' vraagt Kadoke.

'Alles wat ik thuis kon vinden,' antwoordt Nelleke.

'Dat waren pijnstillers en nog andere pillen die je vader slikt? Klopt dat?'

Nelleke knikt. 'Ja, mijn vader slikt pillen tegen pijn in zijn schouder.' Ze zegt nog iets maar hij verstaat het weer niet. Haar toch al zwakke stem wordt steeds zwakker. Alsof ze niet alleen haar leven maar ook haar zinnen niet wenst af te maken.

'Heb je spijt?' vraagt hij. 'Nelleke?'

'Ik heb spijt dat het niet gelukt is,' zegt ze. Ze kijkt Kadoke aan maar niet uitdagend, eerder weemoedig. Misschien spreekt een turnster zo over een verloren wedstrijd. Ze heeft haar best gedaan, maar het is helaas niet gelukt. Ze kwam niet goed over de bok, een volgende keer beter. Hij is hier om dat te verhinderen. Er mag geen volgende keer plaatsvinden.

Kadoke heeft veel adolescenten gezien. Meestal een tikkeltje hysterisch. Ze zijn verlaten door een vriendje en ze doen een zelfmoordpoging. Slechte cijfers terwijl de ouders hoge verwachtingen hadden. Een zelfmoordpoging is ook communicatie. Wraak, ook dat is een motief. Niets ernstigs. Ze kunnen het natuurlijk beter niet doen maar doorgaans mogen ze naar huis als ze zijn opgelapt in het ziekenhuis. Dit voelt anders.

'Kun je ons vertellen waarom je spijt hebt, waarom je er liever niet meer had willen zijn?'

Weer die meewarige blik. Ze begrijpt niet dat volwassenen naar de bekende weg vragen. Weten jullie dat niet? Moet ik jullie dit echt vertellen? Zo zit ze erbij. Alsof Kadoke een domoor is, een slechte leerling die beter had kunnen weten als hij zijn huiswerk had gedaan.

Haar ogen vallen dicht. Ze dommelt in.

'Ik ben zo terug,' fluistert Kadoke tegen Dekha.

Hij gaat de gang op. Er is niemand te zien. De psychiater van de crisisdienst loopt door het lege politiebureau. Hij herinnert zich alle politiebureaus die hij op allerlei uren van de nacht en soms ook van de dag heeft bezocht en eindelijk vindt hij de gezette agente. Ze loopt ook rond, schijnbaar doelloos, maar misschien is dat haar taak, 's nachts door het politiebureau lopen, een alternatieve vorm van orde handhaven.

'Waarom is dat meisje niet naar het ziekenhuis gebracht?' vraagt Kadoke. 'Wie heeft haar hier afgeleverd?'

'Dat schepseltje?' vraagt de agente.

Als ze nog één keer het woord 'schepseltje' in haar mond neemt dan wordt hij krankzinnig. Maar hij zal zich inhouden, hij zal zich professioneel beheersen. Zoals altijd. Zoals al die jaren dat suïcidepreventie zijn specialiteit is, zijn roeping. Nooit heeft hij zich laten gaan. Nooit heeft hij zijn professionaliteit uit het oog verloren. Op die ene keer na dat hij Michette bezocht om zijn excuses aan te bieden. Maar dat zou je ook humanisme kunnen noemen, menselijkheid. Zo moet het maar genoemd worden.

'Dat meisje ja,' zegt Kadoke. 'Nelleke.'

'De ambulancebroeders hebben haar hierheen gebracht. Ze vonden verdere behandeling niet nodig. Ze hebben haar gecheckt, zeiden ze. Alles was in orde. Ze was wat de ambulancebroeders betreft uitbehandeld.'

Ze klinkt defensief. Dat is nergens voor nodig. Hij beschuldigt niemand, maar hij wil weten wie deze beslissing heeft genomen en waarom.

'En hoe lang zit ze hier al?'

De agente kijkt op haar horloge. 'Een paar uur. Er was verwarring over wie er precies moest worden gebeld. Wat we met haar moesten doen. De collega's wisten het niet. Het was een drukke avond. Een hoop gesodemieter, ik zal u de details besparen. Ik denk dat ze aan het eind van de middag, begin van de avond binnen is gebracht.'

'Ik ben verbaasd,' zegt Kadoke, 'hogelijk verbaasd. Dat is alles wat ik erover kan zeggen. Ik vind dit niet professioneel. Ze had naar een ziekenhuis moeten worden gebracht.'

Hij loopt terug naar de verhoorkamer die voor de gelegenheid dienstdoet als behandelkamer.

Ze heeft haar ogen dicht. Nelleke zit op het gele kussen, alsof ze nog altijd op haar dood wacht.

'Heeft ze gesproken?' vraagt hij zacht aan Dekha.

Dekha schudt haar hoofd.

'Nelleke,' zegt Kadoke, 'Nelleke. Ik weet dat je moe bent, maar het is belangrijk dat we dit gesprek voeren. Denk je dat je in staat bent om mijn vragen te beantwoorden?'

Ze knikt zonder haar ogen te openen.

'Denk je dat je wat je vandaag hebt gedaan nog een keer zou doen?'

Ze knikt weer. Haar ogen zijn nog altijd niet open.

'Is dat een ja?'

'Ja,' zegt ze.

'En kun je ons vertellen waarom je het nog een keer zou willen doen?'

'Omdat ik de stemmen niet meer wil horen.' Nu zijn haar ogen open.

Hij verschuift zijn stoel voor de tweede keer die avond. Ze fluistert, maar hij moet horen wat ze zegt.

'Wat zeggen de stemmen tegen je?'

'De stemmen?'

Ze zoekt naar woorden, begint een paar keer met een zin, houdt dan weer op met praten. Ze kijkt hem aan met licht opgetrokken wenkbrauwen. Het meisje is kennelijk verbaasd dat hij, uitgerekend hij die beweert psychiater te zijn, niet weet wat de stemmen tegen haar zeggen.

'Ze geven me opdrachten.'

Ze sluit haar ogen, maar niet voor lang. De ogen gaan weer open. Ze kijkt langs hem heen.

Hij wacht, werpt een blik op Dekha. De arts in opleiding is een andere vrouw dan die keren ervoor dat hij met haar heeft gewerkt. Hij ziet het. Hij kent die blik, de lichte afschuw in de ogen. Je moet door de nachtdienst heen. De nachtdienst is een fase, een gruwelijke fase, een vagevuur, tot je immuun wordt, tot je boven het lijden komt te staan. Dat is de enige manier om door te gaan. Je moet eraan ontstijgen, je moet het afzweren als een slechte gewoonte en hij heeft het afgezworen. Roken afzweren lukte niet, lijden wel.

'Wat voor opdrachten geven de stemmen je?'

Nelleke haalt haar schouders op. 'Als ik de opdrachten niet uitvoer worden ze boos.'

Ze wrijft langzaam met twee handen in haar ogen. 'Ik wil het niet meer meemaken dat ze boos op me worden. Ik vind het erg.'

'Wat vind je erg?'

'Dat het niet is gelukt. Dat ik nog leef. Dat ik hier ben.' Ze kijkt om zich heen. Naar de kamer, de tafel, het koffiebekertje met water erin, Kadoke en Dekha. Alsof ze wil zeggen: jullie zijn erg, begrijpen jullie dat niet? Jullie had ik niet willen zien. Jullie had ik nooit willen ontmoeten.

Hij pakt de tafel vast. Mensen hebben vast op deze tafel geslagen. Rechercheurs. Verdachten.

'We zullen het niet toelaten,' zegt hij, 'dat je nog een poging doet. We zijn hier om dat te voorkomen, Nelleke. We zullen niet toelaten dat je sterft. We kunnen de stemmen het zwijgen opleggen, daar zijn we toe in staat. Je kunt nu niet naar huis. Niet zoals je nu bent. Ik ga een plek voor je regelen in een ziekenhuis, waar iets gedaan zal worden aan de stemmen. Begrijp je dat? Kun je me volgen?'

Ze kijkt hem vol ongeloof aan.

'Ja,' zegt ze, 'ik begrijp het, maar ik wil het niet echt.'

'Wat wil je niet echt?'

'Naar het ziekenhuis.'

'Wil je het proberen?'
'Als het moet.'
'Ik denk dat het moet,' zegt Kadoke.
Het kind, het is echt nog een kind, maar op een onwerkelijke plaats, een plaats waar geen kinderen horen te zijn, gaat rechtop zitten. Ze strekt zich uit. Ze verzamelt al haar energie en dan zegt ze: 'Maar het liefst zou ik dood willen zijn.'
Kadoke schudt zijn hoofd. 'Dat behoort niet tot de mogelijkheden,' zegt hij. 'Wij zullen dat niet laten gebeuren. Ik weet zeker dat we de stemmen het zwijgen op kunnen leggen. Die stemmen zijn er niet voor altijd. De stemmen zullen zwijgen.'
'Ze zijn er ook niet altijd,' zegt het kind, 'maar ze komen altijd terug.'
Kadoke laat de tafel los. 'Dekha,' zegt hij, 'heb jij nog vragen?'
Ze glimlacht flauwtjes, de arts in opleiding. Hij ziet haar kwetsbaarheid. De mensen vallen uit elkaar terwijl je naar hen kijkt. Zij die nog niet uit elkaar zijn gevallen zijn eigenlijk uitzonderingen.
'Je vader is ook hier op het bureau,' zegt Dekha. 'Zou je met hem willen spreken?'
'Nee,' antwoordt Nelleke resoluut.
'Waarom niet?' vraagt Dekha.
'Hij heeft me verraden.'
Er valt een stilte.
'Zijn er andere mensen die je hebben verraden?' vraagt Kadoke.
'Mijn oma. Ik vertelde alles aan mijn oma. Ze heeft alles doorverteld.'
'En verder?'
'Mijn beste vriendin. We zouden samen doodgaan. We hebben het er heel lang over gehad maar uiteindelijk wilde ze niet. Op het laatste moment is ze weggegaan. Ze heeft me alleen gelaten.'
Het kind sluit haar ogen weer en Kadoke zou willen roken. Twee sigaretten. Minimaal twee, misschien wel drie.
'Zijn er nu mensen met wie je wilt spreken?'

'Nee,' zegt Nelleke, 'ik wil met niemand spreken, ik ben moe.'

'Oké,' zegt Kadoke. 'Dat begrijp ik. Ik ga regelen dat je hier zo snel mogelijk weg kunt. Dat je kunt uitrusten. Ik zal met je vader spreken. Dekha blijft even bij je. Ik ben zo terug. Hoor je wat ik zeg?'

Er komt geen antwoord meer.

Hij gaat naar buiten. Op de gang belt hij met een aantal psychiatrische instellingen, maar er is nergens plaats. De jeugdpsychiatrie zit overvol, als een populair hotel dat al maanden van tevoren is volgeboekt.

Uiteindelijk vindt hij plek in een instelling op ruim honderd kilometer afstand. Ideaal is het niet, maar er is niets anders beschikbaar. Kadoke schetst kort de voorgeschiedenis aan de arts die dienst heeft. Nelleke is nog nooit in aanraking geweest met jeugdzorg, heeft geen psychiatrische voorgeschiedenis, niemand heeft iets gemerkt.

'We zijn klaar voor haar,' zegt de dienstdoende arts van de instelling, 'we wachten op haar. We hebben een bed voor haar.'

De intonatie van de arts, de woordkeuze, doet Kadoke denken aan iets wat het midden houdt tussen een gebed en een gedicht. Het klinkt alsof deze man dergelijke gebeden drie tot vier keer per week uitspreekt. Altijd in de nacht, tussen twee en vijf, als gewone mensen slapen, loopt hij door de gangen van zijn instelling en wacht op een jeugdig noodgeval, dan houdt hij een bed vrij voor een minderjarige, wetend dat ze in de Randstad volgeboekt zijn. Kadoke ziet een weemoedige man voor zich met grijs haar, een paar jaar voor zijn pensionering. Hij heeft hem eerder aan de lijn gehad. Altijd dezelfde woorden, dezelfde intonatie: we wachten op haar. We hebben een bed voor haar.

Ze hebben elkaar nooit ontmoet, de arts van de instelling en Kadoke. Ze hebben alleen een paar keer door de telefoon met elkaar gesproken, kort en vriendelijk. Het was genoeg. Kadoke zou de man aan de andere kant van de lijn een vriend willen noemen.

'Dank,' zegt Kadoke. 'Ik ga vervoer regelen.'

Kadoke loopt door de verlaten gangen van het politiebureau. Hij loopt rondjes, want de gangen lijken hier rond te lopen. Pas als hij drie rondjes heeft gelopen en verscheidene deuren heeft geprobeerd te openen, vindt hij eindelijk de gezette agente. 'Ik zoek de vader van het meisje,' zegt hij.

'Kom maar mee.'

Ze neemt hem mee zoals ze verdachten die naar huis mogen zou meenemen, familieleden van verdachten. Ze lopen weer door de gangen.

'Wat gaat er gebeuren met het schepseltje?' vraagt de agente.

'Ze gaat naar een ziekenhuis,' antwoordt Kadoke kortaf.

'Ik heb haar een koekje aangeboden en een sandwich, maar ze wilde niets.'

'Nee, ze wilde niets,' herhaalt Kadoke.

Ze komen bij een soort wachtruimte aan. Daar zit één man. Kalend, eind veertig, misschien begin vijftig. Hij draagt een zwartleren jack.

Kadoke gaat naar hem toe.

'U bent de vader van Nelleke?'

De man staat op. 'Dat ben ik,' zegt hij.

Ze schudden elkaar de hand.

'Ik ben psychiater Kadoke. Ik heb met uw dochter gesproken.'

'Mag ik haar eindelijk zien?'

Kadoke doet een stap achteruit. De man ruikt indringend naar oud mannenzweet. Beroepshalve schat Kadoke in dat het beter is om op afstand van hem te blijven. Een man kan altijd zijn controle verliezen. Hij heeft het eerder meegemaakt. Juist op dit soort momenten, juist in dit nachtelijk uur.

'Uw dochter heeft aangegeven niemand te willen zien. Ik denk dat het beter is om die wens te respecteren.'

'Het is míjn dochter,' zegt de man. 'Ik zit hier al de hele avond. Niemand zegt iets. Niemand weet iets. Ik krijg koffie aangeboden als ik vraag: "Wanneer mag ik bij mijn dochter?" Vindt u dat menselijk?'

Menselijk? Moet Kadoke op die vraag antwoord geven? Hij kijkt naar de kuipstoeltjes. Het is het tl-licht dat iets onmenselijks heeft, alsof je hier eigenlijk bent gekomen om te sterven.

'Ik denk dat ik begrijp hoe u zich voelt, maar in deze omstandigheden vind ik het niet verstandig tegen de wens van uw dochter in te gaan. Ze heeft herhaaldelijk aangegeven niemand te willen zien. Ook u niet.'

'Ik ben haar vader,' roept de man. 'Ik ben godverdomme haar vader.'

Het echoot na in de ruimte. Een agent loopt langs maar kijkt niet op of om.

'Nelleke is enig kind?' vraagt Kadoke.

De man knikt.

'Ze woont bij u en uw vrouw?'

'We zijn gescheiden.'

'Ze is de helft van de tijd bij u en de helft van de tijd bij haar moeder?'

'Ze is meestal bij mij. Mijn ex heeft problemen. Waarom mag ik niet naar mijn dochter?'

Kadoke doet nog een stap achteruit. Hij glimlacht, in de hoop dat dat de vader zal ontwapenen, dat hem dat zal overtuigen van de goede bedoelingen van de psychiater.

'Uw dochter moet naar een ziekenhuis. Ze hoort stemmen. Wist u dat ze stemmen hoorde? Is u weleens iets opgevallen?'

De man schudt zijn hoofd. 'Wat voor stemmen?' Hij klinkt argwanend, alsof Kadoke hem een ondeugdelijk product probeert aan te smeren.

'Stemmen,' zegt Kadoke. 'Imaginaire stemmen. Ingebeelde stemmen die voor haar reëel zijn, misschien reëler dan onze stemmen. Stemmen die haar opdrachten geven. Stemmen die haar bang maken. U hebt daar nooit iets van gemerkt? Ze heeft daar nooit over gesproken?'

'Nooit. Weet u het zeker? Mij zou toch wel iets zijn opgevallen? Ze is godverdomme mijn dochter. Ik ken haar al veertien jaar. Ik zou het toch wel weten als ze stemmen hoorde? Ze was de laatste tijd in zichzelf gekeerd, maar is dat niet normaal? Zijn niet alle pubers in zichzelf gekeerd?'

Kadoke schraapt zijn keel. 'Het is me niet gelukt in de Randstad een bed voor uw dochter te vinden. Ze gaat naar een instelling hier ongeveer honderd kilometer vandaan. Ze moet voorlopig intern blijven. Dat wil zeggen dat ze ook 's nachts in de instelling blijft. Op een gesloten afdeling dus. De behandelend arts zal u contacteren over het behandelplan, of en wanneer bezoek mogelijk is, et cetera. Ik doe alleen de evaluatie. De rest van het traject zal door artsen van de instelling worden uitgestippeld. Kundige artsen. Ik heb er vertrouwen in dat het goed zal komen.'

De vader schudt zijn hoofd. Kadoke merkt dat zijn laatste woorden niet meer tot de man doordringen. De psychiater spreekt maar er wordt niet meer geluisterd.

'Honderd kilometer? Hoe kom ik daar? Wat is dit voor kutland? Wat bent u voor een psychiater?'

Kadoke knikt. 'Nederland heeft mondiaal gezien ongeveer de beste zorg die denkbaar is, maar er zijn grenzen aan wat we kunnen doen. En de jeugdpsychiatrie kampt momenteel met capaciteitsproblemen. Dat wil zeggen: er zijn met name in de Randstad niet genoeg bedden. Nu even niet, althans. Dat is heel vervelend, maar het belangrijkste is dat uw dochter behandeld gaat worden. Waar dat gebeurt is van ondergeschikt belang.'

De man slaakt een kreet. Een oerkreet. Het doet Kadoke denken aan het geluid van een ramshoorn. Moet God voor de tweede keer binnen vierentwintig uur wakker worden?

De gezette agente komt uit een kamer alsof ze al die tijd heeft staan luisteren. 'Gaat alles goed?' vraagt ze. 'Wil meneer nog een kopje koffie?'

Kadoke begrijpt dat de vader gek wordt op dit bureau. De man imiteert een ramshoorn en hij krijgt koffie aangeboden, daar zou iedereen gek van worden.

'Ik wil geen koffie,' roept de man. 'Ik wil naar mijn dochter. Ik wil mijn dochter zien. Ik zit hier al zes uur te wachten.'

Kadoke houdt zijn hand voor zijn mond en kucht. 'Laten we even gaan zitten,' zegt hij.

De gezette agente verdwijnt en zij gaan op de kuipstoeltjes zitten. De vader en de psychiater, alsof ze vrienden zijn. Kennissen op zijn minst.

Kadoke imiteert de man, onbewust misschien. Allebei zitten ze voorovergebogen, de handen in elkaar. Ze zouden naar een voetbalwedstrijd hebben kunnen kijken. Hun club heeft verloren, ze blijven nog even zitten, verslagen. Maar tegelijkertijd verkeren ze in de geruststellende wetenschap dat het maar een spelletje was. Verloren, maar volgende week is er weer een kans.

Kadoke zoekt naar woorden. Woorden waarnaar hij anders nooit heeft hoeven zoeken. De woorden kwamen, ze vloeiden, maar hoe kan hij deze man uitleggen waarom hij zijn dochter nu niet mag zien? Hoe kan hij hem uitleggen dat de kans groot is dat als je op de leeftijd van Nelleke intern in een psychiatrische instelling wordt behandeld je een borderliner zult worden en dat de rest van je leven waarschijnlijk zult blijven? Hoe kan hij deze man vertellen dat er geen goede keuzes zijn, geen ideale oplossingen? Er zijn alleen noodoplossingen. Minst slechte keuzes. Nelleke moet naar een instelling. De kans op recidive is te groot, zo groot dat hij haar zelfs geen vijf minuten alleen wil laten.

'Hoe moet het met school?' vraagt de vader voor Kadoke de woorden heeft kunnen vinden waarmee hij de situatie wil toelichten zonder deze man verder onnodig te verontrusten. 'Als ze daar zit, hoe gaat het dan verder met school?'

'School is nu geen prioriteit. Er wordt lesgegeven in de instelling, dat is het probleem niet, maar ik geloof niet dat we ons nu op school moeten concentreren. Uw dochter heeft heel veel last van stemmen en daar zullen de artsen zich het eerst mee bezighouden. U slikt antidepressiva?'

De man wijst op zijn linkerschouder. 'Ik heb chronische pijn in de schouder. Ben voor vijftig procent arbeidsongeschikt. Ik heb die antidepressiva voorgeschreven gekregen als pijnstillers. Wanneer komt mijn dochter weer naar huis? Komt mijn dochter ooit nog thuis?'

Kadoke kijkt naar zijn schoenen. Hij moet ze poetsen, schoonmaken, maar hij heeft geen tijd. De schoenen hebben ook geen prioriteit.

'Alles is er tegenwoordig op gericht patiënten zo snel mogelijk weer thuis te krijgen, weer deel te laten nemen aan het zogenaamde normale leven. Het kan een kwestie van weken zijn, misschien minder, misschien iets meer. Ik wil geen voorspellingen doen die op niets gebaseerd zijn, maar het is de bedoeling dat ze zo snel mogelijk weer thuis is. Vooral op haar leeftijd is interne behandeling een paardenmiddel, iets wat we hoogst ongaarne voorschrijven.'

'Maar komt mijn dochter ooit nog thuis, dokter?' vraagt de man en zijn stem klinkt nu harder. Het echoot op dit bureau, in deze wachtruimte, die alleen maar kan worden vergeleken met een humaan ingericht voorportaal van de hel. Er is een koffieapparaat, er zijn stoeltjes, er is licht, maar verder kom je hier om pijn te lijden en mogelijk te sterven.

Kadoke beweegt zijn tong langs zijn tanden. Hij voelt hoe strak zijn kaak staat, van de spanning, de vermoeidheid, de weerzin.

'Uw dochter komt thuis,' zegt hij voor zich uit kijkend, 'uw dochter zal thuiskomen, ik weet alleen niet wanneer.'

Hij staat op, geeft de man een hand, maar bedenkt dan dat hij iets heeft vergeten, en haalt uit de binnenzak van zijn colbertje de afscheidsbrief van Nelleke.

'Die is van u,' zegt hij. 'Die geef ik weer aan u terug. U mag hem weggooien. Soms is weggooien beter.'

De man is ook opgestaan. Hij opent de brief traag en loom,

werpt er een blik op, vouwt hem dan weer dicht en steekt hem bijna gedachteloos in zijn broekzak.

'Ik ga nu,' zegt Kadoke. 'Ik moet vervoer voor uw dochter regelen. U moet ook gaan. U moet slapen. U hebt rust nodig. Sterkte.'

Kadoke loopt bij de man vandaan. Voor hij een gang in gaat kijkt hij nog een keer om. De vader staat er bewegingsloos bij, als een standbeeld. Hij is duidelijk niet van plan het politiebureau te verlaten.

Weer loopt Kadoke door de gangen van het politiebureau, smachtend naar een sigaret. Meer verlossing en troost heeft hij niet nodig. De tijd van de sigaret is helaas nog niet aangebroken, hij moet nog vervoer regelen, de evaluatie tot een goed einde brengen. Eindelijk vindt hij de gezette agente. Ze bleek achter hem te lopen.

'Kunnen jullie een ambulance voor me regelen?' vraagt hij. 'Het meisje moet naar een instelling.'

Kadoke geeft de naam en het adres van de instelling.

De agente knikt. 'Het kan even duren,' zegt ze, 'ze vinden dit geen prioriteit. Dat weet u. En de instelling is ver weg. Het schepseltje is nu stabiel, toch? Ze komt achteraan op de prioriteitenlijst.'

'Ik weet het,' zegt Kadoke, 'maar misschien kun je doorgeven dat psychiater Kadoke van de crisisdienst van mening is dat het meisje zo snel mogelijk moet worden vervoerd.'

'Ik ga mijn best doen,' zegt de agente.

Ze wil verder lopen, maar Kadoke blijft staan. 'En nog iets,' zegt hij. 'Ik wil dat er iemand bij haar blijft tot ze de ambulance in stapt. Vanaf het moment dat wij hier weggaan tot het moment dat de ambulance er is, wil ik dat ze niet alleen is. Kan ik daarvan op aan?'

De agente knikt. 'Ik zal bij haar blijven.'

Hij loopt door de gangen naar de kamer waar het meisje op een geel kussen zittend aan het slapen is.

'We gaan zo,' zegt Kadoke zacht tegen Dekha, die bezig is met haar telefoon. Hij ziet dat ze een sms aan het typen is. Hij wrijft met zijn linkerhand over zijn kaaklijn, zijn ongeschoren wangen.

'Nelleke,' zegt hij. 'Ik heb een bed voor je gevonden in een instelling, het is hier niet in de buurt. Je vader heb ik gesproken en hij weet waar je heen gaat. Je gaat er vannacht nog naartoe en tot die tijd zal er iemand bij je blijven. Is dat duidelijk? Heb je nog vragen?'

Ze schudt haar hoofd.

Hij gaat zitten. Ze wachten op de agente. Nelleke is weer in slaap gevallen. Dekha heeft haar telefoon opgeborgen, ze zegt niets. Kadoke stopt zijn notitieboekje in zijn broekzak en werpt nog een blik op Nelleke.

'Het is altijd gezeik met de ambulance,' zegt hij zacht tegen Dekha.

De arts in opleiding knikt. Het meisje slaapt verder, houdt haar ogen in elk geval gesloten. Hij herinnert zich de eerste jaren bij de crisisdienst, de hoop waarmee hij zijn roeping volgde, momenten van korte maar intense vreugde.

Eindelijk komt de gezette agente terug. 'Binnen twee uur is de ambulance er,' zegt ze. 'Dat hebben ze beloofd.'

Kadoke staat op. 'We gaan,' zegt hij. 'Nelleke, ik neem nu afscheid van je. Vanaf hier gaat een andere dokter het overnemen.'

Ze is wakker geworden, ze geeft hem een hand.

'Ik wil geen dokter,' zegt ze.

Hij aarzelt. Moet hij zo weggaan? Moet hij antwoorden? Een discussie beginnen?

'Ik weet dat je geen dokter wilt, maar het moet, Nelleke. Het moet echt. We hebben geen andere keuze.'

Er komt een zacht, aarzelend 'oké' uit haar mond, een sociaal wenselijk 'oké'.

'Sterkte,' zegt hij.

Dekha staat op en ook zij geeft het meisje een hand. De lippen van Dekha bewegen, maar ze maakt geen geluid, ze prevelt alleen wat.

Kadoke en Dekha gaan naar buiten. Hij wil de deur van de verhoorruimte sluiten, maar de agente is achter hen aan gelopen. 'Tot een volgende keer,' zegt ze zacht.

Kadoke knikt.

'Ik zal me niet verroeren,' fluistert de agente. 'Tot de ambulance er is. Ik zal naast haar blijven zitten. Ik beloof het.'

Kadoke knikt weer. Dan loopt hij door.

Op weg naar de uitgang komen ze langs de vader van Nelleke, hij lijkt bewegingsloos in de ruimte met de kuipstoeltjes te zijn blijven staan.

'Daar bent u,' zegt de vader. 'Ik heb op u gewacht. Ik wilde u nog wat vragen.'

Kadoke houdt zijn pas in.

'Komt mijn dochter ooit nog thuis?'

'Die vraag heb ik al beantwoord,' zegt Kadoke. 'De verwachting is dat ze snel weer thuis zal komen. Hebt u behoefte aan een kalmeringstabletje? Ik kan u een kalmeringstabletje geven.'

'Nee,' zegt de man, 'daar heb ik geen behoefte aan. Ik wil weten wanneer ze thuiskomt, dat is waar ik behoefte aan heb.'

Kadoke loopt naar de uitgang. Hij hoorde de agressie in de stem van de man. Niet dat hem die stoort, maar hij heeft geen antwoorden op de vragen van de man. Hij is niet aangesteld om gerust te stellen, hij is geen pastoor. Suïcidepreventie is zijn specialiteit en suïcidepreventie is niet altijd geruststellend van aard. Dekha was eerst blijven staan, maar ze loopt nu ook achter Kadoke aan.

De man volgt hen, alsof ze bezig zijn aan een processie.

'U bent de dokter,' roept de man, 'u bent de psychiater, u hebt met mijn dochter gesproken, maar niemand vertelt me iets. Stemmen, zegt u. Wat zouden dat voor stemmen zijn? Hoe weet u dat? Wat weet u eigenlijk van mijn dochter? Wat weet u van die stemmen? Wie zegt dat ze die echt hoort?'

Op het parkeerterrein blijft Kadoke weer staan. De man komt dichterbij, maar hij blijft wie hij was, geen vechtersbaas, een wanhopige vader, voor vijftig procent arbeidsongeschikt. 'Ik heb u een kalmeringstabletje aangeboden, dat is alles wat ik nu voor u kan doen,' zegt Kadoke. 'Als u denkt dat u meer hulp nodig hebt, belt u morgen uw huisarts.'

De man blijft staan, sprakeloos. Alsof hij elk antwoord had verwacht maar niet dit. Geen verwijzing naar de huisarts, geen kalmeringstabletje.

Kadoke opent de deur van zijn auto. Hij gaat zitten. Dekha neemt naast hem plaats.

De man slaat op het portier. Niet als een woedende voetbalsupporter, maar als een kind dat ergens bij een benzinestation vergeten is door zijn ouders.

Kadoke doet het raam open.

'U weet het,' roept de vader, 'u weet dat ze nooit meer thuiskomt, maar u wilt het niet zeggen. Is dat het?'

'Ik denk dat uw dochter thuiskomt,' zegt Kadoke, 'maar ik weet niet wanneer.'

Dan start hij de auto en rijdt weg. Snel en efficiënt.

Bij de eerste stoplichten ziet hij tranen over Dekha's wangen lopen.

Hij begint te praten. 'Je moet niet toegeven aan de narcistische reflex om te willen helpen. Zo'n man kan het alleen. Als je hem gaat helpen wordt hij afhankelijk. Je kweekt afhankelijkheid. Je moet hard zijn. Alleen helpen waar het echt niet anders kan en verder laten gaan. Laten gaan. De grote vijand van de hulpverlener is de narcistische reflex. Doe het niet. En ik zei het al: de nachtdienst is lastig, maakt alles erger, de nacht verhevigt het noodgeval, versterkt de emotie, maar op een gegeven moment is er geen lijden meer. Niet voor ons. Er is alleen nog de professionele distantie, de evaluatie, de suïcidepreventie. Neem het van me aan, je gaat nu door een fase heen. Maar je zult er sterker uit komen. Beter. Professioneler.'

Alles wat Dekha antwoordt is: 'Ik geloof niet dat ik dit wil. Ik geloof niet dat ik dit kan. Ik wil hier niet uit komen.'

Kadoke rijdt zwijgend verder. Na twee stoplichten zegt hij: 'Je hebt hiervoor gekozen, Dekha, en dat had een reden, vermoed ik. Geef niet te snel op. Ik heb mensen meegemaakt die dachten het niet te kunnen, maar na drie maanden konden ze alles aan, hoorden ze bij de besten in het vak.'

Ze komen aan bij het Indiase restaurant. De nachtdienst duurt tot zeven uur, de kans bestaat dat ze er nog een keer uit moeten.

'Heb ik je teleurgesteld?' vraagt Dekha.

Hij zet de motor uit. 'Teleurgesteld? Mij niet, ik ben niet zo snel teleurgesteld. Misschien jezelf, maar dat hoort erbij. De volgende keer zal het beter gaan. Ik werk graag met je samen.'

Ze zwijgt. Hij ziet weer voor zich hoe ze hier naast hem in de auto zat en zich opmaakte. Het leek hem krankzinnig, maar nu vindt hij het logisch. Zelfs voor de minderjarige noodgevallen moet je je mooi maken als arts in opleiding.

'Die vader,' zegt hij, 'die moet je laten gaan. Wij zijn er niet om zijn handje vast te houden, wij moeten ons concentreren op de echte noodgevallen. Als hij hulp nodig heeft gaat hij morgen naar zijn huisarts. Wij zijn er voor hen die niet kunnen wachten op de huisarts.'

Ze knikt. Dan vraagt ze: 'Toen ze zei dat ze door haar vader was verraden, zei je niets. Waarom vroeg je niet door?'

Hij wrijft over zijn haren. 'Wij zijn er niet om onze nieuwsgierigheid te bevredigen. Welk antwoord ze ook had gegeven, aan mijn evaluatie had dat niets veranderd. Die vragen zijn iets voor de artsen in de instelling, niet voor ons. Ik wilde alleen nog weten of er iemand was met wie ze eventueel contact had willen hebben voor ze naar de instelling ging, maar er was niemand.'

Hij buigt zich voorover, geeft Dekha een kus. Na deze nacht, na haar tranen vond hij dat wel gepast. Even is er een moment van aarzeling waarbij hun monden elkaar hadden kunnen raken, even is er de mogelijkheid van een zoen, maar het moment van aarzeling gaat voorbij. Zijn lippen raken haar wang.

'Misschien kunnen we nog een paar uur slapen,' zegt hij bij wijze van afscheid. 'Je weet het nooit. Het is altijd een verrassing.'

Kadoke kijkt haar na, hoe ze de deur van haar woning opent. Zou ze gelijk hebben? Zou dit echt niets voor haar zijn? Hij zal haar stimuleren, dat is zijn taak. Haar verder helpen, haar begeleiden. Ze mag niet opgeven.

Hij rijdt naar het huis van zijn moeder en gaat daar op de stoep zitten, hoewel het geen warme nacht is. Kadoke voelt de kou niet, hij voelt de wind niet. Hij rookt twee sigaretten en denkt aan niets. Hij is alleen met zijn sigaretten. Een psychiater, een man van bijna middelbare leeftijd moet je toch wel zeggen, die zittend op de stoep voor het huis van zijn moeder midden in de nacht sigaretten rookt. Je moet zelf een beetje een noodgeval zijn om de echte noodgevallen te kunnen herkennen. Je moet met een been buiten de maatschappij staan als je bij de crisisdienst werkt.

Hij overweegt een derde sigaret te roken, als zijn telefoon gaat. Anders dan hij verwacht is het niet de crisisdienst. Hij wordt gebeld door iemand die hij niet kent, maar de telefoon kun je volgens Kadoke beter altijd opnemen als je nachtdienst hebt. Zeker als het Joods Nieuwjaar is, een uitstekende nacht om de telefoon op te nemen, wie er ook belt.

15

'Hallo,' zegt Kadoke.

'Het is zover.'

'Met wie spreek ik?'

'Met Michette.'

Kadoke haalt een derde sigaret uit het pakje. De gebeurtenissen van de afgelopen nacht trekken aan hem voorbij. Nelleke, Dekha, de vader van Nelleke. De gezette agente die het woord 'schepseltje' uitsprak alsof het kind eigenlijk bij haar hoorde. Tegelijkertijd vertederd en verbaasd dat ze zich zo verbonden kon voelen met een vreemd meisje.

'Weet je nog wie ik ben?'

'Ik weet wie je bent,' zegt Kadoke.

Hij klemt de telefoon tussen schouder en oor en steekt zijn sigaret aan.

'Wat kan ik voor je doen?'

Kadoke kijkt naar de straat van zijn moeder, de stille straat. Vroeger woonden er alleen oude mensen, maar de oude mensen sterven langzaam uit. Stelletjes met kinderen nemen hun plaats in, succesvolle mensen, mooie mensen. En toch beroven ook de mooie, succesvolle mensen zich soms van het leven. Succes en schoonheid zijn geen garantie, in elk geval niet altijd.

'Het is zover,' zegt Michette weer.

'Wat is zover?'

'Ik wil worden opgenomen.'

Hij inhaleert. Er vliegt een helikopter over. Nu begint hij de kou te voelen, maar hij blijft zitten. Vroeger zat hij hier ook weleens, als hij zijn sleutels was vergeten en zijn ouders niet thuis waren, dan ging hij hier zitten wachten met zijn rugzak vol schoolboeken. Hij rookte nog niet, hij is laat gaan roken. Kadoke was vroeg met praten, maar laat met roken.

'Je weet dat dit niet het traject is, Michette. Je moet contact opnemen met jouw behandelaar en die neemt contact op met ons. Met de crisisdienst. En als je zelf wilt worden opgenomen heb je de crisisdienst in de meeste gevallen helemaal niet nodig.'

'Je hebt me jouw nummer gegeven.'

Kadoke houdt de rook even vast in zijn mond. Ze zeggen dat geen goede daad onbestraft blijft, maar uiteindelijk zijn het de misstappen die niet onbestraft blijven. De psychiater weet het. Hij twijfelt er niet aan, het komt hem deze nacht voor dat het leven niet meer is dan de optelsom van alle misstappen en al die manieren waarop men heeft geprobeerd de schade ervan te beperken. Soms, in uitzonderlijke gevallen, is de fout niet van de goede daad te onderscheiden.

'Dat had ik niet moeten doen. Het spijt me, ik had je niet mijn nummer moeten geven,' zegt Kadoke rustig en nadenkend. Zoals hij nu eenmaal praat, rustig, nadenkend, zonder overdreven hoop. Op die zomeravond na, toen hij in Rose een engel had herkend, een engel die gelikt moest worden, die avond was er overdreven veel hoop, toen was van rust geen sprake.

'Het is te laat,' zegt Michette. 'Nu heb ik je nummer. Je kan het niet ongedaan maken. Ik ga niemand anders bellen. Je bent de enige tegen wie ik het zeg: het is zover.'

Hij inhaleert. Ongedaan, zo'n woord dat hij meer dan eens heeft gehoord van spijtoptanten. 'Ik zou willen dat ik het ongedaan kon maken, al was het maar voor mijn familie.' En dan antwoordde Kadoke: 'Je hoeft niets ongedaan te maken. De poging is mislukt. De poging heeft zichzelf ongedaan gemaakt.'

Een keer zei een man, een oude junk: 'De dood is onverteerbaar, vind je niet, dokter?' Hij had vrijwel geen tanden meer in zijn mond maar hij kwam nog goed uit zijn woorden. 'Het hangt ervan af,' had Kadoke geantwoord, staand aan het ziekenhuisbed op de intensive care. Voor iemand die net een zelfmoordpoging achter de rug had was de junk buitengewoon vrolijk, bijna uitgelaten. Hij leek tevreden, tevreden dat hij nog leefde, maar eveneens tevreden dat hij geprobeerd had niet meer te leven. 'De afwezigheid van elke vorm van dood zou ook onverteerbaar zijn, maar we moeten niets overhaasten,' had Kadoke tegen de junk gezegd. 'We moeten bepaalde beslissingen aan andere machten overlaten, aan hogere machten.' Daarop had de junk iets gemompeld en Kadoke had besloten dat de man niet gedwongen opgenomen hoefde te worden. Als hij somatisch gezien genezen was verklaard mocht hij naar huis, of de straat op, al naar gelang zijn omstandigheden.

De helikopter blijft overvliegen. Een politiehelikopter? Boven ligt moeder. Zou ze slapen?

'Ongedaan,' zegt Kadoke na een stilte tegen Michette. 'Nee, dat gaat niet, ik heb je mijn nummer gegeven. Ik kan dat niet ongedaan maken, maar je weet hoe het werkt. Je kent het systeem. Je behandelaar of een andere erkende doorverwijzer moet contact met ons opnemen. Dan kan ik komen. Er zijn regels. Laten we proberen ons daaraan te houden.'

Hij klinkt als een schoolmeester die een lesje afdraait. Kadoke doorziet zijn eigen strategie. Hoeveel bezwaar je er ook tegen mag hebben, de protocollen zijn er niet voor niets.

'Ik ga mijn behandelaar niet bellen. Ik wil niets meer met haar te maken hebben. Als jij niet komt doe ik mezelf wat aan.'

Het geluid van de helikopter sterft weg. Kadoke glimlacht. Het gaat vanzelf. Hij ziet welke val hij voor zichzelf heeft uitgezet. Ja, hij wilde vallen. Zijn zelfreflectie staat geen andere conclusie toe. En Michette met haar scherpzinnigheid, met de intuïtie van iemand die de zwakheid van de ander ruikt als een bloedhond, geeft hem het laatste zetje. Daarom glimlacht hij, omdat hij zichzelf ziet vallen en weet dat er niets aan te doen is. Er zijn geen reddende handen, en als ze er waren zou hij ze wegslaan.

'Je moet niet dreigen,' zegt hij en hij denkt om onverklaarbare redenen aan de ramshoorn. Michette blaast op de ramshoorn. Maar hij is God niet, ze maakt de verkeerde wakker.

'Als je niet komt, zul je spijt krijgen.'

'Als ik wel naar je toe kom ook.'

'Aan welke spijt geef je de voorkeur? Welke spijt vind je het lekkerst?'

'Het lekkerst,' zegt Kadoke langzaam. 'Spijt is niet lekker, maar ik geef je nog een laatste kans. Bel je behandelaar. Die belt de crisisdienst. De dienst belt mij. Over minder dan een uur zijn we bij je. Dan hebben we ons aan de regels gehouden. Dat is beter. Geloof me. Dat is voor iedereen beter.'

Hij probeert de overtuiging in zijn stem te leggen van de al dan niet geüniformeerde autoriteit. De burgemeester, de agent, de psychiater. Maar juist omdat hij het probeert, mislukt het. Wie autoriteit probeert uit te stralen heeft er geen.

'Als ik zo ophang, bel ik niemand meer, en dat weet je,' zegt Michette.

Zo word je schaakmat gezet, nee, zo zet je jezelf schaakmat. De helikopter is weer terug. Hij rilt, zijn hele lichaam voelt koud en nat aan.

Kadoke inhaleert, hij kucht. De beslissing heeft hij genomen, had hij misschien al genomen toen hij haar zijn nummer gaf. Alsof je gaat staan wankelen op het dak en dan verbaasd bent dat je valt. Zouden ze verbaasd zijn? De zelfmoordenaars, op het moment dat ze beseffen dat het gaat lukken? Zou ongeloof het winnen van verbazing? Zoals bij de narcose voor een operatie. Eerst is er de gedachte: de narcose gaat niet werken. Dan voel je hoe je langzaam wegzakt, het ongeloof verdwijnt, het spul blijkt effectief te zijn en dan niets meer, helemaal niets. Het ontwaken op een andere plek, een vermoeden van pijn, vermoeidheid, dat is alles, een vage herinnering aan de momenten voor de narcose, de operatietafel, de joviale chirurg.

'Wat is je adres, geef me nog een keer je adres als je wilt.'

Ze geeft hem het adres, hij schrijft het op in zijn notitieboekje.

'Ik ben er binnen een halfuur,' zegt hij en hij moet weer glimlachen. Ondanks zichzelf, ondanks de kou, om het illegale karakter van zijn actie. Hij begeeft zich in een zone waarin hij zich niet zou moeten begeven. Hij is als een gelovige die van zijn geloof is gevallen en zich niet meer kan vasthouden aan de geijkte rituelen. Hij moet andere rituelen bedenken wil hij een poging doen zijn geloof terug te winnen. 'Maar als de crisisdienst me belt, als er een noodgeval is, zal het later worden. Ik heb nachtdienst.'

'Ik ben het noodgeval,' antwoordt Michette. 'Ik ben jouw noodgeval, Kadoke.'

Hij verbreekt de verbinding, steekt zijn sleutel in het slot van moeders huis, de laatste woorden van Michette echoën nog na. Ze heeft ongelijk, de noodgevallen zijn van niemand.

Kadoke gaat naar boven. Er brandt licht in moeders slaapkamer. Voorzichtig opent hij de deur. Soms slaapt ze met het licht aan, maar nu zit ze in haar bed met haar ogen wagenwijd open. Van slapen kan geen sprake zijn, van slapen is misschien al de hele nacht geen sprake geweest.

'Ben je daar eindelijk weer?' vraagt ze.

Hij loopt naar haar toe, aait met zijn linkerhand over haar voorhoofd.

'Oei, wat een koude hand,' zegt ze. 'Raak me niet aan als je zulke koude handen hebt.'

Hij kust haar.

'Zelfs je lippen zijn koud,' zegt ze. 'Waar ben je geweest?'

'Op het politiebureau.'

'Hebben ze daar geen verwarming?'

'Ik heb even buiten gezeten. En ik moet weer weg, er is nog een noodgeval. Jij moet nu echt gaan slapen, lieverd. Hoe kun je gezond blijven als je niet slaapt? Hoe kun je bij me blijven als je hele nachten wakker ligt?'

'Hoe kan ik slapen als jij niet thuis bent?' antwoordt moeder, bijna op dezelfde toon maar met iets meer verontwaardiging in haar stem. 'Hoe kan ik slapen als ik weet dat jij in de koude nacht te dun gekleed buiten bent om allemaal zelfmoordenaars te ontmoeten die jou niet hebben verdiend? Laat ze gaan, die zelfmoordenaars. Laat ze met rust. Wie denk je dat je bent dat je tussen hen en de dood in moet gaan staan?'

Zijn moeder heeft zijn hand gepakt en houdt die vast. Hoewel ze niet van koude handen houdt maakt ze voor hem een uitzondering.

'Ik ben psychiater, moeder,' zegt hij en hij gaat op de rand van haar bed zitten. 'Als je vraagt wie ik denk dat ik ben, antwoord ik dat ik psychiater ben. En vanuit die hoedanigheid meen ik inderdaad tussen de dood en de patiënt te moeten gaan staan. Ik ben psychiater geworden, ook omdat jullie dat wilden, omdat jullie altijd tegen mij hebben gezegd: "Jij bent onze kleine psychiater." Ik heb gedaan wat jullie van me verlangden, met liefde, daar niet van.'

'Kinderpsychiater,' zegt moeder en ze houdt zijn hand steviger vast. 'Daarop hadden we gehoopt. Dat je de wereld zou rondreizen en de kinderpsychiatrie zou vernieuwen, dat je de kinderen zou genezen, daarop hoopten jouw vader en ik. Maar de specialisatie die je uiteindelijk koos, was een diepe teleurstelling voor ons. Je vader heeft het daar niet makkelijk mee gehad.'

Nog altijd houdt ze zijn hand vast. Klaarwakker is ze, haar ogen staan helder, helderder dan overdag.

'Vergeef me,' zegt hij. 'Vergeef me dat ik geen kinderpsychiater ben geworden. Maar ik zie veel kinderen, pubers. Vijftien tot twintig procent van de noodgevallen die ik zie kunnen kinderen worden genoemd. Misschien maakt dat iets goed. Ik moet nu gaan. Er wacht nog iemand op me. Geen kind, dat niet, dat niet meer. Wel een noodgeval.'

Ze blijft zijn hand vasthouden.

'Je moet niet gaan,' zegt ze. 'Ik maak me zorgen als je in de nacht weggaat. Ik zie dat het niet goed voor je is. Je kunt toch vragen of je geen nachtdienst meer hoeft te doen?'

'Dat kan. Als ze de indeling doen voor het volgende kwartaal kan ik vragen of ik geen nachtdienst meer hoef te doen. Maar tot voor kort, toen ik hier nog niet woonde, had je nergens last van. Je wist het helemaal niet als ik nachtdienst had. En ik hou van de nachtdienst, ik voel me erin thuis. Het ongewisse ervan, de intensiteit, de nachtdienst geeft me het gevoel dat ik echt leef. Het ochtendgloren in de zomer, en in de herfst... heel anders is het dan. Als de zon opkomt weet je: nu komen er geen noodgevallen meer. Deze nacht niet. Deze nacht hebben we weer gehaald. Maar in de zomer betekent de zonsopgang niets. Soms is het al helemaal licht en komen er toch nog twee noodgevallen bij.'

Normaal is hij niet zo openhartig. Nu hij hier toch woont kan er ook wel een beetje openhartigheid vanaf. Voor zover moeder het verdraagt, zijn eerlijkheid, zijn kwetsbaarheid, hoe hij zich verhoudt tot de nachtdienst, hoe hij zich daarin verliest.

Langzaam laat moeder zijn hand los alsof haar krachten afnemen, alsof het tegen haar zin gebeurt.

'Ik moet gaan,' zegt hij weer. 'De patiënt wacht. En jij moet slapen. Ik zal je nog wat valeriaan geven.'

Hij doet vijftien druppels in een glas Duits mineraalwater. Kadoke wil haar het glas in bed geven, maar dat wil ze niet.

Ze komt uit bed, sneller dan hij dacht, doet haar schoenen aan die naast haar bed staan en gaat aan de tafel zitten die nooit als schrijftafel dienst heeft gedaan. Daar drinkt ze traag en geconcentreerd haar mineraalwater met de valeriaan. 'Je gaat weer,' zegt ze, zonder haar gezicht naar hem toe te wenden. 'Te dun gekleed. Ook dat nog. Zo word je ziek. Straks steek je iedereen aan. Dan gaan de mensen niet dood aan de zelfmoord maar aan jouw bacillen.'

Als het glas leeg is brengt hij moeder terug naar bed. Hij doet haar schoenen uit, streelt haar benen, kust haar voeten. Wat kan hij anders doen? Nadat ze is gaan liggen trekt hij de deken recht. De pyjama die ze aanheeft is minstens twintig jaar oud. De kleuren, blauw en oranje, zijn verbleekt maar de pyjama is nog altijd functioneel, dat wil zeggen: hij houdt haar warm.

'Ga eindelijk eens op een vechtsport, jongen,' zegt ze. 'Zoals je er nu bij staat kan iedereen je omverlopen.'

'Ik ga,' antwoordt hij.

Dit is niet het moment om een gesprek over een vechtsport te voeren, het moment om zijn moeder tegen te spreken doet zich hoe dan ook zelden voor. Als kind al was hij beter in liegen dan in tegenspreken. Ze moesten worden ontzien, de ouders. Later is hij artsen in opleiding gaan ontzien. Alleen als psychiater spreekt hij de waarheid en zelfs dan nog vaak omfloerst. Hij verzwijgt dingen om de behandeling niet bij voorbaat in gevaar te brengen.

'Ik ben zo snel mogelijk weer terug. Zal ik het licht uitdoen?'

'Dat doe ik wel,' zegt ze.

In de deuropening blijft hij staan tot moeder de stalamp naast haar bed heeft uitgedaan.

Dan verlaat hij het huis. Hij rookt nog een sigaret in zijn auto, zoekt voor de zekerheid het adres van Michette op in zijn opschrijfboekje, hoewel hij het onthouden heeft. Een lichte neurose, een kleine bezwering, het zoeken naar zekerheid voordat het noodgeval wordt bezocht.

Ze doet open, ditmaal draagt ze een grijs T-shirt met een tekening erop, wat die moet voorstellen kan Kadoke niet zien, en een zwarte spijkerbroek. Alleen haar nagels zijn felrood. Ze zou die nagels een paar uur geleden gelakt kunnen hebben, zo zien ze eruit. Eerst een manicure, dan zelfmoord. Of Michette maakte zich klaar voor het vertrek naar de kliniek en dacht: ik doe eerst mijn nagels even.

'Kadoke,' zegt ze. 'Een rare naam. Waar komt die vandaan?'

'Ergens,' zegt de psychiater. 'Zal ik binnenkomen, dan kunnen we kijken hoe we deze voor ons allebei ongemakkelijke situatie kunnen oplossen.'

'Heb je het niet koud?' vraagt ze. Ze wijst op zijn colbertje.

'Tot 1 november draag ik geen jassen, daarna ben ik ertoe bereid als het weer dat afdwingt.' Hij loopt achter haar aan de woonkamer in. Ze gaat op de grond zitten. Er staat een waterglas naast haar.

Hij neemt plaats op de bank waarop hij eerder heeft gezeten met Dekha. Hij denkt aan haar, het make-updoosje dat ze uit haar tas haalde voor ze naar het bureau reden. Haar ontreddering. Ze zal zich thuis gaan voelen in de nachtdienst, maar ze moet de ontreddering hebben meegemaakt. Dat is de volgorde: eerst de ontreddering, dan de acceptatie.

'Wil je wat drinken?' vraagt Michette.

Kadoke schudt zijn hoofd.

'Het is bleekwater,' zegt ze. Haar stem klinkt verleidelijk. Ze spreekt het woord uit zoals een ander over kostbare champagne zou spreken. 'Ik heb al een half glas op, ik heb twee keer gekotst, maar de rest wil ik met jou drinken, Kadoke.'

Ze laat zijn naam klinken alsof er iets ironisch in zit, iets wat haar onbedaarlijk aan het lachen zou kunnen maken, maar door omstandigheden geeft ze voorlopig de voorkeur aan bleekwater boven het schateren. Later zal ze weer schateren, nu niet.

Hij meent het bleekwater te ruiken.

'Er is ook schoonmaakmiddel,' gaat ze verder. 'Gisternacht dronk ik schoonmaakmiddel, maar vannacht had ik behoefte aan iets sterkers. Wil jij misschien wat schoonmaakmiddel, dokter?'

De geknakte planten staan er nog steeds. Hij bekijkt de woning zoals hij dat de afgelopen keren deed toen hij hier was. Voor een evaluatie hoef je niet veel te weten, maar soms bevat het decor cruciale informatie.

'Je hebt me gebeld,' zegt hij, 'omdat je wilde worden opgenomen.'

‘Ik heb je gebeld omdat ik niet meer wil leven.’

Ze heft haar glas, neemt een slok, slikt het met een grimas door. De jonge vrouw maakt kokhalsbewegingen terwijl ze hem blijft aankijken alsof ze wil zeggen: hiervoor ben je gekomen, voor dit schouwspel heb je je nachtrust opgeofferd, psychiater Kadoke.

‘Als je echt niet meer zou willen leven had je mij niet nodig gehad. Je hebt mij gebeld omdat je vreesde dat je jezelf iets aan zou doen en je hulpvraag komt kort gezegd hierop neer: je wilt dat ik voorkom dat je jezelf iets aandoet.’

Zittend op de grond, met het glas nog in haar hand, schudt Michette haar hoofd. ‘Ik was bang dat ze boos op me zouden worden,’ zegt ze, ‘mijn ouders, een paar vrienden. Niet dat ik veel vrienden heb. Ik heb ze beloofd het niet te doen, maar ik voel dat ik mijn belofte niet kan houden. Ben jij weleens verleid door de dood, dokter? Heb je weleens gezien hoe verleidelijk de dood is? Hoe opgewonden je kan worden bij de gedachte dood te gaan? Heb je dat weleens meegemaakt?’

Ze kijkt hem strak aan, ze lijkt hem te willen hypnotiseren.

Misschien heeft zijn moeder gelijk. Misschien moet hij niet meer tussen het graf en de potentiële zelfmoordenaar in gaan staan. Hoogmoed. ‘Wie denk je dat je bent?’ had zijn moeder gevraagd. Het antwoord op die vraag lijkt hem steeds pijnlijker te worden.

‘Ik zou niet zeggen dat de dood mijn vijand is,’ zegt hij desondanks kalm, ‘maar de zelfverkozen dood kan beter worden voorkomen, en dat is wat ik doe. Omdat ik geloof, omdat wij geloven, dat die dood onnodig is, dat de wanhoop, de diepe wanhoop waarover ik niet mee kan praten, ik zou niet de pretentie hebben dat ik daar iets over kan zeggen...’

Hij pauzeert even, probeert zijn gedachten te ordenen. ‘Ik weet alleen dat die wanhoop kan worden verminderd, in de meeste gevallen. Wat ik doe is de zelfverkozen dood voorkomen zodat na enige behandeling andere uitwegen zichtbaar worden. Betere uitwegen, echte uitwegen. Dus nee, de dood heeft mij nooit verleid. Ik zou niet weten hoe, ik zou niet weten waarom. Ik weet alleen dat er mensen zijn die zich verleid voelen en dat het kan helpen als ik mij probeer voor te stellen waardoor die mensen worden verleid. Maar als je mijn professionele mening wilt weten: om te verhinderen wat verhinderd moet worden hoef ik mij dat niet voor te stellen. Ik moet zo effectief mogelijk ingrijpen.'

Hij kan hier alleen zitten, hij kan alleen met haar praten als hij elke ironie achterwege laat, haar serieus neemt, zijn vak zonder enig voorbehoud serieus neemt alsof hij net is begonnen, alsof zijn geloof in de psychiatrie onbezoedeld is.

'Gisternacht dronk ik Ajax allesreiniger, dat is minder sterk spul, dokter, je gaat er ook van kotsen en je krijgt er diarree van, je moet er alleen meer van drinken. Wil je beginnen met een glaasje allesreiniger? Je drinkt toch wel met me mee, nu je hier bent?'

Ze spot met hem. De hoon is goed merkbaar, maar hij zal haar lijdende kern niet uit het oog verliezen. Met welke agressie, weerzin, of verleidingstechnieken de patiënt je ook tegemoet treedt, je moet de kern in het oog houden. Overdreven respect voor die kern is niet nodig, maar je moet jezelf eraan herinneren dat hij er is, dat degene die tegenover je zit en je manipuleert meer is dan dat, of beter gezegd: iets anders is dan een manipulator.

Hij wrijft in zijn handen. Zijn moeder heeft gelijk, zijn handen voelen koud.

'Je hebt me gebeld,' zegt hij, 'omdat er weer een crisis was. De vraag is hoe we die gaan oplossen. De kliniek heeft je niet zo lang geleden ontslagen omdat de dokter daar meende dat je er alleen maar achteruitging. Ik weet niet of het veel zin heeft je intern te behandelen. Ik denk eigenlijk dat je een beetje bent uitbehandeld, dat de psychiatrie niet heel veel meer voor je kan doen. En als ik zo naar je kijk geloof ik ook niet dat je wilt dat wij iets voor je doen. Volgens mij kun je het zelf. Je hebt mij niet nodig. Mijn aanwezigheid hier maakt het alleen erger, verleidt jou door te gaan met jezelf pijn te doen.'

Hij wrijft weer in zijn handen. Even hoopt hij dat hij nu wordt gebeld. Dat er een noodgeval is, een officieel noodgeval, en dat hij een excuus heeft om hier weg te gaan. Maar niemand belt hem.

'Dokter,' zegt ze met het glas in haar hand, je zou je haar bijna kunnen voorstellen in een schommelstoel met een sigaartje op een mooie lenteavond. Alles wat pijn is, is ver weg. Lijden is een gerucht, lijden is voor de anderen, de zwarten, de Arabieren, de Joden.

'Dus je bent nooit door de dood verleid? Nooit heeft hij jou geroepen? Nooit heeft hij voor jou gezongen?'

'Gezongen? Nee, en je moet jezelf niet wijsmaken dat jij wel door hem wordt geroepen, je weet niets over de dood. De dood is geen oplossing, geen medicijn. En nogmaals, dat besef je, anders had je mij niet gebeld. Je hebt mij niet gebeld omdat je wilt sterven, je hebt mij gebeld omdat je niet wilt sterven. Dát is mijn uitgangspunt. De vraag is hoe ik je daarbij kan helpen, en ik heb voorzichtig geprobeerd een antwoord op die vraag te formuleren.'

Ze neemt weer een slok, een klein slokje maar. Toch herhaalt het ritueel zich. De grimas, het kokhalzen. Hij vraagt zich af hoe ze erbij komt dat de dood zingt. Zou ze hem echt horen zingen? Zoals Nelleke stemmen hoort? De zingende dood. Voor zover hij zich een voorstelling van het sterven heeft gemaakt, komt zingen er niet aan te pas. Een fluisterende dood, die kan hij accepteren. Een schreeuwende eveneens. Dat de dood een uniform zal dragen lijkt hem ook zeer waarschijnlijk.

'Kan ik van het toilet gebruikmaken?' vraagt Kadoke.

'Op de gang,' zegt ze. 'Je kent de weg.'

Hij gaat naar de wc en leunt met zijn hoofd tegen de muur. Keurig schoongemaakt, het toilet, ze verwachtte bezoek. Misschien verwacht ze elke avond bezoek. Elke avond opnieuw, maar elke avond komt er niemand, daarom heeft ze hem gebeld. Daarom moest hij komen, bij wijze van bezoek.

Als Michette geen vrienden heeft, wil ze op zijn minst toeschouwers.

Naast de pot ziet hij twee flessen bleekwater staan. Ja, zijn moeder heeft gelijk, hij moet zich niet meer tussen de patiënt en de dood in wringen, hij moet daarmee ophouden voor het te laat is. Wie is hij om dat te doen? Waarom is uitgerekend hij uitverkoren om propagandist van het leven te worden? Een onwaarschijnlijke propagandist, er zijn betere kandidaten denkbaar. Is wat hij ooit aanzag voor uitverkiezing niet gewoon een vervloeking?

Terwijl hij daar met zijn hoofd tegen de muur staat, zonder te moeten plassen, zonder iets te doen, beseft hij dat de eenzaamheid die hij nu bespeurt een soort dood is. Dat wat in hem is vereenzaamd, is feitelijk al afgestorven, bevroren, zoals tenen af kunnen sterven en geen zon ze meer tot leven zal wekken. Hij kan niet meer tegen de zelfmoordenaars op, ze zijn aan het winnen. Dat is zijn enige conclusie. Even meent hij dat hij niets meer is dan gecamoufleerde eenzaamheid en dat zelfs zijn contact met de patiënten, zijn overgave aan de nachtdienst, daarop neerkomt: camouflage van wat uiteindelijk ondraaglijk is.

Kadoke gaat terug naar de woonkamer en nadat hij op de bank is gaan zitten, zegt hij: 'Als ik geloofde dat opname je zou helpen zou ik alles doen om je te laten opnemen, maar ik geloof dat niet. Volgens mij kun je het zelf. Ik denk dat wij het alleen maar erger maken. Ik ga zo.'

'Dokter,' zegt ze en ze staat op. Ze kijkt hem aan met haar grote ogen. 'Je kan toch niet alleen leven omdat je je ouders hebt beloofd dat je jezelf niets aandoet? Ik ben bijna dertig. Moet ik leven omdat ik ze dat heb beloofd? Moet ik daarom doorgaan? Dat is toch geen leven?'

Hij buigt voorover. Hij herinnert zich Nelleke, de gesprekken met haar vader. Nee, het waren geen gesprekken, maar monologen, twee monologen, een van hem, de psychiater, een van de vader.

'Er zijn geen goede en slechte redenen om te leven,' zegt hij zacht, terwijl hij naar de grond kijkt. 'Elke reden die geldig aanvoelt, is geldig. Ik doe niet aan zingeving, ik doe aan suïcidepreventie, dat is iets anders. Voor zingeving moet je bij een ander loket zijn.'

'Denk je dat ik jou heb gebeld omdat ik behoefte had aan zingeving? Ik wil niet dood omdat de zingeving me in de steek heeft gelaten, omdat mijn eigen bestaan niet meer zinvol is en dat misschien nooit is geweest. Het is niet de zin, of het gebrek eraan, die me pijn doet. Wat ben jij voor een psychiater?'

Ze staat daar met het glas in haar hand en het dringt tot hem door dat hij alleen nog maar zijn moeder, collega-hulpverleners en potentiële zelfmoordenaars kent en een of twee vrienden die langzaam kennissen dreigen te worden. Er moet een andere wereld bestaan, een wereld waarin mensen niet 's nachts met een glas bleekwater door hun huis wandelen, maar dat moet haast wel een valse wereld zijn, een wereld waarin hij niet meer kan geloven, waarin hij zich ook niet meer thuis zou voelen. Voor zover die wereld bestaat zou het niet juist zijn om erheen te gaan. Niet voor hem. Het is niet meer Kadoke's wereld en misschien is het nooit zijn wereld geweest.

'Als de dood je nooit heeft verleid,' zegt ze, 'als die jou om redenen die ik onverklaarbaar vind met rust heeft gelaten, dan kan *ík* je misschien verleiden.'

Ze neemt een slok, loopt naar een van de plantenbakken en kotst.

Wat eruit komt is vooral slijm, ziet hij. Kadoke weet dat ze wil dat hij het glas van haar afpakt, maar hij doet het niet, precies omdat ze dat wil. 'We laten het niet toe,' heeft hij eerder die avond tegen Nelleke gezegd en dat was het juiste om tegen haar te zeggen, maar tegen Michette zal hij dat niet zeggen. Het is al te vaak tegen haar gezegd, het heeft geen effect, voor zover het dat ooit heeft gehad. Tegen haar zal hij zeggen: 'We laten het toe, Michette. Als jij het wilt moet je het doen.'

Je pokert soms als psychiater, juist als psychiater.

Ze hangt nog altijd boven de plantenbak. Het slijm zit rond haar mond en ze daagt hem uit, hoe ze hem met haar grote ogen aankijkt. Nog nooit heeft hij zoveel onderdrukte woede in een mens gezien als in Michette.

'Je kunt ophouden jezelf pijn te doen,' zegt hij bijna onhoorbaar. 'Je kunt leven zonder bleekwater. Je hebt mij er niet bij nodig.'

De jonge vrouw richt zich op van de plantenbak, ze veegt met de rug van haar hand het slijm van haar mond.

'Ik zal je verleiden, dokter,' zegt ze. 'Als je door mij verleid bent, ben je door de dood verleid. Dan weet je wat het is.'

Ze begint zich uit te kleden. Eerst haar zwarte spijkerbroek, dan haar T-shirt. Een grijze onderbroek, bijna dezelfde kleur als het T-shirt met een minuscuul rood strikje erop. Littekens komen tevoorschijn. Hij ziet de tatoeage iets boven haar enkel weer en even denkt hij dat die daar is gezet om littekens aan het zicht te onttrekken. Ook vraagt hij zich opnieuw af wat die tatoeage moet voorstellen.

Dan besluit Kadoke zich op het rode strikje te concentreren.

Door haar tepels zitten twee piercings.

De littekens zitten overal. Hoezeer hij ook zijn best doet zich op het rode strikje van haar onderbroek te concentreren, de littekens ontgaan hem niet. Op haar armen en benen, borsten, schouders, enkels.

Mooi is ze niet, niet in de conventionele zin van het woord, maar ze is wel overweldigend. Verwoest en verwoestend, zo zou hij haar willen omschrijven. Met grote ogen, zware wenkbrauwen die haar ogen nog meer accentueren.

Het halfvolle glas met bleekwater staat naast de plantenbak.

Erotiserend is ze misschien ook, op een eigenaardige manier, zoals de dood erotiserend kan zijn, iets wat hij nooit eerder zo heeft ervaren en waarover hij nooit heeft nagedacht, maar vermoedelijk is dat wat ze bedoelde toen ze zei dat de dood voor haar zong. Een wiegenlied, een erotisch wiegenlied. Ze heeft voor zichzelf gezongen, ze heeft geprobeerd zichzelf in slaap te zingen.

'Jij bent de honderdzesde man met wie ik naar bed ga, dokter,' zegt ze.

'Ik ga niet met je naar bed,' antwoordt Kadoke en hij denkt aan zijn moeder. Hij vraagt zich af of ze nu eindelijk de slaap heeft kunnen vatten. Wat zou ze zeggen als ze hem hier zo zag zitten?

Kadoke is niet alleen de noodkreet van andere mensen, hij is ook andermans teleurstelling. Het een heeft uiteraard met het ander te maken. Hij herinnert zich hoe Nellekes vader op zijn auto bonsde, de man wilde slechts weten wanneer zijn dochter weer thuis zou komen. Geen onbegrijpelijke vraag en toch had Kadoke niet veel meer kunnen zeggen dan: 'We pokeren met uw dochter. We zijn ervaren pokerspelers, maar we hebben geen antwoorden, de diagnose is vaak een gok en dat geldt ook voor de behandeling, alleen al daarom zijn alle voorspellingen nattevingerwerk.'

'Waarom niet?' vraagt Michette.

Haar stem klinkt geïnteresseerd, zelfs een beetje verbaasd. Ze wil echt weten waarom hij niet met haar naar bed wil. Daar had ze geen rekening mee gehouden. Wel met de dood, niet met zijn professionele afwijzing. 'Ik ben geen femme fatale,' zegt ze op een toon alsof ze feitelijkheden opsomt, 'maar ik kan wel verleidelijk zijn. Ik ben geen relatiemateriaal, maar een of twee keer met me naar bed willen ze allemaal wel. Soms vaker.'

Ze maakt duidelijk wie ze is, wie ze deze nacht voor hem wil zijn. Ze denkt dat deze vermomming hem zal boeien; tussen de zelfdestructie door wat advertenties voor zichzelf. Tussen de dood en Michette staat niet de psychiater, maar de aandacht van de ander, welke aandacht ook; niets is verslavender dan de verlangende aandacht van de ander. Hij is instrumenteel zoals een psychiater dat hoort te zijn en zoals de patiënt dat in zekere zin ook voor de arts is. Hij dient antwoorden op hulpvragen te formuleren, ook als die hulpvragen niet geheel vrijwillig zijn gesteld. De dood is een nederlaag, maar je went eraan, hoewel sommige doden grotere nederlagen zijn dan andere.

Kadoke gaat met zijn tong over zijn lip. Zijn lippen voelen onaangenaam droog. Hij ruikt het bleekwater, hij ziet het glas, de gestorven planten, de nog net niet gestorven vrouw. Er is hier geen uitweg, hooguit de totale uitverkoop, de opheffingsuitverkoop.

'Je hebt een hulpvraag,' zegt hij zacht en hij hoopt maar dat ze niet hoort met welke tegenzin het woord 'hulpvraag' uit zijn mond komt. 'Daarom heb je me gebeld. Seks maakt geen deel uit van het antwoord op de hulpvraag. Het is niet professioneel, ik ben professioneel, dat probeer ik in elk geval te zijn. Ik heb je hulpvraag serieus genomen. Ik kan niet anders. En nu ga ik naar huis.'

Ze draait zich om, buigt voorover en trekt haar feitelijk onaanzienlijke grijze onderbroek uit, maar hij kijkt niet naar haar billen, hij kijkt naar de geknakte planten. De nachtdienst is een fase, had hij tegen Dekha gezegd, of woorden van gelijke strekking, maar het is geen fase, het is het leven. Buiten de nachtdienst is er niets. Er is een moeder, maar eigenlijk leeft ook zij in een permanente staat van nachtdienst.

Michette steekt haar hoofd tussen haar benen. Kadoke ziet haren op de achterkant van haar benen. Een vachtje, daaraan doet het hem denken. Hij kijkt weer weg. Niet omdat hij zich schaamt of omdat hij haar naaktheid ongemakkelijk vindt, maar omdat hij het professioneel vindt om weg te kijken, het is het enige juiste om nu te doen.

'Dokter,' zegt ze met het hoofd tussen haar benen. 'Er is een boekje waarin ik vragen moest opschrijven, vragen aan mezelf. Dat hebben ze me op therapie geleerd. Maar ik heb er geen vragen in opgeschreven, ik heb er de namen in opgeschreven van de mannen met wie ik naar bed ben gegaan. Ik heb ze allemaal een nummer gegeven. Er is een ander boekje, daarin staan de vrouwen met wie ik naar bed ben gegaan, die heb ik geen nummer gegeven. Jij bent nummer 106, dokter. Vind je dat een mooi nummer? Of had je liever 107 willen zijn?'

Kadoke wrijft met de rug van zijn hand over zijn kin. Hij kijkt naar de kleren op de grond, een armoedig hoopje. 'Ik doe niet aan getallenmystiek. En ik ga nu, het zou goed zijn als je mijn nummer uit je telefoon zou verwijderen.'

'Ben je daarom psychiater geworden? Om mij alleen te laten? Om mij te laten doodgaan? Moet ik sterven omdat jij bang bent?'

Nu kijkt hij haar aan. Hij kijkt naar het hoofd dat tussen haar benen steekt, het omgekeerde hoofd. Haar gruwelijke ogen, groot, smekend, doods en toch ironisch.

'Ik heb je al mijn professionele mening gegeven, Michette. Je bent uitbehandeld. Ik zit hier inderdaad als vertegenwoordiger van de psychiatrie. Misschien een armoedige vertegenwoordiger, maar er is even niemand anders. Ik heb nog nooit iemand opgegeven, maar jou geef ik op omdat ik denk dat dat het beste is wat ik voor je kan doen.'

Eindelijk staat hij op, heeft hij de kracht gevonden, en ook zij komt overeind. Ze draait zich om, razendsnel. Nu vallen haar littekens hem weer op. Eigenaardig genoeg lijkt de huid ondanks die littekens onbeschadigd, alsof het zo hoort, alsof ze zo geboren is. Een reptielenhuid en toch zacht, het vermoeden van zachtheid.

'Hoe kan je weten wat liefde is als je nooit door de dood bent verleid?' vraagt Michette.

'Ik heb nooit beweerd dat ik weet wat liefde is.'

Ze loopt naar achteren, komt terug met een opschrijfboekje. Ze bladert erin. 'Kijk,' zegt ze, 'daar sta je. Nummer 106. Ik heb je naam er alvast bij gezet.'

Hij werpt een vluchtige blik in het boekje. Hij ziet zijn naam staan en even herinnert hij zich vrijwel woordelijk de afscheidsbrief van Nelleke.

'Je gaat me niet alleen laten,' zegt ze, 'anders was je niet midden in de nacht naar me toe gekomen.'

De psychiater staart naar het boekje en hij beseft dat hij net zo'n boekje heeft, dat hij zijn aantekeningen in precies zo'n boekje opschrijft.

Hij knoopt zijn colbertje dicht, meer om iets te doen te hebben dan omdat het daadwerkelijk dicht moet.

Ze komt dichterbij. Hoe dichterbij ze komt, hoe minder illusies hij zich kan maken over de littekens, en toch, ze zijn niet afstotelijk, ze maken haar op een rare manier menselijk, ze maken de dood menselijk. En verleidelijk inderdaad. Er schuilt perfectie in de imperfectie.

Hooghartig, dat is het woord. Hij kan zichzelf niet anders dan hooghartig vinden, een hooghartige propagandist van het leven, een soort Lotte, maar dan anders.

'Uw moeder wordt oud,' had hij Lotte een keer horen zeggen toen ze nog u tegen hem zei, en vandaag zei hij: 'Je bent uitbehandeld.' Het kwam vermoedelijk op hetzelfde neer.

'Op therapie wilden ze dat ik vragen aan mezelf stelde, maar ik heb geen vragen aan mezelf. Niet meer. Ik heb alle vragen aan mezelf beantwoord. Alle vragen die therapeuten en psychiaters aan mij hebben gesteld kan ik zelf stellen, heb ik zelf gesteld. Ik heb vragen aan andere mensen. Heb jij vragen aan jezelf, dokter?'

'Iedereen heeft vragen en meestal zijn dat vragen aan jezelf. Wat zou jij aan andere mensen willen vragen?'

'Waarom ze niet dood willen.'

'Ik vrees dat hun antwoord jou in de meeste gevallen niet zou bevredigen.'

En terwijl hij dat zegt, begrijpt Kadoke dat ze gelijk heeft. Dat hij hier niet wegkomt, dat hij haar niet alleen kan laten zonder zich af te moeten vragen wie hij is, waarin hij nog gelooft, waarom hij leeft behalve om zijn moeder in leven te houden. Als hij deze vrouw in deze nacht alleen laat, wat voor propagandist van het leven is hij dan? Een die door het ijs is gezakt.

Haar crisis is de zijne geworden.

'Ik zou nog een keer van je toilet gebruik willen maken,' zegt hij.

Zonder op antwoord te wachten gaat hij naar de wc. Hij laat het deksel zakken, gaat op de wc zitten, pakt een fles bleekwater van de grond, leest het etiket en prevelt zachtjesr: 'Help ons. Alstublieft, help ons.'

Hij is nog steeds niet gelovig, maar het ritueel kan helpen. Kadoke weet nu hoe een speler in het casino zich voelt die alles inzet. Niet in een roes, dronken van hebzucht of sidderend van vrees, nee, met een vrolijk soort weemoed. Hij heeft het vaker gedaan. Die speler is de angst voorbij. Hij kan zelfs zijn eigen angst niet meer serieus nemen, daarom zet hij alles in. De lokroep van de vrijheid en het zelfbehoud zijn voor hem niet meer met elkaar verenigbaar.

Michette klopt op de deur. 'Gaat het, dokter?' roept ze. 'Ik heb een glaasje Ajax voor je ingeschonken, maar je mag ook uit de fles drinken.'

Hij antwoordt niet, hij hoort haar zingen in een fantastietaal. Even denkt hij aan de liederen die zijn moeder soms zingt en terwijl hij luistert naar wat Michette daar ten beste geeft, neemt hij een beslissing die tegen elk protocol indruist, maar als de crisis groot genoeg is, heb je niets meer aan het protocol. Dan moet je improviseren, de gebaande paden verlaten.

Kadoke opent de deur. Michette staat voor hem met het glas in haar hand. Ze doet erg haar best de perfecte gastvrouw te zijn, al is er maar één gast op het feest verschenen en qua drank is er niet meer in de aanbieding dan schoonmaakmiddelen.

'Kleed je aan,' zegt hij. 'We gaan weg.'

‘Gaan we naar de kliniek?’ vraagt ze.

‘Nee, daar heb je niets meer te zoeken.’

‘Waar gaan we dan heen?’

Ze is zenuwachtig geworden, ze knippert met haar ogen. Michette neemt een slokje van het schoonmaakmiddel dat voor hem bestemd was.

‘We gaan naar mijn moeder,’ zegt Kadoke. ‘Je kunt daar de nacht doorbrengen. Het is genoeg geweest.’

‘En wat ga ik daar doen?’ vraagt ze.

Wat gaat ze daar doen? ‘Slapen,’ zegt hij kortaf.

‘En dan?’

Ze kijkt hem aan, kinderlijk en toch niet helemaal overtuigd van zijn ernst. Alsof hij een grapje maakt, alsof hij midden in de nacht naar haar toe is gekomen om de clown uit te hangen.

‘Dan,’ zegt hij, ‘gaan we een alternatief behandelplan voor je uitstippelen. Mijn moeder heeft een verzorgster nodig, ik stel je aan als bejaardenverzorgster.’

Het was eruit zonder dat hij er werkelijk over heeft nagedacht, maar nu hij het gezegd heeft denkt hij dat het de alternatieve therapie bij uitstek is. Een collega zou misschien zeggen dat hij van god los is, maar hij heeft zich lang niet zo veerkrachtig en gezond gevoeld als nu.

Michette schudt haar hoofd. ‘Maar ik ben geen bejaardenverzorgster, ik ben fotografe. Ik heb werk. Ik functioneer. In ieder geval meestal. Alleen ’s nachts als ik moet slapen komt de duisternis op me af, dan verschrompelt mijn leven tot een zwart hoopje, tot onvruchtbare grond waarop nooit meer iets wil groeien.’

Kadoke knikt, het zelfinzicht verrast hem niet. De patiënte is verbaal sterk, dat was hem eerder al opgevallen. Aan ziekte-inzicht zal het haar ook niet ontbreken. ‘Hoeveel uur per nacht slaap je?’

‘Ik slaap niet. Eén, twee uur per nacht maximaal. ’s Nachts komen ze, de gedachten, de doden, de dood in meerdere gedaantes.’

'Ik zal proberen iets aan het slapen te doen. Dat is het enige wat nu echt van belang is, dat je weer gaat slapen.'

'Maar dokter,' zegt ze en ze kijkt hem aan met haar grote ogen, 'ik heb gezegd dat je me kon neuken, ik heb niet gezegd dat ik je moeder ging verzorgen. Ik ben geen bejaardenverzorgster.'

Misschien is ze oprecht verward door zijn voorstel, misschien speelt ze het. De borderliner weet hoe hij de interesse van de ander moet opwekken, vooral als de borderliner intelligent is. Kadoke's blik blijft hangen op een groot litteken op haar linkerbovenarm.

'Wat je bent of niet bent doet er niet toe, beschouw het als een alternatief behandelplan. Zoals ik al zei, we gaan nog één keer iets proberen, buiten de officiële psychiatrie om.'

Kadoke weet dat hij, voor zover hij dat niet al heeft gedaan door hier te zijn, door dit aan haar voor te stellen, alles wat hij heeft opgebouwd op het spel zet. Hij is bereid alles te vernietigen, en voor wat? Alsof zijn leven niets anders was dan een voorspel voor deze misstap. Alsof hij alleen maar heeft geleefd om deze tweede, ware misstap te begaan. Mens worden is misstappen, alles wat professioneel is achter je laten.

Ergens had hij verwacht, tegen zijn professionele inschatting in, misschien dus gehoopt, dat ze zou tegensputteren, dat ze zou zeggen: 'Nee, dank je. Bejaardenverzorgster, nee dan blijf ik liever hier met mijn bleekwater.' Ze gaat echter naar de woonkamer, verzamelt haar kleren en kleedt zich aan zoals ze zich heeft uitgekleed. Schaamteloos en snel, alsof ze bij de dokter was – en dat is ze op een bepaalde manier natuurlijk ook. Geneukt is er niet, maar het onderzoek is achter de rug.

'Ik weet niets van bejaardenverzorging,' zegt ze nogmaals terwijl ze haar spijkerbroek dichtknoopt.

'Dat geeft niet,' antwoordt Kadoke. 'De meisjes die hiervoor bij mijn moeder werkten wisten er ook niets van, die hebben het gaandeweg geleerd.'

Als hij haar redding is, dan zij ook de zijne.

‘Wat zong je daarnet? Toen ik op de wc zat,’ vraagt hij.

‘Een lied. Toen ik op de lagere school zat had ik mijn eigen taal en soms zing ik nog liedjes in die taal.’

De psychiater knikt, hij wacht tot ze haar schoenen aan zal trekken en hoe meer hij nadenkt over het plan, hoe meer hij tot de conclusie komt dat het kans van slagen heeft. Het huis van zijn moeder zal een kleine privékliniek worden. Misschien hoeft het dat niet eens te worden, maar is het dat altijd al geweest.

Ze trekt laarzen aan. ‘Moet ik nog iets meenemen?’ vraagt ze.

‘Wat je nodig denkt te hebben, wat je mee zou nemen naar de kliniek.’

Ze gaat weer naar achteren en hij ziet dat ze wat spulletjes in een tas propt. Verschoning, zoals hij en zijn collega’s het noemen. ‘Neem wat verschoning mee,’ zeggen ze, als er verder niets meer te zeggen valt.

Ze zit op de grond en wurmt haar voeten in laarzen. ‘Overdag heb ik vaak ander werk,’ mompelt ze. ‘Ik hoop dat ik het kan combineren.’

‘Dat zal wel lukken,’ zegt Kadoke. ‘Mijn moeder slaapt net als jij slecht. Dat hebben jullie om te beginnen al gemeen.’

‘Waarom slaapt zij slecht? Wil ze ook dood?’

‘Nee,’ zegt Kadoke. Het heeft er alle schijn van dat hij meer tegen zichzelf dan tegen het noodgeval praat. Hij laat de distantie even varen, want dat hoort bij de alternatieve behandeling waarvoor hij heeft gekozen. ‘Ze wilde niet dood en ze wil nog steeds niet dood. Ze wil leven, maar ze is bang dat ik dood zal gaan. Ze slaapt slecht als ik er niet ben.’

De laarzen zijn aangetrokken. In een kleine zwarte tas zit de verschoning. Hij kijkt naar het noodgeval en aarzelt niet, er is geen spoor van twijfel, zoals hij nooit twijfelt als de evaluatie eenmaal achter de rug is, als de beslissing is genomen. Wel beseft hij dat hij vanaf nu een dubbelleven zal leiden. Geen dubbelleven als minnaar of als echtgenoot, maar een dubbelleven als psychiater.

Hij zal in de officiële psychiatrie werken en in de officieuze, de privékliniek die het huis van zijn moeder zal worden en die buiten alle geijkte paden van de gezondheidszorg valt.

Ze lopen naar zijn auto.

'Rook je?' vraagt hij.

'Soms, maar niet als ik net schoonmaakmiddel heb gedronken, dan smaakt het niet zo lekker.'

'Ga maar zitten.' Hij opent het portier voor haar en geleund tegen zijn auto rookt hij zelf snel een sigaret. Dan kijkt hij op zijn telefoon. Niemand heeft hem gebeld. Geen berichten. De nacht loopt langzaam ten einde. Nog even en dan zal de dagdienst het overnemen, het is weer gedaan met de noodgevallen voor vannacht.

Kadoke gaat achter het stuur zitten.

'Waarom neem je me eigenlijk mee?' vraagt ze. 'Ben ik anders dan de anderen?'

Hij heeft het stuur vast, hij kijkt naar zijn handen. 'Anders,' zegt hij. 'Anders. Je bent een van de vele noodgevallen, een nummer, ongeveer zoals de mannen in je boekje. Maar jij krijgt andere therapie.'

Kadoke wil de auto starten, maar nu aarzelt hij wel. Misschien is iets meer uitleg van de onconventionele therapie toch op zijn plaats, misschien moet zijn antwoord iets meer eerlijkheid bevatten.

'Ik ben anders,' zegt hij, 'ik ben anders dan op andere avonden. Het is Joods Nieuwjaar. Mijn moeder wilde de sjofar horen. Dat is een ramshoorn waarop wordt geblazen, op Joods Nieuwjaar, maar het is er niet van gekomen. We hebben geen ramshoorn in huis en ik kan er ook niet op blazen. Om God wakker te maken, of om tot inkeer te komen, daarom blaas je op de ramshoorn. Ik weet het niet meer zeker. Het gaat om leven en dood, de sjofar is een laatste kans. Daarom neem ik jou mee. Jij bent een soort van laatste kans, je leeft alsof het je laatste kans is die je wilt verspelen. Als mijn moeder jou heeft gehoord, heeft ze geen sjofar meer nodig, ze zal in jou moeiteloos een ramshoorn herkennen.'

Daarop heeft Michette niets meer te zeggen. Ze zwijgt en pulkt wat tussen haar tanden vandaan. Dan zegt ze: 'Ik ga even iets halen.'

Ze stapt de auto uit en rent naar haar huis. Ergens verwacht hij dat ze niet meer terug zal komen, dat het verhaal over de ramshoorn haar dusdanig van haar stuk heeft gebracht dat ze heeft besloten toch maar thuis te blijven. Het zou een goed teken zijn. Misschien is het het beste wat ze kan doen. De alternatieve therapie die hij voor haar in petto heeft, is al met al ook weer een paardenmiddel.

Maar ze komt terug, met een nogal grote doos in haar hand. Ze gaat naast hem zitten en zegt: 'Zo, daar ben ik weer.'

'Wat zit er in die doos?'

'Een zingend kerstboompje.'

'Waarom neem je een zingend kerstboompje mee als ik vragen mag?'

'Omdat je begon over die ramshoorn, en toen dacht ik: misschien vindt je moeder een zingende kerstboom ook wel leuk. Ik heb hem al vanaf mijn negende. Het was een cadeau van mijn vader.'

'Mijn moeder houdt helemaal niet van kerst en ik denk dat ze aan zingende kerstbomen nog een grotere hekel heeft dan aan kerst zelf.'

'Luister maar,' zegt Michette. Ze opent de doos, haalt het kerstboompje eruit dat ook ogen en neus blijkt te hebben. Het begint te zingen: 'Jingle bells, jingle bells. Jingle all the way. Oh what fun it is to ride. In a one horse open sleigh.'

Hij start de auto en ze rijden naar zijn moeder. Zoals een kat een vogel voor zijn baasje heeft gevangen en op het tapijt achterlaat, zo brengt hij een noodgeval voor zijn moeder mee.

Hij parkeert de auto. Ze stappen uit en op de stoep rookt Kadoke nog snel een sigaret.

Dan laat hij Michette binnen.

'Hier woont mijn moeder,' zegt hij en hij neemt haar mee naar de woonkamer.

'Op die bank doet mijn moeder altijd een middagdutje, jij kunt er vooralsnog op slapen. Ik zal je een deken geven. En lakens. De badkamer is boven, maar je kunt je tanden ook in de keuken poetsen. Misschien is dat beter. Heb je een tandenborstel bij je?'

'Nee,' antwoordt Michette, 'mag ik de jouwe lenen?'

'Ik denk het niet,' antwoordt Kadoke. 'Ik zal morgen kijken of we hier nog extra tandenborstels hebben liggen, anders koop ik er een voor je. Vannacht blijven je tanden dus ongepoetst, maar spoelen met bleekwater is allicht ook een vorm van mondverzorging.'

Ze gaat op de bank zitten en begint zich uit te kleden. 'Ik slaap altijd zonder onderbroek,' zegt ze, 'dat is beter voor de vagina, die moet je luchten.'

'Ik zal je een deken geven,' herhaalt hij, 'en ik zou het op prijs stellen als je aangekleed bent als mijn moeder zo om een uur of tien beneden komt. Tegen die tijd zal de vagina ook zijn uitgelucht.'

Kadoke gaat naar boven, vindt in zijn kamer een extra deken en brengt die naar Michette. Ze ligt naakt op de bank waarop zijn moeder altijd van twee tot vier uur een middagdutje doet.

De psychiater heeft er alle vertrouwen in dat deze alternatieve therapie kans van slagen heeft, maar hij begint zich langzamerhand wel af te vragen hoe zijn moeder op de nieuwe bejaardenverzorgster zal reageren. Nu Michette naakt op moeders bank ligt, is de alternatieve therapie behoorlijk tastbaar geworden.

'Ik ga slapen,' zegt hij. 'Ik stel het op prijs als je mij en mijn moeder deze nacht, of wat ervan over is, verder met rust laat. Water kun je in de keuken drinken. Hou je rustig. Bleekwater zul je hierbeneden niet vinden en boven ligt iemand die er om diverse redenen nog slechter aan toe is dan jij. Hou daar rekening mee.'

Hij wacht niet op haar eventuele antwoord en sluit de deur van de woonkamer, sluipt moeders slaapkamer binnen. Ze slaapt. Kadoke geeft haar een kusje zoals zij vroeger 's nachts bij hem binnensloop om te zien of hij nog leefde, of hij niet stiekem in zijn slaap was overleden, om hem een kusje te geven.

Dan gaat hij op zijn opklapbed liggen. Er heeft niemand meer gebeld. Hij zet zijn telefoon op stil en probeert zich voor te stellen hoe moeder op de ramshoorn in mensengedaante zal reageren.

16

'Moeder, wakker worden.' Het kost Kadoke deze ochtend meer moeite dan anders om zijn geliefde te wekken. Hij heeft zich erbij neergelegd dat zijn moeder de betiteling 'geliefde' verdient, als hij haar 'mijn allermooiste' en 'Mädele' noemt kan hij haar in gedachten ook 'mijn geliefde' noemen. Wie is er anders om zo te noemen, wie anders zou die betiteling verdienen?

Hij blijft maar herhalen dat ze wakker moet worden, hij sjort aan haar, kust haar, voelt aan haar pols, smeekt haar. Ze reageert nergens op, ze lijkt in coma te liggen en hij begint zich al zorgen te maken – gedachten aan een nieuw ziekenhuisbezoek dringen zich aan hem op, ook denkt hij aan de dood, het ziekenhuis is tenslotte de springplank ernaartoe –, maar eindelijk opent ze haar ogen en kijkt hem aan. 'Laat me toch nog even slapen,' zegt ze.

Ze klinkt niet alsof ze op het punt staat te sterven, ze klinkt eerder boos.

'Ben je misselijk?' vraagt hij.

Misselijkheid is een slecht teken. Hartfalen of longen die het niet meer doen.

'Nee,' zegt ze slaperig. 'Ik ben geloof ik niet misselijk, ik ben alleen maar doodmoe.'

'Hoe kom je zo moe?'

De hulpverlener moet doorvragen. Een slechte hulpverlener vraagt niet door, die neemt genoegen met vage en ambigue antwoorden, daaraan kun je de slechte hulpverlener herkennen.

Even kijkt moeder hem schalks aan. 'Ik heb ontdekt waar je de slaaptabletten hebt verstopt en toen je maar niet terugkwam, heb ik er nog drie genomen.'

'Wil je dood?' snauwt Kadoke. 'Is dat wat je wilt? Weet je hoe gevaarlijk het is om op jouw leeftijd meer dan de toegestane hoeveelheid te nemen? Heb je genoeg van het leven?'

'Snauw niet zo tegen me,' zegt ze, 'ik kon niet slapen. En jij kwam maar niet terug. Ik dacht dat je iets was overkomen. Toen heb ik de slaaptabletten genomen. Dan had je ze maar beter moeten verstoppen. Ik kan toch niet hele nachten wakker liggen, ik ben toch geen hond?'

Kadoke ziet de slaaptabletten op de schrijftafel liggen. Hij zinkt neer op de rand van het bed. Hij zal de tabletten beter moeten verstoppen, niet op een vaste plaats, maar elke nacht op een andere plek. Moeder is sluw, tot bijna alles in staat. Als de wanhoop van de slapeloosheid genoeg aan haar knaagt klimt ze desnoods op een ladder om aan slaaptabletten te komen.

Hij aait haar over haar voorhoofd. 'Neem me niet kwalijk dat ik zo tegen je snauwde,' zegt hij, 'maar je maakte me aan het schrikken. Toen de meisjes er nog waren legden zij de slaaptabletten onder hun hoofdkussen om te voorkomen dat je meer dan de toegestane hoeveelheid slikte. Ik dacht dat we die tijd achter ons hadden gelaten, dat je zelf begreep dat je je moet inhouden.'

Op dat moment realiseert hij zich dat er een nieuw meisje is dat als het goed is beneden op de bank ligt en als ze doet waarvoor ze is aangenomen intussen is opgestaan en koffie voor moeder heeft gezet. Kadoke verwacht principieel weinig, maar het zou aardig zijn als Michette al is aangekleed.

Hij staart naar de pigmentvlekken op moeders voorhoofd. Zo vertrouwd zijn ze hem dat hij ze bijna mooi vindt.

'Als ik niet kan slapen kan ik me niet inhouden,' zegt moeder, starend naar het plafond.

In gedachten verzonken, nog altijd starend naar de pigmentvlekken, knikt hij. Het is beter om moeder langzaam aan Michette te laten wennen, aan het idee van een nieuwe bejaardenverzorgster, niet dat ze beneden komt en daar opeens Michette ziet liggen. Dat zou moeder onaangenaam kunnen vinden.

'Ik heb een nieuw meisje voor je gevonden,' zegt hij.

'Betekent dat dat jij weer weggaat?' vraagt moeder en hij hoort de angst in haar stem.

'Nee, nee,' zegt hij, 'ik ga niet weg. Ik blijf hier. Het nieuwe meisje heeft mij op een bepaalde manier nodig. Net als jij.'

Moeder kijkt wantrouwend. 'Op een bepaalde manier?'

'Op een professionele manier.'

'Komt ze uit Nepal?'

'Nee, ze komt niet uit Nepal, ze komt gewoon uit Nederland.'

'Die ene uit Nepal zat de hele dag in de Bijbel te lezen, die was bekeerd. Dat vond ik niet zo prettig. Ik bedoel, ze zijn er toch voor mij, ze zijn er niet voor de Bijbel, dan mogen ze ook een beetje aandacht aan mij besteden. Ik wil liever niet meer van die vrome christenen.'

'June was erg christelijk ja, maar deze zal niet de hele dag in de Bijbel lezen, daarvan ben ik overtuigd. Ze is voor zover ik weet geen vroom christen. Ze zal misschien af en toe weggaan, want ik geloof dat ze ook nog ander werk heeft, maar het lezen van de Bijbel behoort niet tot haar takenpakket.'

Moeder kijkt ongerust. Hij buigt voorover, laat zijn hoofd op de deken rusten, ongeveer op de plek waar haar buik moet zijn. 'Alles komt goed,' zegt hij. 'Alles komt goed, Mädele.'

Moeder legt een hand op zijn hoofd alsof ze hem wil zegenen, maar ze streelt hem niet.

'Ik weet het niet,' zegt ze aarzelend, alsof ze naar woorden moet zoeken. 'Ik vind dat alles alleen maar slechter wordt, alles gaat achteruit. Kijk dan naar me, ik ben een wrak.'

Hij besluit hier niet op in te gaan. Hij kijkt ook niet, expres niet. Moeders somberheid moet worden bestreden, maar daar is nu geen tijd voor. Het wrak moet leven, het wrak leeft al zo lang, het moet daar nog een tijdje mee doorgaan.

Kadoke zegt dat hij zo terugkomt, dat hij ontbijt voor moeder zal maken. Dan gaat hij snel de trap af om te zien hoe de andere patiënt eraan toe is. Ze ligt op moeders bank en slaapt. Dat is op zich een goed teken, zeker voor iemand die aan zulke ernstige slapeloosheid lijdt als Michette. Aan de andere kant moet de alternatieve therapie een aanvang nemen, moeder dient verzorgd te worden.

Hij hurkt naast de bank, naast het hoofd van de patiënt, dat net iets boven de deken uitsteekt. 'Michette,' zegt hij zacht, maar naar zijn idee hard genoeg om haar te wekken. 'Het is tijd om op te staan, de dag gaat beginnen.'

Ze reageert niet, net als moeder. De patiënten willen deze ochtend maar niet wakker worden.

'Michette,' zegt hij nog een keer, nu iets harder, 'wil je alsjeblieft wakker worden? Moeder is ook al wakker. En ze komt zo naar beneden.'

Het is niet verstandig Michette te vragen moeder onder de douche te zetten. Ze zullen aan elkaar moeten wennen voor ze tot dergelijke intieme handelingen kan overgaan. Een grondige kennismaking is het minste, tot die tijd zal moeder niet door Michette gewassen willen worden.

De patiënt maakt steunende geluiden, ze slaat een arm om zijn nek. Hij pakt de arm en legt die voorzichtig weer terug op de bank. 'Michette,' zegt Kadoke, 'ik weet dat je een slaaptekort hebt opgebouwd, maar de alternatieve therapie heeft alleen kans van slagen als we van het begin af aan naar discipline streven. Om uiterlijk acht uur dertig sta je op, om negen uur ben je gereed om moeder te verzorgen. Want daarom ben je hier, Michette, om moeder te helpen. Het is na negenen.'

Ze zucht, draait zich naar hem toe, legt opnieuw een arm om zijn nek die hij met dezelfde vastberadenheid weer teruglegt. De littekens, steeds weer ontdekt hij nieuwe littekens. Zelfs hij, die op dit gebied heel wat ervaring heeft, moet toegeven dat hij nog nooit zoveel littekens en wonden heeft waargenomen.

'Ik ga naar boven,' zegt hij, 'ik ga moeder gereedmaken voor de dag. Bij wijze van uitzondering mag je hier nog even blijven liggen, maar vanaf morgen hanteren we het nieuwe regime.'

Nog één blik werpt hij op Michette, dan rent hij weer naar boven.

Moeder is opnieuw in slaap gevallen. Hij zet haar voor de tweede keer die ochtend rechtop in bed. 'Dit zijn de gevolgen van het illegaal innemen van te veel slaaptabletten,' zegt hij, 'je bent suf, je bent slaperig, je kunt vallen, je bent er niet bij. Hoor je me?'

'Ik ben zo moe,' mompelt moeder. 'Laat me toch even.'

'Nee, ik laat je niet. Als je wilt leven heb je discipline nodig. Als je 's ochtends tot elf uur of langer slaapt kun je 's nachts niet slapen en dan komen we in een vicieuze cirkel terecht.'

Hij zet moeder beter rechtop, ondersteunt haar met kussens. 'Wakker blijven,' zegt hij. 'Ik ga je ontbijt maken en jij blijft wakker. Daarna ga ik je snel wassen, en dan ga ik je voorstellen aan het nieuwe meisje.'

'Ik dacht dat je het ontbijt al had gemaakt, maar ik heb niet zo'n honger. De gedachte aan eten alleen al staat me tegen.'

Kadoke rent weer naar beneden. Moeders lusteloosheid en haar afkeer van eten moeten worden genegeerd, soms is dat het beste medicijn. Er zijn dagen dat ze tegen alle verwachtingen in haar eigen somberheid vergeet. Hij schilt een appel en een peer voor moeder.

Op de bank slaapt Michette nog altijd. Hij hurkt voor de tweede keer die ochtend naast haar neer, het bord met gesneden appel en peer in zijn hand, en fluistert in haar oor: 'Jongedame, het wordt tijd om op te staan. We zijn hier niet in een hotel, we zijn hier in een kliniek. Er gelden hier regels.'

Geen reactie. Dit keer zelfs geen arm die om zijn nek wordt geslagen. Hij zet het bord met fruit op de koffietafel naast de bank, wurmt zijn handen onder het hoofd van Michette en probeert haar als een levensgrote pop omhoog te trekken.

Haar ogen lijken even open te gaan, maar vallen dan weer dicht.

'De voorwaarde waaronder ik je heb meegenomen is dat je meewerkt aan de therapie die ik je hier bied. Als je die gaat saboteren, breng ik je terug naar huis en laat ik je verder behandelen door de meer reguliere psychiatrie. Is dit duidelijk?'

Michette opent haar ogen. 'Man,' zegt ze op een toon alsof ze aan het ijlen is, 'wat heb ik raar gedroomd.' Ze schijnt niet verbaasd te zijn hem te zien, ook verwondert het haar niet dat ze in het huis van Kadoke's moeder is beland. Zo intiem, zo persoonlijk zal de crisisdienst nog nooit zijn geweest.

Kadoke zet de patiënt voorzichtig tegen de leuning van de bank, pakt het bordje met fruit en maant de patiënt zich zo snel mogelijk aan te kleden.

'Ja, ja,' antwoordt ze, 'snel dit, snel dat, dat hoor ik de hele tijd van jullie, en als jullie zelf snel moeten komen is er niemand.'

In moeders slaapkamer verleidt Kadoke zijn geliefde met woorden en daden om aan de dag en daarmee aan het leven te beginnen. Hij masseert een kleine vijf minuten haar schouders en haar hoofdhuid. 'Ik heb je nodig,' zegt hij, 'hoor je me? Ik heb je nodig.' En als hij klaar is met de massage en de verbale bezweringen, leidt hij moeder naar de stoel bij de schrijftafel en voert haar het fruit en de medicijnen.

Hij pakt haar mond, opent en sluit die weer om voor de zekerheid nog eens voor te doen wat kauwen is. Als hij het heeft voorgedaan kauwt ze zelf met onverwachte passie, met ongekende gretigheid, zeker voor iemand die feitelijk op het randje van de dood zweeft. De machine is op gang gekomen. Ze schijnt te beseffen dat haar leven afhangt van kauwen.

Tussen twee stukken appel door zegt ze: 'Als jou iets overkomt ben ik binnen drie dagen gestorven van verdriet. Ik denk al binnen twee dagen. Zonder jou, mijn jongetje, ga ik niet verder. Zonder jou ga ik dood.'

Kadoke pakt een stukje appel van het bord en duwt tegelijkertijd het laatste tabletje in moeders mond. Dan zegt hij: 'Maar mij overkomt niets. Zolang jij er bent overkomt mij niets. Jij waakt over mij als een engel. Door jou ben ik onkwetsbaar, onoverwinnelijk. Jij bent de onoverwinnelijkheid in eigen persoon.'

Moeder schudt haar hoofd. 'Ik ben maar een doodnormaal mens, ik ben helemaal niet onoverwinnelijk.'

'Ik ga even beneden naar het nieuwe meisje kijken, en dan ben ik zo weer terug.'

'Is ze er al?' Er klinkt verbazing in moeders stem.

'Ze is er al vanaf de vroege ochtend.'

'Vanaf de vroege ochtend? Waar heb je haar gevonden? Op straat? Hoe weet je dat ze de boel niet leegrooft? Ik mag straks zeker controleren of er niets ontbreekt. Maar als er iets is gestolen bel ik de politie, ik zeg het je nu. Aan jou heb ik niets. Je bent geen man. Misschien word je ooit een man maar vooralsnog merk ik er weinig van. Een moederskindje, dat ben je. Altijd geweest. Zelfs de politie bellen lukt je niet. Onder jouw ogen roven ze het huis leeg en jij durft er niets van te zeggen.'

'Ik hecht aan beleefdheid, moeder,' zegt hij, 'en ik vind het verstandig om ook tegen inbrekers beleefd te zijn. Het zijn maar bezittingen. Er is in dit huis maar één ding dat echt waardevol is, en dat ben jij, moeder. Dat is het enige wat ze niet mogen meenemen. En ik denk niet dat dat meisje iets heeft gestolen. Ze heeft andere prioriteiten. Gut Yom Tov. Het is de tweede dag Rosj Hasjana. Volgens mij ga je vandaag de sjofar horen.'

Moeder kijkt hem wantrouwend aan. 'Ik heb weinig vertrouwen in die rabbijn,' zegt ze. 'Hij denkt niet aan mij. Hij heeft geen belangstelling voor mij. Voor hem ben ik al dood, ook vandaag zal hij niet komen. Ik ken hem toch, ik weet wat voor een misbaksel hij is.'

'Er zijn ook andere mensen die op de sjofar kunnen blazen.'

Moeder schudt haar hoofd. Dan neemt ze een slok water en slikt eindelijk het tabletje door dat ze blijkbaar al die tijd in haar mond heeft bewaard.

Met het lege bord en het kleine potje waarin moeders tabletten worden geserveerd, loopt hij naar beneden. Hij zet het potje en het bord in de keuken en in de woonkamer kijkt hij weer naar de nieuwe patiënt.

Ze ligt op de bank en is met haar telefoon bezig.

Hij trekt de deken van haar af.

Naakt. Hij legt de deken weer terug.

'Kleed je aan,' zegt hij.

Nu pas, nu ze op moeders bank ligt, ziet hij hoe schriel ze eigenlijk is, hoe klein. Geen vrouw. Eind twintig, maar geen vrouw. Een meisje.

'Als je hier wilt blijven,' zegt Kadoke, 'pas je je aan het regime van deze privékliniek aan, anders heb ik geen plek voor je. Moeder komt zo naar beneden. Ik wil jullie aan elkaar voorstellen en ik zou dat graag willen doen wanneer jij je kleren aanhebt. Ik kan je alleen vrijheden geven als je daarmee kunt omgaan.'

Michette lijkt niet echt enthousiast over het idee. Niet om zich aan te kleden, niet om moeder te begroeten. Ze mompelt iets wat hij niet kan verstaan, trekt de deken over haar hoofd.

'Kom onder die deken vandaan,' zegt Kadoke. 'We gaan nu geen verstoppertje spelen. Ik ben geen verpleegkundige, ik ben een psychiater. Ik heb geen tijd voor deze spelletjes.'

Ze steekt haar spitse hoofd onder de deken vandaan. 'Heb je al een tandenborstel voor me gevonden? Ik ben best zuinig op mijn gebit, maar gisteren overviel je me, daarom ben ik allerlei dingen vergeten mee te nemen die ik normaal wel meeneem, dokter. Normaal heb ik alles bij me, dan heb ik mijn koffertje keurig gepakt.'

'Ik zal er een voor je zoeken. Desnoods koop ik er een voor je.'

'En flosdraad heb ik ook graag. Ik flos mijn tanden eigenlijk elke avond.'

Kadoke kijkt naar het kleine gezicht dat onder de deken vandaan komt. Op dat gezicht zijn geen littekens te zien. Een oneffenheid misschien, een pukkeltje, iets wat een snorretje zou kunnen worden genoemd, maar geen littekens.

Ze giet zichzelf vol met bleekwater maar ze wil wel elke avond flossen. De patiënten, de mensen in het algemeen misschien wel, zijn paradoxale wezens.

'Ik zal kijken wat ik voor je kan doen,' zegt Kadoke en dan gaat hij weer naar boven.

Moeder slaapt in haar stoel. Hij omhelst haar. Ze wordt wakker van zijn strelingen, maar net als de patiënt beneden slaapt ook zij liever verder.

'Ik breng je naar de badkamer,' fluistert hij in moeders oor. 'Ik zal je alleen even met een washandje schoonmaken. Het nieuwe meisje zal je morgen douchen.'

'Ach,' zegt ze, 'dat vreselijke douchen. Laat me toch. Ik ben te oud om nog te douchen. Ik heb daar de kracht niet meer voor. Op mijn leeftijd mag je best vies blijven.'

Kadoke trekt moeder uit haar stoel. Langzaam lopen ze naar de badkamer, hij is haar stok. Aangekomen bij de wastafel, leunt ze er met twee handen tegenaan. De spiegel negeert ze. 'Ik kijk niet meer in de spiegel,' zegt ze. 'Ik word daar verdrietig van. Ik kan wel huilen als ik naar mezelf kijk. Vreselijk.'

Kadoke trekt het bovenstuk van haar pyjama uit. Daaronder zit een hemd. Moeder is dol op hemden. Hij heeft als puber moeten vechten om zonder hemd door het leven te gaan, geen hemd onder zijn trui, geen hemd onder zijn T-shirt, geen hemd onder zijn blouse. Moeder draagt altijd hemden. Zelfs in de zomer. Oude hemden. Vaak meer dan dertig jaar oud. Ze komen uit een andere tijd, net als moeder zelf.

Hij laat het water lopen tot het goed warm is, maakt een washandje vochtig en gaat snel en zo efficiënt mogelijk met het washandje over moeders bovenlijf, terwijl ze zich tegelijkertijd aan hem en aan de wastafel vasthoudt.

Altijd als hij moeder halfnaakt ziet herinnert hij zich weer dat ze ooit vader was, dat de transformatie lichamelijk gezien niet honderd procent gelukt is, dat dat misschien ook te veel gevraagd zou zijn. Mentaal is de transformatie wel geslaagd. Vader is verdwenen, opgelost in het niets, eerst langzaam en daarna heeft hij steeds sneller plaatsgemaakt voor moeder. Kadoke zou bijna zeggen dat ze als een geest bezit van zijn vader heeft genomen, maar daar gelooft hij niet in. Hij gelooft in het leven, het naakte leven dat gerekt moet worden. Een enkele keer vraagt hij zich af hoe het komt dat hij vader niet mist. Omdat hij een metamorfose heeft ondergaan, moet het antwoord wel zijn; hij is niet gestorven, hij is moeder geworden, als overlevingsstrategie, tegen de depressie, tegen een leven waarin hij geen vreugde en geen bestaansrecht meer kon ontdekken. Tot hij begreep dat hij niet hoefde te blijven wie hij was. Hij kon de dode worden, hij kon het leven van de dode voortzetten, op zijn manier, eerst als farce misschien, maar later als serieuze transformatie, als een waardige voortzetting van wat er niet meer is. De overgang van vader naar moeder was voor hem net zo natuurlijk geweest als die van rups naar vlinder.

Kadoke droogt moeder snel af. Niet zo zorgvuldig en liefdevol als de meisjes. 'Je doet me pijn,' roept ze, maar dat roept ze vrijwel elke dag.

Dan doet hij haar de beha aan met het vulsel. De bandjes snijden in haar vlees. Ze heeft een gevoelige huid. Vervolgens trekt hij haar pyjamabroek uit. Het broekje eronder laat hij haar zelf uittrekken. De meisjes hielpen haar daarbij, zelf doet hij dat niet. De intimiteit tussen moeder en zoon kent haar grenzen. Vanaf morgen kan Michette daarbij ondersteuning bieden. Misschien al eerder.

Aan de andere kant van de badkamerdeur wacht Kadoke tot moeder haar nieuwe broekje heeft aangetrokken. Hij hoort haar steunen. 'Dit kan ik niet meer,' zegt ze en hij weet dat de woorden voor hem bedoeld zijn. 'Het is me te veel, ik kan niet meer.'

Dan roept ze: 'Jij had de meisjes niet moeten verjagen. Jij had je moeten inhouden. Die ene las de hele dag in de Bijbel, maar als ik naar het toilet moest en ik had hulp nodig liet ze de Bijbel alleen, en nu heb ik niemand.'

Kadoke antwoordt van de andere kant van de badkamerdeur: 'Ik heb niemand verjaagd en ik heb een nieuw meisje voor je gevonden. Die leest niet in de Bijbel. Ze hoeft de Bijbel dus ook niet alleen te laten als jij naar de wc moet. Kan ik binnenkomen?'

Moeder heeft het nieuwe broekje aan. Ze staat naast de wc. Hij trekt het broekje recht, bukt zich en gooit het oude broekje in de prullenmand. Daarna helpt hij moeder in een van haar trainingsbroeken. Ze steunt op hem terwijl hij de broek omhooghijst. Dan gaat ze op de rand van de badkuip zitten. Hij houdt haar vast en zij trekt haar schoenen aan. Vervolgens doet hij haar pruik goed, kamt voorzichtig de haren. 'Zo,' zegt hij, 'je bent weer klaar voor de dag. Het wordt een mooie dag.'

Traag smeert ze zelf nog wat dagcrème op haar gezicht. Daarbij kijkt ze stiekem toch in de spiegel, maar ze kijkt naar de handelingen, naar een hand die wat crème over een wang smeert, uitsmeert. Ze kijkt niet naar zichzelf.

'Morgen moeten we je weer goed scheren,' zegt Kadoke. 'Je krijgt stoppels. Een mooi meisje zoals jij heeft geen stoppels.'

Misschien horen zonen niet zo met hun moeder te praten, vermoedelijk horen ze hun moeder niet 'mooi meisje' te noemen. Er zijn immers normen, al vindt Kadoke de meeste normen vooral een belemmering voor een efficiënte behandeling van de patiënten. Als het erom gaat moeder weer levenslust te geven, een glimlach op haar gezicht te toveren, wat zijn dan normen? Niets dan de vuile restanten van het fascisme. Hij noemt haar 'mooi meisje'. Niemand hoort het, niemand weet het. Het is hun geheim.

Hij pakt haar stok uit de slaapkamer. Ze gaat de trap af. Kadoke loopt met de stok voor haar uit, om haar op te vangen mocht ze vallen, hoewel hij weet dat als ze valt de kans groot is dat ze samen de trap af zullen donderen.

Zoals elke ochtend gaat ze eerst in de keuken op een kruk

zitten om daar koffie te drinken en een enorme batterij homeopathische tabletten in te nemen, die ze zichzelf heeft voorgeschreven. Ze slikt die zoals andere mensen bidden. Alleen op Joods Nieuwjaar wenst ze ook de ramshoorn te horen, maar misschien beschouwt ze de ramshoorn eveneens als een homeopathisch middel.

Hij zet koffie en zij sorteert de homeopathische tabletjes en druppels met engelengeduld. Maar dan – alsof ze niet is vergeten dat er een meisje is gekomen om haar te verzorgen, alsof ze nog weet dat ze heeft gezegd dat ze na zal gaan of er dingen zijn gestolen – wijkt moeder van haar heilige schema af. En nog voor ze de homeopathische middelen heeft geslikt, staat ze onverwacht op en vult een gieter met water. Voor zover Kadoke weet komt die nog uit de jaren zestig van de vorige eeuw, want weggooien is zonde. Zonder stok maar met die gieter in haar hand loopt moeder vastberaden naar de woonkamer.

Kadoke laat haar begaan, dit hoort bij de therapie. Niet alleen is moeder therapie voor Michette, Michette zal ook therapie zijn voor moeder. Voor zover genezing mogelijk is, zullen ze elkaar genezen.

Er klinkt gevloek. Moeder vloekt zelden. Ze vloekt in het Duits. En dan roept ze hard: 'Das kann so nicht weitergehen.'

Kadoke wacht tot Michette ook iets zal zeggen maar die zwijgt of ze zegt iets onverstaanbaars. Hij hoort geluiden maar niet iets wat op taal lijkt. Nog een paar seconden wacht hij. De koffie loopt door. Het koffieapparaat komt nog uit het begin van de jaren negentig van de vorige eeuw. Volgens moeder functioneert het prima. Hij heeft al een paar keer geprobeerd haar een nieuw apparaat aan te praten, maar ze verzet zich met een kracht die doet vermoeden dat ze zich nog wel een paar jaar tegen de dood zal kunnen blijven verzetten.

'Um Gottes willen,' hoort hij moeder roepen. 'Ich bring mich um, ich zieh aus.'

Als moeder door emotie wordt overmand begint ze in haar moedertaal te spreken. Ze woont in Nederland maar ze komt uit Duitsland en ze sleept Duitsland met zich mee. Waar zij is, is Duitsland, maar dat hoeven de mensen niet te weten, daarom praat ze meestal Nederlands. Ze past zich aan.

'Otto,' roept moeder. 'Otto. Was hast du mir denn da eingebrockt? So kann ich hier nicht weiterleben. Ich werde mich aus dem Fenster stürzen.'

Aangezien hij Michette nog steeds niets heeft horen zeggen, besluit hij een kijkje te gaan nemen.

Moeder staat met de gieter in haar hand naast de bank. Michette heeft zich geheel en al onder de deken verstopt.

'Wat doe je me aan?' roept moeder als ze Kadoke eindelijk ziet, alsof zijn aanblik haar eraan herinnert dat ze in Nederland zijn en dat het daarom beter is in het Nederlands te praten. Ze wijst op de bank, op de deken, dat wat onder de deken ligt. 'Waarom ben je erger dan de nazi's? Je jaagt je oude moeder de straat op. Moet je kijken wat hier ligt.'

Kadoke kucht. Wat zou hij nu graag een sigaret roken, een ongelooflijke aandrang om buiten op de stoep een sigaret te gaan zitten roken heeft bezit van hem genomen.

Soms moet de therapeut de groepstherapie op zijn beloop laten. Niet ingrijpen, de groep heeft een eigen dynamiek ontwikkeld en die moet tot zijn recht komen. Van een eigen dynamiek is hier echter nog geen sprake.

'Michette,' zegt Kadoke, 'wil je alsjeblieft onder de deken vandaan komen, dan kan ik je voorstellen aan moeder.'

Er beweegt iets onder de dekens maar er komt niets onder vandaan.

Moeder kijkt gespannen toe, alsof ze naar een film kijkt of een experiment dat met een explosie zou kunnen eindigen.

'Michette,' herhaalt Kadoke, 'wil je alsjeblieft gedeeltelijk onder de deken vandaan komen? Moeder wil je ontmoeten.'

'Ik wil niemand ontmoeten. Ik wil weten wie er op mijn bank ligt,' roept moeder. 'Ik vind het vies. Ik ga nooit meer op die bank liggen, als er zomaar zo'n straatvrouw op kruipt. Had haar in je eigen bed genomen. Ik vind dat smerig. Ik wil geen andere mensen op mijn bank.'

Kadoke schraapt zijn keel. 'Moeder, Michette is geen straatvrouw, Michette is ook niet vies. Michette, kom je nu eindelijk tevoorschijn?'

Er verschijnt een hoofd boven de deken. Zoals het uit de deken steekt heeft het hoofd van Michette iets weg van een knaagdier. Ze kijkt met bange kraaloogjes de wereld in en Kadoke vraagt zich af waar hij aan is begonnen. Wat dacht hij toen hij Michette mee naar moeders huis nam? Welke hoop had hij? Welke waanzin had bezit van hem genomen en waarom besloot hij die waanzin 'alternatieve therapie' te noemen?

Moeder buigt zich voorover. Ze bestudeert Michette grondig. Dan zegt ze zacht: 'God, wat is ze lelijk.'

Kadoke wrijft over zijn voorhoofd. Moeder komt uit een andere wereld, een spookwereld.

'Ze is niet lelijk, en het doet er ook niet toe. Of ze lelijk is of mooi, dat is allemaal onbelangrijk, het gaat erom dat ze jou komt verzorgen.'

'Ze is in ieder geval niet oud,' zegt moeder, terwijl ze de patiënt nog altijd bestudeert alsof Michette een meubelstuk is dat eindelijk is opgeleverd. Moeder had iets anders verwacht van de timmerman, zoveel is duidelijk. 'Oude mensen wil ik hier niet hebben. Als die aan me gaan zitten word ik niet lekker. Dat vind ik vies. Maar ze heeft wel een snor. Is ze eigenlijk een man?'

'Nee,' zegt Kadoke, 'ze is geen man. Ze is Michette, ze is jouw nieuwe verzorgster, moeder. Ik denk dat jullie het goed met elkaar kunnen vinden.'

Moeder schudt haar hoofd, loopt naar de vensterbank en begint de planten water te geven. Tegelijkertijd komen er zorgwekkende geluiden uit de mond van Michette. De patiënt huilt.

Kadoke hurkt naast de bank. 'Wat is er, Michette?'

Ze heeft zich weer helemaal onder de deken verstopt. En vanonder die deken blijven geluiden komen. Gejammer misschien. Een klaaglied. Een oud klaaglied dat op een nieuwe melodie wordt gezongen. Kadoke kan deze gedachte niet onderdrukken: het klaaglied van een eekhoorn.

'Als je onder de deken blijft liggen, kan ik je niet verstaan.'

'Jouw moeder wijst mij af,' hoort hij eindelijk.

'Nee.'

'Ze wijst mij af.'

'Nee. Mijn moeder is zelf afgewezen, zíj is de afgewezene.'

'Niemand heeft mij afgewezen,' roept moeder. 'Hou op leugens over mij te vertellen, anders hoef ik jou hier ook niet meer in huis, Otto. Niemand, helemaal niemand heeft mij afgewezen. Ik was beeldschoon.'

Kadoke knikt en zegt: 'Lieverd, ik praat nu even met Michette. Ik moet haar troosten. Jij bent niet de enige met pijn. Overal is pijn, moeder, en ontsnappingspogingen aan de pijn. Ik ga proberen iemand aan de pijn te laten ontsnappen, ik ben een soort mensensmokkelaar. Begrijp je, moeder? Dat is mijn beroep. Psychiater. Jullie wilden dat ik dat zou worden, goed, als het aan jullie had gelegen had ik alleen met kinderen gewerkt, maar laat me mijn taken vervullen.'

Moeder zwijgt. Ze gaat op in de planten. Ze plukt de dode bladeren en verzamelt die in haar linkerhand.

'Michette, moeder en jij moeten aan elkaar wennen. Dat zal misschien tijd kosten, maar als jullie aan elkaar gewend zijn kunnen jullie veel voor elkaar betekenen.'

'Ze vindt me lelijk.'

'Ze is soms een beetje agressief, maar die agressie moet je niet persoonlijk nemen. De agressie is overwonnen angst. Zoals jouw gewoonte om jezelf pijn te doen nog niet overwonnen angst is.

En natuurlijk een roep om aandacht. Moeder en jij, jullie hebben allebei veel aandacht nodig.'

'Ik ben niet agressief,' roept moeder. 'Ik zeg wat iedereen zou kunnen zien. Praat niet over mij. Daar hou ik niet van. Ik ben geen kind. Ik kan prima over mezelf vertellen.'

Michette huilt nog steeds. 'Ze wijst me af,' fluistert ze. 'Hoor je niet wat je moeder heeft gezegd? Ze vindt me een slecht mens. Ik kan hier niet blijven.'

Kadoke pakt Michettes hand vanonder de deken. Hij houdt die hand vast zoals hij moeders hand kan vasthouden, als ze weigert uit bed te komen, als ze overmand is door angst voor het leven na de dood. Ze verwacht geen paradijs na de dood, en ook niet het grote niets. Ze verwacht dat na de dood het Derde Rijk verder zal gaan, dat ze daar niets dan nazi's zal tegenkomen.

'Je moet je voorstellen,' zegt hij tegen Michette, 'je ligt op moeders bank. Moeder houdt niet van verandering. Veranderingen maken haar angstig. Ze vindt je geen slecht mens. Misschien vindt ze dat je een snor hebt maar een snor is geen slechtheid. Mag ik dat zo zeggen, moeder? Dat veranderingen je angstig maken, dat je bang bent?'

Moeder plukt nog wat dode bladeren, nu van een andere plant. 'Ik ben niet bang,' zegt ze. 'Ik ben alleen bang dat jou iets overkomt, omdat jij je niet kunt verdedigen. Dat is het enige waar ik echt bang voor ben. Ik zeg wel tegen de mensen dat je jezelf kunt redden, maar ik weet diep in mijn hart dat het niet zo is.'

Michette blijft huilen. De groepstherapie heeft een interessante dynamiek ontwikkeld.

'Ik wil onder de deken kruipen en hier nooit meer weggaan,' zegt Michette. 'Ik denk niet dat ik je moeder kan verzorgen. Het gaat me niet lukken. Ik wil hier op deze bank doodgaan.'

'Ik denk dat je het wel kunt,' zegt Kadoke. 'Als je hier wilt blijven ga je moeder verzorgen. Je kunt tussendoor je andere werk doen, maar je verzorgt moeder. Dat is mijn behandelplan en daaraan dien je je te onderwerpen, als je hier wenst te blijven. En er wordt hier niet gestorven. In dit huis wordt niet gestorven, hoor je me?'

'Ik wil geen zieke mensen om me heen,' zegt moeder, staand voor de planten. Ze is nu met het gordijn bezig, ze kijkt naar iets wat ze op straat ziet. Een buurvrouw vermoedelijk. 'Als ze ziek is moet ze weg. Zieke mensen maken mij ziek. Ik kan ze niet verdragen. Ze zeuren.'

'Ben je bijna klaar met de planten?' vraagt Kadoke.

Michette huilt nog steeds, zachtjes en ingehouden. 'Maar ze wil me niet,' zegt ze zacht. 'Je moeder wil me niet, je hoort het zelf. Ze denkt dat ik een man ben, ze vindt dat ik een snor heb. Zal ik je moeder laten zien dat ik geen man ben?'

Michette maakt aanstalten om de deken van zich af te werpen en op te staan, maar zacht en toch vastberaden drukt Kadoke haar weer op de bank.

'Zolang jij niet bent aangekleed blijf jij liggen,' zegt hij. Daarna fluistert hij in haar oor: 'Misschien vermoedde je het al, of hoorde je het of is je iets anders opgevallen, maar moeder was vroeger zelf een man. Moeder was vader. Maar daar moet je nooit over beginnen, ze is volstrekt moeder geworden. Ze is de voortzetting van moeder. Ze zet het trauma van moeder voort. Dat is wat wij hier doen. Wij vinden niet dat het trauma moet worden overwonnen of dat het moet worden onderdrukt, maar dat het moet worden voortgezet. Dat is waar het leven op neerkomt. Jij zou dat moeten begrijpen.'

Hij haalt zijn handen van de deken. Hij is nu niet bang meer dat Michette op zal staan en naakt door de kamer zal lopen en allerlei onzedelijke voorstellen zal doen – want wie niet kan leven zonder de aandacht van de ander grijpt graag naar het middel van de onzedelijkheid, maar moeder is niet van andermans onzedelijkheid gediend.

Michette pakt Kadoke's hoofd en trekt het naar zich toe. Ze

fluistert in zijn oor: 'Ik weet niet of ik het helemaal begrijp. Jouw moeder is een man?'

'Moeder heeft een piemel,' fluistert Kadoke. 'Ze is geen man, ze heeft een piemel, dat is heel iets anders. En verder is moeder moeder. We praten niet over haar piemel. Als je moeder onder de douche zet zul je haar piemel zien, maar spreek er niet over. Ook geen grapjes of toespelingen. Raak hem niet aan en was de piemel ook niet. Dat doet ze zelf. En als ze haar piemel niet wast is het ook goed. Praat verder ook niet over de oorlog. Moeder heeft een paar kampen overleefd. We praten er niet over. Het zijn feiten. Zegt moeder. Moeder heeft geen echte mening over de oorlog. Soms vertelt ze iets. Soms droomt ze. Soms begint ze er zelf over. Als ze er zelf over begint, prima, laat haar begaan, rem haar niet af. Maar ze is onthecht. Ze was een kind. Als kind is alles vanzelfsprekend, ook een kamp. Op een eigenaardige manier mist ze soms het kamp, want in het kamp had ze hoop, en daarbuiten bleef alleen de hopeloosheid over. Wij leven buiten het kamp en daar heeft moeder het soms moeilijk mee. Dat is alles wat je moet weten.'

Weer duwt Michette met twee handen het hoofd van Kadoke tegen zich aan en ze fluistert in zijn oor: 'Maar heeft vader dan ook in het kamp gezeten?'

'Nee, nee, dat niet, hij doet alsof, hij heeft zich zo ingebeeld dat hij er was dat hij nu zelf zou zweren dat hij in het kamp heeft gezeten. Maar nogmaals, vader is er niet meer. Vader is moeder geworden. Wat ik zei: we zetten moeders trauma voort. Dat is wat jij ook moet begrijpen, dat is ook waar jouw leven op neerkomt, je moet je niet meer verzetten tegen het trauma, je moet het voortzetten.'

Even is Michette stil, alleen het ademen van moeder is te horen. Dan fluistert Michette: 'Ik heb geen trauma.'

'Dat is je depressie,' zegt Kadoke zacht, 'alleen waarlijk depressieve mensen menen dat ze geen trauma hebben. Dat is de leegte van de depressie, de sensatie dat er niets is, hooguit een onbenoembare pijn zonder aanleiding.'

Op dat moment klinkt er een hoge kreet, alsof moeder een elektrische schok heeft toegediend gekregen. 'Nein,' roept ze. 'Nein. Hier kann ich nicht bleiben. Nein! Was ist das?'

Naast een van de planten op de grond heeft Michette haar zingende kerstboom neergezet. Moeder wijst naar de zingende kerstboom alsof zich ongedierte in haar woonkamer heeft genesteld.

Kadoke komt overeind. 'Dat is een kerstboom, moeder.'

'Op Rosj Hasjana breng jij een kerstboom mee? Jij bent de nagel aan mijn doodskist, Otto. Waar de nazi's niet in slaagden, gaat jou wel lukken. Je bent er als baby al mee begonnen, want door jou heb ik die baarmoederverzakking gekregen. Je wilde niet naar buiten, daarom duurde de bevalling ook bijna zesendertig uur. Jij hebt mijn baarmoeder zo ongeveer naar buiten gesleurd, omdat je je zo verzette tegen het leven.'

Kadoke kucht. Hij kent deze verhalen. Hij neemt ze niet persoonlijk. Over Kadoke doen verhalen de ronde, maar hij staat los van die verhalen, anders kan hij zijn werk als psychiater niet verrichten.

'Het is een zingende kerstboom, mevrouw,' zegt Michette, die even is opgehouden met huilen. De zingende kerstboom sleurt haar weer naar het leven, ze is weer in het nu aangekomen.

'Het is een zingende kerstboom,' zegt ook Kadoke. 'Michette had de gewoonte het zingende kerstboompje mee te nemen naar de kliniek en nu heeft ze het meegenomen naar jouw huis, want het bindt haar aan het leven, moeder. Mag ik het zo zeggen, Michette, dat het zingende kerstboompje een soort band creëert tussen jou en het leven? Wat ik voor jou ben, moeder, is het zingende kerstboompje voor Michette; een veiligheidsgordel, een bevestiging van het leven. Feitelijk zou je kunnen zeggen dat ik zelf een zingende kerstboom ben.'

'Hou op,' roept moeder. 'Ik kan die onzin niet meer horen. Jij bent geen zingende kerstboom, jij bent mijn zoon. Het is Rosj Hasjana en jij komt met een zingende kerstboom mijn huis binnen, omdat je diep vanbinnen erger bent dan de nazi's. Ik gooi die boom mijn huis uit en die straatvrouw gaat erachteraan.'

Het snikken van Michette neemt weer een aanvang.

'Moeder,' zegt Kadoke, 'blijf van die boom af. We gaan nu naar de keuken, daar gaan we koffiedrinken en dan gaan we overleggen wat voor jou de beste manier is om aan dit nieuwe meisje te wennen. Ze is geen straatvrouw. Noem haar maar gewoon Michette of meisje.'

Hij pakt moeder bij haar arm, Michette huilt nog steeds.

'Als ik haar geen straatvrouw mag noemen,' zegt moeder, 'zal ik haar wel meisje noemen, ook al heeft ze een snor. Maar Michette noem ik haar beslist niet.'

Kadoke laat Michette huilen. Hij pakt de gieter uit moeders hand en loopt langzaam met gieter en moeder naar de keuken. De koffie is intussen doorgelopen. Hij zet moeder op de kruk voor de uitgestalde homeopathische tabletten, die ze zo meteen geconcentreerd naar binnen zal werken. Hij schenkt koffie voor haar in en staart naar de tabletten in verschillende soorten en maten die in een bakje liggen.

'Je moet niet bang zijn voor Michette, ze heeft wat problemen, maar dat hadden de Nepalese meisjes op hun manier ook. Je moet me vertrouwen. Dat wat ik doe goed is voor jou, dat het in jouw belang is.'

Moeder stopt een handjevol tabletten in haar mond en slikt ze met de koffie door. Dan zet ze het kopje neer en ondersteunt haar gezicht met twee handen, terwijl ze naar de muur kijkt.

'Hoe komt ze aan al die littekens?'

'Dat doet ze zelf. Ze bezeert zich.'

'Ze wordt er niet mooier door.'

'We organiseren hier geen schoonheidswedstrijd.'

Moeder stopt weer drie tabletten in haar mond, twee grote gele en een kleine witte.

'Steelt ze?'

'Volgens mij niet.'

'Is ze Joods?'

'Ik denk van niet.'

'Waar komt ze vandaan?'

'Uit de psychiatrie.'

Moeder schudt haar hoofd. 'Nee,' zegt ze vastberaden, 'dat wil ik hier niet in huis. Die mensen horen hier niet. Die zijn niet normaal. Ik ben geen opvangcentrum.'

Weer worden er wat tabletten in moeders mond gestopt. Kadoke schenkt koffie bij.

'Ze is meer dan alleen psychiatrisch patiënt. Ik ben er ook. Ik zal het hier in goede banen leiden. Je weet toch dat ik op aarde ben om voor jou te zorgen? Je weet toch dat je mijn alles bent?'

Moeder schudt sceptisch haar hoofd. Hij is een verleider, maar ze laat zich alleen verleiden als ze er zin in heeft. 'Als dat meisje zich hier ook gaat bezeren bel ik de politie. Ik vind dat vies, mensen die zichzelf bezeren. Het is natuurlijk ook zielig, maar ik vind het vooral vies.'

'Je hoeft de politie niet te bellen. Ik weet zeker dat dat niet hoeft.'

Kadoke gaat terug naar de woonkamer. Michette huilt niet meer. Ze ligt onder de deken en heeft haar telefoon in haar hand. Ze leest iets.

'Je moet nu opstaan,' zegt Kadoke. 'Kleed je aan en kom dan naar de keuken. Moeder wil straks aan de eettafel gaan zitten.'

Hij wijst op de tafel aan de andere kant van de kamer. 'Ze heeft schema's, daar moeten we ons aan houden. De vaste dagindeling geeft haar houvast. Moeder heeft rituelen, die moeten we niet doorbreken omdat jij er nu bent.'

'Oké,' zegt Michette. Ze komt onder de deken vandaan, zoekt in haar tas naar ondergoed. Hij ziet de piercings door haar beide tepels. Merkwaardige, grove voorwerpen die door kleine tepels zijn geslagen.

Ze keert zich naar hem toe.

'Keek je naar mij?' vraagt ze.

'Ik keek naar je piercings.'

'Mooi?'

'Ik heb geen mening over je piercings.'

'Dat geloof ik niet.'

Hij blijft even staan om te controleren of ze meer aantrekt dan alleen een onderbroekje, maar zo te zien is de patiënt tot de conclusie gekomen dat meewerken ook in haar voordeel is. Als ze op sokken en schoenen na helemaal is aangekleed, haalt hij moeder uit de keuken.

Met haar stok loopt ze vastberaden naar de eettafel en gaat op haar vaste plaats zitten, waar vroeger vader zat. Michette keurt ze geen blik waardig. Even bladert ze in haar agenda. Dan begint ze een Duits lied te zingen. Moeder zingt de laatste tijd veel, soms ook 's nachts, als ze niet kan slapen. Ze zingt tegen de angst, denkt Kadoke, en om delen van haar geheugen wakker te kussen die in een diepe slaap zijn verzonken. Al zingend herinnert ze zich een ander leven.

Hij wacht tot ze is uitgezongen. Aan de andere kant van de kamer zit Michette op de bank met de telefoon in haar hand.

'Wil je thee, moeder?'

Soms overvalt Kadoke de gedachte dat als hij zich minder voor de psychiatrie had geïnteresseerd, als de crisisdienst gewoon zijn werk was geweest en niet zijn werk én zijn leven, moeder misschien nog had geleefd. Had zijn zelfcensuur niet verhinderd dat hij zich echt om zijn moeder bekommerde, dat hij werkelijk contact met haar maakte? Er was weliswaar een zorgvuldig web van zorg om haar heen gesponnen maar ze was ontsnapt. Ontsnappen aan het web van zorg betekent sterven. Een uit de hand gelopen blaasontsteking, die een nierbekkenontsteking werd, en toen stortte het lichaam in.

Deze moeder zal niet ontsnappen.

'Wil je thee, moeder?' vraagt hij nog een keer.

Ze knikt.

Hij loopt in de richting van de keuken.

'Wil je ook thee, Michette?' vraagt hij.

'Ja, lekker,' zegt ze. Ze zit op de bank met de telefoon zoals mensen in de kliniek wachten op instructies, therapie, medicijnen.

Hij maakt thee, zet die voor Michette neer en zegt dan: 'Thee zetten hoort eigenlijk ook bij jouw taken. Ik zal je zo aan moeder voorstellen. We doen gewoon een tweede poging, maar misschien kun je me vertellen wat jouw schema is?'

'Ik moet vanmiddag iemand fotograferen.'

'Hoe laat?'

'Om vier uur.'

'Dan heb je misschien nog tijd om moeders lunch klaar te maken. Ik weet niet of je kunt koken, maar moeder is niet veeleisend. Het liefst eet ze knakworstjes.'

Hij neemt Michette mee naar de keuken. 'Moeder eet min of meer koosjer,' zegt hij, 'dat wil zeggen dat vlees en melk gescheiden zijn. Hoewel het op haar leeftijd er niet meer op aankomt als eens een lepel of een mes van de ene kant naar de andere kant verhuist, dus een vleeslepel die eindigt in de la met melklepels, begrijp je? God zal haar dat wel vergeven, zegt ze. Maar probeer het toch te onthouden. Soms sloop moeder de keuken in om de meisjes op fouten te betrappen. Moeder heeft liever dat de vleeslepels in de la met vleesbestek eindigen en niet op één hoop komen met de melklepels.'

'Ik ben bang.'

'Is er iets concreets waar je nu bang voor bent?'

'Je moeder, ze is een angstaanjagende vrouw. Zoiets heb ik nog niet eerder gezien.'

'Je hoeft niet bang te zijn. Moeder houdt ervan zich dreigender voor te doen dan ze is.'

Hij opent de koelkast. 'Daar zijn de knakworstjes,' legt hij uit. 'Dit zijn potten met gefilte fisj, een soort Pools-Joodse specialiteit, moeder eet die graag. Aardappelen heeft ze het liefst gekookt. Op soep is ze ook dol. Je kunt gewoon soep uit een pakje maken, vooralsnog.'

Kadoke sluit de koelkast, leunt op het aanrecht, overweegt snel de tuin in te gaan om een sigaret te roken, maar hij bedenkt zich.

'En in ruil voor die verzorging mag ik hier wonen?' vraagt Michette. 'Als ik je moeder verzorg mag ik bij jou blijven?'

'Het hoort bij de alternatieve therapie,' antwoordt Kadoke afgemeten. 'We zullen kijken hoe het gaat. Denk je dat je vandaag al kunt helpen bij de lunch? Moeder moet natuurlijk ook af en toe geholpen worden als ze naar de wc gaat, soms kan ze het alleen, soms niet, en ze heeft hulp nodig bij het douchen, maar dat zal ik straks wel laten zien.'

'Heb je deze therapie weleens eerder uitgeprobeerd?'

'Nee,' zegt Kadoke. 'Ik heb me tot nu toe aan alle protocollen gehouden, maar als psychiater moet je soms improviseren. Jij bent mijn improvisatie.'

Hij gaat met Michette terug naar de woonkamer. Moeder zit slapend in haar stoel. Kadoke gaat naast haar zitten en wijst waar Michette plaats kan nemen. Tegenover hen, aan de andere kant van de tafel, waar ook altijd de mensen van buurtzorg gaan zitten.

'Moeder,' zegt hij, 'dit is het meisje dat de Nepalese meisjes vooralsnog gaat vervangen. Ik heb geprobeerd haar wegwijs te maken in de koosjere keuken.'

Moeder houdt haar hoofd vast. 'Wat weet jij van de koosjere keuken?' mompelt ze.

'Vind je het goed als zij je alvast helpt met het klaarmaken van de lunch?'

'Als het moet,' zegt moeder. Er klinkt treurnis in haar stem. Treurnis en berusting.

Ze tilt haar hoofd op, bekijkt Michette wantrouwend, maar het verzet neemt af. Ze heeft de kracht niet meer voor verzet, alleen soms flakkert het oude verzet even op.

'Bent u Nederlandse?' vraagt moeder.

'Ja,' zegt Michette, 'ik ben Nederlandse.'

'Hebt u eerder voor mensen gezorgd?'

Michette schudt haar hoofd. 'Ik heb nog nooit echt voor iemand gezorgd, maar toen ik vijftien was heb ik op kinderen gepast.'

'Aha. Toen u vijftien was.' Moeder verschuift haar agenda. 'Mijn zoon is te goed voor deze wereld. Ik ben geen kind meer.'

'Uw zoon is mijn psychiater.'

Moeder houdt haar hoofd weer vast. 'We hadden gewild dat hij kinderpsychiater werd, mijn man en ik, maar daar was hij niet goed genoeg voor. Toen heeft hij zich op de zelfmoordenaars gestort. Jammer vonden we dat. Heel jammer. Een verkwisting van zijn talenten.' Ze kijkt op. 'Eigenlijk kan ik alles zelf. Ik heb geen hulp nodig. Maar als mijn zoon u besteld heeft, mag u hier best blijven. Ik had hiervoor twee Nepalese meisjes. Die waren erg lief. Christelijk, dat wel, vooral die ene. Maar lief.'

Moeder neemt een slok thee en Kadoke houdt Michette in de gaten. Dan zegt hij: 'Moeder, Michette is ook een ramshoorn. Daarom heb ik haar meegenomen. Ze is een sjofar.'

Moeder zoekt op tafel, vindt tussen allemaal papieren haar briletui en zet haar bril op. 'Nee,' zegt ze na een korte stilte. 'Ik vind deze vrouw niet op een sjofar lijken. Ze heeft gewoon een snor, dat is alles.'

'Ze is onze laatste kans,' zegt Kadoke, 'om in het boek van het leven te worden ingeschreven, om tot inkeer te komen.'

Moeder blijft Michette bestuderen.

'Ik ben al heel wat geweest,' zegt Michette tegen moeder, 'ik kan ook wel ramshoorn worden, het maakt me niet uit. Wat moet de ramshoorn doen?'

'Geluid maken,' antwoordt Kadoke, 'hoog en schel, een allesdoordringend geluid. Om God wakker te maken.'

'God hoeft niet te worden gewekt,' zegt moeder. 'Hou op met die onzin.' Ze schuift haar stoel naar achteren.

'Waar ga je heen?' vraagt Kadoke.

'Naar de wc,' zegt ze. 'Laat me maar even.'

Michette en Kadoke blijven achter aan de tafel. 'Als moeder van de wc komt kun je de knakworstjes op het vuur zetten. Moeder eet er twee. Ik een. Wil je ook een worstje?'

'Ik eet geen vlees,' zegt Michette. 'Wel sperma.'

'We zullen er in de toekomst rekening mee houden,' antwoordt Kadoke en hij kijkt naar de bank waarop de patiënt heeft geslapen.

17

In de namiddag, als Michette vertrokken is – voor zover Kadoke haar goed heeft verstaan ging ze een voetballer fotograferen – besluit hij de crisisdienst te bezoeken. Hij had Dekha beloofd om haar de fijne kneepjes van het schrijven van een dienstverslag bij te brengen.

Zijn collega's begroeten hem vriendelijk. Zo te zien vermoedt niemand dat Kadoke's dubbelleven is begonnen, dat hij een stap buiten de officiële psychiatrie heeft gezet.

Patiënten kunnen verdwijnen, ze kunnen door de mazen van het net glippen dat de verzorgers hebben gespannen. Kadoke heeft geen idee of de verpleegkundige die Michette in het verleden bezocht nu nog steeds voor haar deur zal staan. Of de verpleegkundige melding zal maken van het feit dat de deur niet opengedaan wordt? Zelfs als ze dat doet zal er vermoedelijk niets met die melding worden gedaan. De onrust die hem overviel bij de gedachte aan de gebaande paden die hij gedeeltelijk had verlaten, is verdwenen nu zijn collega's hem zo vriendelijk, zo alledaags begroeten. Als het moet, als het niet anders kan, zal hij zich neerleggen bij de consequenties van zijn handelen. De medische tuchtraad, vermoedelijk een levenslang verbod om zijn beroep uit te oefenen. Mocht hij een paria worden, mocht dat de prijs zijn die hij moet betalen voor zijn improvisatie, dan zal hij die betalen.

Hij neemt plaats in een vrije kamer en begint zijn verslag te herlezen. Als hij bijna klaar is komt Dekha binnen. 'Ik wist niet zeker meer of we hier hadden afgesproken,' zegt ze. 'We hebben vanavond weer nachtdienst, toch?'

Kadoke knikt. 'De hele week.'

Dekha heeft een appel in haar hand. Ze bijt en kauwt.

'Ik vind het fijn om hier te werken. De crisisdienst is mijn tweede huis. Mijn derde, zou ik moeten zeggen. Misschien steek je er het meeste van op als je mijn verslag leest en me laat weten als je vragen hebt.'

Ze gaat tegenover hem zitten. Ze kijkt hem onderzoekend aan. Zou zij iets vermoeden? Om een dubbelleven goed uit te kunnen voeren moet je geen last hebben van schuldgevoelens of schaamte. Je dient het dubbelleven zo te leiden dat het lijkt alsof het de enige manier is om door het leven te glijden, alsof alle andere manieren ondeugdelijk zijn. Een eenduidig leven is meer iets voor amateurs dan voor de professionals, voor hen die van het leven hun werk hebben gemaakt. Zoals Kadoke.

Kadoke draagt een grijs trainingsjack met een capuchon, zijn favoriete kledingstuk als hij geen patiënten hoeft te bezoeken. Een overblijfsel van de laatste vakantie met zijn ex. Ze waren op Malta, het was onverwacht koud. Hij kocht een trainingsjack om tijdens al te frisse avonden toch over straat te kunnen zonder ziek te worden. Zijn ex vroeg nog: 'Ga je dit ooit nog dragen na deze vakantie? Dit is niets voor jou, zo'n trainingsjack met capuchon.' Van Malta zelf kan hij zich weinig meer herinneren.

Dekha eet haar appel en hij typt het dienstverslag over Nelleke met het genoegen dat hij doorgaans voelt als hij verslagen maakt. De tekst zorgt voor afstand tussen de patiënt en hem, het verslag geeft de evaluatie gewicht, een schijn van onvermijdelijkheid.

Dekha blijft hem maar aankijken, alsof er iets aan hem te zien is. Misschien verbeeldt hij zich dat, misschien kijkt ze gewoon naar zijn wallen. Zijn huid. Baardstoppels.

'Ik meen wat ik gisteravond zei,' zegt ze als hij even is opgehouden met typen. 'Ik weet niet of dit iets voor me is. Eerlijk gezegd had ik andere verwachtingen, ik had gehoopt op iets heilzaams.'

'Heilzaams?'

'Iets hoopvols. Bevredigender. Ik wil de mensen helpen.'

'Ik lees dit verslag zelf nog even door,' zegt hij.

Hij leest verder. Ook heeft hij melding gemaakt van Nellekes vader. Het slaan op zijn auto heeft hij achterwege gelaten. Dan schuift hij de computer naar Dekha en vraagt of zij nu wil lezen.

Hij haalt espresso, en gaat weer tegenover haar zitten terwijl ze zijn verslag geconcentreerd doorneemt. Ze doet er lang over, hoewel hij bekendstaat om zijn summiere verslagen.

'Geen opmerkingen,' zegt ze uiteindelijk. 'Eigenlijk ook geen vragen. Alleen een paar typefoutjes.'

'Haal ik er later uit.' Hij trekt de laptop naar zich toe. 'Ik zou geen al te voorbarige conclusies trekken. Welke specialisatie je ook kiest, de dood en het verderf liggen altijd op de loer.'

Ze gaat verzitten. 'Dat is het niet. Dat stoort me ook niet. De dood, het verval. Maar ik had niet gedacht dat je hier zoveel suïcidale personen zou tegenkomen. Het is niet de dood, het is het soort dood, het type zeg maar.'

De psychiater kijkt de arts in opleiding recht in haar ogen. 'Lieve Dekha,' zegt hij. 'Het heet niet voor niets crisisdienst. Zonder zelfmoordpogingen hebben wij geen bestaansrecht. Wat is een crisis zonder suïcide? In ons vak is de zelfmoordpoging zo alledaags als een heupbreuk in het bejaardentehuis.'

Hij staart naar haar mond, hij herinnert zich hoe ze met haar make-updoosje in zijn auto zat. Geconcentreerd maakte ze zich op, misschien wat weemoedig, maar inderdaad hoopvol. Alsof ze naar een feest ging. Altijd representatief. Zo beginnen veel artsen in opleiding. Als ze langer bij de crisisdienst werken gaat het representatieve er geleidelijk af. Niemand zit erop te wachten. Niet hier. Het is niet dat ze zichzelf laten verslonzen, maar de aandacht voor de details verdwijnt.

'Zoveel zelfmoordenaars,' zegt Dekha. 'Vrijwel uitsluitend.' Ze klinkt verwijtend, zoals Kadoke's moeder kan klinken, alsof ze de zelfmoordenaars stiekem toch iets kwalijk neemt.

'De ene week meer dan de andere.'

'Het beïnvloedt mijn stemming. Ik slaap slecht.'

'Als je met de nachtdienst begint slaap je altijd slecht. Het zou raar zijn als je niet slecht sliep.'

Ze haalt haar schouders op.

'Het is wat ik je vannacht vertelde,' zegt Kadoke. 'Je moet boven het lijden staan. Je moet je niet door het lijden laten raken. Het is er. En jij bent er. Jullie bestaan naast elkaar, onafhankelijk van elkaar.'

'Lukt jou dat?' Ze speelt met het klokhuis.

'Tot nu toe wel. Niet per definitie zonder moeite, maar het is me altijd gelukt. Feitelijk gaat het leed van de patiënt jou persoonlijk niets aan. Je hebt een bepaalde, nauwkeurig omschreven taak in zijn leven te verrichten. Je bent instrumenteel, Dekha. Wij zijn instrumenteel. Wij zijn geen vrienden. Wij zijn zelfs geen kennissen. Wij zijn een stuk gereedschap, in het gunstigste geval een goed stuk gereedschap.'

Hij denkt aan Michette. Vervult hij zijn nauwkeurig omschreven taak? Wie bepaalt eigenlijk de taakomschrijving? Hoort het niet bij het leven de taakomschrijving in twijfel te trekken? Als dat laatste zo is dan heeft hij getwijfeld, dan heeft hij zichzelf een nieuwe, geheime taakomschrijving gegeven, een missie waarvan verder niemand iets weet behalve Michette en zijn moeder.

Hij herleest zijn dienstverslag en vindt drie typefouten die hij verbetert, hoewel het verslag allang is verstuurd.

Kadoke staat op, trekt de rits van zijn trainingsjack dicht. 'Vanaf vanavond negen uur moeten we weer paraat staan. Ben je met de fiets of zal ik je een lift geven?'

'Een lift zou fijn zijn. Ik ben met de tram gekomen.'

Op de parkeerplaats rookt hij snel een sigaret.

'Wat voor leven heb je eigenlijk buiten de crisisdienst?' vraagt

Dekha, die naast hem staat met haar handen in de zakken van haar jas.

'Erbuiten? Is er dan leven buiten de crisisdienst?' Kadoke lacht. 'Dat vraag ik nooit aan collega's. Bijna nooit. Ik ga ervan uit dat hun leven buiten de crisisdienst mij niets aangaat. Waarom wil je dat weten?'

'Gewoon.'

'Ik heb mensen in mijn leven. En jij?'

'Ik ook. Ik heb ook mensen in mijn leven.'

Ze gaan in de auto zitten. Een vermoeidheid overvalt Kadoke alsof hij al een hele week nachtdienst achter de rug heeft, twee weken misschien wel. Een maand. En toch vindt hij nog steeds dat er niets boven de nachtdienst gaat. Als je de mensen echt wilt leren kennen, hun geheime levens, hun geheime verlangens, hun zorgvuldig onderdrukte wanhoop, dan kun je niet buiten de nachtdienst.

'Ik hoop dat we vannacht geen kinderen te zien krijgen,' zegt Dekha.

'Het zal vast meevallen. Zo jong als Nelleke is betrekkelijk zeldzaam. Meestal zijn ze al iets ouder. Maar het is waar, ze beginnen vroeg met suïcide. Ze beginnen met alles eerder. Zet ik je af waar ik je vannacht heb opgepikt?'

Ze knikt. Ze speelt met haar nagels.

Zwijgend rijden ze naar haar huis. Daar vraagt ze: 'Wil je koffie? Ik zet betere espresso dan die op de crisisdienst.'

Kadoke glimlacht. Is hij toch aantrekkelijk? Ondanks zijn leeftijd, zijn gebrek aan slaap, zijn weinig afwisselende manier van kleden? Iets van zijn charme zal niet zijn vervaagd, zijn haardos wordt nog altijd geprezen, zijn weemoed was volgens sommige artsen in opleiding gevoel voor humor. Een psychiater moet een verleider zijn. Als je de zelfmoordenaar voor het leven wilt behouden moet je kunnen verleiden, anders moet je niet aan dit vak beginnen.

'Ik moet eigenlijk naar mijn moeder,' zegt hij, 'maar één espresso kan wel.'

Hij parkeert zijn auto en rookt snel een sigaret terwijl Dekha in haar tas rommelt. 'Ik heb zoveel sleutels,' zegt ze, 'waarvan ik niet meer weet waarvoor ze zijn.'

Ze opent de deur. Hij loopt achter haar aan een steile trap op. Er moet onlangs geverfd zijn in het trappenhuis. Hij ruikt de verflucht. Dekha's woning is opgeruimd en keurig ingericht, op een verantwoorde manier. Een stapel boeken, een kleine stapel tijdschriften, een tv, een bank, een spiegel, een eettafel. Aan de muur wat ironische kunst.

'Ik ga espresso voor je zetten,' zegt ze.

Hij neemt op de bank plaats, hij wacht, vechtend tegen de slaap en toch nieuwsgierig. Kadoke stelt zich voor dat hij hier in dienst is binnengekomen, dat hier iemand woont die geëvalueerd moet worden. Ten dele is de psychiatrie natuurlijk een verschijnsel dat met sociale klasse te maken heeft. De hoogste klasse laat het zelden op de crisisdienst aankomen, al komen ook daar ontsporingen voor, maar genoeg geld kan veel ontsporingen maskeren.

Dekha komt uit de keuken met espresso, voor zichzelf heeft ze thee gezet. Ze pakt een kussen en gaat op de grond zitten. Hij voelt zich daardoor een beetje ongemakkelijk, maar hij heeft weinig zin om naast haar op de grond te gaan zitten. En hij denkt aan Michette. Die zat ook op de grond. Waarom heeft hij zichzelf een geheime missie gegeven? Was het leven hem toch te toevallig zonder? Te terloops? Te weinig heldhaftig? Moest ook hij een god creëren die hem opdrachten gaf? Hij hoeft de planeet niet te redden, slechts een uitbehandelde patiënt. Wat een narcisme. De reflectie staat hem tegen. Hij zal met betere verklaringen voor zijn eigen gedrag moeten komen.

Dekha nipt van haar thee.

'Ik meende wat ik zei,' zegt ze. 'Ik zal het nog even aanzien, maar ik vermoed dat ik iets anders ga doen. Misschien helemaal geen psychiatrie meer.'

De espresso is inderdaad beter dan die op de crisisdienst. Daar is ook weinig voor nodig.

'Twijfel jij nooit?' vraagt ze.

Hij heeft het gevoel dat hij in een klooster is beland en een non haar ongeloof begint op te biechten.

'Uiteraard,' zegt hij. 'Denken is twijfelen, maar waar gesuïcideerd wordt, daar is weinig ruimte meer voor twijfel, daar moet worden ingegrepen. Ik zie weinig heil in euthanasie voor geesteszieken. Het is een doodlopende weg vol heilloze vragen. Wanneer is het leven niet meer leefbaar? Ik geloof niet dat je als mens op dat soort vragen antwoord moet willen geven. Wij leven niet omdat het leven leefbaar is. Wij leven ondanks ons vermoeden dat het niet leefbaar is. Je leeft niet dankzij iets, je leeft ondanks iets.'

'Wil je een koekje?' vraagt ze.

'Nee,' zegt hij. 'Geen koekje. Ik moet naar huis.'

Hij wil opstaan, maar ze zit voor hem met haar thee. Misschien moet hij wachten tot die is opgedronken. Misschien moet hij haar ruimte geven te antwoorden op zijn toch wat afgemeten en in haar ogen vermoedelijk abstracte woorden. Ze wil een chirurg zijn die kan zeggen: 'De operatie is geslaagd. U kunt weer alles.' Maar er zijn geen operaties in de psychiatrie, soms gaat er iets niet helemaal mis. Dat is alles.

'Ik weet niet of het antwoord dat ik je gaf bevredigend is,' zegt hij. 'Ik vermoed van niet. Ik heb vrees ik geen bevredigende antwoorden. De crisisdienst is niet bevredigend te noemen. Je dient paardenmiddelen toe. Gedwongen opname is een paardenmiddel, maar we hebben niets beters. Kun je je Michette nog herinneren?'

Waarom begint hij over Michette? Wil hij het noodlot tarten? Wil hij zijn vuist schudden? Tegen wie, en waarom?

'Natuurlijk,' zegt Dekha. 'Ik kan ze me allemaal herinneren.'

'Automutilatie die al enige tijd aan de gang is, gepaard met suïcidaal gedrag. Recidieve depressie. Angststoornissen. Borderline, vermoedelijk een gevolg van al op jeugdige leeftijd langdurig te zijn opgenomen. Objectief gezien moet je zeggen: die vrouw is uitbehandeld. We gaan het haar niet aandoen, we gaan haar niet door nog een heel behandeltraject sleuren waarin ze zelf ook geen zin heeft, waarin ze zelf niet gelooft en kan geloven. En dat is haar niet aan te rekenen. Als ik haar was zou ik er ook niet in geloven.'

Hij pauzeert, kijkt om zich heen, probeert te herkennen wat er aan de muur hangt. Is het een ingelijste lepel? Of iets wat alleen maar op een lepel lijkt?

'En subjectief?'

'Subjectief zoek je naar uitwegen, wil je je eigen professionele machteloosheid niet aanvaarden. Dat is misschien een zwakte.'

Dekha drinkt haar thee.

'Dus je kunt toch niet tegen het lijden?'

'O, jawel.' Kadoke staat op. 'Ik kan er prima tegen. Het is hooguit de professionele machteloosheid die mij af en toe zwaar valt. Het gevangenzitten in protocollen die misstanden moeten voorkomen, maar die soms wel beklemmend zijn. Je zou dingen willen uitproberen. Maar ik ga naar huis, we hebben het er nog weleens over. Er wacht iemand op me.'

Dekha staat ook op.

'Vanaf vanavond negen uur zit ik weer klaar.'

'Je hoeft niet klaar te zitten,' zegt hij. 'Je hoeft alleen wakker te worden als je de telefoon hoort. Dat is alles.'

Ze doet een stap naar hem toe.

Hij wil achteruitwijken, maar de bank staat achter hem. Hij die menig arts in opleiding heeft verleid, zou nu willen terugwijken. Er is geen plaats voor Dekha in zijn leven en er is in Dekha's leven geen plaats voor hem. Hij kan haar twijfel niet wegnemen. Als hij eerlijk is zou hij moeten zeggen dat hij die alleen kan aanwakkeren. Maar ondanks deze overwegingen drukt hij zijn lippen even op haar lippen. Hij slaat zijn armen om haar heen. Hij klemt zich aan haar vast en fluistert: 'Vannacht komen we geen kinderen tegen. Ik weet het zeker. Vannacht niet. Alleen maar vrolijke, ongevaarlijke, zorgeloze patiënten. We komen overal voor niets. We lachen ons door de nachtdienst heen.'

'Het zijn niet de kinderen,' zegt ze zacht. En ze kust hem, ze zoent hem. Hij denkt aan Rose, de handdoek, de hitte, het droge gras, de commode in zijn moeders badkamer en hij voelt weer hoe hij valt. Hij is aan het vallen, hij is al weken aan het vallen. Hij proeft de smaak van Dekha's mond, een zoetige smaak, misschien is het de thee. Kadoke maakt zich van haar los en zegt: 'Natuurlijk twijfel ik. De twijfel gaat nooit weg. Wordt heviger, neemt af, wordt weer heviger. Er zijn dagen dat ik denk dat de enige serieuze suïcidepreventie eruit zou moeten bestaan om samen met de patienten ten onder te gaan. Is dat niet wat solidariteit is, voor zover dat woord iets betekent, voor zover dat in ons vak kan bestaan? Waarom gaan wij niet ten onder? Dat is de twijfel. Waarom wij niet? Omdat wij professionals zijn? Omdat wij ervoor hebben gestudeerd? Omdat wij gezond zijn? Normaal?'

Ze pakt zijn hand en neemt hem mee naar de slaapkamer. Ook al keurig opgeruimd. Op een stoel ligt een stapeltje opgevouwen handdoeken. Hij spreekt over de ondergang en zij neemt hem mee naar de slaapkamer. Ze kust hem, hij zoent terug, anders dan die zomeravond in de badkamer van zijn moeder. Bedachtzamer, met minder overgave, vol twijfel inderdaad. Zonder de verdoving van de totale lust, hooguit met de weemoed die het onvermijdelijke gevolg is van reflectie. Hij maakt zich weer los uit haar omhelzing. Waarom wil ze hem? Wat ziet ze in hem? Zijn er geen betere psychiaters op de crisisdienst te vinden? Hij heeft zijn beste tijd gehad, hij verleidt alleen nog patiënten, oftewel hij doet zijn werk.

'Dekha,' zegt hij, 'we hebben zo nachtdienst. Ik moet echt naar huis.'

Ze gaat op bed zitten.

'Val je op zwarte vrouwen?'

De vraag verrast hem, overvalt hem zelfs.

Hij lacht. 'Dekha,' zegt hij, 'zo zie ik de wereld niet. Ik heb geen type. Ik val niet op een bepaald type vrouw. Het spijt me.'

Hij gaat naast haar op het bed zitten. Niet om haar te verleiden, maar omdat hij zich ongemakkelijk voelt. Naakt, terwijl hij zijn kleren nog aanheeft.

'Hoe zie je de wereld dan, Kadoke?'

Hij maakt een armbeweging, slikt zijn woorden in, zonder dat hij precies weet wat hij wil zeggen. 'Ik ben psychiater,' zegt hij, 'dat is wie ik ben. Daar gaat mijn leven over. En verder zijn er andere behandelaars en patiënten, de dans tussen behandelaar en patiënt, tussen patiënt en patiënt, die tragikomische dans. Zo zie ik de wereld.'

Hij slaat een arm om haar heen, zonder haar aan te kijken. Zijn antwoord is wederom onbevredigend. Hij voelt het. Ze accepteert zijn woorden niet.

'En vrienden?' vraagt ze. 'Zijn er vrienden?'

Ze gaat op bed liggen. Hij gaat naast haar liggen. Met kleren aan. Zijn moeder zou dat vreselijk vinden, die vindt dat je niet met kleren op bed mag liggen.

'Ik heb niet veel vrienden.'

'Waarom niet?'

'Dat is een persoonlijke vraag. Ik heb daar geen antwoord op, Dekha. Heb jij vrienden? Wat doet het er ook toe. Je was onzeker over je functioneren, over de crisisdienst, daar hadden we het over.'

Kadoke heeft geprobeerd van de teleurstelling zijn vriend te maken, maar het is niet gelukt. Weinig vrienden, zijn werk is zijn hobby, een moeder. Dat vat vrijwel alles samen.

'Ik heb wel wat vrienden.' Ze streelt zijn haar. 'Maar we kunnen het toch ook over jou hebben? Je hebt zulk lekker haar.'

'Nee.' Hij komt overeind, gaat naast haar op bed zitten. Hij voelt zich een kind. 'Dit gaat niet over mij. Ik ben onbelangrijk. Of ik vrienden heb of niet. Of ik van bowlen hou of niet. We gaan het niet over mij hebben. En ik wil niet tot mijn haar worden gereduceerd.'

'Bowlen?'

'Ik zeg maar wat. Het is jaren geleden dat ik voor het laatst heb gebowld.'

'Dus je houdt niet van zwarte vrouwen? Je flirt niet met me omdat ik zwart ben?'

Hij wrijft over zijn voorhoofd. Iedereen deelt de wereld in op zijn eigen manier. Kadoke begrijpt dat, maar voor hem moet de indeling functioneel zijn. De huidskleur van de persoon die een suïcidepoging achter de rug heeft speelt zelden een doorslaggevende rol in de evaluatie. Religie speelt eveneens amper een rol. Hij heeft weleens asielzoekers geëvalueerd, maar ook daar ging het eerder om een traumatisch verleden dan om huidskleur. Voor zover je echt oorzaken kunt aanwijzen uiteraard, voor zover elke oorzaak niet een veronderstelling is, een verhaal dat wordt verteld omdat er nu eenmaal verhalen moeten worden verteld.

'Als ik al met je geflirt heb, dan omdat je een arts in opleiding bent. Verder nergens om. Als ik je beledigd heb, dan bied ik mijn excuses aan.'

'Je hebt me helemaal niet beledigd. Ik was nieuwsgierig naar je, dat is alles.'

Hij draait zich naar haar toe, pakt haar pols. 'Ik wil niet dat je nieuwsgierig naar me bent,' zegt hij. 'Het hoeft niet. Er is niets om nieuwsgierig naar te zijn. Je projecteert dingen op me. Dat mag, dat kan ik je niet verbieden. Maar ik kan je wel vragen om het niet te doen. Projecteer je verlangens op iemand anders, niet op mij. Ik heb genoeg mensen teleurgesteld. Laat mij met rust. Graaf niet in mij. Je zult niets vinden.'

Ze staart hem geschrokken aan. Misschien sprak hij te hard, was hij te fel, had hij zich ironischer moeten uitdrukken? Is dat niet de kern van de meeste charme? Dat de onverkwikkelijke boodschap ironisch wordt verpakt?

'Dus jij, Kadoke,' zegt ze, 'bent de verboden kamer. Wat verleidelijk. Wat opwindend.'

Haar lukt de ironie, die hem ontglipt. Hij laat haar pols los. 'Ik ben niet de verboden kamer. Als ik mezelf tot verboden kamer zou uitroepen, zou dat inderdaad alleen een uitnodiging zijn om binnen te komen en ik begrijp dat je mijn woorden zo interpreteerde. Ik bedoelde dat niet elk contact verdiept hoeft te worden, niet elke nieuwsgierigheid moet worden bevredigd. Je hebt niet het recht om alles te weten.'

'Je wijst me af?'

'Nee. Ik wijs je niet af. Ik geef grenzen aan. Beperkingen die voortvloeien uit de manier waarop wij elkaar hebben ontmoet. Over een paar uur begint onze nachtdienst. Ik ga naar huis. Ik zal je begeleiden, meer heb ik je niet te bieden.'

Ze trekt hem naar zich toe. Niet agressief, zelfs niet echt verleidelijk, eerder zoals je een deken naar je toe trekt.

'Dus je wilt wel met de patiënten ten onder gaan, maar niet met mij?'

Hij schudt langzaam zijn hoofd. Zijn eigen woorden komen hem nu opeens absurd voor. 'Ik heb me afgevraagd of serieuze suïcidepreventie niet ook dat aanbod zou moeten behelzen. Ik ga met je mee. Ik loop die laatste weg met je ten einde. Waar jij ten onder gaat, zal ik ten onder gaan. Dat was mijn vraag, mijn twijfel. Dat stond los van jou. Want jij bent geen patiënt.'

'Ik ben geen patiënt,' zegt ze. 'Dat is waar.' En ze kust hem, met hartstocht, met een overgave die hem verbaast. Hij kan alleen maar denken: ze wil bewijzen dat ze er toch een is.

Hij zoent terug, hij voelt haar lichaam, maar ze kleedt hem niet uit en hij kleedt haar niet uit. Het is niet de lust die komt, maar de gedachte aan de naderende nachtdienst.

Nog even blijven ze zo liggen, allebei met hun kleren aan, op het keurig opgemaakte bed van Dekha. Hij staart naar de stapel handdoeken, alsof het hier een hotel is, zo liggen ze daar. Zo keurig, zo prettig en toch volstrekt onpersoonlijk. De handdoeken lijken op hem, keurig, prettig en onpersoonlijk.

'Ik moet echt naar mijn moeder,' zegt hij. 'Er is een nieuw meisje dat op mijn moeder past. Ik moet haar inwerken, ik moet kijken of alles goed gaat.'

'Woon je bij je moeder?'

'Sinds kort. Het klinkt raar. Een volwassen man die bij zijn moeder woont, maar ik ben weer bij haar ingetrokken, de meisjes die voor haar zorgden hebben ontslag genomen en ik dacht: ik doe het zolang zelf wel.'

Hij klinkt verontschuldigend, zelfs tegenover haar. Ook hier voelt de terugkeer als een kleine nederlaag, al was het maar een maatschappelijke nederlaag.

Ze speelt met zijn haar. 'Je moet je weer eens scheren,' zegt ze.

'Geen tijd.'

'Alles aan jou ruikt naar rook.'

'Mijn moeder ruikt niets meer. Ik denk dat ik een vrouw moet zoeken die ook niets meer ruikt.'

Kadoke komt van het bed af, probeert de deken en de sprei recht te trekken. 'Het was hier zo mooi opgemaakt,' zegt hij.

Dekha blijft liggen.

'Leuk dat je zo'n goed contact hebt met je moeder. Ik spreek mijn familie niet meer.'

Hij staat naast de stoel waarop de handdoeken liggen. 'In sommige gevallen is geen contact te prefereren boven contact.'

'Zo kun je erover praten. Zo kun je erover denken. Je kunt over alles wel denken: het is goed zo.'

Hij haalt zijn handen door zijn haar. 'Ergens vannacht zie ik je.' Hij wil zich vooroverbuigen om haar een kus te geven, dat leek hem het minste, maar uiteindelijk raakt hij alleen haar bovenarm aan.

'Je komt er zelf wel uit,' zegt ze.

Hij knikt. En een paar seconden later loopt hij de trap af en ruikt hij de verf weer. Kadoke kan zich niet geheel aan de indruk onttrekken dat hij de arts in opleiding niet geheel naar behoren begeleidt. Niet omdat hij haar gezoend heeft, maar omdat hij haar niet naar behoren heeft gezoend, omdat zijn antwoorden niet de antwoorden waren die zij nodig heeft. Iedere arts in opleiding heeft weer andere antwoorden nodig, andere begeleiding.

In zijn auto rookt hij twee sigaretten. Die zal Kadoke wel missen, sigaretten. Na het leven.

In een viswinkel koopt hij drie moten kabeljauw.

Tegen haar gewoonte zit moeder op de kruk in de keuken. Michette is nog niet thuisgekomen.

'Ik heb zelf maar thee gezet,' zegt moeder. Er klinkt lichte verontwaardiging in haar stem.

'Dat is heel goed.'

'Vroeger deden de meisjes dat.'

'Ik dacht dat je niemand nodig had.'

'Ik ben nu zo oud dat er wel voor me gezorgd mag worden.'

Hij trekt zijn trainingsjack uit, hangt het op in de garderobe en omhelst moeder. Ze kust hem, fluistert koosnaampjes in zijn oor. 'Jij past op mij,' zegt ze. 'Jij bent mijn vadertje.'

'Ik ben je zoon.' Hij schenkt haar een nieuwe kop thee in, pakt de rol met medicijnen en doet de tabletten die ze die avond na het eten moet slikken in een klein potje.

'Je bent ook mijn vader.' Ze kijkt hem aan met felle ogen. Ze heeft die wens eerder geuit maar nooit zo streng als op deze avond, niet eerder heeft ze hem zo dwingend uitgeroepen tot haar vader.

'Ik vind het wat veel om vader én zoon te zijn. Maar als het moet dan moet het.'

'Je past toch op mij,' zegt moeder. 'Daarom ben je mijn vadertje.'

'Dat is waar,' antwoordt Kadoke. 'Ik pas op je.' Hij kijkt op zijn telefoon om te zien hoe laat het is. 'Het nieuwe meisje zal er zo zijn, maar ik begin alvast met koken.'

Moeder veert op. Er zijn verscheidene moeders; de afhankelijke, de wanhopige, de angstige, de strijdlustige. Hier komt de strijdlustige moeder tevoorschijn. Hij ziet het aan haar ogen.

'Dat nieuwe meisje? Die straatvrouw komt er bij mij niet meer in. Ik wil haar niet, ik kan haar niet gebruiken. Heb je gezien wat ze met mijn woonkamer heeft gedaan?'

'Wat heeft ze dan gedaan?'

Moeder laat zich van de kruk glijden, pakt haar stok en loopt snel naar de woonkamer. Daar prikt ze met haar stok in een stuk textiel dat onder de koffietafel ligt. Kadoke bukt zich om te zien wat daar ligt. Het is een onderbroek van Michette.

'Dat is toch smerig,' zegt moeder. 'Ik kan dat vod ruiken als ik aan de andere kant van de kamer zit.'

'Nee moeder,' zegt hij. 'Dat kan niet. Je reukorgaan doet het niet meer. Je kunt de onderbroek van Michette niet ruiken.'

'Soms doet mijn reukorgaan het weer.'

'Ik zal het met Michette bespreken, als ze er weer is. Ik zal haar vragen haar lingerie niet zomaar te laten rondslingeren.'

'Maar ik wil die straatvrouw niet in huis. Ik ben vanmiddag ook niet op de bank gaan liggen. Je denkt toch niet dat ik ga liggen waar die straatvrouw heeft gelegen?'

'Waar heb je dan gelegen?'

'Op de grond.'

Ze wijst op het Perzische tapijt.

Kadoke pakt haar vast. 'Moeder,' zegt hij, 'zo vat je kou. Je kunt niet op de grond gaan slapen. Ik heb het je eerder gezegd, je bent geen hond. Ik zal lakens op de bank leggen, zodat Michette daar 's nachts kan slapen en dan kun jij overdag op je vertrouwde bank je middagdutje doen. Dan hoef je niet vies van haar te zijn.'

Moeder schudt haar hoofd.

'Vies,' zegt ze alleen maar. 'Vies vind ik het allemaal.'

'Ik begrijp het niet,' antwoordt Kadoke. 'Je hebt de oorlog meegemaakt en je maakt je druk om Michette.'

'Auschwitz was minder vies dan die straatvrouw,' verkondigt moeder.

Ze staat daar in haar woonkamer, woedend om een onderbroek die onder de koffietafel ligt, alsof die alles symboliseert waar zij zich niet mee heeft kunnen verzoenen. Even streelt hij voorzichtig haar haren, drukt haar tegen zich aan. Dan neemt hij haar mee naar de keuken.

'Ik heb kabeljauw gekocht,' zegt hij.

'Vind ik dat lekker?'

Ze is weer op haar kruk gaan zitten en kijkt wantrouwend naar de drie moten die hij op een soepbord heeft gelegd. Omdat Michette er niet is doet hij één moot terug in het zakje en legt dat in de koelkast.

Vervolgens verkondigt Kadoke dat moeder kabeljauw altijd lekker heeft gevonden, dan begint hij zich af te vragen hoe hij de kabeljauw zal klaarmaken en of Michette ooit nog terug zal komen. Of hij haar moet zoeken als ze niet terugkomt.

Eerst kookt hij aardappelen in de schil en als die klaar zijn legt hij de moten kabeljauw in het waarin de aardappelen hebben gekookt. Hij weet niet of het de juiste methode is, maar het is in elk geval een methode die weinig schade kan aanrichten. Omdat hij geen groente heeft gehaald, snijdt hij wat tomaten en wast een krop sla die hij in een buitenkast vindt.

Hij legt de kabeljauw en twee aardappelen op een bord. De salade serveert hij in een bakje. Als hij daarmee klaar is pakt moeder zijn onderarm vast. 'Dat jij voor me moet koken,' zegt ze. 'Wat maakt me dat verdrietig. We hadden hoge verwachtingen van je. Zulke hoge verwachtingen. Vooral je vader.'

Ze blijft zijn arm vasthouden.

'Het geeft niet,' antwoordt hij. 'Het is tijdelijk.'

'We zullen zien.' Hij merkt dat ze haar twijfels heeft of het echt tijdelijk is. Dat ze vreest dat hij zal eindigen als kok en verzorger. Een zoveelste teleurstelling.

Kadoke wacht tot zijn moeder op haar stoel aan de eettafel zit en brengt haar dan het bord met de kabeljauw en het bakje met de sla.

‘En bestek?’ roept moeder. ‘Of moet ik soms met mijn handen eten?’

‘Komt eraan.’

Hij haalt zijn eigen eten en bestek voor twee personen en gaat naast zijn moeder zitten. Ze eten zoals altijd zwijgend. Hij vraagt of ze muziek wil horen maar daar heeft ze geen behoefte aan.

‘Wil je het journaal zien?’ vraagt hij als ze twee aardappelen en de helft van haar vis heeft gegeten.

Moeder wil het journaal zien. Ze gaat op de stoel vlak voor de tv zitten. Kadoke heeft al een paar keer voorgesteld naar de oogarts te gaan, maar moeder antwoordt steeds weer: ‘Ach, die oogarts, die wil alleen maar geld aan mij verdienen.’

De bel gaat.

‘Michette,’ zegt hij en hij hoort de opluchting in zijn stem.

Kadoke opent de deur. Michette heeft een muts op en een grote tas bij zich waar, zo vermoedt hij, haar camera’s in zullen zitten.

‘Daar ben ik weer,’ zegt ze.

Ze zet haar tas op de grond, drukt haar jas in Kadoke’s hand, die hij daarom maar ophangt. Ze loopt de woonkamer in alsof ze hier al jaren woont en gaat op de bank zitten waarop ze die nacht heeft geslapen.

Moeder keurt Michette geen blik waardig.

De nieuwe bejaardenverzorgster zit met haar muts op op de bank en kijkt recht voor zich uit. Alsof ze in een wachtkamer zit, klaar voor de dokter.

Kadoke gaat op een stoel tegenover haar zitten.

‘Wie is dat?’ vraagt Michette.

Ze wijst op een schilderij dat aan de muur hangt.

‘Dat ben ik toen ik jong was. Er is nog kabeljauw. Wij hebben al gegeten.’

‘Ik heb ook al gegeten. Je kijkt zo serieus op dat schilderij. Heb je wel gelachen als kind?’

‘Ik heb veel gelachen als kind. Wat heb je gegeten als ik vragen mag?’

‘Muesli.’

‘Dat is geen avondeten. Ik denk dat het goed is als je wat vis eet. Iets anders: wil je je ondergoed hier niet laten slingeren? Moeder vindt dat vervelend. Dit is een woonkamer. Je slaapt in andermans woonkamer.’

Ze kijkt naar haar onderbroek. Ze lijkt zelf verbaasd te zijn dat die daar ligt.

‘Oké,’ zegt ze. ‘Het was een teken van vertrouwen dat ik hem hier liet liggen. Ik doe dat echt niet overal.’

‘Dank je voor het vertrouwen,’ zegt Kadoke. ‘Dan nog wat praktische details. Moeder gaat meestal om halfnegen naar boven. Ze gaat vroeg in bed liggen. Soms zit ze eerst nog even aan haar bureau in de slaapkamer. Wil jij haar zo naar boven brengen? Als moeder klaar is en aangeeft dat de dag wat haar betreft beëindigd mag worden? Tandenpoetsen doet ze eerst nog in de keuken.’

‘Is goed.’

Nu wendt moeder zich van de tv af. Ze keert zich naar Kadoke toe en zegt: ‘Ich sag das jetzt einmal auf Deutsch: Ich möchte von dieser Frau nicht angefasst werden.’

Kadoke wrijft in zijn ogen. ‘Lieverd, Duits is geen geheimtaal. Michette verstaat je vast. Ook als je Duits spreekt. Ze is niet vies. Ze is een gewone vrouw. Zoals er veel vrouwen zijn. Misschien met wat meer littekens, maar die zijn niet vies.’

‘Met oude mensen wordt geen rekening gehouden,’ mompelt moeder en ze keert zich weer naar de televisie.

‘Michette,’ zegt Kadoke, ‘zou je kunnen opstaan en zou je zachtjes moeders hand of arm willen aanraken?’

Michettes blik verraadt afkeuring, op zijn minst weerstand, maar ze staat op en loopt naar moeder. Moeder zelf doet alsof ze niets heeft gehoord. Ze is verdiept in het journaal, hoewel het onderwerp, iets met veeteelt, haar onmogelijk kan interesseren.

De jonge vrouw die hij in huis heeft gehaald om alternatieve therapie op toe te passen, staat naast moeder. Ze lijkt niet te weten wat ze moet doen, alsof een doodgewone aanraking zo beladen is geworden dat ze het niet meer kan. Dan legt Michette voorzichtig haar rechterhand op de linkerhand van moeder, die in haar schoot ligt.

Uit moeders mond ontsnapt een hoge, indringende kreet alsof ze op haar hoofd is geslagen of iemand haar onverwacht in de billen heeft geknepen.

'Wat is er, moeder?' vraagt Kadoke.

'Ik vind dat vies,' zegt ze. 'De hand van die vrouw. Ik vind dat gewoon smerig.'

Kadoke knikt.

'Michette, hoe vind jij het om moeder aan te raken?'

De hand van Michette ligt nog altijd op moeders hand.

'Ik vind het oké,' zegt ze, 'maar als je moeder het echt niet wil hou ik er onmiddellijk mee op.'

Moeder reageert niet. Ze kijkt nu naar het weer. Ze veinst dat niets spannender of belangrijker is dan het weerbericht voor morgen.

Kadoke knielt aan de rechterkant van de stoel naast moeder en pakt haar andere hand. 'Denk je dat je aan Michette zou kunnen wennen?' vraagt hij. 'Dat zij je naar bed brengt en onder de douche zet?'

De hand van Michette begint moeders hand en haar onderarm te strelen. Moeder kijkt ernaar alsof de hand een soort ongedierte is, en misschien zijn de handen van Michette ook wel kleine diertjes.

Hoe langer Kadoke naar de hand van Michette kijkt die over moeders onderarm wrijft, hoe meer hij het gevoel heeft dat de hand onafhankelijk van haar lichaam en haar hoofd opereert, een eigen leven leidt.

'Ik heb toch geen keus,' zegt moeder zacht.

‘Maar zou je eraan kunnen wennen?’ vraagt de zoon, die sinds kort weet dat hij ook de vader is.

‘Als het moet.’

De hand van Michette blijft de onderarm van moeder strelen, niet alleen de onderarm, ook de bovenarm. Een apparaat dat is begonnen met strelen en dat er nu niet meer mee kan ophouden.

Kadoke komt overeind. ‘Ik zal de kabeljauw voor je koken,’ zegt hij tegen Michette. ‘Maar vanaf morgen kook jij.’

Terwijl hij op weg is naar de keuken hoort hij moeder zeggen: ‘Hij kan niet koken, maar hij doet zijn best.’

18

Zoals vaker als hij nachtdienst heeft gaat Kadoke om een uur of halfelf naar bed. Tenzij er voor die tijd al een noodgeval is, maar dat is betrekkelijk zeldzaam. Michette heeft de kabeljauw gegeten met het commentaar dat ze voortaan inderdaad zelf wel zou koken, want dit was een belediging voor koken in het algemeen en voor kabeljauw in het bijzonder. Ze voegde eraan toe dat haar ouders een klein hotel hebben en dat ze daar op haar veertiende al in de keuken had gestaan. De wienerschnitzel was een van haar specialiteiten, overigens ook van het restaurant van haar ouders.

'Had dat dan gezegd,' antwoordde Kadoke.

Hij had nog gevraagd of zij het niet ironisch vond dat de specialiteit van iemand die geen vlees eet wienerschnitzel is, maar ze antwoordde dat anderen wat haar betreft best vlees mochten eten, ook al at ze het zelf liever niet, en dat ze er ook als halve vegetariër geen enkele moeite mee had om een biefstuk te bakken.

Moeder poetste zoals altijd haar tanden in de keuken. Er werd zoals gewoonlijk ook geflost en toen Michette het flossen zag leek er voor het eerst oprechte vreugde op haar gezicht te ontstaan.

'Ze flost,' zei Michette. 'Je moeder flost.'

'Ja,' antwoordde Kadoke. 'Mijn moeder flost. Ze heeft niet al haar tanden meer maar de tanden die ze nog heeft worden doorgaans 's avonds geflost.'

Daarna had Michette aan moeder gevraagd: 'Mag ik wat flosdraad van u lenen?'

En terwijl ze in dezelfde kleine spiegel staarden flosten ze hun tanden, moeder zittend op de kruk, Michette staand, zich bukkend om haar eigen gebit beter te kunnen bestuderen. Vanuit de gang overzag Kadoke dit tafereel en hij dacht dat het misschien toch nog goed zou komen, dat de alternatieve therapie zou kunnen aanslaan. Even overwoog hij zelfs om er in een later stadium over te publiceren in een vaktijdschrift, maar die gedachte verwierp hij snel. Deze therapie was een missie die officieel nooit zou hebben bestaan, deze therapie was een geheim dat hij mee zou nemen in zijn graf.

Na het rituele flossen bracht Michette moeder naar boven, wat erop neerkwam dat Michette met twee handen tegen de billen van moeder drukte en haar zo als het ware naar boven duwde. Een ongebruikelijke methode, maar moeder verzette zich niet. In het kleine lichaam van Michette zat nog genoeg kracht om moeder naar boven te duwen, en weer flakkerde er iets van hoop op in Kadoke.

Psychiater Kadoke slaapt – hij droomt maar hij vergeet zijn dromen, hij kan ze niet onthouden en anders dan moeder schrijft hij ze niet op – als er op de deur van zijn jongenskamer wordt geklopt. Even denkt hij dat het de telefoon is, dat hij de beltoon van zijn telefoon heeft veranderd. Dan beseft hij dat er echt op zijn deur wordt geklopt. Hij kijkt op zijn telefoon, meer dan een kwartier kan hij niet hebben geslapen.

Hij doet open.

Voor hem staat Michette, voor de verandering in een vaalwit T-shirt. Er zitten ook wat gaten in. Verder draagt ze alleen een onderbroek.

'Het gaat niet,' zegt ze.

Op dat moment beseft hij dat hij zelf ook alleen een onderbroek aanheeft. En hij ziet dat ze heeft gehuild.

'Wat gaat niet?'

'Ik kan hier niet blijven.'

'Ga naar beneden. Ik kom er zo aan. Als we hier blijven staan maken we moeder wakker.'

Hij trekt een broek aan, stopt zijn telefoon in zijn broekzak en doet zijn grijze trainingsjack aan. Deze patiënt zal hij in zijn trainingsjack tegemoet treden, aangezien ze bij hem inwoont kan dat wel.

Dan gaat hij naar beneden. Het ruikt er naar wierook.

Hij haalt diep adem om zeker te zijn dat hij zich niet heeft vergist. 'Wat is dat?' vraagt hij. 'Die geur.'

'Ik heb een wierookstokje aangestoken om de slechte energie te verdrijven.'

Hij kijkt om zich heen om te zien waar het wierookstokje brandt, maar hij ziet het nergens.

'Ik wist niet dat hier slechte energie was. Kennelijk is die er. Als je die zo wilt verdrijven, vind ik dat prima. Liever niet waar moeder bij is.'

Kadoke gaat op de stoel zitten waarop moeder altijd zit als ze tv-kijkt. Michette heeft de deken om zich heen geslagen. Het beddengoed is net zo vaal als het T-shirt van Michette.

'Ik kan van de deken een tent maken. Als ik dat doe, kom je dan in mijn tent zitten?'

'Nee,' zegt Kadoke. 'Ik kom niet in je tent zitten. Waarom gaat het niet meer?'

'Ik kan niet slapen. Ik ben bang voor de slaap.'

Haar stem klinkt moedeloos. Niet zoals ze binnenkwam eerder die avond. Bijna brutaal was ze toen, roekeloos.

'Waarom ben je bang voor de slaap?'

'Ik ben bang voor de gedachten die komen als ik slaap, of beter gezegd die komen als ik lig te piekeren. Als ik wacht op de slaap.'

Kadoke wrijft over zijn lippen.

'Wat doe je meestal als dit gebeurt?'

'De laatste tijd ga ik dan schoonmaakmiddel drinken. Of bleekwater. Het hangt er een beetje van af. Ik schaam me. Ik schaam me omdat ik zo zwak ben.'

Hij knikt. 'Wat denk je dat je nu zou kunnen doen? Wat zou helpen?'

'Je zou naast me kunnen komen liggen.'

'Ik ben je psychiater, niet je minnaar.'

'Dan weet ik het niet.'

Kadoke slaat zijn linkerbeen over zijn rechter, hij trekt de rits van zijn trainingsjack hoger dicht.

'Behalve het drinken van schoonmaakmiddelen, wat zou je nu kunnen helpen? Wat zou ervoor kunnen zorgen dat je gaat slapen?'

Ze haalt haar schouders op. 'Als jij bleekwater was zou ik je helemaal opdrinken.'

Hij lacht. Hij lacht hard, onprofessioneel, maar soms moet de psychiater zijn menselijke kant laten zien, moet hij bewijzen dat hij geen machine is. Hij ziet zichzelf voor zich als bleekwater in mensengedaante, en omdat hij zo hard en oprecht lacht, lacht zij ook.

'Kun je iets vertellen over de gedachten die komen als je niet kunt slapen?'

Ze zit daar met de deken om zich heen geslagen, inderdaad alsof de deken een tent is. Hij kijkt naar haar benen en ziet dat ze zich ook op minder voor de hand liggende plekken zoals haar enkels flink heeft gesneden.

'De onzekerheid maakt me gek. Alles is onzeker. Er is geen houvast. En daardoor wordt ook het denken onzeker, mijn gedachten zijn een hel. Alleen de dood is zeker. Alleen de dood kan mijn gedachten stopzetten. Daarom wil ik dood. Op dat soort momenten.'

'Het is een illusie te denken dat de dood een oplossing is.'

'Die illusie is op dit soort momenten aangenamer dan het leven.'

Kadoke staart naar de deken van zijn moeder. 'Ik heb dorst,' zegt hij, 'ik ga wat water halen. Kan ik voor jou wat meenemen?'

'Nee, dank je.'

Hij gaat naar de keuken, vult een theeglas met water, neemt het mee naar de kamer en gaat weer op dezelfde plek zitten.

Michette heeft zich niet verroerd. Ze zit nog met die deken op de bank en omdat ze erover is begonnen kan hij niet anders; hij ziet een tent in de deken. Moeders woonkamer zal langzaam een tentenkamp worden.

Kadoke kijkt de jonge vrouw aan. Moet hij een gesprek met haar voeren, moet hij haar een slaaptablet geven? De gedachte dat ze eigenlijk een knaagdier is bekruipt hem weer. Een automutilerend knaagdier.

'Cognitief weet je,' zegt hij zonder haar aan te kijken, 'dat de onzekerheid, die er inderdaad is, die bij het leven hoort, niet angstaanjagend hoeft te zijn. Maar je emoties zijn op sommige momenten sterker dan wat je weet, dan wat je kunt bedenken. De vraag is hoe ik je meer controle over je emoties kan geven. Betere controle.'

Ze antwoordt niet. Ze kijkt langs hem heen. Hij ruikt de wierook, intenser dan daarnet en hij hoopt dat de geur morgen is verdwenen. Het huis van moeder dient niet naar wierook te ruiken, zelf zal ze er geen last van hebben. Hij is niet dol op wierook en moeder haat wierook. Het deed haar aan kerken denken en van kerken houdt ze nog minder dan van de rabbijn.

'Hoe doe jij dat dan?' vraagt Michette. 'Hoe controleer jij je emoties?'

Hij aarzelt even. Dan zegt hij, kijkend naar zijn blote voeten: 'Ik sta mijzelf vrijwel geen emoties toe. Ik zou mijn vak niet kunnen uitoefenen als ik me werkelijke emoties zou toestaan. Ze zijn er soms, vaak zelfs, vluchtig, de laatste tijd meer dan vroeger. Ik heb geleerd ze te negeren. Daar wil ik het bij laten.'

Ze pakt het boekje dat hij eerder bij haar thuis heeft gezien, ze bladert erin.

'Je hebt vanmiddag gewerkt,' zegt hij. 'Misschien kun je daar iets over vertellen? Wie heb je vanmiddag gefotografeerd?'

'Een voetballer van Feyenoord. Hij is nummer 106 geworden. Ik heb jouw naam moeten doorstrepen. Nu kun je nummer 107 worden. Ik denk dat je nummer 107 gaat worden of anders 108.'

Kadoke wrijft zijn handen tegen elkaar. Hij heeft behoefte aan een sigaret, maar hij kan zijn behoeftes onderdrukken.

'Je gaat met de mensen die je fotografeert naar bed?'

'Soms.'

'Waarom?'

'Nieuwsgierigheid. Afleiding. De gelegenheid doet zich voor. Het wordt van me verwacht. Het hoeft niet vervelend te zijn.'

'Afleiding van wat?'

'Angst. Het leven.'

'Dus voor jou hoort seks niet bij het leven?'

'Ik weet het niet. Seks is ontsnappen aan het leven. Het echte leven is lijden.'

'En seks is geen lijden?'

Er valt een stilte. Hij kijkt naar haar polsen. Extreem dunne polsen.

'Niet altijd. Waarom kom je niet in mijn tent zitten?' vraagt ze. 'We zouden het gezellig kunnen hebben.'

'Ik zit hier prima.'

Hij neemt een slok water uit het theeglas dat hij nog kent uit zijn vroegste jeugd.

'Durf je niet?' vraagt Michette, uitdagend, honend.

'Met durf heeft dat niets te maken.'

'Wil je niet?'

'Wat ik wil doet er niet toe,' zegt Kadoke. 'Ik kan het me niet permitteren naar mijn wil te luisteren. Ik ben hier niet voor mezelf.'

Even denkt hij: is dat zo? Hij herinnert zich vrijwel woordelijk het gesprek met Dekha. Dat hij zichzelf kan wegcijferen komt hem goed uit, hij wil niets liever dan dat. Hij blinkt erin uit, maar hij wil er ook in uitblinken. En desalniettemin lijkt deze onbaatzuchtigheid hem nu verdacht.

'Ik dacht dat dit alternatieve therapie was, dan is toch alles toegestaan?'

'Niet alles, maar wel veel.'

Ze strekt haar vinger naar hem uit. 'Jij bent al je boekje te buiten gegaan door mij hier mee naartoe te nemen. Jij bent toch al geen psychiater meer, want psychiaters houden zich aan de regels. Wie ben jij van mij?'

Michette kijkt hem aan met haar intelligente ogen en ze blijft naar hem wijzen met haar wijsvinger, waarop hij geen enkel litteken kan ontdekken.

'Ik heb me niet aan de protocollen gehouden,' zegt Kadoke langzaam, op een eigenaardige manier schuchter, 'dat is waar. Ik heb me uiteraard meerdere malen afgevraagd waarom niet, want ik nam en neem de protocollen serieus. Een bevredigend antwoord heb ik nog niet kunnen formuleren. Ik heb je al gezegd dat ik vrees dat de psychiatrie niets meer voor je kan doen, dat wij je niets meer te bieden hebben. En hoewel ik dat een onaangename maar tegelijkertijd ook onvermijdelijke conclusie vind, meen ik dat er iets buiten de officiële psychiatrie moet zijn wat jou nog wel iets te bieden heeft. Als we antwoorden zoeken op de vraag waarom ik de gebaande paden in jouw geval heb verlaten geloof ik dat we in die richting moeten zoeken.'

Ze bladert in haar boekje. Zonder van dat boekje op te kijken zegt ze: 'Als je in mijn geval de gebaande paden hebt verlaten, zoals je zegt, kun je ook in mijn tent komen zitten. Dat maakt dan niets meer uit.' Ze kijkt weer naar de muur en wijst naar het schilderij. 'Zo serieus kijk je. Zo ernstig.'

Kadoke werpt een blik op het schilderij, een portret van de psychiater als kind. Het kind ziet er inderdaad ernstig uit, ernstiger dan het in werkelijkheid was. Het moet hebben gedacht dat ernstig kijken bij het model zitten hoort. Even vraagt hij zich af wat dat kind dat daar hangt met hem te maken heeft. Wie was dat kind? Hij heeft lang niet over die vraag nagedacht en hij betwijfelt of hij dat nu wil doen. Kadoke besluit Michettes opmerking te negeren.

'Misschien maakt dat inderdaad niets meer uit in deze fase van de alternatieve therapie, of ik in je tent kom zitten of niet, maar er zijn grenzen. Waar het om gaat is dit: ook al heb ik de protocollen gelaten voor wat ze zijn, toch hecht ik waarde aan de gedachte dat ik in functie voor je zit, dus als psychiater, en om die reden kom ik niet in je tent zitten. En nu het woord "grenzen" is gevallen, ik denk dat we zouden moeten onderzoeken hoe we jouw behoefte aan grensoverschrijdend gedrag voor de maatschappij en daarmee dus ook voor jou zelf acceptabel kunnen maken.'

Ze staart naar zijn voeten.

'Wat is er grensoverschrijdend aan mijn gedrag?'

Kadoke wrijft weer in zijn handen. 'De manier waarop je jezelf pijn doet. Je zou kunnen stellen dat bepaalde sporters zichzelf ook pijn doen, maar dat wij als maatschappij daarmee goed kunnen leven. We zouden moeten zoeken naar manieren om jezelf pijn te doen die maatschappelijk gezien voor minder of geen problemen zorgen. Ik denk niet dat we de behoefte die in jou zit kunnen uitschakelen en ik denk al helemaal niet dat we iets kunnen doen aan de oorzaak, aan de bron waaruit die behoefte voortkomt. Ik denk wel dat we het verlangen beter kunnen reguleren. Dat we gedrag voor jou kunnen vinden dat bij je past en dat minder extreem is. Oftewel, waar je minder last van hebt en waar je omgeving vermoed ik ook minder last van zal hebben.'

'Je hebt mooie voeten.'

Hij werpt een blik op zijn voeten. Dan gaat hij verder met het bestuderen van de vrouw die hij heeft meegenomen naar het huis van zijn moeder, hoe ze daar zit, hoe ze hem uitdaagt, en hij beseft dat hij zijn leven aan dat van haar heeft verbonden, dat er geen weg terug is, geen pijnloze althans.

'Ik wil helemaal niet dat je gedrag voor me vindt,' zegt ze op de provocerende toon die hij eigenlijk beter van haar kent dan de verlegen, angstige toon die ze ook kan aanslaan. 'Ik wil graag mijn eigen gedrag blijven bepalen. Ik wil dat je me behoedt.'

'Je behoedt voor wat?'

'Voor het leven.'

'Dat kan ik niet,' zegt Kadoke. 'Ik kan je behoeden voor de dood, dat is mijn werk, daarin ben ik gespecialiseerd. Ik kan je niet behoeden voor het leven.'

Even meent hij moeder boven door de gang te horen schuifelen, maar het is een geluid dat uit het huis van de buren komt. Hij neemt weer een slok water.

Michette staat op. 'Als jij niet in mijn tent wil komen zitten, kom ik wel bij jou.'

Ze loopt naar Kadoke toe en gaat op zijn schoot zitten. Ze weegt bijna niets. Kadoke draait zijn gezicht van haar weg, in de richting van de tv. Hij weet niet of hij haar van zich af moet duwen, of dat hij haar gewoon moet vragen, vriendelijk maar toch autoritair, weer op de bank plaats te nemen.

Hij doet niets. Hij blijft zo zitten.

Met zijn gezicht nog altijd naar de tv gewend vraagt hij: 'Hoe lang werk je al als fotografe?'

'O, zes, bijna zeven jaar. Lang in ieder geval.'

Ze gaat met haar handen door zijn haar. Niet zozeer erotisch. Het herinnert hem veeleer aan de manier waarop zijn moeder hem als klein kind op luizen onderzocht. Hij laat haar begaan, wel vraagt hij: 'Wat zoek je precies in mijn haar?'

'Niets, ik vind schedels interessant.'

'Oké. Kun je me iets vertellen over je relaties?' Hij heeft zijn gezicht nog altijd van haar afgewend en zij is begonnen aan een grondig onderzoek van zijn hoofdhuid.

'Ik heb een tijd iets gehad met een junk die me een geslachtsziekte heeft bezorgd, maar toen was ik nog jong. Daarna kwam een voetballer. Hij was heel talentvol, maar hij haalde de top niet en op een gegeven moment ging hij dealen in coke. Daarna viel er eigenlijk niet meer met hem te leven.'

'Ja,' zegt Kadoke. Hij aarzelt, maar hij besluit dat ze zo kan blijven zitten, zolang hij haar verder niet aanraakt.

'En daarna nog een journalist, maar dat was een loser. Hij was ziekelijk jaloers.'

'Ik vind het niet erg dat je door mijn haren gaat, hoewel ook dat grensoverschrijdend gedrag is, maar kun je aangeven hoe lang je nog nodig hebt voor het onderzoeken van mijn schedel?'

'Hoort dit nog bij de therapie?'

'Dit is therapie, ja. We hebben de gebaande paden weliswaar verlaten,' zegt hij met zijn gezicht nog altijd strak naar de televisie gewend, 'maar het is wel degelijk therapie.'

'Dan heb ik nog wel even nodig.'

Hij beseft dat als hij nu gebeld wordt, als er een noodgeval is, een ander noodgeval dan dit, hij haar van zich af moet duwen.

'En de mannen die in je boekje staan? Dat waren geen relaties?'

'Nee, dat was onderzoek.'

'Onderzoek naar wat?'

'Naar de man.'

'Je fotografeert je modellen niet alleen, je onderzoekt ze ook?'

'Ik onderzoek mensen. Vooral mannen. Als je je wil vastklampen aan mensen moet je ze eerst onderzocht hebben, om te weten aan wie je je kan vastklampen en aan wie niet. Aan mannen kan je je beter vastklampen dan aan vrouwen. In ieder geval ik.'

Ze pulkt nog altijd in zijn haar. Hij vindt het als hij eerlijk is niet onaangenaam.

'Nu onderzoek ik jou,' zegt ze.

'Dus fotografie is onderzoek?'

'Ja, misschien wel. Soms maak je betere foto's als je seks met je model hebt gehad.'

'Onderhoud je relaties met de mannen die in je boekje staan?'

'Met sommigen. Met anderen niet. Je hebt een wondje op je hoofd.'

'Ik zal me gestoten hebben. Wat moet ik me bij die relaties voorstellen?'

Michette haalt haar schouders op. 'Appjes. Soms bellen ze me. We drinken iets. Een heel enkele keer hebben we nog seks, maar meestal blijft het bij één keer.'

De vrouw op zijn schoot begint zwaar te worden, hij zegt er niets van.

Hij draait zijn gezicht weg van de tv en kijkt naar haar wang. Er zit een grote moedervlek bij haar oor, eentje die je kunt voelen.

'Wat zou je uit deze alternatieve therapie willen halen? Wat zijn je verwachtingen? Waarop zou je willen en kunnen hopen?'

Ze is even stil. Haar handen stoppen met friemelen. Dan zegt ze: 'Ik zou of niet meer dood willen of ik zou gewoon willen sterven. Alles wat daartussenin zit vind ik eigenlijk geen oplossing. Is dat hoop genoeg?'

Ze pakt zijn gezicht met beide handen vast en draait het voorzichtig naar zich toe.

Hij pakt haar handen en haalt ze van zijn gezicht. 'Ik wil niet dat je me zo vastpakt,' zegt hij. 'Dat je op mijn schoot bent gaan zitten heb ik laten passeren. Hier is de grens. Mensen hopen omdat ze halfblind zijn. Je kunt de hoop niet omarmen zonder ook een vorm van blindheid te omarmen en die blindheid is onzekerheid bij uitstek. Ik had mijn vraag misschien anders moeten formuleren: wat wil je met deze therapie bereiken?'

Ze klimt van hem af, gaat op de bank liggen, trekt de deken over zich heen. Hij hoort haar huilen. Kadoke blijft zitten. Hij drinkt het laatste water uit het theeglas en ziet dan dat het niet goed is schoongemaakt. De bodem van het glas is bruin.

Michette komt half onder de deken vandaan. Even stopt het huilen. 'Je kan wel doen,' zegt ze, 'alsof ik degene ben die grensoverschrijdend gedrag vertoont, en je kan me vragen stellen en zolang ik er zin in heb zal ik die vragen beantwoorden, maar degene die echt grensoverschrijdend gedrag vertoont ben jij, Kadoke.'

En weer priemt haar wijsvinger in zijn richting, de wijsvinger zonder littekens. Hij staart er als gehypnotiseerd naar, maar hij weet dat hij haar woorden niet onbeantwoord kan laten. De intelligente patiënt moet met intelligentie en zo veel mogelijk openheid tegemoet worden getreden.

Kadoke wrijft over zijn bovenbenen, die warm, zelfs zweterig zijn geworden. 'Voor zover deze therapie grensoverschrijdend kan worden genoemd, en naar algemene maatstaven heb je daar gelijk in, zou ik de grensoverschrijding noodzakelijk willen noemen. Mijn inschatting was en is dat het om leven en dood ging. De medische tuchtraad zal deze analyse, deze verdediging, vermoedelijk niet accepteren, ik ben me daarvan bewust. Wat ik belangrijker vind is of ik met mijn analyse kan leven, of ik die, alles overwegend, acceptabel vind.'

Ze laat haar hand zakken, de vinger verdwijnt uit zijn zicht. Even trekt ze de deken over haar hoofd, dan komt het weer tevoorschijn.

'Kom dan bij me,' zegt ze, 'grensoverschrijdende psychiater. Kom bij me als je durft.'

Hij pakt het theekopje en kijkt nog eens goed naar de bodem. Hebben de meisjes nooit goed de afwas gedaan of is dit aan hem te wijten? Hij zet het kopje weer neer, loopt naar de bank en hurkt neer bij Michettes hoofd.

'Het is geen kwestie van durven, zoals ik al heb gezegd. Ik heb nachtdienst. Ik kan ieder moment worden gebeld. Het enige wat ik je te bieden heb is alternatieve therapie.'

'Maar meer vraag ik ook niet.'

Ze pakt zijn hand en houdt die vast, en terwijl ze die blijft vasthouden beseft hij dat hij de psychiatrie is kwijtgeraakt. Zo moet een gelovige zich voelen die God kwijtraakt. Het doet meer pijn dan hij had kunnen vermoeden en hij kan zich alleen herstellen door te concluderen dat hij de psychiatrie niet werkelijk is kwijtgeraakt, dat hij nog altijd een psychiater in functie is, dat hij nachtdienst heeft. Hij heeft zijn God nog. Hij wankelt, maar de psychiatrie is er nog.

'Zou liefde ook alternatieve therapie kunnen zijn?' vraagt ze.

Ze knijpt in zijn hand, ze masseert hem. Hij laat haar begaan. Hij blijft haar hand vasthouden.

'Ik sluit het niet uit. Ik sluit in dit stadium niets uit.'

Omdat hij zijn benen begint te voelen gaat hij op de rand van de bank zitten zoals hij ook vaak op de rand van moeders bed zit.

'Als liefde alternatieve therapie kan zijn, kom dan naast me liggen.'

Kadoke schudt zijn hoofd. 'Nee,' zegt hij. 'Seks is de grens die wij niet over zullen gaan. Je mag mijn hand vasthouden als dat nodig is. Je bent op mijn schoot gekropen, maar verder dan dat gaan we niet. De aandacht die je hier krijgt staat los van seksualiteit.'

Ze is even stil. Ze haalt haar neus op.

'Verlang je dan niet naar mij?'

'Ik luister niet naar mijn verlangen. En nee, ik verlang niet naar je. Het is een grens die ik niet kan overschrijden zonder dat ik ophoud te bestaan.'

Ze laat zijn hand niet los. Hij voelt hoe zijn eigen hand plakkerig wordt.

'Maar wat ben ik dan van je?'

Hij kijkt naar de muur, niet waar het schilderij hangt, maar de andere muur.

'Je bent een patiënt van me,' zegt hij na een lange stilte, 'een patiënt die ik niet kon opgeven. Je bent mijn zwakke plek. Mijn open wond. Maar daar hoef jij je niet om te bekommeren.'

'Mag ik voor altijd bij je blijven?'

Hij schudt zijn hoofd. 'Nee,' zegt hij, 'als de alternatieve therapie is aangeslagen wil jij niet meer dood, althans niet meer op zo'n manier dat je functioneren erdoor wordt belemmerd. En dan moet jij hier weg. Dan moet jij verder, dan moet je gaan leven, dat kun je tegen die tijd. En ik moet ook verder, want er zullen andere patiënten zijn om wie ik me moet bekommeren.'

Ze begint te huilen. Haar lichaam trilt. Hij heeft meer patiënten zien en horen huilen, maar hier in het huis van zijn moeder komt het gehuil van Michette rauwer op hem over.

Hij pakt haar hoofd en fluistert in haar oor: 'Ik heb nachtdienst, dat wil zeggen dat ik ieder moment kan worden gebeld. En eigenlijk zou ik moeten slapen. Boven ligt moeder, ik vrees dat ze wakker wordt of allang wakker is omdat we behoorlijk wat lawaai maken en ze aan jou nog niet gewend is. De meisjes die ze voor jou had sliepen 's nachts als muisjes. Kunnen we afspreken dat je deze nacht jezelf geen pijn gaat doen? Ik ben om uiterlijk zeven uur 's ochtends terug. Ik ga je geen slaaptablet geven. Ik vertrouw erop dat je hier blijft liggen, dat je weet dat ik er rond zeven uur ben, en dat ik de alternatieve therapie zal voortzetten tot jij de behoefte om te sterven niet meer voelt.'

Het huilen stopt niet. Hij blijft haar hoofd vasthouden.

'Dus over ongeveer acht uur ben je weer terug?' vraagt ze zacht, wanhopig vermoedelijk.

'Over ongeveer acht uur ben ik weer terug,' zegt hij. 'En als je denkt dat het voor die tijd misgaat, als je denkt dat het echt niet goed gaat, kun je me bellen. Je hebt mijn nummer. Maar ik vertrouw erop dat je deze nacht doorkomt zonder mij te bellen, zonder jezelf pijn te doen.'

Kadoke laat haar hoofd los. Hij wil opstaan, maar ze grijpt zijn hand en kijkend naar haar gezicht moet hij weer aan een knaagdier denken.

'Lijd jij?' vraagt ze.

Moet hij deze vraag beantwoorden? Moet hij hem negeren? 'Grappig,' zegt hij uiteindelijk. 'Die vraag, iets anders gesteld, heb ik eerder op de dag beantwoord.'

'Maar lijd jij?'

Hij wrijft over zijn neus, nog steeds aarzelend of hij de vraag moet beantwoorden of dat hij nu gewoon moet gaan, naar zijn jongenskamer, zijn opklapbed.

'Ik sta boven het lijden,' zegt hij.

‘Dus je lijdt niet? Ben je dood? Volgens mij lijden alleen de doden niet.’

‘Ieder mens heeft een lijdende kern. Ik lijd niet meer dan absoluut noodzakelijk.’

‘Maar hoe kan je dan weten wat liefde is? Als je niet meer lijdt dan absoluut noodzakelijk.’

Ze heeft zijn hand vast zoals een drenkeling zich vastgrijpt aan de hand die zich naar hem uitstrekt, wetend dat hij op een gegeven moment zal moeten loslaten, maar dat moment steeds weer uitstellend.

‘Hoe bedoel je dit?’ vraagt hij.

Ze antwoordt niet, Michette is bezig zijn hand te vermorzelen, ze is overmand door emoties, maar hij trekt zijn hand niet terug. Nog niet.

Zijn blik gaat door de kamer. Een lichte wanhoop overvalt hem. Waarom heeft hij haar meegenomen? Waarom ligt zij op moeders bank? Had hij aan één patiënt in zijn privékliniek niet genoeg? De ambitie, de eeuwige ambitie, een langzaam werkend gif.

‘Moet je lijden om te kunnen weten wat liefde is? En zou je iets minder hard in mijn hand willen knijpen? Het begint pijn te doen.’

‘Ja,’ zegt ze met een overtuigingskracht die hem verbaast. Alsof ze niets weet, alsof ze aan alles twijfelt, maar daaraan niet. Om te weten wat liefde is moet je lijden. Ze drukt zijn hand wat minder stevig vast.

‘Het is een opvatting waarop ik wel iets aan te merken heb.’

Ze richt zich half op, zonder zijn hand los te laten. ‘In ruil voor de alternatieve therapie zal ik jou iets geven,’ zegt ze, hem aankijkend, hem hypnotiserend lijkt het wel. ‘Ik zal je leren wat liefde is. Ik zal je doen lijden, dan kan je eindelijk liefhebben.’

‘Waarom zou je me pijn willen doen?’ vraagt hij.

Ze is stil, ze staart hem alleen maar aan. Dan zegt ze: ‘Omdat ik dan zelf minder lijd. Als ik jou doe lijden hoef ik zelf minder te lijden.’

Hij trekt zijn hand terug. Kadoke staat op.

'Om ongeveer zeven uur ben ik weer hier,' zegt hij. 'Ik vertrouw erop dat wij een afspraak hebben.'

Hij wil naar de deur lopen, maar ze roept hem. 'Kadoke,' roept ze. 'Kadoke.' En alleen al de manier waarop ze zijn naam uitspreekt, maakt dat hij zich wel moet omdraaien.

'Ben jij dat echt?' vraagt ze.

Ze wijst op het schilderij.

'Als kind, zei ik al. Lijk ik niet op hem?'

'Jawel, maar ik dacht: misschien is het je broer.'

'Ik heb geen broer.'

Haar blik gaat van het schilderij naar hem en weer terug.

'Als je weet wat lijden is zal je niet meer alleen zijn,' zegt ze.

'Ik betwijfel het,' antwoordt hij. 'Ik geloof niet dat leed heilzaam is. Onvermijdelijk op zijn best.'

Hij loopt in de richting van de deur en weer roept ze hem. 'Kadoke, grensoverschrijdende psychiater Kadoke.'

De psychiater blijft staan, hij draait zich om.

'Waar is het zingende kerstboompje?' vraagt ze.

Hij kijkt om zich heen. Dan ziet hij het. Het staat redelijk verdekt opgesteld in een hoek, naast een plant. Zo opgesteld dat het moeder niet elke ochtend opnieuw zou opvallen dat er een zingende kerstboom haar huis in is gesmokkeld.

'Wil je me het geven?' vraagt ze. 'Ik wil graag dat het zingende kerstboompje bij me in bed komt liggen.'

Hij loopt naar de kleine kerstboom, pakt hem op en geeft die haar.

Ze gaat ermee onder de deken liggen. 'Ik wil niet dat je hem laat zingen,' zegt hij. 'Moeder kan wakker worden.'

Hij doet het licht uit en sluit de deur. Kadoke loopt de trap op, maar halverwege gaat hij op een trede zitten.

Al die jaren heeft hij iets over het hoofd, is hij blind geweest voor iets wat al veel eerder tot hem had moeten doordringen. Hij had het kunnen weten, maar hij wilde het niet weten. Beter gezegd, hij wilde het hooguit erkennen als uitzondering op de regel, niet als regel. Als je doet lijden, als je daartoe in staat bent, als je kunt pijnigen, hoef je zelf minder te lijden. Het is een poging om pijn te delen, een poging tot intimiteit, misschien zelfs genegenheid. Alleen al daarom zou je erboven moeten staan.

Hij glijdt met zijn vingers over zijn hoofd alsof hij wil weten wat Michette heeft gevoeld. Nog even blijft hij zo zitten, nadenkend, de gebeurtenissen evaluerend, bedacht op geluiden uit de woonkamer, uit moeders slaapkamer. De kerstboom zingt gelukkig niet. Grensoverschrijdende psychiater is hij genoemd. Door een patiënt nog wel. De woorden doen hem glimlachen.

Kadoke staat op, loopt verder de trap op en opent voorzichtig moeders deur. Nog voor hij hem helemaal open heeft kunnen doen hoort hij haar mompelen: 'Gott, oh Gott, oh Gott. Oh Gott.'

Ze ziet hem. Ze weet dat hij er is. 'Gott, oh Gott,' zegt ze nu iets harder. 'Gott, oh Gott.'

Zacht sluit hij de deur om na te gaan of ze hem zal roepen. Of ze zijn naam zal roepen zoals Michette dat net deed. Al zal zij niet 'Kadoke' roepen. 'Otto', zal ze roepen. Of 'Bubele'. Of misschien ook 'mijn jongetje'.

Maar ze roept hem niet. Met zijn oor tegen de deur hoort hij haar alleen mompelen: 'Gott, oh Gott, oh Gott. Oh Gott.'

19

Kadoke slaapt door zijn wekker heen, hij moet hem half dromend nog hebben uitgezet. Hij wordt ruim twintig minuten later wakker dan hij van plan was op te staan. Dergelijk ongedisciplineerd gedrag stoort hem.

Er waren twee noodgevallen die nacht. Geen kinderen, zoals hij Dekha had voorspeld, geen minderjarigen. Toen hij tegen zessen thuiskwam lag Michette te slapen, ook moeder sliep. Hij kleedde zich uit, ging op zijn opklapbed liggen in de hoop nog een uur of twee te kunnen rusten.

Nu kleedt hij zich snel aan, een broek, een T-shirt, en treft Michette in de keuken aan. Ze zit op moeders kruk, ze heeft yoghurt en fruit gemaakt. Twee soepborden staan al klaar. Ook heeft ze zijn grijze trainingsjack aangetrokken.

Ze bekijkt hem zonder verder iets te zeggen. Haar blik gaat naar beneden. Naar zijn voeten. Ja, hij loopt weer op blote voeten. Thuis draagt hij bij voorkeur geen schoenen.

'Ik heb ontbijt gemaakt,' zegt ze na een lange stilte die Kadoke niet wenste te onderbreken. 'Voor mezelf, en ik dacht misschien vindt moeder het ook lekker.'

'Goed,' zegt hij. 'Heel goed. Maar moeder eet zelden yoghurt. Ik ben degene in dit huis die de meeste yoghurt eet. Soms kom ik thuis van de nachtdienst en heb ik honger. Dan eet ik yoghurt. We kunnen het natuurlijk proberen. Misschien wil moeder jouw yoghurt wel eten.'

'Ik kan heel goed yoghurt met fruit maken. Ik heb er ook honing doorheen gedaan. Ik moest even zoeken maar ik heb de honing gevonden. Naast de soepblokjes. Een beetje een vreemde plek om honing neer te zetten.'

Haar ogen staan goed, haar stem klinkt helder. Je zou bijna denken dat ze gelukkig is.

'Ach,' zegt Kadoke, 'iedereen heeft zo zijn eigen systeem in de keuken. De borden die je daar hebt neergezet zijn zogenaamde vleesborden, moeder probeert vlees en melk gescheiden te houden. Zoals ik al vertelde. Een onderdeel van de koosjere huishouding. Ze hecht aan traditie. Wil je andere borden pakken? De zogenaamde melkborden staan hier.'

Hij opent een kast en laat haar de melkborden zien.

'Melkborden,' zegt ze, 'vleesborden. Grappige woorden.'

Ze pakt de melkborden.

'Heel grappig,' zegt Kadoke. 'Iets anders: ik heb liever niet dat je mijn kleren draagt.'

'Ik had het koud.'

'Ik dacht dat je thuis een tas had gepakt met verschoning.'

'Ja, heb ik ook, maar dat het in dit huis 's ochtends zo koud zou zijn, kon ik niet weten. In de kliniek is het meestal warm. Vaak te warm.'

Kadoke gaat de woonkamer binnen. Hij zet de thermostaat hoger. Er slingert geen ondergoed door de kamer. Op de bank ligt de zingende kerstboom. Hij pakt de kleine kerstboom op en verstopt die weer in de hoek naast de plant. Dan trekt hij het laken dat hij Michette heeft gegeven van de bank, vouwt dat zo goed als het gaat op en legt laken en deken op een stoel. Hij kijkt rond; het heeft er weliswaar alle schijn van dat er een logé is, maar de mensen van buurtzorg zullen verder niets verdachts vinden.

Hij heeft wel getwijfeld of hij niet zelf op de bank moest gaan slapen, maar het is beter dat Michette hier ligt en hij op zijn jongenskamer, waar de Nepalese meisjes ooit sliepen. Even ziet hij Rose voor zich. Ze serveert thee, ze loopt in een korte broek. Milde weemoed, dat is wat er van liefde en lust overblijft, maar dat is genoeg, het is ruim voldoende.

Vervolgens zet hij de bank van de slaapstand in de zitstand, zoals moeder dat gewend is. Zij gaat altijd op de bank liggen als die in zitstand staat. 'Ik ben niet dik,' zegt ze.

In de keuken heeft Michette water opgezet.

'Drinkt je moeder thee of koffie?'

'Moeder drinkt eerst thee. Boven. Daar ontbijt ze ook. En samen met de thee neemt ze haar medicijnen. Dan komt ze naar beneden en drinkt koffie en neemt nog wat homeopathische middelen. Tegen die tijd is het meestal al elf uur. Moeder aankleden is een proces dat even kan duren. Dat ook afhankelijk is van haar energie en haar humeur. Ze moet eigenlijk douchen.'

Het water kookt.

'Je kunt de thermoskan vullen met kokend water,' zegt Kadoke, 'zo deden de meisjes het altijd. Dan is er tot laat in de middag thee.'

Hij kijkt toe hoe ze het water in de thermoskan giet. Zorgvuldig en geconcentreerd. 'Zal ik moeder ontbijt brengen?' vraagt ze. 'Of wil jij haar eerst wakker maken?'

'Maak jij haar maar wakker,' antwoordt Kadoke. 'Jij bent moeders verzorgster. Ik weet vrijwel niets van bejaardenverzorging. Jij bent nu verantwoordelijk voor het welzijn van moeder.'

Ze kijkt hem aan alsof hij een grap maakt, maar hij staart haar ernstig aan. Er is geen spoor van ironie op zijn gezicht te zien.

'Zal ik moeder dus haar ontbijt brengen? Is dat wat je bedoelt?'

Hij kijkt op zijn telefoon. Iets na negenen.

'Ja,' zegt hij, 'doe maar. Om deze tijd is moeder meestal wel klaar voor het ontbijt.'

Terwijl ze een bord met yoghurt vult zegt ze: 'Je bent niet meer langsgekomen in de vroege ochtend, zoals je had beloofd. Wil jij ook wat yoghurt?'

'Nee, die is voor jou en moeder. Als zij niet wil, eet ik haar portie wel op. Toen ik terugkwam van de nachtdienst heb ik naar je gekeken. Je lag er vredig bij. Je sliep. Ik was mijn belofte niet vergeten, maar ik vond het nergens voor nodig je wakker te maken.'

'Ik heb gedroomd.'

'Je sliep, dat is het voornaamste.'

'Ik had nare dromen.'

'Misschien moet je ze opschrijven.'

'Ik schrijf ze ook weleens op, maar ik heb altijd nare dromen.'

Ze zet het bord op een dienblad, schenkt een kop thee in.

'Dat is niet erg,' zegt hij. 'Dromen mogen best naar zijn. Zolang je maar slaapt.'

Hij kijkt hoe ze naar boven loopt met het dienblad. Ze draagt een zwarte rok, daarboven zijn grijze trainingsjack. Een merkwaardige combinatie.

Kadoke blijft in de keuken staan. Hij verwacht zijn moeder te zullen horen. Een indringende kreet. Of verwensingen. In het Duits of het Nederlands. Zijn moeder jammert niet, zijn moeder vloekt en vervloekt en zolang ze dat doet weet hij dat de dood op afstand zal blijven. Maar hij hoort niets. Hij blijft nog een paar minuten wachten, dan rookt hij in de tuin haastig en ietwat gespannen een sigaret.

Ook als de sigaret tot aan het filter toe is opgerookt blijft hij in de tuin, kijkend naar de coniferen, een klimroos, de langzaam uit elkaar vallende schutting die deze tuin van die van de buren scheidt. Rondwandelend over het terras denkt hij na, wat zijn de volgende stappen, hoe kan hij het hier in goede banen leiden? Gedachteloos opent Kadoke een tuinkast, hij ziet een enorme voorraad homeopathische middelen. Pas als zijn voeten onaangenaam koud beginnen te worden, gaat hij terug naar de keuken. Hij wrijft zijn voeten warm en loopt dan naar boven. Hoewel hij moeder niet heeft gehoord is hij op het ergste voorbereid, maar moeder zit rustig aan haar bureau, ze heeft de yoghurt met vruchten al bijna op.

Michette zit naast haar.

'Goedemorgen, mijn jongetje,' zegt moeder.

'Is het ontbijt lekker?' vraagt hij.

'Ja,' zegt ze. 'Heel lekker. Waarom heb je mij nooit yoghurt gegeven?'

Hij blijft in de deuropening staan. Moeder heeft de lepel nog in haar hand.

Michette zit op een witte opklapstoel naast moeder. De verf bladdert van de stoel af. Vroeger verfde moeder zelf bij, nu heeft ze er de kracht niet meer voor.

Michette kijkt hem net zo aan als moeder zelf, licht verwijtend, ietwat verbaasd. Waarom heeft hij al die tijd geweigerd moeder yoghurt te geven?

'Ik dacht dat je niet van yoghurt hield,' zegt hij.

'Ik hou niet van vla,' antwoordt moeder. 'Yoghurt vind ik lekker. Kwark vind ik heerlijk, als het niet te vette kwark is. Vla vind ik smerig. Geen enkel land ter wereld heeft vla, alleen Nederland. Omdat de Nederlanders geen cultuur en geen beschaving hebben, daarom hebben ze vla.'

Kadoke knikt. Zacht zegt hij: 'Michette, je moet moeder nog haar tabletten geven. Ze zitten in dat potje. Ik had ze gisteravond al klaargelegd. Daarna kan moeder gewassen worden. Moeder, vind je het goed als Michette je onder de douche zet?'

Moeder kijkt even naar Kadoke's patiënt. Ze monstert haar.

'Ja,' zegt ze, 'als het moet. Als jullie me vies vinden mag dat meisje me best onder de douche zetten.'

'Heb je nog instructies nodig, Michette, over hoe moeder gewassen moet worden? Heb je weleens een oudere dame of heer onder de douche gezet?'

'Ik heb weleens een oudere heer onder de douche gezet,' antwoordt Michette.

'Prima,' zegt Kadoke. 'Dan neem ik aan dat jullie het met zijn tweeën wel redden? Of heb je van mij nog aanvullende informatie nodig?'

Voor Michette antwoord heeft kunnen geven, zegt moeder: 'Wat denk je nou, dat jij weet hoe een oude vrouw moet worden gewassen? Ik heb je jarenlang moeten wassen, en soms denk ik dat ik dat nog steeds zou moeten doen. Maar ik heb er de kracht niet meer voor.'

Dan wendt moeder zich tot Michette. Ze brengt haar hoofd dichter bij het oor van Michette alsof ze haar een belangwekkend geheim gaat vertellen: 'Mijn zoon laat door iedereen over zich heen lopen, vooral door zijn patiënten. Die zelfmoordenaars houden met niemand rekening.'

Kadoke schraapt zijn keel. 'Goed,' zegt hij, 'als jullie me hier niet meer nodig hebben wacht ik beneden. Michette, als je klaar bent met moeder, wil ik graag in de woonkamer de rest van de dag met je doornemen.'

Hij zet het lege schaaltje yoghurt op het dienblad en gaat ermee naar de keuken.

Kadoke zet koffie voor zichzelf en rookt in de tuin nog snel een sigaret. Vervolgens gaat hij in de woonkamer zitten met zijn notitieboekje en bladert door zijn aantekeningen voor dienstverslagen die allang geschreven zijn.

Dekha stuurt hem een sms. 'Kom je nog naar de crisisdienst?'

Hij schrijft terug dat hij van plan is laat in de middag langs te komen. Zijn blik glijdt over de achtertuin, nog even bladert hij door de spaarzame aantekeningen die hij tijdens de nachtdienst heeft gemaakt. Starend naar zijn aantekeningen komt het hem voor dat hij een nachtdier is, maar daarmee kan hij leven.

Het is na elven als moeder beneden komt. Ze draagt haar blauwe trainingspak. Zoals gebruikelijk gaat ze in de keuken zitten, waar ze zich omringt met haar homeopathische middeltjes. Kinderen zijn die middeltjes, haar beste vrienden. Ze zou er gesprekken mee kunnen voeren en misschien doet ze dat ook wel. In plaats van mensen zijn er middeltjes in moeders leven.

Als Michette de woonkamer in gaat loopt hij achter haar aan. Ze ligt al op de bank voor hij een gesprek met haar heeft kunnen beginnen. Ze hengelt de deken van de stoel en spreidt die zorgvuldig over zichzelf uit. Hij vindt dat patiënten overdag beter niet kunnen slapen, maar hij laat haar begaan, Michette is hier nog maar net. Ze moet wennen, hij moet ook wennen.

De patiënt is met haar telefoon bezig, ze is iets aan het schrijven. Hij loopt weer terug naar de keuken, waar moeder met haar homeopathische tabletten en druppels voor zich zit. 'Hoe was het?' vraagt hij zijn moeder. 'Hoe ging het in de badkamer?'

Ze ziet eruit alsof ze goed gewassen is. Ook haar haren zijn gewassen en geföhnd. Dat is al heel wat.

'Hoe moet het zijn?' vraagt moeder zonder op te kijken van haar tabletten. 'Douchen is douchen.'

Hij zet koffie voor moeder.

'Was ze lief voor je?'

'Dat meisje? Ze heeft zachte handen.'

'Denk je dat ze je vaker onder de douche mag zetten?'

'Als er niemand anders is. Ze is in ieder geval niet oud.'

Hij zet koffie voor haar neer. 'Ze heeft overal littekens,' zegt moeder. 'Heb je dat gezien? Ze zit onder. Zielig vind ik dat, zo jong en dan al zoveel littekens.'

'Ze heeft zichzelf vroeger pijn gedaan.'

'Zielig. Dat komt in onze familie gelukkig niet voor. Zoiets vreselijks. En waarom laat ze niets aan die snor doen?'

Hij streelt moeders schouder, moeders arm. 'Ik denk dat de haren op haar bovenlip deel uitmaken van haar identiteit. Vermoedelijk verkeert ze op gespannen voet met sommige van onze schoonheidsidealen. Wij staan allemaal op gespannen voet met schoonheidsidealen.'

Moeder keert zich bruusk naar hem toe. 'Ik niet,' zegt ze. 'Ik was zelf een schoonheidsideaal. De ss heeft altijd naar me gelachen.'

Hij drukt moeder tegen zich aan, hij houdt haar vast. 'Het is goed dat ze naar je gelachen hebben,' zegt hij. 'Jij verdient het dat ze naar je lachten. Iedereen zou naar jou moeten lachen.'

Even laat ze zich omhelzen, maar dan zegt ze: 'De mensen zouden ook naar jou moeten lachen.' Ze kijkt hem aan en in haar blik ziet hij angst, een krankzinnige angst, pure vertwijfeling. Moeder vreest dat de mensen nooit naar haar zoon zullen lachen. Vooral de ss niet.

'Misschien moet je op een vechtsport,' zegt ze. 'Misschien zullen de mensen dan meer naar je lachen. Eén glimlachje is in jouw geval al heel wat.'

Hij laat haar los. Ze begint haar koffie te drinken. 'Vechtsport en lachen hebben niet zoveel met elkaar te maken,' zegt hij. Maar moeder lijkt te zijn vergeten wat ze net heeft gezegd, ze is weer verdiept in haar homeopathische middeltjes.

Kadoke gaat terug naar de woonkamer. Als hij binnenkomt kijkt Michette op van haar mobieltje. Ze stopt het onder de deken alsof het een baby of een jong dier is, iets wat warm moet blijven in elk geval.

'Ging het goed met moeder?' vraagt hij.

Ze knikt.

'Ze is best een aantrekkelijke vrouw.'

Kadoke hurkt bij het hoofd van Michette.

'Denk je dat je het aankunt, moeder elke ochtend te wassen, elke ochtend haar ontbijt te serveren? Denk je dat het gaat lukken? Die verantwoordelijkheid? De discipline?'

'Ja,' zegt ze, 'dat gaat lukken.' Op dezelfde toon waarop ze vannacht zei dat ze hem ging leren wat lijden was. Zelfverzekerd. Luchthartig.

'Heb je met moeder kunnen spreken?'

'Ik heb moeder goed gewassen. Ze was best wel vies.'

'Vies?'

'Ze was vies. Wie heeft haar vóór mij gewassen?'

'Ik, maar ze wil liever niet door mij onder de douche worden gezet, daarom haalde ik een washandje over haar heen.'

'Van een washandje kan je behoorlijk schoon worden.'

'Goed,' zegt Kadoke, 'heb je met haar kunnen praten?'

'Ik heb haar gewassen. Ik heb haar aangeraakt, dat is belangrijker dan een gesprek.'

Kadoke wrijft over zijn kin. Hij heeft zich weer niet geschoren. Geen tijd. Als je nachtdienst hebt valt een bepaald gebrek aan verzorging nog minder op.

De psychiater voelt zich niet zo prettig bij de nadruk die Michette legt op het feit dat ze moeder heeft aangeraakt. 'Een aanraking betekent pas iets als je er woorden voor hebt kunnen vinden,' zegt hij. 'Als je erover hebt kunnen spreken. Als je er niet over kunt spreken is het betekenisloos.'

'Woorden kunnen ook betekenisloos zijn.' Ze kijkt hem aan alsof hij haar leerling is. 'Betekenisloosheid kan overigens ook bevrijdend zijn,' zegt ze. 'Seks is betekenisloos. Daarom is seks zo bevrijdend.'

Kadoke wrijft in zijn ogen, dan zegt hij: 'Ik wil de dag met je doornemen. Moet je werken?'

'Ik moet om vijf uur iemand fotograferen.'

'Dan kun je nog voor moeders lunch zorgen.'

'Het is inderdaad beter dat ik ervoor zorg dan jij. Waarom heb jij nooit leren koken?'

De hoon is terug. Hij ziet dat als een goed teken, in haar hoon zit humor. Strijdlust. Net als bij moeder. Als die agressief uit de hoek komt, gaat het goed met haar.

'Ik ben benieuwd naar je kookkunsten,' zegt hij vriendelijk.

Hij gaat op de rand van de bank zitten. Voorzichtig, omdat hij haar niet wil aanraken.

Ze legt haar hand op zijn onderrug, ze duwt het T-shirt dat hij die ochtend heeft aangetrokken opzij. Ze wrijft over zijn blote onderrug, niet teder, eerder als een arts die het lichaam onderzoekt.

'Wil je je hand weghalen?' zegt hij. 'We hebben besproken wat de grenzen zijn.'

'Als ik je moeder onder de douche mag zetten, als dat alternatieve therapie is, dan mag ik ook wel mijn hand op je rug leggen.'

'Mijn moeder is hulpbehoevend, ik niet.'

De wijsvinger komt weer tevoorschijn. 'Jawel,' zegt ze, 'grensoverschrijdende psychiater Kadoke. Jij hebt hulp nodig. Ook jij bent hulpbehoevend. Daarom ben ik in je leven verschenen. Ik zal je leren wat lijden is. Wat zijn die bultjes?'

Ze wrijft nog altijd met haar vingers over zijn onderrug, als een blinde eigenlijk. 'Moedervlekken,' zegt hij, 'ze worden binnenkort weggehaald. Ze zijn vermoedelijk goedaardig, maar het is toch beter ze weg te laten halen.'

Hij pakt haar hand, legt die resoluut op de bank en gaat op een stoel iets verder van haar af zitten.

'Ik wil nog even vaststellen dat je verblijf hier gebonden is aan het respecteren van een aantal grenzen. Een van die grenzen is moeder. Ik verwacht dat jij verantwoordelijkheid neemt voor haar verzorging. De tweede grens is fysieke intimiteit. Ik kan je hand vasthouden als dat nodig is. Ik kan je hoofd vasthouden, als dat echt nodig is. Dat is de uiterste grens. Er is geen fysieke intimiteit tussen ons mogelijk. Voor zover wat wij hier doen inderdaad alternatieve therapie mag heten is dat alleen omdat wij die grenzen respecteren.'

Ze staart naar hem, niet echt teleurgesteld, eerder uitdagend en vol verwachting.

'Kom je vanmiddag mee als ik mijn foto's ga maken?'

Vanuit de keuken komen geluiden. Moeder is vermoedelijk opgestaan van haar kruk. 'Wil jij ook koffie?' hoort hij haar roepen. 'Moet ik het meisje vragen of ze koffie voor je maakt?'

'Een moment,' roept hij terug. 'Ik kom zo. Een moment.'

Met de vingertoppen van twee handen wrijft hij over zijn voorhoofd.

'Ga je met me mee, Kadoke?' vraagt Michette. 'Wil je zien hoe ik het doe?'

Hij schudt zijn hoofd en bestudeert zijn voeten. Mooie voeten. Nee, iets uitzonderlijk moois heeft hij nooit in zijn eigen voeten gezien. Zijn moeder zou hartelijk om Michettes opmerking hebben gelachen.

Zonder zijn blik van zijn voeten af te wenden zegt hij: 'Jouw manipulatieve gedrag is een andere manier om jezelf pijn te doen. Je verwart kortetermijndoelen met langetermijndoelen. Het is geen overlevingsstrategie maar ook weer een poging tot zelfdestructie, een manier om contact met anderen te saboteren.'

Hij kijkt op, ze slikt, hij ziet haar slikken, maar ze gaat niet huilen.

'Ik wilde je leren wat lijden is,' zegt ze. 'Als je mij echt wil helpen moet je mij jou laten leren lijden.'

'Ik hoef niets te leren. Het gaat niet om mij, ik doe er niet toe.'

Kadoke gaat naar de keuken om moeder te vertellen dat hij een kop koffie met haar zal drinken en Michette roept hem na: 'Hoe lang ga je nog door met ontkennen? Je vertoont therapieontwijkend gedrag, Kadoke.'

Hij glimlacht. Therapieontwijkend gedrag. Als de therapie maar lang genoeg duurt gaat de patiënt het jargon van de therapeut overnemen. Hij drinkt koffie met moeder, zij zittend, hij staand, zij bezig homeopathische middeltjes te verwerken, hij denkend aan zijn patiënt in de woonkamer. Twijfel bekruipt hem weer. Was het wel juist om van dit huis een privékliniek te maken? Heeft hij zijn hand niet overspeeld?

'Soms denk ik dat ik er beter mee kan stoppen,' zegt moeder, 'met al die homeopathische middelen. Soms denk ik dat het allemaal niets helpt.'

Hij is weer terug, in de realiteit van de keuken. Hij kijkt naar de potjes met druppels en tabletten, de gigantische verzameling die daar voor moeder uitgestald staat. 'We kunnen weer eens naar de homeopaat,' zegt hij. 'Als je dat wilt, als je denkt dat het helpt. Misschien kan hij andere druppels voorschrijven?'

'O nee,' antwoordt moeder. 'Ik vond hem een bedrieger en onaardig bovendien.'

'Dan gaan we er niet heen.' Homeopaten die bedriegers zijn, en onaardig bovendien, hoeven niet te worden bezocht.

Kadoke gaat weer naar de woonkamer. Michette ligt nog altijd op de bank, de telefoon in haar hand.

'Het wordt tijd om op te staan,' zegt hij. 'Je kunt beginnen aan de lunch. Moeder gaat zo aan de eettafel zitten. Dan is de keuken van jou en kun je daar de lunch voorbereiden.'

'Wat zal ik maken?'

'Moet je aan moeder vragen. Ze eet slecht, daarom is het zaak haar zo veel mogelijk eten te serveren waar ze echt trek in heeft. Zelfs als dat eten niet voedzaam is. Dat is besloten in overleg met de diëtist. Een tijd heeft moeder op knakworstjes geleefd, maar gisteren heeft ze de kabeljauw redelijk goed verwerkt.'

'Verwerkt?'

'Gegeten. Opgepeuzeld.'

Kadoke neemt plaats op een stoel, op gepaste afstand van Michette.

'Ik zal opstaan,' zegt ze, zich uitrekkend. Een klein dier dat het liefst aan zijn winterslaap zou willen beginnen. Ze komt overeind maar de deken houdt ze om zich heen geslagen.

'Waarom laat je je zo door je moeder behandelen?' vraagt ze.

'Hoe bedoel je?'

'Ze kleineert je.'

'O nee,' antwoordt Kadoke, 'dat is niet kleinerend. Ze is kritisch. Moeder ziet veel, ze heeft een kritische houding ten opzichte van alles, ook ten opzichte van haar zoon. En ze is bang, maar ze kleineert niet. Het is liefde. En onmacht. Voor veel mensen is liefde onmacht. Onvermogen. Een poging tot liefde, dat is wat ik erin lees. Bovendien moet je niet alles op jezelf betrekken, Michette.'

Ze kijkt hem langdurig aan. Zou ze wat hij net heeft gezegd onacceptabel vinden?

Ze begint haar haren te vlechten. 'Je zei gisteren dat liefde alternatieve therapie kon zijn.'

Hij aarzelt weer even. Wie de gebaande paden verlaat, de protocollen niet eerbiedigt, kan zoveel meer fouten maken. 'Ik zei dat ik allerlei mogelijkheden openhield, maar ik heb ook de grenzen aangegeven.'

Ze vlecht nog steeds, geconcentreerd, bijna nerveus.

'Zou ik van jou mogen houden?'

Hij wrijft met zijn handen over zijn broek. Het is te warm in deze kamer. Moeder vindt dat prettig, die houdt van warmte. En Michette ook. Maar hij houdt het niet uit.

'In theorie mag alles,' zegt hij. 'In de praktijk niet. Ik ben er om iets te voorkomen. Jij bent hier niet om van mij te houden.'

'Je hebt mij anders een open wond genoemd.' Er klinkt weer hoon in haar stem, een serieuze variant.

Kadoke knikt langzaam, in gedachten verzonken. 'Ja,' zegt hij, 'dat is waar. Ik heb risico's genomen die veel van mijn collega's zouden veroordelen of gewoon niet zouden begrijpen, vermoed ik. Als je de gebaande paden van de psychiatrie verlaat moet je toegeven dat de behandeling een open wond is gebleken, of de patiënt zelf. Kun je je nu aankleden?'

Ze ritst zijn trainingsjack open. De piercings intrigeren hem. Alsof iemand vrij willekeurig twee ringen door haar tepels heeft geslagen. Hij kijkt naar de gordijnen.

'Je moeder is echt een man,' zegt ze.

'Mijn moeder is een man geweest.'

'Waarom is ze dat niet gebleven?'

Hij ziet uit zijn ooghoek hoe ze een trui aantrekt. Geen beha, wel een trui.

'We kunnen niet altijd blijven wie we zijn, we mogen dat ook niet verwachten. Het is misschien nergens voor nodig om te blijven wie je bent.'

Ze rommelt in haar tas.

'Dat is geen antwoord,' zegt ze. 'Dat is vaag.'

Hij staat op en zegt: 'Omdat mijn vader in een ernstige depressie terechtkwam toen mijn moeder stierf. We waren vrij wanhopig. Ik was wanhopig. Hij kwam er pas uit toen hij de kleren van mijn moeder ging dragen, toen hij zijn vrouw, mijn moeder werd. Iets waar je je verder geen zorgen over hoeft te maken. Ik heb het je allemaal al verteld.'

Ze stapt in een donkergrijze spijkerbroek.

'Waarom wil je dat ik meega als je gaat fotograferen?' vraagt hij, kijkend naar de gordijnen en de planten van zijn moeder, de gieter die op de vensterbank staat.

'Omdat ik je wil leren lijden.'

'Waarom zou ik lijden als ik meega naar je werk?'

'Omdat ik de mensen die ik fotografeer liefde geef.'

'Je geeft ze seks, als ik het me goed herinner.'

Hij doet een paar stappen in de richting van het raam en haalt wat dode bladeren van een plant die moeder over het hoofd heeft gezien.

'Ik geef mezelf. Ik cijfer mezelf weg, ze nemen me over. Als je wordt genomen door een man verdwijn je eigenlijk in zijn leven. Als jij meegaat ben je getuige van iets waarvan je denk ik geen getuige zou willen zijn. Ik zal je herinneren aan alles wat je mist.'

Kadoke vraagt zich af of deze plant te veel of juist te weinig water heeft gekregen. Te veel, vermoedt hij, moeder geeft te veel.

'Als psychiater ben je voortdurend van dingen getuige waarvan je geen getuige zou willen zijn. Ik heb geschetst wat de grenzen zijn. Grenzen die goed zijn voor ons allebei. Een van de doelstellingen van de alternatieve therapie is jou beter te leren omgaan met grenzen. Enerzijds zou het wenselijk zijn dat je flexibeler met die grenzen omgaat, dat je je een houding kunt permitteren die van ontspanning getuigt als het gaat om jouw en andermans verwachtingen. Anderzijds geloof ik dat het goed zou zijn als je de grenzen die de maatschappij stelt beter in het oog zou kunnen houden.'

Een buurvrouw parkeert haar auto. Ze kijkt even naar het huis van Kadoke's moeder. Er wordt hier veel geroddeld. Misschien hebben de mensen begrepen dat de zoon van mevrouw Kadoke een privékliniek is begonnen, misschien spreken ze daar stiekem hun afschuw over uit.

Michette is bezig haar gympen aan te trekken. Ze zit op de bank.

'Je vindt me promiscue, je oordeelt over me.'

'O nee, oordelen – vooral morele oordelen – zijn doorgaans slecht voor de patiënt, en voor de behandeling. Er is wenselijk, minder wenselijk en zeer onwenselijk gedrag. Dat moeten we niet met moraal verwarren, daar heeft niemand wat aan. Sterker nog, aan die verwarring gaan heel wat mensen ten onder. Ik vraag me af of wat jij promiscue gedrag noemt goed is voor jou. Dat is alles.'

Ze blijft zitten op de bank, aangekleed en wel, maar zo te zien nog niet van plan te beginnen aan de voorbereidingen voor de lunch.

'Je bent jaloers,' zegt ze. 'Je wil me helemaal voor jou alleen. Daarom heb je me hierheen gehaald. Je was bang dat ik met een andere psychiater naar bed zou gaan. Je bent een soort Priklopil. Is er hier een kelder?'

'We hebben een kruipruimte, waar de verwarmingsketel staat. Verder is hier geen kelder. Priklopil?'

'De man die Natascha Kampusch heeft ontvoerd. Ik ben wel vrijwillig met je meegegaan, maar eigenlijk is dit een ontvoering, toch?'

Ze staat op, gaat vlak voor hem staan. Hij doet een stap achteruit maar veel verder kan hij niet, hij vreest de planten van de vensterbank te zullen stoten.

'Is dit een ontvoering?' vraagt ze nog een keer, nu iets harder.

'Je bent vrij om weg te gaan als je wilt, ik kan dat niet vaak genoeg herhalen. Kun je ietsje achteruitgaan, dan kunnen we het gesprek voortzetten?'

Ze doet een stap achteruit.

Hij slaat zijn armen over elkaar, om zich een houding te geven maar ook om haar duidelijk te maken dat ze niet dichterbij moet komen. Het heeft niet het gewenste effect. Ze doet weer een stap in zijn richting. 'Als jij me hier wegstuurt,' zegt ze, 'als jij ophoudt mijn Priklopil te zijn, dan maak ik me van kant. Dan heb ik niets meer om voor te leven.'

Kadoke beantwoordt haar strenge blik door streng terug te kijken. Hij staart in haar ogen. 'Ik heb je al gezegd dat de belangrijkste doelstelling van je verblijf hier is om te voorkomen dat je nog last hebt van dergelijke gedachten. De doelstelling van de alternatieve therapie is dat je niet meer dood wilt. Verder wil ik best een eind meegaan in jouw fantasieën, die ik geneigd ben wanen te noemen, maar ook daar zijn bepaalde grenzen nuttig. Daarom zeg ik het nog even duidelijk: ik ben Priklopil niet, ik ben psychiater Kadoke. Niemand heeft je ontvoerd.'

'Ik maak zelf wel uit wie je bent.'

'Tot op zekere hoogte heb je daar gelijk in. Zullen we gaan zitten?'

'Ik blijf staan.'

'Ook goed.'

Hij draait zich om, in de richting van de vensterbank. Het raam. De buurvrouw maakt nu een praatje op straat met een andere buurvrouw.

'Moeder geeft elke ochtend zo tussen elf en twaalf de planten water,' zegt hij. 'Het is een belangrijk ritueel voor haar omdat het een van de weinige dingen in het huishouden is die ze zelf nog doet. Maar ik heb de indruk dat ze zoveel water geeft dat ze sommige planten verzuipt. Weet jij iets van planten?'

'Nee.'

'Misschien kun je er toch op toezien dat moeder de planten niet verzuipt?'

'Ik weet weinig van planten, maar het concept verzuipen is me duidelijk.'

Hij schuift op naar links, loopt door de kamer en neemt plaats op moeders tv-stoel.

'Zo meteen, stel ik voor, begin je aan de lunch. Ik zou willen dat je samen met moeder een maaltijd samenstelt die zij wil eten. Is dat haalbaar, denk je?'

'Als het moet. Priklopil.'

'Voor we dat gaan doen,' zegt Kadoke, 'ben ik benieuwd wat je denkt te winnen als ik met je meega wanneer je je foto's maakt.'

Ze staat daar bij het raam als een kind dat niet volwassen heeft willen worden, dat de wereld van de volwassenen heeft doorzien, met afschuw, met een grenzeloze walging.

'Je zou jaloers worden,' zegt ze, met de klemtoon op ieder woord.

'En waarom? Hoe zou dat in zijn werk gaan?'

'Je zou zien dat ik iedereen liefde geef. Iedereen, Priklopil, behalve jou.'

'Je hoeft me geen liefde te geven. Ik ben niet geïnteresseerd in transacties, als ik daarin geïnteresseerd was had ik een ander beroep gekozen. Het enige wat ik van je verwacht is dat we overeenstemming bereiken over een paar basisprincipes voor je verblijf hier. En volgens mij gaat ons dat lukken. Wat ik je kan beloven is dat ik niet zal opgeven tot je verlangen om dood te gaan zodanig is afgenomen dat je er geen noemenswaardige last meer van hebt. Dat zou ik geen transactie willen noemen, hooguit een overtuiging, of een open wond, het verschil tussen die laatste twee is minimaal.'

Ze blijft even stil. De uitdrukking op haar gezicht is onveranderd.

'Ik had het niet over transacties, Priklopil. Niet alles is een transactie. Als ik mezelf pijn doe, is dat een transactie? Is pijn een betaalmiddel? De pijn kan verbinden, Priklopil, diep vanbinnen weet je dat, anders had je me niet ontvoerd.'

Hij staat op. 'Ik zal vandaag met je meegaan naar je werk,' zegt hij. 'Maar ik ga niet naar binnen. Ik blijf buiten op je staan wachten. Als je dat wilt, als je dat nuttig vindt, kan ik dat voor je doen.'

Kadoke blijft nog even staan, denkend aan Priklopil. Michette bukt zich om haar sokken op te trekken. In gedachten verzonken staart hij naar haar sokken. Denkend aan de privékliniek die het huis van zijn moeder is geworden vraagt hij bijna onhoorbaar: 'Die tatoeage daar bij je enkel: wat stelt die eigenlijk voor?'

'Een zeemeermin. Vind je het een mooie zeemeermin?'

'Ik heb geen verstand van tatoeages. En eigenlijk ook niet van zeemeerminnen.'

'Waarvan heb jij eigenlijk wel verstand?'

Voorzichtig leidt hij Michette naar de keuken. Ze stribbelt niet tegen en ze noemt hem geen Priklopil.

Als ze in de keuken staat, laat hij haar los en gaat terug naar de gang.

Hij hoort haar vragen. 'Wat wilt u lunchen, mevrouw Kadoke?'

Stilte.

Dan zegt moeder: 'Worstjes.'

Michette: 'Uw zoon vindt dat u te veel worstjes eet.'

'Mijn zoon heeft altijd wel wat te klagen.'

'Zou u vis willen eten?' Stilte.

Moeder: 'Een lekkerbekje. Een klein lekkerbekje. Met extra saus.'

'Knoflooksaus?'

'Nee, van die roze saus.'

‘Dat is toch knoflooksaus?’

‘Ik heb nog nooit van een roze knoflook gehoord.’

Kadoke gaat aan de eettafel zitten. Hij stuurt Dekha een sms dat hij vandaag niet naar de crisisdienst zal komen, dat ze morgen wel weer een goed gesprek zullen voeren.

20

Moeder doet haar middagdutje en Kadoke rijdt Michette in zijn auto naar haar woning, waar ze spullen moet ophalen voor haar werk. Hij draagt zijn grijze trainingsjack. Het ruikt een beetje naar Michette. Hij moet het wassen. Het is ongepast, vindt hij, om naar patiënten te ruiken.

'Ik ga met je mee,' zegt hij terwijl ze achter een bestelauto staan die het verkeer blokkeert, 'op jouw uitdrukkelijke verzoek. Omdat ik denk dat het je kan helpen.'

'Hoe helpen?'

Ze heeft zich opgemaakt. Niet overdreven, maar het is te zien. Ze draagt lange mouwen, er is vrijwel geen litteken zichtbaar. Op de binnenkant van haar linkerpols zitten twee kleine, maar wie kijkt er goed naar de binnenkant van een pols? Je moet van suïcidepreventie je werk hebben gemaakt om daarop te letten.

'Het helpt je misschien om niet meer zo snel te vervallen in aangeleerd, negatief gedrag.'

'Bestaat er dan ook gedrag dat niet is aangeleerd? Die vrouw ken ik.'

Ze wijst op een meisje in een groene regenjas dat bij een tramhalte staat.

'Omdat het niet goed voor je lijkt te zijn.'

'Je keurt het af, Priklopil. Je doet wel alsof je zo open en ruimdenkend bent, maar dat is een pose. Als je echt van iemand houdt zou je hem dan niet helemaal voor jezelf willen hebben?'

Hij schudt nadenkend zijn hoofd. 'Jij geeft aan last te hebben van je gedrag. Afkeuring is per definitie lastig, vrijwel niemand verdraagt permanente afkeuring. Daarom zie ik assimilatie aan algemeen geaccepteerde normen vooral als een poging minder last te hebben van de maatschappij, je vrijer, zorgelozer door die maatschappij te kunnen bewegen. Met mijn vermeende afkeuring heeft dat allemaal niets te maken. Als je het me eerlijk vraagt weet ik niet eens of ik zelfmoord afkeur. Ik probeer die te voorkomen, dat is iets anders.'

Ze legt haar linkerhand op zijn onderrug. Ze friemelt onder zijn trainingsjack en T-shirt tot ze zijn huid heeft gevonden.

'Ik begrijp niet waar je het over hebt,' zegt ze. 'Je vindt me promiscue, dat is het enige wat ik begrijp.'

Hij schudt weer zijn hoofd. 'Ik probeer je bewust te maken van normen die je geïnternaliseerd hebt terwijl je doet alsof die normen niet de jouwe zijn.'

De bestelauto is aan de kant gegaan, ze kunnen doorrijden. Hij wil en kan haar hand nu niet weghalen. Ze moet zichzelf corrigeren. Dat moet ze leren. Beter gezegd: dat moet hij haar leren. Die taak heeft hij op zich genomen toen hij de wereld van de protocollen en het face-to-facecontact verliet.

'Wil je dat niet doen?' zegt hij na een tijd. 'We hebben afspraken gemaakt.'

'Ik voel even aan je bulten, ik vind die bultjes zo leuk.'

Het is gaan regenen. Hij zet de ruitenwissers aan, het geluid ervan maakt hem rustig.

'Het zijn geen bulten. Het zijn goedaardige moedervlekken. Ze worden binnenkort verwijderd, zei ik al. Ik moet alleen de dermatoloog nog bellen voor een definitieve afspraak.'

'Ik vind ze zo leuk. Laat ze zitten. Voor mij.'

Hij kijkt even opzij. Kadoke ziet niets van spot op haar gezicht. Misschien meent ze het, misschien heeft ze een zwak voor goedaardige moedervlekken die om onduidelijke redenen aan het groeien zijn geslagen.

Hij zoekt een parkeerplaats en terwijl hij wacht tot een moeder met kind wegrijdt, die vrouw doet er tergend lang over, zegt hij: 'Je beseft dat je weer grenzen overschrijdt. Je brengt me steeds weer in een positie dat ik grenzen moet stellen, dat ik je moet corrigeren terwijl je dat zelf zou kunnen doen.' Hij pakt haar hand van zijn rug en legt die op haar schoot.

'Je bent zo'n bange Priklopil,' zegt ze. 'Ik wist niet dat Priklopil zo bang was.'

Kadoke parkeert voorzichtig in.

'Waarom kom je steeds weer op Priklopil terug? Wat betekent die man voor jou?'

'Alles,' zegt ze. 'Ik vind ontvoeringen fascinerend. Ik heb het boek van Natascha Kampusch verslonden. Als je ontvoerd wordt hoef je niet meer zelf te leven, de ontvoerder doet het voor je. Je duikt onder bij de ontvoerder. Niemand kan je daar vinden, je bent onvindbaar voor het leven. Ik zie gewoon wie je bent, daar gaat het om. Ik zie wie je echt bent.'

'Het huis van mijn moeder is geen onderduikadres, de oorlog is afgelopen,' zegt Kadoke.

'Mijn oorlog niet, Priklopil, en de jouwe is ook nog volop bezig.'

Kadoke opent een rode paraplu die van zijn moeder is en biedt de patiënt enige bescherming tegen de regen.

Michette steekt haar sleutel in het slot van de voordeur. Aan haar sleutelbos bungelt iets wat hem aan een engel herinnert, en ze kijkt hem aan alsof ze hem een groot geheim zal laten zien, terwijl hij hier toch al een paar keer is geweest.

Niets lijkt te zijn veranderd sinds de laatste keer dat hij er een dienstbezoek aflegde dat geen dienstbezoek zou mogen heten.

De geknakte planten staan er nog steeds.

Ze gaat op de wc zitten met de deur open. Hij wilde eigenlijk op de bank plaatsnemen, maar omdat hij dan direct uitzicht heeft op de wc besluit hij wat rond te slenteren. Achter in de woning ontwaart hij foto's die tegen een muur zijn geplakt. De vorige keren waren ze hem niet opgevallen. Mensen. Hoofden. Sommigen komen hem bekend voor maar in de meeste gevallen weet hij er geen naam bij. Roem zegt hem weinig.

Ze komt van de wc en doet in de woonkamer de ceintuur van haar spijkerbroek dicht. Tussen de foto's ontdekt hij een zelfportret. Michette ziet er boos en verdrietig uit, maar ook uitdagend. De littekens op haar armen zijn goed zichtbaar. Ze heeft er zelfs eentje boven haar linkerborst. Ze draagt een truitje met een royaal decolleté. Op de foto wordt de ware aard van de littekens zichtbaar: roulette met het eigen lichaam.

Ze is naast hem komen staan.

'Mooi?'

Hij weegt zijn antwoord. 'Indringende gezichten. Ze roepen vragen op,' zegt hij. 'Ze spreken tot de verbeelding.'

'We hebben nog even,' zegt Michette. 'We moeten hier niet ver vandaan zijn. Wil je wat drinken? Ik kan koffie maken.'

'Nee, dank je.'

'Bleekwater?' Ze lacht. Het bleekwater lijkt een grap te zijn geworden, iets wat hen verbindt. Een geheim, een anekdote uit de nachtdienst. Een psychiater die bleekwater kreeg aangeboden zoals hij elders weleens chocolade en bonbons aangeboden kreeg. Toch moet hij toegeven dat hij die nacht wel degelijk even in de verleiding was het bleekwater aan te nemen, het te proeven. Indachtig zijn idee dat ware suïcidepreventie misschien bestaat in het samen met de patiënt ten onder gaan. De hulpverlener die zichzelf ten einde denkt moet wel concluderen dat hij de laatste weg samen met de patiënt moet afleggen, dat hij hem niet alleen moet laten gaan.

'Dank je,' zegt hij. 'Geen koffie. Niets. Zelfs geen bleekwater.'

Ze begint in een kast die is afgeschermd met een zwarte doek te rommelen en haalt apparatuur en lampen tevoorschijn.

'Vroeger had ik een assistent,' vertelt ze, opgewekt, als een verhaal dat je kinderen vertelt voor het slapengaan. 'Maar hij is verdwenen.'

'Wilde hij loonsverhoging?'

'Hij was mijn vriendje. Ik betaalde alles voor hem en op een gegeven moment dacht ik: als ik toch alles voor hem betaal kan ik hem net zo goed in dienst nemen.'

'Een geëmancipeerde gedachte,' zegt Kadoke, terwijl hij blijft kijken naar het zelfportret. Zwart-wit. Haar ogen zijn zwaar opgemaakt. Je zou haar verwachten met een sigaret in de hand. Het zou een foto kunnen zijn die in Parijs is genomen, eind jaren vijftig. Een jonge vrouw op zoek naar avontuur, verdwaald, nog ietwat onzeker of de deceptie niet integraal deel uitmaakt van het avontuur. Maar eind jaren vijftig was ze nog niet geboren, en hij ook niet.

Ze zet alles klaar, dan gaat ze aan tafel zitten. Ze bladert haastig door oude kranten, nerveus. 'Ik wil niet te vroeg komen,' zegt ze. 'Dat vind ik stom.'

Kadoke blijft staan voor de muur waarop de foto's hangen, hij voelt zich als een bezoeker in een galerie.

Hij krijgt een sms. Dekha. Ze schrijft: 'Dan zie ik je vannacht. Ergens op een onzeker uur. De noodgevallen zullen zich beslist ook vannacht aandienen.'

'Beslist,' schrijft hij terug. 'De noodgevallen laten ons nooit in de steek.'

Hij draait zich om, gaat tegenover Michette aan tafel zitten. Ze bladert nog steeds, driftig, meer om te bladeren dan om te kijken wat er in de oude kranten staat.

'Zou ik je mogen fotograferen?' vraagt ze zonder het bladeren te stoppen.

'Ik geloof niet dat psychiaters door hun patiënten gefotografeerd moeten worden.'

'Is dat ook weer grensoverschrijdend gedrag?'

'Ja, volgens mij wel.'

Ze blijft maar bladeren. Ze begint van voren af aan. Het lijkt wel alsof ze muziek maakt met krantenpapier.

'Het is volstrekt willekeurig wat jij grensoverschrijdend vindt en wat niet, er is geen logica in te ontdekken.'

'Ach logica,' zegt Kadoke.

Michette bladert weer verder. Hij is er nu zeker van: ze leest niet. Ze ziet niets. Ze bladert door de krant zoals een ander op zijn nagels bijt.

'Zou ik dan tenminste je bulten mogen fotograferen? Geen mens weet dat die van jou zijn, toch?'

'Daar gaat het niet om. En het zijn trouwens doodgewone moedervlekken. Zoals ik al heb gezegd.'

'Ze hebben iets ontroerends, het zijn net heuveltjes.'

'Heuveltjes?'

'De bulten die jij moedervlekken noemt.'

'Mijn onderrug is een heuvellandschap zeg je? Ach ja. Ook met dergelijke metaforen moet een mens leven.' Kadoke moet om zichzelf glimlachen. Het is niet netjes, je hoort jezelf niet geestig te vinden, het past misschien bij de lichte vorm van wanhoop die dit werk dikwijls met zich meebrengt; soms zit er niets anders op dan jezelf geestig te vinden, ook al zit je tegenover iemand die net een zelfmoordpoging achter de rug heeft. Humor kan de zaak verlichten, kan een patiënt verleiden om te spreken, maar je moet weten wie je voor je hebt. In sommige gevallen werkt humor averechts.

Kadoke legt zijn handen op tafel, bestudeert zijn vingers. 'We gaan zo,' zegt hij, 'maar voor die tijd wil ik duidelijkheid over mijn rol. Ik wil samen met jou vaststellen waarom en tot hoe ver ik zal meegaan. Ik ga niet mee naar binnen. Maar wat hoop je dat er zal gebeuren? Waarom denk je dat mijn aanwezigheid tijdens je werkzaamheden bij zal dragen tot je genezing, als ik dat beladen woord mag gebruiken?'

Ze legt de kranten op een stapel.

'Omdat je zal lijden,' zegt ze.

Hij kijkt weer naar zijn vingers en kucht. Alsof het kuchen zich tot de sigaret verhoudt als de placebo tot het echte medicijn. 'Waarom wil je mij ook alweer leren lijden?'

'Om je te redden.'

'Maar waarom?'

Ze wrijft over haar kin en zegt zacht: 'Omdat je mij dan aan het leven bindt. De angst verschroeit alles. Elk verlangen, elke hoop. Alleen jij bent nog niet verschroeid.'

'Of ik verschroeid ben of niet staat hier niet ter discussie. Ik ben in elk geval al gered,' zegt hij zonder haar aan te kijken. 'Lang geleden heb ik mezelf gered, en ik betwijfel of ik je aan het leven kan binden. Misschien dat een kind dat kan, maar ik geloof niet dat je je om die reden moet voortplanten.'

Het kind is de suïcidepreventie bij uitstek, hoewel hij meerdere gevallen voorbij heeft zien komen die het tegendeel bewijzen; moeders met jonge kinderen, vaders met een nageslacht waarmee een minibus gevuld zou kunnen worden, en toch woog het verlangen naar de dood sterker dan het verantwoordelijkheidsgevoel. Bovendien moet je het kind niet opzadelen met de taak andermans suïcidepreventie te zijn. Dat mag je niet vragen van de kinderen die nog geboren moeten worden en ook niet van hen die al leven.

Michette kijkt hem licht teleurgesteld aan. Had ze echt gehoopt dat hij zou zeggen: red mij. Jij kunt het. Jij zult slagen waar anderen faalden.

'Je zal zien wat ik aan anderen geef en niet aan jou. Je zal zien dat je me niet gaat redden op jouw manier. En dat zal je doen lijden. Als je lijdt kom je dichterbij, dan sta je niet meer boven me, dan kan je niet meer denken dat je meer bent dan ik.'

Er zitten kringen in het hout.

'Is dat de kern?' vraagt Kadoke. 'Van dit lijden? Van deze angst? De vrees dat een ander zal krijgen wat jij begeert, dat een ander zal nemen waarvan jij vindt dat het jou toebehoort, dat een ander zal winnen en dat er na het smadelijke verlies geen waardig leven meer mogelijk is? Is dat wat je zegt? Dat je alleen door te winnen het recht op het leven bevestigt, en dat je dat verspeelt door niet te winnen, door te verliezen? En is dat besef de motor van de angst en het lijden?'

Zijn hand ligt op de grootste kring van de tafel. Hij kan die kring bijna voelen zoals Michette zijn moedervlekken kon voelen.

Ze schudt haar hoofd. 'Nee,' zegt ze. 'Ik ben niet bezig met winnen of verliezen. Als ik me daar al mee bezighoud maakt het me alleen ongelukkig, hoewel de macht kan helpen. Gewild worden, hoe kort ook, is macht hebben. Als jij me wil heb ik macht over jou, als jij me niet wil zoals de anderen, als je me alleen maar wil redden, heb ik ook macht over je. Macht helpt. Maar op momenten dat ik echt lijd verlang ik nergens naar. Nu jij er bent verlang ik ernaar om samen met jou te lijden.'

Hij kijkt naar haar gezicht en hij vergelijkt het met dat op de foto. Sommige mensen drukken zoveel identiteiten uit met hun gezicht dat een foto een bedrieglijke momentopname is, een vervalsing.

'Kunnen we zeggen,' gaat hij verder, starend naar de vlekken, 'dat je behoefte om jezelf pijn te doen, je verlangen om jezelf te straffen, eigenlijk hetzelfde verlangen is dat je voelt om mij te doen lijden?'

Het vieze geheimpje van veel depressies. Eigenlijk is er een ander die gepijnigd en gestraft moet worden, maar omdat die ander onvindbaar is of omdat men beschaafd genoeg is om de ander met rust te laten, straft men zichzelf.

Ze haalt haar schouders op. 'Je praat, grensoverschrijdende psychiater Kadoke, je praat en je praat, maar je doorgrondt me niet. Ik hef de ene pijn op met de andere.'

Uit haar tas haalt ze haar opschrijfboekje. Ze bladert erin. 'We gaan naar nummer 44,' zegt ze. 'Ik denk nog steeds dat jij nummer 107 of 108 zal worden.'

'Ik denk het niet.'

Ze staat abrupt op. 'Wil je me helpen dragen?'

Hij gaat weer voor de muur met de foto's staan, hij weet dat ze naar hem kijkt. 'Heb ik je al pijn gedaan?' vraagt ze, en zonder zich om te draaien, terwijl hij naar haar zelfportret blijft staren antwoordt Kadoke: 'Nee.'

'Zou je me haten als ik je pijn doe?'

'Nee.'

'Waarom niet? Waarom haat je de mensen niet die je pijn doen?'

'Zo zit ik niet in elkaar, zo wil ik niet in elkaar zitten. Je zegt misschien dat je me pijn wilt doen, dat je die intentie hebt, maar ik neem je woorden niet letterlijk. Ik lees er iets anders in. Als je zegt dat je mij pijn wilt doen zoek je contact, een bepaalde vorm van intimiteit, probeer je mij te verleiden tot emoties, tot een bekentenis misschien wel. Om het hard te zeggen: een patiënt kan mij aanvallen, hij kan mij schoppen of slaan, maar hij kan mij geen pijn doen.'

Haar foto's zijn op een eigenaardige manier scherp, alsof het gezicht onder een microscoop is gelegd, alsof zelfs de neusharen niet aan de aandacht van de toeschouwer mogen ontsnappen.

'Dus als ik je pijn wil doen denk je dat ik van je hou?'

Hij draait zich om. 'Zo zou je het kunnen zeggen. Hoewel ik eerder over verlangen zou spreken dan over houden van. Als je me pijn wilt doen projecteer je jouw verlangen op me. En je wilt me straffen omdat je bij voorbaat al vermoedt dat ik je verlangen onbevredigd zal laten. Zolang die projectie tijdelijk is en we de grenzen in acht nemen die we hebben besproken, hoeven we ons om die projectie niet zo druk te maken.'

'En jij,' zegt ze, 'wat projecteer jij op mij?'

Hij voelt aan zijn baardstoppels.

'Genezing,' antwoordt hij, na een korte stilte, 'hoewel ik daar eigenlijk nauwelijks in geloof. Verbetering van je situatie, dat wel.

Ik zou niets anders op je willen en mogen projecteren. Als ik eerlijk ben moet ik toegeven dat genegenheid een rol zal spelen. Een genegenheid die ik nog niet goed heb kunnen verklaren, maar als die er niet zou zijn geweest had ik je ook niet meegenomen naar mijn moeder om voor haar te zorgen. Misschien is die genegenheid niets anders dan de open wond waarover ik eerder sprak. Soms is een behandeling, een patiënt, een open wond. Niet alleen is de patiënt dat voor zichzelf, in sommige gevallen is hij dat ook voor de hulpverlener. Wat zal ik dragen?'

Ze doet een stap naar hem toe. 'Je leert het maar niet,' zegt ze, 'je blijft jezelf boven het lijden stellen.'

'Wat zal ik dragen?' vraagt hij voor de tweede keer.

Hij krijgt een lamp en een opgerold wit doek toebedeeld, in zijn andere hand houdt hij de paraplu vast.

In de auto naast hem bladert ze weer door haar opschrijfboekje, alsof het boekje haar bijbel is, wat misschien ook wel zo is. 'Als ik met iemand voor de tweede keer naar bed ga, zet ik een kruisje achter het nummer,' zegt ze.

'Je bent een goede boekhouder,' antwoordt hij.

'Lijstjes maken me rustig.'

'Dat begrijp ik. Zelf word ik rustig van ruitenwissers.'

Hij start de auto. 'We gaan naar nummer 44,' zegt hij. 'Vertel maar hoe ik moet rijden.'

Ze geeft hem instructies.

Hij rijdt, zij bladert door haar boekje, neuriënd, opgewekt. Als je haar zo ziet kun je je niet voorstellen dat ze regelmatig met bleekwater in de weer is. Een gelukkige, misschien zelfs talentvolle jonge vrouw, dat is wat je denkt te zien. Je moet je haar littekens voor de geest halen om de andere Michette te ontwaren.

'Is nummer 44 beroemd?' vraagt Kadoke.

'Bijna iedereen die ik fotografeer kan doorgaan voor beroemd, anders zouden de kranten geen interesse hebben in hun portretten. Wil je weten wat hij doet?'

‘Ik wil niets weten,’ zegt Kadoke, ‘dat zou onethisch zijn. Ik wil hooguit weten of je werkelijk verwacht dat je mij kunt doen lijden door me mee te nemen.’

Ze wringt haar hand op zijn onderrug.

‘Doet het pijn,’ vraagt ze, ‘als ik eroverheen wrijf?’

Hij schudt zijn hoofd. ‘Nee, de moedervlekken doen geen pijn.’

Ze rijden naar de binnenstad. Michette moet in een grachtenpand zijn. Het is harder gaan regenen.

Voor ze uitstappen zegt Kadoke: ‘En als ik straks niet lijd, heb je me dan voor niets meegenomen?’

Ze schudt haar hoofd. ‘Ik vind je gezelschap prettig, maar ik kan je alleen redden als ik je doe lijden. Anders blijf je altijd moederziel alleen, Priklopil.’

‘Heb je vaker mensen doen lijden of ben ik de eerste?’

‘Mijn ouders,’ zegt ze. ‘Mijn ziekte doet mijn ouders pijn. Maar verder niemand. Ik wil graag dat mensen mij aardig vinden.’

Straks zal hij roken, wachtend op Michette. Heerlijk, twee sigaretten achter elkaar. Hij kan zich er nu al op verheugen.

Ze stappen uit. Hij begeleidt haar tot de voordeur.

‘Hoe lang duurt het?’

‘Een uurtje.’

‘Ik blijf hier op je wachten.’

‘Het regent.’

‘Het is niet koud en ik heb een paraplu.’

Ze doet een paar stappen naar achteren, ze trekt hem mee. ‘Daar,’ zegt ze, en ze spreekt met een gretigheid die hij niet van haar gewend is, ‘zie je dat raam? Ik ben hier eerder geweest. Ik zal mijn blote billen tegen dat raam drukken als ik aan het neuken ben, om jou te groeten.’

Kadoke kijkt recht in haar gezicht, hij ziet dat ze het meent, aan haar blik, aan de manier waarop ze hem probeert te fixeren, en voor het eerst sinds hij is begonnen met de alternatieve therapie bekruipt hem het gevoel dat hij inderdaad een grensoverschrijdende psychiater is. Dat hij zich begeeft in ruimtes en afgronden waar hij niet zou moeten komen.

'Ik wacht hier op je,' zegt hij. 'En je weet dat ik geen oordelen over je vel. Professioneel gezien vind ik dat irrelevant en als privépersoon, voor zover ik als zodanig in deze conversatie voorkom, ben ik niet in oordelen geïnteresseerd. Maar als je daarboven bent, kun je je misschien afvragen wat je eigen verlangen is in plaats van altijd de echte of vermeende verlangens van anderen te spiegelen.'

'Je weet wat mijn verlangen is. Ik wil dat je me behoedt voor het leven.'

Hij herinnert zich het gesprek, hij ziet haar weer voor zich, liggend op de bank van zijn moeder. Een eekhoorn. Een bang knaagdier. 'Je weet ook wat mijn antwoord was,' zegt hij.

Ze zou moeten aanbellen, maar ze doet het niet. Ze aarzelt, zeulend met haar spullen.

'Ik weet het. Mag ik dan voor altijd bij je blijven?'

'Nee,' zegt Kadoke. 'Ik ben niet je man. Ik ben ook niet je vader. Ik ben je psychiater.'

'Mag ik dan tenminste je moedervlekken hebben, als ze zijn weggehaald?'

Kadoke kijkt naar het raam dat ze heeft aangewezen. 'Ga naar boven,' zegt hij. 'Als we hier lang wachten kom ik in de problemen met de nachtdienst, want die begint straks en moeder moet ook nog eten.'

Ze belt aan en Kadoke loopt naar de hoek van de straat, waar hij een sigaret tevoorschijn haalt en met genoegen begint te roken. Met een passie die hij vroeger bewaarde voor artsen in opleiding. Etentjes. Verleiding. Hoop. Kortstondige hoop, maar de ware hoop is kortstondig, alleen de valse hoop zeul je een leven lang met je mee.

Dan loopt hij weer terug naar het grachtenpand waarin Michette is verdwenen. Langzaam, slenterend, als een gepensioneerde die op een zomeravond nog een wandeling maakt. Hij is geen gepensioneerde, allesbehalve. Lopend over deze gracht, de sigaret in zijn mond, de paraplu in zijn hand, twijfelend aan de alternatieve therapie – een twijfel die hem naar adem doet happen, die hem het gevoel geeft dat hij nooit meer gelukkig zal zijn – beseft hij weer dat hij aan het vallen is. Dat er geen einde aan de val lijkt te komen. En dat hij misschien daarom het gevoel heeft verder weg te zijn van zijn pensioen dan ooit. Hij beweegt niet naar zijn pensioen toe, maar er juist vanaf. Hij reist in de tijd maar in de verkeerde richting, terug in plaats van vooruit.

De paraplu is gelukkig groot, zelfs zijn schouders zijn nog droog. Hij sluit niet uit dat ze alles verzint, het boekje, de nummers, de namen, misschien zijn het verzinsels. Verhalen die horen bij een verzonnen leven. In veel gevallen zijn de verzonnen levens van mensen al te saaie, en al te gelukkige levens, maar er zijn ook mensen die drama's verzinnen. Hun verzonnen leven is een zorgvuldig geënsceneerde lijdensweg. Hij rookt nog een sigaret. Koud is het niet, maar het begint nu toch vochtig te worden, ondanks de grote paraplu.

Kadoke blijft staan, kijkt naar het huis waar Michette aan het fotograferen is. Er is niets te zien. Een van de ramen staat vol met planten. Er brandt fel licht. Hij probeert zich te herinneren met welke artsen in opleiding hij allemaal uit eten is geweest, maar er komen nauwelijks namen of gezichten bij hem op.

Licht gefrustreerd dat zijn geheugen hem in de steek laat, pakt hij zijn telefoon om te kijken of moeder heeft gebeld. Niemand heeft hem gebeld. Even denkt hij weer aan Rose. Zij belde hem nog weleens. 'Mother doesn't want to eat.' Of: 'Mother cannot sleep. What should I do?' Soms alleen een sms of een app-bericht. Ze wilde hem niet storen, ze wist dat hij op de crisisdienst was. Zou ze nu voor een andere oude dame werken? Hoe zou het met haar zijn?

Om iets minder snel af te koelen loopt hij wat heen en weer, rookt nog een sigaret, kijkt opnieuw naar boven. En nu ziet hij Michette, beter gezegd, hij ziet wat ze voorspeld heeft dat hij zou zien en juist daarom, juist omdat ze dit beeld heeft aangekondigd, blijft hij gefascineerd staan kijken. Niet dat hij in haar billen is geïnteresseerd, niet dat hij getuige wil zijn van de handelingen die ze verricht – kennelijk is haar opschrijfboekje geen fantasie, zijn haar levens toch minder verzonnen dan hij even had vermoed – maar juist omdat alles zich voltrekt zoals ze heeft beschreven kan hij zijn blik niet van het raam afhouden. Alsof daar een profetie waarheid wordt.

Hij ziet een mannengestalte. Vaag. Alleen Michette is goed te zien, want zij staat tegen het raam gedrukt.

Michette draait zich om, ze kijkt en zwaait. Alleen al beleefdheidshalve voelt Kadoke zich geroepen terug te zwaaien en dan gaan de handelingen weer verder. De man neemt haar, en zij staat tegen het raam. Kadoke besluit zich los te rukken van dit beeld. Wat hij ziet is echt, geen waan, geen droom, niets waar men zich in moet verliezen en hij wil net weer verdergaan met slenteren over de gracht als iemand hard tegen hem op loopt.

'Hufter,' zegt een man. Niet eens zo jong, maar ook niet echt oud. Dertig, misschien. Vijfendertig. De man heeft niet het gezicht van iemand die zonder reden een ander uitscheldt voor 'hufter', maar tegelijkertijd beseft Kadoke dat er geen typische gezichten zijn die bij dat gedrag horen.

Hij is weleens door patiënten uitgescholden, de meeste patienten wensen niet tegen hun zin in te worden opgenomen, of moeten wennen aan het idee, maar deze man is geen patiënt.

Kadoke doet een stap opzij.

'Hufter,' zegt de man nog een keer. 'Je staat in de weg met je grote paraplu en er kan niet eens even sorry vanaf.'

Kadoke doet een tweede stap opzij, als in een reflex kijkt hij naar het raam. Michette is er nog steeds. Beter gezegd, haar billen zijn er nog steeds.

De man moet Kadoke's blik hebben gevolgd, want ook hij kijkt naar boven.

'Dus daarom sta je hier,' zegt de man. 'Omdat je een vieze gluurder bent. Hufter.'

Onverwacht snel komt de man op Kadoke toe gelopen en duwt hem met beide handen en behoorlijk wat kracht van zich af.

Kadoke struikelt, maar hij valt niet. De man trapt, maar Kadoke weet de trap te ontwijken. Een schoen schampt alleen zijn broek. Pijn doet het niet, maar het feit dat iemand zonder reden begint te schoppen brengt hem, ondanks zijn professionele begrip dat hij voor veel gedrag kan opbrengen, in verwarring. Hij laat het er verder niet op aankomen, discussie is zinloos, zal alleen maar meer agressie oproepen. Haastig loopt hij naar de hoek waar hij een café heeft gezien. Kadoke gaat het café binnen in de hoop dat de man hem daar met rust zal laten, maar ook merkwaardig schuldbewust, alsof hij een bordeel betreedt. De schuld zit in zijn angst, in zijn lafheid, in de stem van zijn moeder die hij hoort en die op dit moment niet te onderscheiden is van zijn eigen stem.

Terwijl hij koffie bestelt merkt hij dat hij trilt. De agressie heeft hem verrast, net als zijn reactie. Hij ziet Darko voor zich. Angst is ook een herinnering. Nooit heeft hij zichzelf als een bange man gezien. Een voorzichtige man, dat wel, een man die beroepshalve weet dat mensen kunnen ontploffen en dat je de ontploffing niet altijd kunt zien aankomen, maar die ook weet dat ontploffingen zeldzaam zijn. Hij wil dit soort mannen noch zijn patiënten met onnodige angst tegemoet treden, met herinneringen aan klappen die hij zich niet zou moeten herinneren, of hooguit op een luchtige manier, zoals je je een gebeurtenis herinnert die geleidelijk aan is getransformeerd tot een ietwat frivole anekdote.

Hij drinkt zijn koffie haastig. Die is niet veel beter dan die op de crisisdienst, eigenlijk slechter, en terwijl hij afrekent besluit hij dat zijn moeder gelijk heeft, hij moet op een vechtsport. Misschien zal de vechtsport hem behoeden voor de sensatie aan het vallen te zijn. Verder weet hij niet wat hij ervan zou moeten verwachten. Hij heeft sinds zijn zeventiende, toen hij ophield met tennissen, nooit meer aan sport gedaan. Op die paar maanden na dat hij tijdens zijn studie pro forma aan het squashen was.

Kadoke loopt langzaam weer terug naar het huis waarin Michette is verdwenen. De man is nergens meer te bekennen. Toch blijft Kadoke voor de zekerheid niet meer stilstaan, hij loopt op en neer als een gevangene die wordt gelucht.

Na ongeveer een halfuur komt Michette eindelijk naar buiten. Hij neemt wat spullen van haar over en wandelt met haar naar de auto.

'Is het een goede foto geworden?' vraagt hij.

'Dat weet ik later pas. Heb je me gezien?'

'Ik heb je zien zwaaien. Ik heb teruggezwaaid.'

Ze gaan in de auto zitten. Hij ziet hoe ze haar boekje pakt en een kruisje zet achter nummer 44.

Ze rijden over de gracht, hij denkt aan moeder, het avondeten, de nachtdienst.

'Je gaat me niet genezen,' zegt Michette na een tijd. 'Ik denk eerder dat ik jou de afgrond in sleur.' Ze zegt het op een toon alsof de afgrond iets hoopvols is. Een pretpark. Een afgrond voor twee.

'Dat zal ik niet laten gebeuren.'

'Waarom wil je me eigenlijk genezen? Waarom laat je me niet met rust? Waarom geef je me niet op?'

Haar stem klinkt schel. Geëmotioneerd nu. Hij moet opzijgaan, want een brandweerwagen wil erlangs.

'Die vraag heb ik mijzelf ook gesteld. Herhaaldelijk, ik heb geen goed antwoord kunnen vinden. De vraag kwelt me. Overigens geloof ik niet dat ik je wil genezen. Het woord "genezen" is in deze context flauwekul. Ik wil je situatie draaglijker maken.'

Hij moet de laatste woorden herhalen, want de sirenes van de brandweerwagen overstemden alles.

Daarna is ze stil. En Kadoke ook. Ze zijn allebei in gedachten verzonken. En eigenlijk spreekt hij meer tegen zichzelf dan tegen haar als hij zegt: 'Misschien komt het omdat ik in jou een ramshoorn in mensengedaante heb gezien. Moeder wilde de sjofar horen. Ik heb jou meegenomen. De beste ramshoorn die ik kon krijgen, op dat moment.'

Ze zijn al vlak bij moeders huis als ze zegt: 'Ik noem dit allemaal liefde, grensoverschrijdende psychiater Kadoke. Je laat me geen keus. Ik noem het liefde.'

Hij probeert te grinniken, maar het komt niet goed uit zijn mond. Zijn gegrinnik lijkt op gekuch. 'Het heeft niet mijn voorkeur, maar ik zal er geen probleem van maken als je de alternatieve therapie zo noemt. Mits je de grenzen respecteert die ik heb aangegeven. Wat ga je voor moeder koken? Ze moet zo eten.'

Michette denkt even na. 'Knakworstjes. Er is niet veel anders in huis.'

'Dat is goed.'

'Wil je mijn vader ontmoeten?' vraagt Michette.

'Ik zie daar geen reden toe,' antwoordt de psychiater.

'Het zou zo leuk zijn.'

Kadoke kijkt opzij. Ze lacht, blij als een kind. Een kind dat zich plotseling herinnert dat het zich ook op iets kan verheugen.

21

Ruim drie weken zit Kadoke nu op een vechtsport die Krav Maga heet en die eigenlijk geen sport zou mogen heten. Krav Maga is een Israëlische verdedigingstechniek, zo is het hem verteld. De techniek werd hem aanbevolen door een sociaalpsychiatrische verpleegkundige die op een unit had gewerkt waar een psychologe door een patiënt arbeidsongeschikt was geslagen. Een drama, voor de psychologe, de patiënt en het ziekenhuis, maar na die gebeurtenis had de sociaalpsychiatrische verpleegkundige besloten maatregelen te nemen om dit te voorkomen. 'Ik heb echt bijna alles over voor de patiënt,' had de man tegen Kadoke gezegd, 'maar ik wil niet arbeidsongeschikt door hem worden geschopt.'

De training wordt gegeven op een hippe sportschool, niet ver van de Zuidas. Kadoke heeft voor privéles gekozen, prijzig, maar in de groepstraining vreesde hij mensen tegen te komen die hij kende, misschien zelfs voormalige patiënten of collega's. Hij weet niet wat hij erger zou hebben gevonden.

Matan, de trainer, is een Israëlische soldaat die al vijf jaar in Nederland woont en die zich in leven houdt door Krav Maga- en jiujitsutrainingen te geven. Hij heeft een vrouw en een baby, veel meer weet Kadoke niet over hem. Zijn Nederlands is behoorlijk goed en de eerste twee trainingen vond Kadoke Matan sympathiek. Zijn directheid had een zekere charme. 'Wat heb jij met je lichaam gedaan?' had Matan op de eerste training gevraagd. 'Uitgewoond?'

'Ik ben psychiater, mijn hoofd is belangrijker dan mijn lichaam. En mijn hoofd is niet uitgewoond.'

Matan had die woorden genegeerd. 'We gaan jouw lichaam opknappen,' had hij gezegd. 'Jij bent hier in goede handen.'

Hoewel Kadoke nog had geantwoord dat wat hem betreft zijn lichaam geen opknapbeurt behoefde, hij wilde gewoon wat gevechtstechnieken leren, bleef hij de wat onaangepaste humor van Matan waarderen.

'Ben jij Joods?' had Matan ook nog gevraagd.

'Van Joodse afkomst,' had Kadoke geantwoord. 'Maar ik zou mezelf niet zo definiëren. Ik ben vooral psychiater. En man, dat valt ook niet helemaal te ontkennen. Geen witte of blanke man, ik ben hooguit wit of blank in vermomming. Verder dan dat wil ik niet gaan.'

'Jij bent Jood,' had Matan geantwoord.

En Kadoke had gezegd: 'Als jij me zo wilt zien, zal ik daar geen punt van maken.'

Op maandag- en vrijdagochtend traint Kadoke met Matan.

Aan de muur van de ruimte waarin Kadoke traint hangt een groot papier waarop staat: WHAT DOESN'T KILL YOU MAKES YOU STRONGER. WHAT KILLS YOU MAKES YOUR MOTHER STRONGER.

Op een ander papier staat: THERE ARE NO RULES IN KRAV MAGA. EVERYTHING IS ALLOWED.

Over het Midden-Oosten praat Kadoke niet met Matan. Politiek interesseert hem voornamelijk als het om gezondheidszorg gaat. Hij probeert hooguit het nieuws bij te houden, met de milde verachting die wat hem betreft ieder beschaafd en intelligent mens voor het nieuws zou moeten voelen.

Moeder had minder verheugd gereageerd op zijn trainingen dan hij had verwacht. 'Twee keer per week,' had ze gezegd, 'ik hoop dat je geen hartinfarct krijgt. Eerst doe je jaren niets en dan ga je twee keer per week trainen.'

De trainingen zijn inderdaad niet mild. Vooral het eerste kwartier, dat volgens Matan bestaat uit het opbouwen van conditie, is een hel. Het rennen, het opdrukken, de sit-ups, het springen. De psychiater heeft het gevoel dienst te hebben genomen in het leger, maar hij beseft ook dat hij een prijs moet betalen voor het feit dat hij decennia voornamelijk in zijn hoofd heeft gewoond. 'Je hoeft niet sterk te zijn om niet in elkaar te worden geslagen, maar je moet wel een klein beetje conditie hebben,' had Matan gezegd.

Kadoke had de fout gemaakt tijdens de eerste training te suggereren dat hij weleens in elkaar was geslagen. Hij had het niet echt verteld, hooguit aangestipt, maar Matan had aan een half woord genoeg gehad.

Als Kadoke tijdens de training op de grond blijft liggen omdat hij zich niet meer kan opdrukken, omdat hij niet meer verder kan rennen en springen, en niet meer de kracht heeft om tegen een boksbal te slaan, of zich omhoog te trekken aan een stang, dan brengt Matan zijn mond bij het oor van Kadoke en vraagt: 'Wil jij in elkaar worden geslagen? Is dat wat je wilt? Dan moet je vooral zo blijven liggen.'

Met een kracht die voortkomt uit een combinatie van zelfverachting en wanhoop sleept Kadoke zich dan naar de boksbal en slaat er een paar keer op, hoewel hij volgens Matan de boksbal slechts aait.

Wel zei Kadoke een keer, liggend op de grond: 'Ik vind het een nogal vreemde situatie dat ik betaal, en niet zo weinig ook, om door jou te worden uitgescholden.' En Matan had in het oor van de psychiater gefluisterd: 'Natuurlijk betaal je om door mij te worden uitgescholden. Denk je dat ik het voor mijn plezier doe? Denk je dat ik jou zou uitschelden als ik er geen geld voor kreeg? Nooit. Ik heb wel wat beters te doen.'

'Oké,' had Kadoke geantwoord, 'dan weet ik dat. Dan weet ik hoe het zit.' En hij was weer naar de boksbal gewankeld. Hij moest toegeven dat deze vrijwillige onderdompeling in de hel, een ander woord heeft hij er niet voor, ook een verfrissende kant had, al was het maar omdat hij wist dat de hel na een uur weer ophield. Deze hel had een duidelijk begin en einde. Vaak kwamen er ook tirades in de hel voor; dat Kadoke moest ophouden met roken, en al had hij de trainer geprobeerd ervan te overtuigen dat er in de psychiatrie echt weinig anders op zat dan roken, de tirades gingen de volgende training gewoon verder.

Matan traint Kadoke van negen tot tien in de ochtend, om stipt tien uur houdt hij op en verandert dan in een aimabele maar ook wat ongeïnteresseerde man. Soms smokkelt Kadoke en komt hij expres wat later om zo een paar minuten van de hel af te snoepen, want hoe laat de pupil ook verschijnt, om tien uur is de les afgelopen.

Tijdens het slaan op de boksbal overdenkt Kadoke de alternatieve therapie. Michette en moeder lijken aan elkaar gewend te zijn geraakt. De discipline van de bejaardenverzorging schijnt Michette goed te doen, hoewel ze laatst ook een terugval had. Moeder had geklaagd over haar. Ze vond dat Michette haar niet rustig op de wc liet zitten en Michette had geantwoord: 'Maar u slaapt, ik kan u toch niet op de wc laten slapen?' Waarop moeder had gesnauwd: 'Dat meisje weet niets van oude mensen, volgens mij weet ze helemaal niets van mensen.' Die avond had Michette weer schoonmaakmiddel gedronken.

Het is een grauwe vrijdagochtend als Kadoke bijna een kwartier te laat de sportschool binnenwandelt. Matan is zelf bezig aan een warming-up, hij keurt Kadoke geen blik waardig. Kadoke glipt de kleedkamer in, kleedt zich haastig om en als hij naar buiten komt, staat Matan voor de deur van de kleedkamer met zijn armen over elkaar en zegt: 'Te laat. Twintig minuten.'

De nachtdienst was zwaar geweest. Vier gevallen, onder wie een man in het ziekenhuis. De vrouw van die man had nogal hysterisch door de gangen gelopen en gekrijst: 'Hij doet het alleen maar om wraak op me te nemen, maar al doet hij nog zeven zelfmoordpogingen, ik wil niet meer verder met die kerel. Ik laat me scheiden.'

Ze bleef schreeuwen en Kadoke had haar naar een aparte kamer moeten meenemen. De familieleden van zelfmoordenaars, die zijn vaak het ergste. Zelfmoordenaars zonder noemenswaardige familie zijn nog het best te verdragen.

'Twintig minuten,' herhaalt Kadoke alsof hij zich daar niet bewust van was. 'Het spijt me.'

Ze beginnen aan de warming-up: het rennen, de boksbewegingen terwijl je rent, het achteruit rennen, het springen en rennen, het opdrukken, het je langzaam zijwaarts bewegen terwijl je je opdrukt. Misschien komt het door de zware nacht, of door de vermoeidheid, maar sneller dan tijdens andere trainingen blijft Kadoke op de grond liggen.

'Geef je op?' roept Matan.

Kadoke antwoordt niet.

Normaal zou hij nu verdergaan, de warming-up zo goed en zo kwaad als het ging afwerken, hopend op enig mededogen van Matan, hopend dat de trainer zegt: 'Nog twee keer deze oefening.' In plaats van nog drie keer. Maar de nacht heeft hem uitgeput, misschien gewoon het gebrek aan slaap. 'Ik geef het op,' zegt Kadoke zacht, enigszins schuldbewust.

Matan bukt zich, brengt zijn mond bij het oor van Kadoke.

'Jij geeft op?' zegt hij.

'Ik geef het op. Het spijt me, ik kan niet meer. Maandag weer.'

'Jij geeft op?' brult Matan en misschien is hij een uitstekend acteur want Kadoke heeft echt het gevoel dat hij de trainer persoonlijk heeft beledigd door niet verder te gaan met de warming-up.

'Het spijt me,' mompelt Kadoke, liggend op de grond. 'Ik kan niet meer.'

'Jij geeft niet op,' schreeuwt Matan. 'Kom overeind, en druk je op.'

Alleen al de nabijheid van Matans gezicht – de ernst in zijn blik, de zwaarte van zijn stem – doet Kadoke besluiten nog een poging te wagen. Hij begint zich weer op te drukken, maar na vier keer moet hij opgeven. Alle kracht is uit zijn bovenarmen verdwenen. Stro, vruchtensap, zachte klei, hij weet niet welke metafoor het meest accuraat is. Hij laat zich op de grond zakken, zijn buik, zijn gezicht op de koude vloer van deze zaal waar op vrijdag na hem altijd een oudere heer met een jong meisje komt trainen. Zo uitgeput is hij dat hij zich amper nog in staat voelt om coherent na te denken.

'Geef niet op,' roept Matan. 'Geef jij op?'

'Ja,' hijgt Kadoke. 'Ik geef het op. Ik zei het al. Sorry.'

Matan brengt zijn mond nog dichter bij het oor van Kadoke, alsof hij erin wil kruipen: 'Wil jij vergast worden, Jood? Is dat wat je wilt?'

Even meent Kadoke het verkeerd te hebben verstaan. Daarom zegt hij heel rustig: 'Ik geef het op.'

En Matan sist: 'Dus jij wilt vergast worden, Jood?'

Nu is er geen twijfel meer mogelijk. Kadoke komt overeind, gaat in kleermakerszit voor Matan zitten en zegt: 'Luister, ik weet niet wat in jouw land gebruikelijk is, maar in West-Europa wordt dit soort dingen niet gezegd. Zelfs niet in een sportschool.'

Matan kijkt Kadoke heel rustig aan, niets aan zijn gezichtsuitdrukking verraadt verbazing of enige andere emotie. Hij blijft gehurkt zitten, precies zoals hij zat: 'Ik moet jou scherp maken,' zegt hij.

'Ik ben geen potlood dat in een puntenslijper moet.'

'Ik moet jou sterk maken.'

Kadoke wrijft over zijn wang. Hij heeft zich zeker vijf dagen niet geschoren, het begint te kriebelen.

'Dat ik betaal om te worden uitgescholden vind ik een concept waar ik nog wel in kan komen,' zegt Kadoke rustig, zij het wat hees. 'Dat past ook wel bij mijn wereldbeeld, bij hoe ik de wereld zie, maar ook binnen dat concept zijn er grenzen. Ik wil bijvoorbeeld niet Jood worden genoemd. Kadoke kun je me noemen, voor mijn part Oscar, of dokter, maar veel andere mogelijkheden zijn er niet.'

'Ik moet jou sterk maken. Als de ene methode faalt moet ik een andere methode kiezen. Als Joden niet sterk zijn, worden ze vergast.'

Kadoke schudt zijn hoofd. Een vreemde man, deze Matan. Ondoorgrondelijk. 'Je zegt niet tegen iemand die jouw warming-up niet kan afmaken: "Wil je vergast worden?" Misschien is dat Israëlische humor, maar ik apprecieer die humor niet. Ik kom hier om te trainen, ik betaal je goed om me te trainen. Ik waardeer het dat je de trainingen zo serieus neemt, maar jouw gedrag van daarnet kan ik alleen maar grensoverschrijdend noemen. Overigens worden er tegenwoordig geen Joden meer vergast. Als je de Joden daarvoor had willen beschermen, kom je ongeveer zeventig jaar te laat.'

Matan komt overeind. Hij loopt naar het papier dat aan de muur hangt waarop staat dat er geen regels in Krav Maga zijn, en zegt: 'Er zijn hier geen regels, Jood. De enige regel is: sterven of leven. Wat wil jij?'

Kadoke komt overeind. 'Ik kom hier om te trainen, dat zei ik al, niet voor woordspelletjes. Jouw gedrag helpt niet om met meer enthousiasme naar de training te komen, om de trainingen op langere termijn voort te zetten. Verwijzingen naar vergassingen motiveren niet, althans mij niet.'

'Moet je huilen?' vraagt Matan. 'Moet ik een wc-papiertje voor je pakken? Heeft je tere lichaam pijn? Heeft je zieltje pijn? Omdat je geen doorzettingsvermogen hebt, omdat je geen kracht hebt?'

Als een roofdier loopt Matan weer in de richting van Kadoke, en Kadoke betrapt zichzelf erop dat hij naar de klok kijkt. Hij is al te laat gekomen, hij durft niet eerder weg te gaan, dat zou ook hij een nederlaag vinden.

'Laat zien dat je niet wilt sterven,' zegt Matan. 'Dat is waar Krav Maga over gaat, laten zien dat je niet wilt sterven. Ik wil het zien. Je kunt het.'

Steeds dichterbij komt Matan, en nu pas begrijpt Kadoke dat

Matan geen acteur is die om klokslag tien uur ophoudt met spelen. Dit is wie Matan is, dit is waarvoor hij staat, dit is waarin hij gelooft. Je laat zien dat je niet wilt sterven, je traint ervoor. Je maakt er je werk van. Er is geen ander leven, er is geen andere werkelijkheid voor hem.

'Ga op je rug liggen,' zegt Matan.

Kadoke gaat liggen en Matan gaat op hem zitten. 'Duw me van je af,' zegt Matan.

Kadoke voelt het gewicht. Hij duwt, maar Matan is sterker. 'Duw me van je af,' zegt Matan. 'Laat zien dat je niet wilt sterven, Jood.'

Kadoke duwt, hij vecht, voor zover zijn onoverwinnelijke drang om te allen tijde beschaafd te blijven hem dat toelaat.

'Wees sterker,' zegt Matan. 'Laat zien dat je niet wilt sterven. Bescherm je gezicht zoals ik je heb geleerd. Weer de klappen af. Kom overeind. Duw me van je af. Wat zijn mijn zwakke plekken? Wat zijn de zwakke plekken van de tegenstander? De ogen. De kaak. De neus. Het kruis. Steek je vingers in de ogen van de aanvaller. Laat zien dat je niet wilt sterven!'

En terwijl Kadoke verwoed bezig is de trainer van zich af te duwen, dringt het tot hem door dat hij niet zeker weet of hij wil laten zien dat hij niet wil sterven. Dat hij niet zeker weet of niet-sterven nu zoveel beter is dan sterven. Dat hij twijfelt of het wel de moeite waard is, dit gevecht, deze hopeloze, enigszins onesthetische dans die men leven noemt, voor iets wat zelfs de trainer alleen maar 'niet-sterven' kan noemen. Alsof dat de bittere waarheid van leven is, dat het uiteindelijk niets anders is dan niet-sterven.

'Is dit alles wat je in je hebt?' vraagt Matan. 'Jij bent niet veel waard, Jood.'

Matan staat op en gooit Kadoke bokshandschoenen toe.

'Ga naar de boksbal, laat zien wat ik je heb geleerd. Weet je niet meer wat ik je geleerd heb? Maakt niet uit. Doe iets. Iets is altijd beter dan niets.'

Kadoke trekt de bokshandschoenen aan. Ietwat verdoofd, de woorden herkauwend dat je moet laten zien dat je niet wilt sterven, loopt hij naar de boksbal. En daar begint hij te slaan, eerst met ingehouden woede, maar later vol woede die natuurlijk niets anders dan onmacht is, dat hij zich zo laat behandelen door een man die vanuit intellectueel oogpunt een onbenul moet worden genoemd en die daar ook nog trots op lijkt te zijn. Een man die denkt dat dit de manier is om hem hard te maken. Die gelooft dat dit niet-sterven is. Ondanks de handschoenen voelt Kadoke zijn knokkels.

'Gebruik je knie,' roept Matan. 'Gebruik je voet.'

De psychiater slaat en trapt met een grenzeloze onmacht die de kern van alle woede is en hij weet niet meer op wie hij zo woedend is, op de trainer of op zichzelf. Of is de woede weinig anders dan het besef dat hij geen zin heeft te laten zien dat hij niet wil sterven? Dat hij in niet-sterven eigenlijk betrekkelijk weinig zin heeft?

'Goed zo,' roept Matan. 'Ga door. Blijf je gezicht beschermen. Ellebogen tegen je lichaam. Laat je handen niet zakken.'

De psychiater slaat en trapt, met korte tussenpozen, tot het tien uur is.

'Genoeg,' zegt Matan.

Kadoke gaat op de grond liggen. Hij heeft het gevoel dat hij moet kotsen.

'Goed getraind,' zegt Matan. 'Maar kom volgende keer op tijd.'

Kadoke gaat naar de kleedkamer. Aan een haakje hangt zijn tas met zijn kleren. Een oude, katoenen tas die hij ergens in een kast bij zijn moeder vond.

Hij gaat boven de wc hangen. Er komt alleen slijm uit zijn mond, grijs slijm met hier en daar een gelig draadje. Hij drinkt water, maar zelfs het water smaakt hem niet.

Haastig kleedt Kadoke zich aan. Douchen doet hij altijd thuis.

Als hij uit de kleedkamer komt, is Matan al bezig met de oude man en het jonge meisje. Eigenlijk wilde Kadoke zeggen dat hij ermee stopt, dat dit de laatste keer was, dat hij best wil betalen om te worden uitgescholden, maar dat hij niet betaalt voor grensoverschrijdend gedrag. Omdat Matan al begonnen is aan de volgende training besluit hij een e-mail te sturen waarin hij het een en ander zal toelichten.

Hij loopt naar de deur. Matan roept hem nog na: 'En stop met roken, laat eindelijk zien dat je niet wilt sterven.'

Kadoke reageert niet. Hij draait zich niet eens om.

Normaal gaat hij meteen van de sportschool naar het huis van zijn moeder, ver is het niet, maar nu wandelt hij door het park. Nog altijd verdoofd en verdwaasd, hij vraagt zich af of de verdwazing niet gewoon een reactie is op zijn fysieke gesteldheid. Op zijn pogingen te kotsen zonder dat er iets uit kwam.

Hij loopt rondjes door het park, in gedachten verzonken. Dekha heeft hem een sms gestuurd. Deze week heeft hij nachtdienst met Ed. 'Hoe gaat het? Koffiedrinken? Later?' schrijft ze.

Even, een kort moment maar, overweegt hij te schrijven: 'Het gaat niet, eerst wankelde ik, nu val ik,' maar hij schrijft: 'Prima. Zullen we morgen koffiedrinken of zondag? Of doe je tijdens het weekend niet aan koffie?'

Nog een rondje loopt hij door het park. De woorden van Matan gaan niet uit zijn hoofd. Laten zien dat je niet wilt sterven. Hoe langer hij over het concept nadenkt, hoe meer het hem tegenstaat.

Het loopt al tegen twaalven als hij de voordeur van zijn moeders huis opent.

Michette zit op de grond in de woonkamer op het Perzische tapijt. Ze heeft zichzelf gesneden.

'Eindelijk ben je daar,' roept moeder. 'Ik heb je zeker acht keer gebeld. Moet je kijken wat hier gebeurt. Ze maakt mijn kostbare Perzische tapijt kapot. Eerst jij, nu dat meisje.'

Er is inderdaad behoorlijk wat bloed op het tapijt gedruppeld.

Kadoke hurkt naast Michette. Ze huilt. Hij pakt het mes van haar af.

'En moet je kijken wat ze met mijn vleesmes doet,' zegt moeder. 'Ze gebruikt het om in haar eigen arm te snijden. Dat mes kan ik niet meer gebruiken. Ze maakt hier alles *treife*.'

Kadoke haalt uit de badkamer ontsmettingmiddel, pleisters en verband. Hij gaat naast Michette op het tapijt zitten, ontsmet de wonden, ze bevinden zich op de bovenkant van haar linkerarm. Ze lijken niet erg diep. Dan verbindt hij ze. Hij pakt Michettes rechterhand, houdt die vast.

Kadoke ziet dat er bloed op zijn broek terecht is gekomen, maar het kan hem niets schelen. Zo blijft hij zwijgend naast Michette zitten, haar hand vasthoudend, denkend over zijn alternatieve therapie, twijfelend, luisterend naar de woorden van Matan die in Kadoke's hoofd blijven weerklinken. En al die tijd zwijgt moeder. Zijn lieve moeder, zijn allerliefste moeder, ze zit aan tafel en ze kijkt, alsof het een film is. Betrokken en toch volstrekt onthecht.

Zachtjes knijpt de psychiater in de hand van zijn patiënt.

Niet-sterven. Dat is de prijs die je betaalt voor het niet-sterven. Misschien is het een te hoge prijs.

Als het huilen van Michette minder is geworden, vraagt hij zonder haar hand los te laten: 'Wat is hier gebeurd?'

'Dat kan ik je vertellen,' zegt moeder. 'Ze wilde me champignonsoep voorzetten, maar ik was verstandig genoeg om in de keuken te kijken waar die soep vandaan kwam. Uit blik. En op het blik stond dat er spek in zat. Die vrouw maakt hier alles treife. Zo kan het niet verdergaan.'

'Ik kan hier niet blijven,' zegt Michette. Niet naar hem kijkend, niet naar moeder maar naar de grond. 'Ik doe alles fout. Moeder haat me.'

Kadoke pakt haar schouder. 'Nee,' zegt hij, 'moeder haat je niet. Moeder is je dankbaar voor wat je voor haar doet. Voor je verzorging. Voor je aandacht. Voor je tederheid. Maar bij sommige mensen komt de liefde er op manieren uit die wij niet meteen kunnen begrijpen, die wij als onaangenaam ervaren. Liefde neemt veel gedaantes aan en die van moeder neemt de meest absurde gedaantes aan, zo raar dat gewone stervelingen die soms niet als liefde kunnen herkennen. Moeder wil je sterk maken. Moeder wil dat je hier blijft. En ik wil dat ook, want ik heb je gezegd dat wij de alternatieve therapie voortzetten tot je jezelf geen pijn meer wilt doen, tot je niet meer de behoefte voelt om te sterven. Dat gaat lukken, maar het zal tijd kosten en zo lang gaan we door. We geven niet op. Ga even op de bank liggen.'

Hij helpt haar opstaan, begeleidt haar naar de bank, laat haar liggen, legt de deken over haar heen.

'Mag het zingende kerstboompje bij me in bed?'

Hij pakt de zingende kerstboom, die zoals altijd verdekt staat opgesteld naast de plant en legt die bij haar in bed. Dan gaat hij naar moeder toe. Hij hurkt, streelt moeders benen, haar hand die op haar schoot ligt. 'Je bent toch dankbaar voor wat Michette voor je doet?' vraagt hij. 'Je bent toch blij met de verzorging die je van haar krijgt?'

'Dankbaar?' vraagt moeder. 'Moet ik ook nog dankbaar zijn?'

'Mag ze blijven?' vraagt Kadoke.

Moeder blijft even stil, dan haalt ze haar schouders op. 'Van mij mag ze blijven. Ze is ook heel lief. Soms. Maar dat spek en dat snijden in zichzelf, dat gaat niet. Als ze ziek is moet ze naar het ziekenhuis.'

Kadoke legt zijn hoofd op moeders been. 'Maar we zijn in het ziekenhuis, moeder,' zegt hij zacht. 'Dit is een privékliniek. Heb je het dan niet begrepen? Is het nog niet tot je doorgedrongen?'

Ze woelt door zijn haren, een beetje afstandelijk en verstrooid maar toch echt woelend en niet onderzoekend zoals Michette dat deed. 'Ach jongen,' zegt moeder. 'Waar zadel je jezelf allemaal mee op? Een privékliniek.'

Kadoke komt overeind. 'Wat wil je lunchen?' vraagt hij. 'Zal ik knakworstjes voor je maken?'

'Ja,' zegt moeder, 'dat is goed en gooi alles wat je vindt aan blikjes champignonsoep met spek onmiddellijk het huis uit.'

In de keuken zet hij water op. Dan gaat hij naar boven, naar de badkamer, wast zijn handen, zijn gezicht. Ondanks de intensieve training valt de geur van zweet mee.

Hij gaat op de rand van de badkuip zitten. Even bekijkt hij zijn handen, de aderen, de spieren. Dan staat hij op en werpt een blik in de spiegel. Laat zien dat je niet wilt sterven. Nee, dat is niet hoe hij naar zichzelf en naar de wereld kijkt, dat is niet zijn ideologie.

Kadoke gaat weer op de rand van de badkuip zitten. Niet de dood is beschamend maar het leven. Zijn ouders hadden er niet moeten zijn, ze hadden zoals miljoenen anderen moeten worden vergast. Dat ze wensten te blijven leven, dat ze geluk hadden, daarover kan en mag hij geen oordeel vellen, maar wel over zichzelf. De woorden van Matan overdenkend, reflecterend op de gebeurtenissen van de afgelopen weken, kan hij niet anders concluderen dan dat hij een oordeel over zichzelf moet vellen, en dat hij dat oordeel ook allang heeft geveld. Als puber al. Hij had vergast moeten worden, zijn eigen leven is een smadelijke nederlaag en geen prestatie zal die nederlaag kunnen verbergen of vergoelijken.

Kadoke is te laat geboren om vergast te worden, dát is zijn nederlaag. Van zichzelf mag hij er niet zijn, dat hij er toch is komt omdat hij het zijn ouders niet aan kan doen er niet te zijn. Geen liefde kan aan de sensatie er van jezelf niet te mogen zijn een eind maken, daarom moet je er ook niemand mee lastigvallen. Ironie, vriendelijke ironie, de uitweg voor al te onbeschaafde pijn. Ironie is een schoorsteen, en een bepaalde afstandelijkheid, ook dat helpt. Houd de afgrond voor jezelf.

Het water kookt. Nog even en hij kan moeder haar knakworstjes serveren. Hij gaat naar beneden. De patiënten, die doen hem vergeten dat hij er niet zou mogen zijn. Dat is zijn sisyfusarbeid, maar hij herinnert zich te hebben gelezen dat we ons Sisyphus als een gelukkige persoon moesten voorstellen.

Kadoke zet het vuur lager.

In de woonkamer vraagt hij aan Michette: 'Wat wil jij lunchen?'

Kadoke gaat op de rand van de bank zitten. Ze steekt haar hoofd onder de deken vandaan. Niets heeft ze van de uitdagende energie en spot die ze tentoonspreidde toen ze hem meenam en nummer 44 ging fotograferen. Een ziek knaagdier ligt hier, meer dood dan levend, meer stervend dan niet-stervend, meer lijdend dan levend, voor zover leven iets anders is dan lijden. En toch, ondanks de sporadische terugslag ziet hij verbetering, blijft hij hoopvol.

'Een appel,' zegt ze. 'Een rood appeltje.'

Hij pakt haar hand. 'Dat moet je maar niet meer doen, moeders messen gebruiken om in jezelf te snijden. Dat vindt ze echt niet leuk.'

Michette knikt.

Zolang er patiënten bestaan mag hij bestaan.

22

Op een zondag rijdt Kadoke met Michette naar Zeeland, naar het hotel van haar ouders, waar ze op haar vijftiende al in de keuken wienerschnitzel heeft gebakken, als een volleerde chef-kok. Het hotel waar ze menig gast heeft verleid in de wasruimte, vertelt ze aan Kadoke. 'Mijn moeder zou me nu nog doodslaan als ze erachter kwam,' zegt Michette.

Het is herfstig weer. 'Je moet mijn vader ontmoeten,' was ze blijven herhalen. 'Ik denk dat het ook heel goed is voor jou. Als je wilt weten wie ik echt ben moet je mijn vader leren kennen.'

Omdat ze de laatste weken vooruitgang heeft geboekt, ze leek stabiel en zorgde op een verantwoordelijke wijze voor moeder – er was nog een klein incident met een kaars, volgens Michette een ongelukje, iets wat Kadoke niet geloofde –, besloot hij om gehoor te geven aan haar wens.

Ze zijn vroeg in de ochtend weggegaan, na het ontbijt, en het plan is dat ze voor het avondeten weer terug zijn. Michette had wel gevraagd of ze niet in het hotel konden blijven slapen, maar Kadoke had geantwoord dat dat niet ging, dat moeder hen nodig had, dat ze haar eigenlijk al te lang alleen lieten, zelfs als ze 's avonds weer terug zouden zijn. Hij maakt zich zorgen omdat moeder de laatste dagen kwakkelt. Weinig eetlust, nauwelijks energie om naar buiten te gaan, om te wandelen. Last van benauwdheid, al zei ze zelf dat ze het geen benauwdheid zou willen noemen. Af en toe keurde ze nog op haar eigen, unieke wijze iets af. Dat was een van de schaarse hoopvolle tekenen.

Het hotel van de ouders van Michette heet De Zeemeermin. Het ligt aan het strand, dat is wat hij weet. En dat zij er is opgegroeid. Een hotelkind.

'Je hebt je ouders verteld dat ik je psychiater ben?' vraagt Kadoke op de snelweg.

'Ik heb ze verteld,' zegt Michette, 'dat ik bij jou en je moeder in huis woon en dat je psychiater van beroep bent. Ik heb niet gezegd dat je eigenlijk Priklopil heet. Dat is ons geheim.'

Kadoke heeft zich die ochtend geschoren. De huid tintelt nog een beetje na. Hij wrijft met de rug van zijn hand over zijn linkerwang.

'Je hebt ze neem ik aan verteld dat wij afspraken met elkaar hebben gemaakt die wij allebei respecteren? Je ouders weten wat de alternatieve therapie inhoudt?'

Ze kauwt kauwgom, af en toe blaast ze een bel, maar ze antwoordt niet.

Kadoke schudt zijn hoofd. 'We zullen zien. Ik zal je ouders wel inlichten. Je moeder is er ook neem ik aan?'

'Het zou me verbazen,' zegt Michette en ze blaast weer een bel.

Ze zwijgen, luisteren naar muziek. Als ze al in Zeeland zijn, zegt Michette: 'Ik ben nu op nummer 112 en jij staat nog steeds niet in mijn boekje.'

'Ik kom wel in een ander boekje.'

Ze probeert weer haar hand onder zijn jack en overhemd te wurmen, op zoek naar zijn onderrug, maar hij duwt haar dit keer beslist weg. 'Laat mijn moedervlekken met rust,' zegt hij. 'Verval niet in oude patronen.'

'Ik ben gehecht aan die dingen die daar zitten.'

'Onzin, aan zoiets kun je je niet hechten. Bovendien zijn wij geen geliefden, en zelfs die hechten zich niet aan zoiets.'

Tegen lunchtijd zijn ze bij het hotel. Echt aantrekkelijk ziet het hotel er niet uit. Hij kan zich niet voorstellen dat mensen hier vrijwillig vakantie komen vieren, maar misschien ligt het aan het weer. Misschien ziet het er in de zomer, in de zon, heel anders uit. Aantrekkelijk, rustgevend, hoopvol.

Er staat met grote, blauwe neonletters DE ZEEMEERMIN op het gebouw. Een absurditeit gezien de rest van het pand. De architectuur doet Kadoke meer aan een kliniek dan aan een hotel denken, meer iets voor gevangenen dan voor toeristen. Er is een verlaten terras, en een net zo verlaten restaurant.

De vader ontvangt hen in het restaurant. Hij begroet zijn dochter hartelijk en zij begroet hem op haar beurt nog veel hartelijker. Ze knuffelt hem zo lang dat Kadoke er ongemakkelijk van wordt en hij zich afwendt om naar de zee te kijken.

De vader houdt qua uiterlijk het midden tussen een bouwvakker en een veearts. Hij is volstrekt anders gebouwd dan Michette. Kadoke vraagt zich af hoe de moeder eruitziet. Als de begroeting tussen vader en dochter voorbij is, krijgt Kadoke een voorzichtige hand van de vader.

Ze gaan aan een tafel bij het raam zitten met uitzicht op de zee en het strand. Ook het strand is leeg. Een stelletje met een hond. Dat is alles. De zee lijkt nogal ruw, misschien is dat hier altijd zo.

'Ik ben Siem,' zegt de vader. 'Dit is mijn hotel. Van mij en mijn vrouw. En dit is mijn dochter.' De vader kijkt naar zijn dochter, die naast hem zit. Eerder onderzoekend dan trots.

Kadoke knikt. Daarmee is inderdaad veel samengevat.

'Ze heeft als kind, als tiener, al meegewerkt in het hotel. Ze kon alles. Koken, bedienen. Ze was bijzonder verantwoordelijk,' zegt de vader.

'Dat verbaast me niet,' antwoordt Kadoke.

Nu kijkt Siem naar de zee. Met interesse, aandachtig, alsof hij hier ook maar een toerist is, eentje die door omstandigheden langer dan noodzakelijk is blijven hangen.

'Mijn vrouw wil je niet ontmoeten,' zegt Siem. 'Dat weet je misschien. Waarschijnlijk heeft Michette al over haar verteld. Ze heeft er genoeg van.'

'Nee, dat wist ik niet. Waarvan heeft ze genoeg?' vraagt Kadoke. Hij zou willen roken. Het restaurant is leeg, misschien zou onder deze omstandigheden gerookt mogen worden.

'Van psychologen. Therapeuten. Hulpverleners. Psychiaters. Gezinstherapeuten. Ze heeft er haar buik van vol. Dat kind heeft haar halve leven therapie gehad, klinieken, dagverblijven, nachtverblijven en kijk wat het resultaat is.'

Zijn hand maakt een beweging naar zijn dochter. Een beetje alsof die dochter een kostbare maar helaas gebroken vaas is. De restaurateurs bleken charlatans.

Kadoke snuit zijn neus. Dan zegt hij: 'Ik vind eigenlijk dat het wel goed gaat met Michette.' Hij kijkt de vader aan om zijn reactie te peilen. 'Naar omstandigheden. Ik begrijp uw frustratie, maar er zit volgens mij verbetering in de toestand van uw dochter.'

De vader gaat niet in op deze opmerkingen, hij zegt alleen: 'Zeg maar "je". Van dat ge-u moet ik niets hebben. Schijnbeleefdheid.' Michette zelf zit er stil bij, ze kijkt vol verwachting van haar vader naar haar psychiater en van haar psychiater weer naar haar vader, alsof die twee voor haar ogen iets ongelooflijks gaan opvoeren. Een schouwspel dat ze nog niet eerder heeft gezien en waar ze al heel lang op heeft zitten wachten. 'En mijn vrouw heeft gezegd: "Ik wil geen enkele man die Michette mee naar huis neemt nog ontmoeten, al is het de president van Amerika zelf." Ze heeft er schoon genoeg van. De mannen die Michette mee naar huis nam om aan ons voor te stellen – we hebben er heel wat gezien – deugden geen van allen en soms waren ze ook nog bejaard, waarmee ik niet wil zeggen dat mijn vrouw vindt dat bejaarden niet deugen. Maar ze had zich voor onze dochter iets anders voorgesteld. Ik wil ze nog best ontmoeten. Ze is mijn dochter, ik wijs haar niet af, dus als er iemand bij haar hoort dan is die welkom. Maar mijn vrouw kan er niet meer tegen, die kan ze wel slaan; de hulpverleners en de mannen. Ben jij psychiater of duik je met mijn dochter het bed in, want uit haar verhalen wordt me dat niet helemaal duidelijk.'

Kadoke schraapt zijn keel. 'Ik ben begonnen aan een alternatieve therapie die er ruwweg op neerkomt dat jouw dochter de bejaardenverzorgster van mijn moeder is geworden. Dat is een grensoverschrijdende therapie, dat mag duidelijk zijn. Ik kan verdedigen waarom ik die beslissing heb genomen. De meeste van mijn collega's zullen het daarmee oneens zijn, maar dat staat hier niet ter discussie. Ik ben niet je dochters minnaar. Ik ben niet haar man. Dat zal ik ook niet worden. Ik hoor niet bij haar. Of beter gezegd: ik heb haar gezegd dat zolang zij de wens voelt om te sterven ik de therapie zal voortzetten, dat ik haar niet alleen zal laten. Dat is wat ik haar heb toegezegd. Dat is wat ik haar heb beloofd. Ik ben haar psychiater.'

'Hij is de grensoverschrijdende psychiater Kadoke,' zegt Michette dromerig. Het gesprek lijkt voor het grootste gedeelte langs haar heen te zijn gegaan.

De vader trekt zijn wenkbrauwen op. Er valt een stilte. Hij kijkt weer naar de zee, het strand, het lege terras en Michette staart haar vader vol verwachting aan.

'Ik kan een scholletje voor jullie bakken,' zegt Siem na een stilte die zelfs Kadoke onaangenaam lang vond duren. 'Friet erbij?'

'Lekker,' antwoordt Kadoke.

De vader is opgestaan, maar Michette zegt: 'Pap, een van mijn piercings zit een beetje los. Kun jij hem dichtknijpen?'

Ze trekt haar trui omhoog. Twee borsten komen tevoorschijn. Twee piercings door twee tepels. Eentje zit inderdaad los.

Kadoke vindt dit toch een merkwaardig tafereel. Hij oordeelt niet, maar een tikkeltje ongemakkelijk maakt dit hem wel. De psychiater wendt zijn blik af, richting strand. Het stel met de hond is er nog altijd.

De vader zelf lijkt het gedrag van zijn dochter volstrekt normaal te vinden. Hij zet een leesbril op, bekijkt de piercing en mompelt: 'Ik fiks dit wel even.'

Dan gaat hij naar de keuken.

'Ik heb zo'n lieve vader,' antwoordt Michette nog altijd met haar trui omhoog.

'Ja,' antwoordt Kadoke. 'Dat zie ik.'

De vader komt terug met een knijptangetje, iets waarmee, zo stelt Kadoke zich voor, wc's en wastafels worden gerepareerd. De man zet de tang op de piercing van zijn dochter. Het gaat om haar linkerborst.

'Kan ik hier roken?' vraagt Kadoke.

'Buiten,' zegt de vader, prutsend aan zijn dochters piercing. 'Op het terras. Jij bent toch arts? Je zou het goede voorbeeld moeten geven.'

'Als je niet rookt, hou je het niet vol in de psychiatrie,' zegt Kadoke zacht, eigenlijk niet eens met de bedoeling om verstaan te worden. Langzaam komt hij overeind. Heen en weer lopend over het terras rookt hij twee sigaretten.

Door het raam ziet hij Michette zitten. De piercing is gerepareerd. Ze heeft haar boekje weer voor zich. Haar borsten zijn weer bedekt. Michette kijkt op van haar boekje, en ze zwaait naar Kadoke. Hij zwaait terug, neemt nog een laatste trek van zijn sigaret, gooit de peuk op de grond en gaat dan weer aan de tafel in het lege restaurant naast zijn patiënt zitten.

'Vind je mijn piercings eigenlijk mooi?' vraagt ze.

'Ik heb geen mening over je piercings, Michette. Dat weet je. Maar als arts zou ik je adviseren op een gegeven moment afscheid van die piercings te nemen.'

De schol en de patat zijn smakelijk, Kadoke laat desondanks een kwart staan. Hij heeft geen eetlust, hij begint op zijn moeder te lijken.

Als ze bijna klaar zijn zegt de vader: 'We zijn het hele jaar door open, want er komen ook veel handelsreizigers en zakenmannen hier, maar in deze tijd van het jaar is het in het weekend rustig in De Zeemeermin.'

'Ja,' zegt Kadoke. 'Dat merk ik. Het is hier rustig.'

'Het is stil,' zegt de vader. 'Hoe stiller het is, hoe beter je kunt nadenken.'

De vader ruimt af. Dat Michette en Kadoke veel hebben laten staan lijkt de man, die ook kok is, niet te deren. Hij vat het niet persoonlijk op. Wat de gasten eten en wat niet.

'Nog ijs?' vraagt de vader. 'Er is vanille, aardbei en chocolade.'

'Nee,' zegt Kadoke. 'Dank. We moeten niet te laat weer in Amsterdam zijn. Mijn moeder wacht op ons.'

'Een korte strandwandeling dan? Een beetje uitwaaien.'

Dat vindt Kadoke een goed idee, maar Michette wil in het hotel blijven. Ze wil haar kinderkamer zien. Ze zoekt spullen, zegt ze. Ze zoekt het verleden.

Zo lopen de vader en de psychiater samen over het strand. Zelfs het strand valt Kadoke niet mee, maar hij is er ook niet op gekleed. Niet op het strand en niet op het weer. De wind is bijtend.

Na een tijd vraagt Kadoke: 'Waar komt de naam Michette eigenlijk vandaan?'

'Ze is genoemd naar haar oma,' zegt de vader. 'We hebben Frans bloed in de familie.'

De man blijft staan, raapt iets op, een schelp, kijkt ernaar en gooit hem weer weg. Hij draagt een donkerblauw windjack dat hem iets te groot is.

'Ze heeft een broer,' zegt de vader, 'met hem is niets aan de hand. Die is gewoon tuinman geworden. Werkt voor een hoveniersbedrijf. Is altijd gelukkig. Het zonnetje in huis. Maar Michette... Je vraagt je af als vader, je piekert als ouders, je denkt: wat hebben we fout gedaan. Je maakt jezelf verwijten. Het laat je niet los.'

Hij opent zijn mond, wil nog iets zeggen, maar er komt niets meer. Dit was het. De man raapt weer een schelp op, kijkt ernaar, gooit hem weg.

'Dat begrijp ik,' zegt Kadoke iets harder dan normaal om boven de wind uit te komen. 'Dat kan ik me goed voorstellen, dat ouders zich verwijten maken. Maar meestal is dat niet nodig, en zelfs als het nodig zou zijn is het doorgaans contraproductief.'

De vader schudt zijn hoofd. Hij is het er niet mee eens. 'Maar jij als psychiater, jij zou toch moeten weten waarom ze zo is? Jij zou dat toch moeten kunnen verklaren?'

Kadoke heeft de neiging de capuchon van zijn grijze trainingsjack op te zetten, zo koud heeft hij het. Hij heeft nog altijd de smaak van gebakken schol in zijn mond. Nee, meer nog de smaak van knoflooksaus. Ze lopen verder.

'We weten niet zoveel over oorzaken, vaak is het een mengeling van factoren. Iets lokt een crisis uit. Een traumatische gebeurtenis. Drugs. Soms is de katalysator van de crisis onvindbaar of onbevredigend als verklaring. Sommige mensen zijn vatbaarder voor bepaalde ziektes dan andere mensen. Dat weten we. En het is ook zelden één ding waardoor een crisis wordt uitgelokt. Het is meestal een combinatie van factoren. Als je jong in de psychiatrie terechtkomt, kom je er moeilijk weer uit. Ook dat weten we.'

De man blijft opnieuw staan, maar dit keer raapt hij geen schelp op. Hij legt zijn hand op het jack van Kadoke, een beetje als een verkoper in een kledingzaak maar ook alsof hij Kadoke het liefst zou willen slaan, om er nooit meer mee op te houden. Niet eens omdat hij persoonlijk iets tegen Kadoke heeft, maar om het leven, de hulpverleners die hij voorbij heeft zien trekken, de mannen van zijn dochter, het hotel misschien, dit van God verlaten hotel, de wind, het strand, alles.

'Jij, als expert,' zegt hij, en het klinkt alsof hij begonnen is een groot geheim op te biechten, iets wat hij nog niemand heeft verteld, zelfs zijn vrouw niet, 'zou jij me dan misschien iets anders kunnen vertellen? Wordt mijn dochter ooit nog normaal? Gewoon zoals wij? Zoals haar broer? Zoals ik? Ga ik dat nog beleven?'

De hand van de man blijft op het trainingsjack van Kadoke rusten. Kadoke haalt diep adem. Hij overweegt diverse antwoorden. Uiteindelijk zegt hij: 'Normaal? Wat dat ook moge betekenen, zoals jij, zoals je zoon, dat wordt ze vrees ik niet. Maar ze kan wel blijven leven en een leven leiden zoals zij dat zou willen leiden, zonder al te veel pijn. Ze kan op hoog niveau functioneren, dat doet ze al, het grootste gedeelte van de tijd, ze kan de behoefte om zichzelf pijn te doen overwinnen, maar het onderliggende probleem, de wortel van haar lijden, zal er altijd blijven vrees ik. Dat kunnen we niet wegnemen.'

De hand glijdt van Kadoke's trainingsjack. Het is een machteloos glijden. Het is een en al deceptie.

'Jullie sturen hoge rekeningen maar eigenlijk kunnen jullie niet zoveel.'

Weer wordt een schelp opgeraapt, bekeken en weggegooid.

'Nee,' zegt Kadoke, starend naar de achterkant van hotel De Zeemeermin, 'we kunnen niet zoveel, minder dan we zouden willen in ieder geval. Als dat niet zo was, als we meer hadden gekund, had ik jouw dochter ook niet naar het huis van mijn moeder meegenomen om haar daar te stabiliseren. Dat was een noodgreep.'

De man schudt langzaam zijn hoofd en Kadoke ziet het onbegrip en het ongeduld in de ogen van de man. 'Ik heb haar zieker en zieker zien worden,' zegt de vader. Kadoke krijgt het gevoel dat Michettes vader de woorden nauwelijks uit zijn mond krijgt. 'Andere vaders zien hun dochter opgroeien, ik heb de mijne alleen maar zieker zien worden.'

De man bukt zich, maar dit keer raapt hij niets op. Hij moet een schelp hebben gezien die er niet was.

'Waarom komt ze niet hier wonen?' vraagt de vader. 'Toen ze naar de Randstad ging werd het alleen maar erger. Het hotel staat toch bijna altijd half leeg. Waarom komt ze niet terug?'

De psychiater kijkt om zich heen. Niet om iets te zien, maar om tijd te winnen.

'Ze verzorgt nu mijn moeder. Dat geeft haar stabiliteit, orde, regelmaat.'

'Jouw moeder kan hier ook terecht. Laat haar meekomen. Als Michette dat wil, vind ik het goed. Ik maak van dit hotel voor de helft een zorghotel, kan me allemaal niets schelen. Maar ik wil niet meer midden in de nacht worden wakker gebeld dat ze weer is opgenomen in een of andere kliniek. Dat wil ik niet meer. Begrijp je dat? Of begrijp jij er eigenlijk helemaal niets van?'

Zonder het antwoord af te wachten draait de vader van Michette zich om en loopt terug in de richting van De Zeemeermin. Kadoke overweegt achter hem aan te gaan om het gesprek af te maken, om te zeggen dat hij het begrijpt, maar hij ziet ervan af. Het is goed zo. Niets wat hij zou kunnen zeggen of doen zou de wanhoop van deze man verlichten. Hij ziet de vader vechten tegen de wind en hij denkt aan de geknakte planten in Michettes woning. De ziekte vernietigt zelden alleen de patiënt, maar dikwijls ook zijn omgeving. Even blijft Kadoke staan, aarzelend wat hij nog kan zeggen tegen Michettes vader, of dat het beter is niets meer te zeggen. Dan gaat hij in het koude en natte zand liggen. Andermans pijn dreigt hem toch nog te overweldigen. Hij die dacht op professionele wijze immuun voor die pijn te zijn, wordt meegesleurd, ongetwijfeld een neveneffect van het wankelen. Hij is geen grensoverschrijdende psychiater, hij is een wankelende psychiater. Kadoke is opgevoed en grootgebracht om niet te sterven, maar ze hadden hem er niet bij verteld dat de prijs voor dat niet-sterven zo hoog is.

De kou trekt door zijn lichaam. Het vocht. Hij komt overeind, klopt het zand van zijn trainingsjack. Kadoke moet terug naar Amsterdam, er wachten patiënten op hem.

Snel loopt hij terug naar De Zeemeermin. Vader en dochter zitten in het restaurant voor een tv. Ze kijken een serie. 'We moeten gaan,' zegt Kadoke. 'Moeder wacht op ons.'

'Ik wil je nog iets laten zien,' antwoordt Michette.

Ze staat op. De vader blijft tv-kijken. De patiënt neemt haar psychiater mee naar de kelder. Ze doet de lichten aan.

'Hier is de wasruimte,' zegt ze. 'Mijn ouders wassen zelf, ze doen alles zo veel mogelijk zelf. Hier nam ik ze mee naartoe, de gasten, als ik ze verleid had. Hier gebeurde het. Toen noemden ze me nog niet ziek. Toen maakten jullie me nog niet ziek met jullie diagnoses. Ik had macht, niet alles was onzeker.'

'Het ruikt naar wasmiddel,' zegt Kadoke en hij leunt tegen een van de wasmachines. 'Je wilt me belangrijke plekken uit je verleden laten zien. Dat stel ik op prijs. Over wie had je macht?'

'Over mezelf. Over de klanten op het terras. Over de mannen die ik verleidde. Over mijn vader.'

Michette houdt haar boekje in de hand. Ze bladert erin. Af en toe kijkt ze verrast alsof ze zelf verbaasd is wat er allemaal in haar boekje staat.

'Waarom wil je niet in mijn boekje?' vraagt ze terwijl ze naar de namen en nummers in haar boekje staart.

Ze strekt haar arm uit, houdt het boekje voor zich. Kadoke is de hond, het boekje de worst. Maar de hond bijt niet, de hond is goed gedresseerd.

Kadoke schudt langzaam van nee. 'Het valt buiten de orde. Wij hebben heel duidelijke afspraken gemaakt over onze omgang. Ik moet blijven wie ik ben: een hulpverlener.'

Ze schudt haar hoofd, als een lerares die weer een fout antwoord van een leerling heeft gekregen. 'Het is hier in dit washok begonnen,' zegt ze. 'Hier heb ik ontdekt wat het betekent als je ontvoerd wordt. Dat ontvoering redding kan zijn. Zou je er niet bij willen horen? Bij de ontvoering die redding is? Ik zou zo graag willen weten wie ik was voor ik ziek werd, ik zou dat met jou willen ontdekken. Denk je dat er ook een niet-zieke Michette heeft bestaan?'

'Nee,' zegt Kadoke, 'ik zou er niet bij willen horen. Ik ben geen ontvoerder. Maar we kunnen samen ontdekken wie je was voor je ziek werd. Dat kan wel. We gaan nu naar Amsterdam, Michette, we gaan onze taken hervatten.'

Ze maakt geen aanstalten om weg te gaan.

'Maar hoe kan ik je dan een plaats in mijn leven geven?' vraagt ze. 'Als je niet in mijn boekje wil.'

Kadoke wrijft over zijn lippen. Hij moet roken, anders blijft hij met die smaak van knoflooksaus in zijn mond zitten.

'Ik ben grensoverschrijdend psychiater Kadoke, je hebt het vaak genoeg gezegd. Dat is de plaats die ik in je leven inneem. Meer kan en wil ik niet zijn. Het is genoeg, het moet genoeg zijn. We gaan.'

Ze lopen naar boven. De vader zit nog altijd voor de tv.

'Dank voor de gastvrijheid en het lekkere eten,' zegt Kadoke.

De man staat op, begeleidt zijn dochter en haar psychiater naar de auto, die op de vrijwel lege parkeerplaats van het hotel staat. De vader heeft een plastic zak in zijn hand. Alles is zo leeg en verlaten hier. Kadoke kan zich nauwelijks voorstellen dat er nog gasten in De Zeemeermin verblijven.

'Waar is je vrouw eigenlijk?' vraagt Kadoke als ze bij zijn auto zijn.

'Bij haar zus in Eindhoven. Ze wist dat je kwam. Ze nam het zekere voor het onzekere.'

Hij overhandigt Kadoke de plastic tas. 'Gebakken schol,' zegt de man. 'Voor iedereen. Hoef je alleen op te warmen. Ik heb er drie soorten saus bij gedaan. Ben je vanavond onder de pannen.'

Kadoke stapt in. De vader buigt zich voorover, hij fluistert in het oor van de psychiater: 'Ik meen het. Ze kan hier komen. Van een verdieping is zo een zorghotel gemaakt. Als het nodig is, kan je moeder hier ook terecht. De lucht hier doet de mensen goed.'

'Het is een mooi aanbod,' zegt Kadoke. 'Ik zal het onthouden.' Al vraagt hij zich af of dit hotel de mensen echt goed doet.

De vader blijft op de parkeerplaats staan en kijkt hen na terwijl ze wegrijden. Hij zwaait niet, hij staat daar gewoon.

'Nu heb je gezien waar ik ben opgegroeid,' zegt Michette. 'Vond je het betekenisvol? Was het wat je verwachtte?'

'Ik verwachtte niet zoveel. Maar ik ben blij dat ik heb gezien waar je bent opgegroeid. Het betekent iets voor jou en daarom ook iets voor mij.'

'En waar ben jij opgegroeid, Priklopil? Mag ik die kelder ook eens zien?'

Hij schudt zijn hoofd. Even werpt hij een blik op de jonge vrouw die naast hem zit, die begon als patiënt en die nu op de een of andere manier bejaardenverzorgster is geworden. Er zit verbetering in, had hij tegen de vader gezegd. Er is hoop. Nu aarzelt hij weer. Is de hoop die hij uitsprak wel gerechtvaardigd? Hoe zal ze zijn als ze niet meer bij moeder woont, als ze weer alleen in haar huis moet zijn, met haar foto's, haar bleekwater, haar boekje, haar demonen?

Thuis zit moeder stokstijf aan de eettafel. Haar agenda ligt voor haar.

'Hoe was het?' vraagt Kadoke. 'Om zo lang zonder ons te zijn?'

'Prima,' zegt moeder. 'Rustig. Ik heb me nauwelijks verroerd. Ik heb tegen mezelf gezegd: ik blijf gewoon zitten wachten tot ze weer terug zijn. Wanneer ben je ook alweer in elkaar geslagen? Ik kon het niet meer vinden in mijn agenda.'

Kadoke gaat naast haar zitten.

'De vader van Michette heeft ons gebakken schol meegegeven. Heb je daar zin in? Zal Michette dat voor je warm maken? Met wat sla misschien?'

Moeder trekt een pruillip. 'Ach,' zegt ze. 'Ik weet niet. Als het moet. Ik heb eigenlijk niet zo'n honger. Ik ben tamelijk misselijk.'

Kadoke neemt haar gezicht tussen zijn handen. Haar ingevallen wangen. Hij voelt wat stoppels. Haar kaak. Haar jukbeenderen. 'Op een schaal van nul tot tien,' zegt hij, 'als nul helemaal niet misselijk is en tien ontzettend misselijk, hoe misselijk ben je dan?'

Moeder denkt na. 'Vijf,' zegt ze, 'vijfenhalf.'

'Dan kun je wel een beetje schol eten,' zegt Kadoke. 'Want als je wilt leven moet je eten, moeder. Laat aan Michette en mij zien dat je wilt leven. Dat wil je toch?'

'Ik doe mijn best,' mompelt moeder.

Hij gaat naar de keuken. Michette zit op de kruk. Ze hoort nu bij dit huis. Hij kan zich de tijd dat ze er niet was nauwelijks nog voorstellen. Het tijdperk dat Rose hier woonde lijkt een ander leven, een andere tijd, met een andere Kadoke. Minder wankelend. Immuun voor het leven. Zo was Kadoke toen.

'Maak alsjeblieft wat schol klaar voor moeder, met wat sla. Warm het maar even op. Meer hoeft niet, toch? Of wil je er nog iets speciaals mee doen?'

'Ik warm het gewoon wel op,' zegt ze. 'Ik ben geen chef-kok. Dat weet je. En ik wil er ook geen worden. En voor jou? Wil jij een scholletje?'

'Voor mij niet. Ik sla het avondeten over. Ik heb genoeg schol gehad voor vandaag. Probeer moeder te verleiden zo veel mogelijk te eten. Ga naast haar zitten. Voer haar desnoods, stop de vork voorzichtig in haar mond, dat wil nog weleens helpen.'

Kadoke gaat boven op zijn opklapbed liggen. Op de deken, met zijn kleren aan. Hij overdenkt de alternatieve therapie, probeert na te gaan waar hij verbeteringen zou kunnen aanbrengen, wat hij nog kan doen. Niet sterven, niet snijden en geen schoonmaakmiddel drinken, meer vraagt hij vooralsnog niet van Michette. Het moet haalbaar zijn.

Zo, dagdromend, denkend, blijft hij daar liggen, beelden uit zijn leven trekken aan hem voorbij. De woning van een arts in opleiding, zijn ex, reizen, vakanties, zijn ouders, de dood van zijn moeder, de depressie van zijn vader, de transformatie, de metamorfose, en tussendoor patiënten, familieleden van patiënten, mensen die geen zin hadden om niet te sterven, dan weer spijt hadden van hun gebrek aan zin. Had hij niet tegen de vader van Michette gezegd dat zijn dochter in staat zou zijn een vervuld leven te leiden of woorden van gelijke strekking? Heeft hij zelf een vervuld leven geleid? Het is een vraag waarop hij geen goed antwoord heeft. Kadoke heeft aan bepaalde verplichtingen voldaan. Ze hebben het trauma voortgezet. Zijn moeder die ooit zijn vader was, en hij. Iets anders zat er niet op. Meer hoefde ook niet. Niet bestrijden, maar voortzetten, ermee spelen, voor zover dat lukt, voor zover dat mogelijk is. Misschien zal Michette dat ook kunnen op een dag. Maar leven – hij is niet bepaald een lichtend voorbeeld. Weet hij hoe je moet leven? Nee, dat weet hij niet. Kadoke weet hoe je niet moet sterven en dat is misschien genoeg. Genoeg voor nu, genoeg voor Michette.

Hij gaat naar beneden om te kijken hoe het met het eten gaat, of moeder iets binnenkrijgt. Meestal wil hij er niet bij zijn als moeder wordt gevoerd, als ze niet de kracht heeft om zelf te eten. Het is een schouwspel dat hem treurig stemt. Maar als het moet doet hij het zelf. De zoon voert zijn moeder als het niet anders kan. Met lichte tegenzin, dat wel.

In de woonkamer ziet hij dat Michette niet naast moeder zit, zoals hij had verwacht, maar op moeders schoot. Haar ene been aan de ene, haar andere been aan de andere kant van moeder. Het eten staat voor hen op tafel, minstens de helft van de vis ligt nog op het bord. Michette zit daar op de schoot van moeder met haar gezicht naar moeder toe. Ze is moeder aan het kussen. Ze is moeder aan het zoenen.

Kadoke komt dichterbij.

'Je zou moeder toch helpen met eten?' vraagt hij. 'Is dat niet wat we hadden afgesproken?'

'Ik heb haar geholpen,' zegt Michette zonder zich naar de psychiater om te draaien en weer drukt ze haar mond op de oude mond van moeder.

Kadoke kucht, een paar keer. De kriebel in zijn keel neemt alleen maar toe.

'Moeder,' vraagt hij, 'vind je het prettig dat Michette op je schoot is gaan zitten? Is ze niet te zwaar? Vind je het niet vies?'

'Nee, ik kon het eten niet meer op en toen zei dat meisje: "Ik kom wel even op je schoot zitten. Ik kom bij je." Jij ziet dingen die er niet zijn. Jouw gedachten zijn misschien vies, Otto.'

Kadoke neemt plaats aan tafel. Michette blijft op moeders

schoot zitten en streelt haar haren, haar wangen, haar voorhoofd.

'Moeder, vind je dit vervelend?'

'Nee,' zegt moeder en er klinkt irritatie in haar stem. 'Ik vind het niet vervelend. Anders zou ik het wel gezegd hebben. Vind jij het vervelend?'

Kadoke staart naar de halve gebakken schol die op moeders bord ligt. Inmiddels ongetwijfeld koud geworden.

'Vervelend? Nee, dat niet. Ongepast. Ik vind het niet zo gepast, op zijn zachtst gezegd, Michette, dat je op de schoot gaat zitten van iemand die je zou helpen met eten en dat je dan ook nog doet alsof ze ik weet niet wat van je is, je geliefde is, je minnares. Dat is ongepast.'

'Je bent saai,' zegt moeder. 'Vind je niet, Michette, dat mijn zoon saai is? Ik ben nooit saai geweest. Nooit. Dit was toch volstrekt onschuldig.'

Kadoke glimlacht. Zo kent hij moeder, zo houdt hij van haar.

'Michette,' zegt hij, 'kom je even mee naar de keuken?'

Hij staat op, wacht tot Michette van moeders schoot is gekropen en loopt dan achter haar aan naar de keuken.

Daar neemt ze plaats op de kruk. Ze kijkt hem aan, niet schuldbewust, eerder ongeduldig.

'Eigenlijk,' zegt ze, 'hebben we een soort ménage à trois, jouw moeder, jij en ik.'

'Nee. We hebben geen ménage à trois. Zeker niet. Ik heb je gevraagd moeder te voeren en jij klimt op haar schoot, betast haar alsof je haar geliefde bent, dat vind ik een voorbeeld van grensoverschrijdend gedrag. Ze is een oude vrouw. Ze is niet een van je modellen. Ze is van je afhankelijk.'

'Ze kon niet meer eten.'

'Dan help je haar nog wat meer te eten.'

'Ze wilde niet.'

'Ze moet eten. Anders gaat ze dood.'

'Ze was misselijk, ik heb haar liefde gegeven.'

'Je bent aangesteld als bejaardenverzorgster, niet om liefde te geven.'

Michette speelt met een doosje waarin saus zat. Remouladesaus zo te zien.

'Zorg is ook liefde.'

'Michette, mijn moeder is een bejaarde vrouw. Het gaat niet om een theoretisch geval, het gaat om jouw verantwoordelijkheid en jouw gedrag.'

'Ik heb wel eerder met bejaarden gezoend. Ik heb soms ook met ze in bed gelegen.'

'Daar twijfel ik niet aan, maar we hebben afspraken gemaakt. We hebben vastgesteld dat bepaald gedrag niet acceptabel is, omdat het niet goed voor je is. Waarom doe je dit?'

'Misschien heeft moeder gevraagd of ik op haar schoot wilde zitten. Wat weet jij ervan wat jouw moeder mij allemaal vraagt en vertelt? En van een kusje maak je meteen een hele erotische scène, je bent zo jaloers, Kadoke. Als puntje bij paaltje komt ben je zo weinig ruimdenkend. Omdat ik zei dat ik je wilde redden. Je bent niet de enige in dit huis die moet worden gered. Moeder is er ook nog. Ik moet me ook om haar bekommeren. Zij is mijn prioriteit. Zij heeft minder tijd dan jij.'

Kadoke bekijkt haar. Het knipperen van haar ogen, de spanning rond haar lippen, de emoties, die ze nauwelijks meer kan controleren.

Ze laat zich van de kruk glijden, gaat vlak voor hem staan, en even herinnert hij zich de hand van haar vader die op zijn trainingsjack bleef rusten. Secondelang. Minutenlang, leek het wel.

'Omdat ik nog steeds dood wil,' zegt ze en ze kijkt hem recht in zijn ogen aan. Zo moet ze kijken als ze de mensen meesleept. Het is haar verleidersblik. Hij reageert niet, daarom zegt ze het nog een keer. 'Omdat ik nog steeds dood wil, daarom geef ik je moeder liefde, grensoverschrijdende psychiater Kadoke.'

Hij blijft haar aankijken. Haar blije, haar vurige, haar uitdagende blik. Het dringt tot hem door dat ze weer verlangens spiegelt. Ze verklaart dat ze dood wil omdat Kadoke zelf niet zeker weet of hij nog wel door wil gaan met niet-sterven.

'Nee,' zegt hij terwijl hij blijft aarzelen wat hij moet zeggen en wat niet. Hij denkt terwijl hij spreekt, het tempo van zijn spreken vertragend alsof hij gedronken heeft. Normaal denkt hij eerst en spreekt dan. 'Nee, je wilt niet dood, je wilt dat ik me om je blijf bekommeren en je gelooft dat dat alleen zal gebeuren zolang je ermee doorgaat dood te willen. Daarom wil je dood.'

Ze kijkt naar hem. Ze bestudeert hem. Alsof er geen verschil bestaat tussen dood en liefde, alsof mensen op dezelfde wijze naar de dood verlangen als naar liefde. 'Je hebt het zelf gezegd,' zegt ze. 'Dat je ophoudt met de therapie als ik niet meer dood wil, als ik wil leven, dan laat je me alleen.'

Hij ziet haar vader voor zich, lopend over het strand. De gebroken man, de geknakte planten.

'Je moet leren loslaten, Michette,' zegt hij, 'je moet het leren.'

'En jij, Priklopil? Jij, grensoverschrijdende psychiater Kadoke, lieve jij. Kan jij dat?'

Hij ziet haar ogen. Verslagen en toch weer niet, zo voelt hij zich. Half verslagen.

'Noem me geen "lieve jij", ook dat is weer grensoverschrijdend gedrag. Kom, we gaan naar moeder. Misschien kunnen we haar samen verleiden om nog iets te eten.'

23

Normaal doet Michette de boodschappen maar ze had een spoedklus, een andere fotograaf was ziek geworden en nu moest zij naar een ex-politicus die een boek heeft geschreven. Daarom rijdt Kadoke op deze winterse donderdagmiddag naar het Gelderlandplein. Michette heeft hem een boodschappenlijstje meegegeven, maar omdat er zoveel doorhalingen op het lijstje staan weet hij niet goed wat wel en wat niet aangeschaft moet worden. Hij probeert Michette te bellen. Ze neemt niet op.

Gehaast duwt hij het karretje door de supermarkt. Hij moet die middag naar de dermatoloog. Eindelijk worden ze verwijderd. Het heuvellandschap op zijn onderrug, hij heeft er tijd voor vrijgemaakt.

Michette is ondanks enkele incidenten gestabiliseerd, hij vindt dat ze over een paar weken zou moeten proberen weer op zichzelf te gaan wonen, misschien al eerder. Ze zou een tijdje in het hotel bij haar ouders kunnen intrekken. Een mistroostige omgeving, dat hotel, maar wel stabiel en veilig voor zover hij kan overzien.

Probleem is alleen dat elke keer als hij daarover begint, als hij het einde van de alternatieve therapie aansnijdt, Michette een paar dagen daarna of soms nog dezelfde dag een incident creëert. Snijden, drinken. Dreigen.

Het is vreemd om in deze context van hospitaliseren te spreken, maar het lijkt er wel op. Als de therapie zo verslavend is dat de patiënt niet meer terug wil naar de maatschappij, niet meer op eigen benen wil staan, dan moet je concluderen dat de therapie in elk geval gedeeltelijk heeft gefaald. Hij had het kunnen weten, hij had het kunnen voorzien, maar hij was verblind. Zijn eigen mankementen hebben hem verblind, zijn onvermogen om op te geven. En ook nu geeft hij nog niet op. Als patiënten verleid kunnen worden om niet te sterven, kunnen ze ook verleid worden om zich los te rukken van de therapie, om op eigen benen te staan. Wat dat ook moge betekenen. Want welk mens staat echt op eigen benen?

Moeder maakt het minder goed dan Michette. Haar dosis plastabletten is weer verhoogd, en ze lijdt regelmatig aan ademnood, al ontkent ze dat. 'Ik weet het niet,' zegt ze. 'Volgens mij heb ik altijd zo geademd. Ik denk niet zoveel over het ademen na.'

En als Kadoke vraagt of ze benauwd is, zegt ze: 'Het gevoel benauwd te zijn heb ik nooit gekend.'

'Maar ken je het nu?'

'Nee,' zegt ze dan, 'ik ken het niet.'

Kadoke staat in de rij voor de kassa. Alleen de gefilte fisj kon hij niet vinden, hij meende dat ze die tegenwoordig ook in de supermarkt verkochten, maar misschien vergist hij zich. De aanwijzingen van Michette waren summier.

Terwijl hij daar staat ziet hij in een andere rij de rabbijn, de man die weigerde om de sjofar te blazen voor moeder, de man die nooit meer iets van zich had laten horen, waarschijnlijk omdat hij het ongepast vindt dat vader moeder werd. Van hem moet je blijven wie je bent. Niet dat het zo erg was, Kadoke had een betere sjofar gevonden. Een sjofar in mensengedaante. Die niet alleen op Joods Nieuwjaar en Grote Verzoendag te horen was, maar dagelijks. Dat was in deze tijd misschien nog beter ook.

Beide rijen gaan uiterst langzaam vooruit. Kadoke heeft haast, de dermatoloog wacht op hem en terwijl hij daar staat, bekruipt hem de behoefte de rabbijn aan te spreken. 'Is moeder niet goed genoeg voor u? Had ze man moeten blijven?' Zoiets zou hij willen zeggen. Of misschien is dat te direct. Is het beter om te zeggen:

'Moeder heeft op Rosj Hasjana lang op u gewacht. Was u ziek? Verkouden wellicht?'

Normaal is hij niet zo, hij is geen man die mensen wil confronteren met hun tekortkomingen, er hoeft weinig tot niets te worden rechtgezet. De meeste confrontaties leveren niets op, maar nu hij hier toch vlak naast de rabbijn staat zou het van lafheid getuigen om er niets van te zeggen. Van zwakte.

Indachtig de woorden van Matan moet hij laten zien dat hij niet wil sterven, en in dit geval houdt laten zien dat je niet wilt sterven in dat de rabbijn ter verantwoording moet worden geroepen. Laten zien dat je niet wilt sterven betekent niet over je heen laten lopen. Dat is wat moeder altijd heeft bedoeld. Hij heeft er een hekel aan gehad, de angst het slachtoffer te worden van de ander. Hij haatte die angst. Waarom zou je bang zijn het slachtoffer van de ander te worden?

Maar tegen de rabbijn wil hij graag iets zeggen, een paar woorden, meer niet.

Hij rekent af. De rabbijn is eerder klaar dan hij.

Ongeduldig propt Kadoke de boodschappen in een plastic tas. Hij is niet op het weer gekleed, zoals vaker. Geen jas, alleen zijn grijze trainingsjack.

Het is al gaan schemeren. Hij gaat naar buiten.

Even lijkt het alsof de rabbijn is verdwenen, maar dan ziet hij hem lopen. Loopt hij naar huis? Woont hij hier in de buurt?

Kadoke gaat achter hem aan. Zal hij roepen: 'Rabbijn, blijf eens staan.' Of is dat ongepast? Moet hij de rabbijn inhalen en vragen: 'Weet u nog wie ik ben?'

Met de toch wat zware boodschappentas in zijn rechterhand begint hij in de richting van de rabbijn te lopen. Hij denkt aan Michette. Michette die niet weg wil, die wil blijven om voor het leven te worden behoed. Niemand kan voor het leven worden behoed, alleen de doden hebben dat voorrecht. Niet-sterven betekent niet voor het leven worden behoed, maar de onzekerheid aanvaarden, het casino dat leven heet binnenwandelen en voorlopig niet meer weggaan.

De rabbijn blijkt een snelwandelende rabbijn. Waar haalt die man zijn conditie vandaan, zat hij misschien ook op Krav Maga? Natte sneeuw begint te vallen. Als in een reflex zet Kadoke zijn capuchon op. Zijn eigen conditie laat te wensen over. Matan zou woest zijn.

Hij hoort Matans stem, het Israëlische accent, de ironie die vermoedelijk geen ironie was maar gecamoufleerde minachting. Hij heeft Matan nooit meer gesproken, op zijn toch betrekkelijk uitvoerige e-mail waarom hij de trainingen niet wenste voort te zetten kwam geen reactie.

Het stoort Kadoke dat de rabbijn zich van hem verwijdert, zich verwijdert van zijn noodlot, voor zover Kadoke dat is.

Nu is hij er. Hij roept: 'Rabbijn, blijf even staan, alstublieft.' Maar de man gaat alleen maar sneller lopen, hij is bang voor Kadoke.

Kadoke begint te rennen, voorzichtig, om niet uit te glijden. Er zijn geen regels in Krav Maga. Laten zien dat je niet wilt sterven, daar komt leven op neer. De rabbijn moet laten zien dat hij niet wil sterven. Als hij echt een rabbijn is, zal hij dat wel kunnen.

Achter de rabbijn aan rennend met een boodschappentas vol boodschappen voor moeder, komt het Kadoke voor alsof er geen andere werkelijkheid is dan die van Matan, alsof de wereld alleen maar bestaat opdat de mensen kunnen laten zien dat ze niet willen sterven. Dat dat de enige reden is dat deze wereld er is.

Er zijn geen regels, alleen zwakke plekken. Het gaat erom de zwakke plekken van de tegenstander uit te buiten. De ogen, de kaak, de adamsappel, het kruis. Alleen Matans stem is er nog, Matan zit in zijn hoofd en als hij eindelijk bij de rabbijn is zegt Kadoke niets meer. Wat zou hij tegen die man moeten zeggen?

Hij draait zich om en loopt terug naar de parkeergarage. Uitgeput. Wat bezielde hem? Wat had hij kwijt gewild aan de rabbijn?

Welke reactie had hij van hem verwacht? En wat zou die hebben opgelost?

In zijn auto rookt hij drie sigaretten achter elkaar, dan rijdt hij naar de dermatoloog.

Een dame met bontjas zit in de wachtkamer alsof ze in een bar zit en haar geliefde elk moment kan verschijnen. Kadoke knikt haar toe. Ze komt hem vaag bekend voor. Heeft ze ooit een zelfmoordpoging gedaan of kent hij haar ergens anders van?

De dermatoloog, Luca, kent Kadoke uit zijn studietijd. Ze waren ooit bevriend. Toen ze klaar waren met studeren gingen ze nog één keer per jaar uit eten, later werd dat één keer in de twee jaar.

Een zachtaardige, wat verlegen jongen was Luca geweest die geleidelijk veranderde in een zachtaardige, verlegen man. Ooit waren ze op hetzelfde meisje verliefd geweest. Ze konden haar allebei niet krijgen, zoiets schept een band. Genoeg band in ieder geval om twintig jaar later nog eens in de twee jaar samen te gaan eten. Vroeg of laat tijdens zo'n etentje valt de naam van het meisje. Er wordt wat gedronken maar om een uur of elf wordt de weemoed afgesloten, want het werk roept. Ze zijn te oud om te zwelgen.

De dame in de bontjas bladert in een tijdschrift. Af en toe kijkt ze naar Kadoke. Dan zegt ze: 'Ken ik u niet?'

'Ik geloof van niet.'

'Wacht u op de dokter?'

Hij knikt. Kadoke sluit zijn ogen. Vanavond nachtdienst. Met Dekha. Ze hebben al een tijd geen koffie meer gedronken. Dekha is gewend geraakt aan de psychiatrie, aan de nachtdienst. Het is niet dat ze hard is geworden, ze heeft geleerd afstand te nemen. Ze kan observeren en analyseren, zonder te veel te voelen.

De dame in bontjas mag naar binnen. Kadoke opent zijn ogen weer, hij ziet Luca in de deuropening staan, onveranderd eigenlijk, nauwelijks ouder geworden, nog altijd lange bruine, bijna zwarte haren. Even verschijnt er een kleine glimlach op zijn gezicht als hij Kadoke ziet, dan is hij weer de ernstige dermatoloog, de bezorgde arts.

Kadoke sluit zijn ogen weer. Hij probeert te slapen in de wachtkamer. Vermoedelijk is het het beste om Michette eerst naar het hotel van haar ouders te laten gaan en dan pas naar haar eigen huis. Zo is de overgang tussen de alternatieve therapie en de maatschappij minder groot. Hij moet Michette voorbereiden, langzaam losweken en daarna moet hij een oplossing zoeken voor moeder. Misschien gaat hij het toch weer zelf doen. Zoveel werk is het niet.

Kadoke doezelt weg, even herinnert hij zich wat hij droomde, maar dan is de droom verdwenen en als de deur van de behandelkamer opengaat en de dame in bontjas voor hem staat, is er niets meer van de droom over.

'Kom verder,' zegt de dermatoloog die ook vriend is.

De psychiater neemt plaats in de behandelkamer. 'Je hebt er lang over gedaan,' zegt Luca, 'om bij me te komen. Was je bang?' Hij lacht. Hij heeft een aanstekelijke lach, altijd al gehad. Dat ze daar nooit op is gevallen, het meisje op wie ze allebei verliefd waren.

'Het was druk,' zegt Kadoke. 'Zat je om patiënten verlegen?'

'Integendeel. Maar wel om jou. We moeten weer eens eten. Hoe lang geleden is het?'

'Te lang,' antwoordt Kadoke en hij doet zijn trainingsjack en overhemd uit.

'Waar zitten ze?' vraagt Luca. 'Waar gaan we iets wegsnijden?'

'Op mijn onderrug. Daar zitten ze.'

'Ga maar op je buik liggen.'

Hij gaat op zijn buik liggen.

'Het zijn er vier.'

'Ik tel er vijf,' zegt Luca. 'Ik ga ze even een voor een verdoven en dan snij ik ze weg. Volgens mij zijn ze goedaardig, net als die ik al eerder bij je heb weggehaald, maar ik zal ze voor de zekerheid naar het lab sturen.'

Kadoke voelt kleine prikjes in de moedervlekken, waarvan Michette beweert dat ze eraan gehecht is geraakt. Van het snijden zelf voelt hij niets. Hij ziet haar voor zich in De Zeemeermin, als vijftienjarige in de keuken, kokend, groente snijdend, rennend van het ene fornuis naar het andere. De vader zei dat hij haar alleen maar zieker en zieker had zien worden. En de man had erbij gekeken alsof hij Job was, zijn straf niet begrijpend, en daardoor des te meer lijdend. Terwijl hij maar een enkele stap had hoeven te zetten om minder pijn te hebben; aanvaarden dat er niets te begrijpen is aan de straf.

De hand van zijn vriend de dermatoloog op zijn rug voelt aangenaam.

Misschien knapt Michette verder op als ze weer in dat van God en iedereen verlaten hotel intrekt, al was het maar tijdelijk. Terug bij haar vader die met een nijptang rondloopt, klaar om de piercings van zijn dochter dicht te knijpen. Van de moeder kan hij zich geen voorstelling maken. Zou de vader minder geknakt door het leven gaan als hij ziet dat zijn dochter niet alleen maar zieker en zieker wordt? Dat ze stabiel is, dat er hoop op vooruitgang bestaat?

'Mag ik ze meenemen?'

'Wat?' vraagt Luca.

'Zou ik ze mee mogen nemen? In een doosje? De moedervlekken.'

'Je moedervlekken? Ik moet ze naar het lab sturen.'

'Stuur er eentje naar het lab en geef me de rest mee. Ik ken iemand die ze wil hebben.'

Luca pauzeert. Is hij klaar? Of moet er nog iets worden weggesneden?

'Zo'n verzoek heb ik nog nooit gehad. Ben je serieus?'

'Heel serieus.'

Luca schudt zijn hoofd. 'De mensen worden steeds vreemder. Ik geef je er vier mee. De grootste stuur ik naar het lab.'

Luca ontsmet de kleine wonden, plakt er pleisters op en schrijft

Kadoke een zalf voor die hij er een week lang 's ochtends na het douchen op moet smeren.

Dan gaan ze aan het bureau zitten en Luca overhandigt Kadoke een klein plastic doosje. Wat erin zit is eigenlijk nauwelijks meer als moedervlek te herkennen. Stukjes mensenvlees. Zoveel kleiner dan ze leken toen ze nog op zijn rug zaten.

'Voor je vriendin?' vraagt Luca.

Kadoke aarzelt. Hij snuit zijn neus. 'Voor een kennis,' zegt hij. 'Je doet mensen met de gekste dingen een plezier en als het een kleine moeite is, waarom niet?'

De dermatoloog knikt. 'Hoe is het met de liefde? Is er een nieuwe? Een arts in opleiding?'

'Nee,' zegt Kadoke. 'Geen nieuwe liefde. Ik begeleid een arts in opleiding, maar we zijn hooguit bevriend. Ze had eerst genoeg van de psychiatrie. Ze wilde niet verder. De nachtdienst. Het was haar te veel. Je kent het wel. Maar ze is nu gewend geraakt...' Hij kijkt even rond in de spreekkamer. 'Aan de menselijke ellende,' zegt Kadoke. Dat is de beste en kortste omschrijving. 'En jij?'

'Er komt geen kind,' zegt Luca. 'We geven het op. We gaan ook niet adopteren. Het is goed zo. Het is even wennen, maar het geeft rust. We weten nu dat we het met zijn tweeën moeten doen. Zullen we iets afspreken, zal ik mijn agenda pakken?'

'Ik stuur wel een sms of een WhatsApp, maar over een paar weken,' zegt Kadoke. 'Het is een beetje moeilijk te overzien hoe de komende tijd gaat worden. Ik heb vaak nachtdienst.'

'En je vader?' vraagt Luca.

'Mijn moeder.'

'O ja, je moeder.'

'Het gaat. Ze wordt ouder, zeggen de mensen van buurtzorg. Daarin hebben ze geen ongelijk. Maar wat moet je daarop zeggen? We worden allemaal ouder.'

Kadoke staat op, houdt het kleine doosje omhoog. 'Dank,' zegt hij. 'Dank voor dit kleinood. Ook namens mijn kennis.'

Het doosje verdwijnt in de zak van zijn trainingsjack.

Ze geven elkaar een hand. 'We moeten niet uit elkaars leven verdwijnen,' zegt Luca. 'Dat zou zonde zijn. Hoe kunnen we het verleden levend houden als er niemand meer is om over dat verleden te praten? Je bent zo vluchtig, Kadoke. Je was altijd al vluchtig maar je bent alleen maar vluchtiger geworden.'

'Vluchtig? Als rook, bedoel je dat? Nee, ik ben juist heel geaard. Ik ben een vaste substantie. En we gaan niet uit elkaars leven verdwijnen, dat moeten we niet doen en dat doen we ook niet. Je bent mijn vriend.'

'De andere mensen van vroeger, niemand ziet je meer. Je reageert niet op sms'jes, zeggen ze. Je bent aan het verdwijnen, Kadoke.'

Kadoke schudt zijn hoofd. 'Ik ben minder verdwenen dan ooit, maar de crisisdienst kost veel tijd. De noodgevallen. En er komen er steeds meer bij. Ze vermenigvuldigen zich razendsnel.'

'Je hebt ook zelf nog een leven, Kadoke. Je bent niet de enige die verantwoordelijk is voor de noodgevallen. Je bent Jezus niet. Je kunt niet alle menselijke ellende oplossen. Geef levenstekens aan de mensen die contact met je zoeken. Laat ons niet alleen achter. Ga eindelijk leven.'

'Ik laat jullie niet alleen achter,' zegt Kadoke.

Even lijkt het alsof ze elkaar willen omhelzen, de psychiater en de dermatoloog, maar het blijft bij twee schouderkloppen.

Dan verlaat Kadoke de spreekkamer van zijn vriend.

'Ik laat je weten wat de resultaten zijn van het lab,' roept Luca hem na.

In de spreekkamer zit niemand meer.

24

Kadoke rijdt naar huis. Michette is al terug. Moeder zit voor de televisie. Ze gaat op in *Dr. Phil*, begroet haar zoon amper. Naast haar zit Deborah, hoogzwanger maar blakend, blakender dan ooit.

Kadoke zet de boodschappen neer, wil zijn ex eerst een hand geven, maar geeft haar dan toch maar drie kussen. Hier kan het. Een privékliniek is geen synagoge. Ze laat de kussen zonder commentaar passeren, ze zegt alleen: 'Ik dacht: ik kom eens kijken hoe het ermee is, wie moeder nu onder de douche zet. Maar ik zie dat je iemand hebt gevonden.' De ex wijst op de spullen en kleren van Michette die door de woonkamer slingeren. Onderbroeken liggen er niet meer, maar daarmee is ook alles gezegd.

'Ja, ik heb iemand gevonden,' antwoordt Kadoke. 'Tijdelijk. Een oplossing voor de lange termijn is er nog niet. Ik ben vermoedelijk de oplossing voor de lange termijn.'

Moeder gaat nog steeds op in *Dr. Phil*, ze doet alsof ze alleen in de kamer is, alleen met haar favoriete televisieprogramma. Kadoke gaat zitten, naast zijn ex. Hij werpt een blik op de tv, hij vraagt zich af wat hij moet zeggen. Deborah is hem voor: 'Ik had wat bloemen voor jou en moeder meegebracht. Die heb ik afgegeven aan de hulp in de huishouding, maar daarna heb ik de hulp in de huishouding noch de bloemen meer gezien.'

'Bejaardenverzorgster. Geen hulp in de huishouding. Dat meisje is bejaardenverzorgster.'

'Ik ben geen bejaarde,' roept moeder zonder haar blik van *Dr.*

Phil af te wenden. 'Ik kan het woord bejaardenverzorgster niet meer horen. Discriminatie is het. Om voortdurend over me te spreken als een ding wat verzorging nodig heeft. Doe me dan weg. Doe me weg als je het niet meer met me uithoudt.'

Kadoke zwijgt. Kijkend naar de planten luistert hij naar de televisie. Dan zegt zijn ex: 'Moeder vertelde dat het nieuwe meisje een patiënt is. Eentje met een hoop littekens.'

Kadoke gaat verzitten. 'Dat is een lang verhaal.'

'Ik heb geen tijd voor lange verhalen. Over een week of twee ga ik bevallen. Ik dacht: ik kom nog eens langs. Ik hoor niets meer, ik kijk even hoe het gaat. Ik begrijp nu dat dat een vergissing was.' Met moeite staat ze op.

Kadoke werpt een blik op haar buik.

'Ik ben heel blij dat je bent gekomen,' zegt hij. 'Misschien had je even kunnen bellen. Dan had ik je kunnen voorbereiden.'

'Geeft niet.' Ze wijst voor de tweede keer op de kleren die door de kamer slingeren. 'Het lijkt wel alsof hier drie pubers wonen,' zegt ze. 'Waar ben je mee bezig, Kadoke, waar ben je in godsnaam mee bezig?'

Ze waggelt naar moeder.

'Ik ga weer,' zegt Deborah.

Moeder kijkt op. 'U hebt geen thee gekregen.'

'Nee, dat klopt, het meisje zou thee voor me maken maar ze is spoorloos verdwenen.'

'Blijf toch nog even tot u thee hebt gekregen.'

'Ik moet echt weg. Mijn man zit buiten in de auto. Als ik ben bevallen kom ik nog eens langs. Maar dan zal ik van tevoren bellen of het uitkomt.'

Moeder staat op. Ze kijkt Deborah onderzoekend aan. 'Veel geluk met uw kind,' zegt ze. Dan gaat ze weer zitten en concentreert zich op de televisie.

Kadoke begeleidt de ex naar de voordeur. Michette is nergens te bekennen.

Hij pakt haar jas van de kapstok, helpt haar in haar jas.

'Een patiënt, Kadoke,' zegt ze. 'Je bent zelf een patiënt aan het worden. Wie weten hiervan?'

'Jij. Moeder. De patiënt uiteraard.'

'Ik maak me zorgen.'

'Om wie?'

'Om jou.'

'Dat hoeft niet.'

'Je bent het contact met de werkelijkheid aan het verliezen.'

Hij pakt haar voorzichtig bij haar schouders. 'Dit is mijn werkelijkheid,' fluistert hij. 'Moeder voor de televisie. Moeder die niet wil eten. Moeder die benauwd is. Het meisje dat op haar past is een patiënt, nou en? Het is goed voor hen allebei. Het is therapie.'

'Maar het leven is meer dan therapie, Kadoke. Als er niets anders is dan therapie, als alleen de dood na de therapie komt, dan klopt er iets niet. Doe iets aan jezelf. Voor het te laat is. En zelfs als het te laat is, doe toch iets aan jezelf. Er bestaan wonderen.'

Ze opent de deur. Ze waggelt door de voortuin. Hij wil haar iets naroepen, dat hij aan haar denkt, aan de bevalling en haar kind. Een blijk van genegenheid, van medeleven, van betrokkenheid, maar hij roept alleen: 'Ik hoop dat het niet te veel pijn doet, lieverd.'

Dan sluit hij de deur. Moeder zit nog voor de tv. Hij loopt door het huis, roept 'Michette, Michette' alsof hij de poes zoekt, maar ze is nergens te bekennen.

Hij gaat naar de woonkamer. 'Is Michette weggegaan?' vraagt hij aan moeder.

'Ze zou de bloemen in een vaasje zetten. Mooie bloemen had jouw ex meegebracht. Mooie rozen. Vast niet goedkoop. Ik denk wel twintig euro en ze kreeg niet eens een kopje thee van dat meisje.'

Hij gaat naar de tuin. Roept weer: 'Michette, Michette.'

Kinderen van de buren kijken over de heg naar hem. Hij gaat naar de schuur. Daar vindt hij haar, achter de maaimachine verstopt, met de rozen nog in haar hand. Huilend.

'Ik was bang,' zegt ze.

'Kom om te beginnen achter die maaimachine vandaan.'

Ze komt achter de maaimachine vandaan. Kwetsbaar ziet ze eruit, ongeschikt voor het leven.

'Dat was mijn ex,' zegt Kadoke. 'Niets om bang voor te zijn.'

'Ze keek zo dreigend.'

'Zo kijkt ze altijd. Ze is joods geworden. Sindsdien kijkt ze dreigend. Ik zou in haar plaats hetzelfde hebben gedaan.'

Hij neemt Michette mee naar de keuken. Ze snijdt de rozen en doet ze in een vaas.

Kadoke zet de vaas op de tafel in de woonkamer. 'Mooi?' vraagt hij aan moeder.

'Prachtig,' antwoordt ze. 'Zo lief van die vrouw.'

Dan bergt hij samen met Michette de boodschappen op. 'Je bent van alles vergeten,' zegt ze.

'Dan moet jij het de volgende keer zelf doen. Boodschappen doen is ook eigenlijk jouw taak.'

'Ben ik je slaaf?' Ze klinkt weer brutaal, niet meer bang, eerder overmoedig.

'Zover zou ik de alternatieve therapie niet willen laten gaan.'

Michette kookt. Vegetarische schnitzel. Spinazie. Moeder houdt van spinazie.

Ze eten met zijn drieën in de woonkamer. Michette voert moeder waar nodig. Soms geeft ze het op. Het eten. De strijd. Maar dan pakt Michette de vork en ze zegt: 'Neem nog een hapje voor je zoon.'

'Is het lekker?' vraagt Kadoke.

'Het gaat,' zegt moeder. 'Ik proef toch niets meer. Ik weet niet of het lekker is.'

'Maar als het vies is proef je het toch wel?'

'Ja, als het vies is proef ik het wel.'

Toe zijn er mandarijnen. Eindeloos lang doet moeder erover het wit van de mandarijn te verwijderen maar ze laten haar begaan.

'Hoe was het eigenlijk bij de ex-politicus?' vraagt Kadoke, kijkend hoe moeder met haar oude, mooie vingers bezig is het wit van de mandarijn te peuteren. Met een haast religieuze bezetenheid concentreert ze zich op de mandarijn.

'Goed,' antwoordt Michette. 'Hij is niet in mijn boekje terechtgekomen.'

'Wilde hij niet?'

'Ik had geen zin. Ik word non.'

'Dat komt voor,' zegt Kadoke, 'dat mensen geen zin hebben. Maar dat betekent niet dat je meteen non hoeft te worden.'

'En ben jij een monnik, grensoverschrijdende psychiater Kadoke?'

Moeder hoort de gesprekken maar ze reageert er niet op. Ze kijkt naar de rozen.

Kadoke haalt zijn schouders op. 'Een monnik, zo zou ik mezelf niet willen noemen.' Hij helpt met afruimen. Nog een uur en dan begint zijn nachtdienst.

Als moeder naar bed is gebracht, gaat Michette op de bank liggen lezen. Kadoke komt naast haar zitten.

Ze kijkt op van haar boek.

'Het gaat goed,' zegt hij.

'Met wie?'

'Met jou.'

'Vind je?'

'Ja, dat vind ik. Ondanks een terugval hier en daar. Ik weet dat dit moeilijk is voor jou, maar ik moet het met je bespreken. Ik denk dat het het beste is als je eerst naar het hotel van je ouders gaat en dan pas weer naar je eigen huis. Je vader heeft dat aangeboden. Ik geloof dat hij het zelfs leuk zou vinden als je daar weer een tijd gaat wonen. Dat hij het fijn vindt je even dicht bij zich te hebben. Ik zal hem deze week bellen of hij je kamer klaar wil maken.'

Angstig en treurig kijkt ze. Misschien is er geen verschil tussen deze angst en haar treurnis.

'Dus ik moet hier weg?'

'Niet nu. Op een dag. Als jij er klaar voor bent. En ik ga je helpen om er klaar voor te zijn. Je hebt mij niet meer nodig.'

Ze begint te huilen. Hij ziet het. Het verstrakken van het gezicht, het vochtig worden van de ogen. Kadoke kent haar, hij weet wat er komt.

'Maar heb je mij dan niet nodig?'

Kadoke pakt haar hand, bestudeert die, de pols, de littekens, kleine, grotere, sommige bijna onzichtbaar.

'Ik heb niemand nodig,' zegt hij zo zacht dat het lijkt alsof hij niet tegen haar spreekt. 'Zo ben ik gemaakt. Ik heb het nodig dat jij enkele van je demonen overwint, niet eens allemaal, een paar, en niet eens voor de volle honderd procent – voor de helft, dat is al genoeg. Dat is wat ik nodig heb.'

'En jouw demonen?'

'Mijn demonen?'

De voorkamer is sinds Michette er is ingetrokken inderdaad geleidelijk aan een soort tienerkamer geworden. Overal kleren, rotzooi, hier en daar zelfs een beha. In het begin werd moeder er kwaad over, maar ze is eraan gewend geraakt. Zelfs Michettes beha's storen haar niet meer.

'Mijn demonen zijn van mij, Michette. Ik ben je psychiater, niet je geliefde. En zelfs als je mijn geliefde was zou ik ze niet met je delen, want zo zit ik niet in elkaar. Zo ben ik niet.'

'Het is niet eerlijk. Ik wil ze zien, ik wil ze leren kennen, ik wil vrienden worden met je demonen.'

'Zien? Demonen zijn niet te zien.'

'Kijk naar het schilderij. Kijk naar jezelf. Wat zie je?'

'Ik zie een schilderij, ik kan mezelf niet verdiepen in wie ik was. Een andere keer misschien. Later. Niet nu.'

Kadoke haalt uit de zak van zijn trainingsjack het doosje. 'Ik heb iets voor je meegenomen,' zegt hij. 'Het heuvellandschap. Op mijn onderrug. De bulten. In wezen is dit ook grensoverschrijdend, maar ik meende dat het binnen onze therapie wel kon. Ze zijn vanmiddag weggehaald.'

Michette kijkt naar het doosje. Ze neemt het aan, ze opent het. Ze haalt een van de stukjes huid eruit, legt het op de rug van haar hand, kijkt ernaar, ruikt eraan.

'Mag ik voelen?'

'Wat?'

'Je onderrug.'

'Er zitten pleisters op. En je weet dat ik dat grensoverschrijdend vind, je weet dat ik ertegen ben. Maar vooruit, even, om het verschil te voelen. Dit kan er ook nog wel bij.'

Ze gaat met haar hand over zijn onderrug. 'Doet het pijn?' vraagt ze.

'Nee. Totaal niet.'

Hij laat haar nog even voelen. Dan zegt hij: 'Nu is het genoeg geweest.'

Ze trekt haar hand terug. En met het doosje in haar hand vraagt ze: 'Dus je hebt mij niet nodig?'

'Ik zou een slechte psychiater zijn als ik je nodig had.'

'En ik moet hier echt weg? Ik dacht dat dit mijn huis was.'

'Je moet niet weg, je gaat hier op een gegeven moment weg. Want je wordt steeds beter. Probeer het zonder mij, je zult zien dat het lukt.'

Ze is stil, maar ze huilt niet.

'Waar is het zingende kerstboompje?' vraagt ze.

Hij pakt het, geeft het aan haar.

'En moeder?' vraagt ze. 'Wie gaat er voor moeder zorgen?'

'Ik. Misschien vind ik iemand anders.'

'Maar ik wil het doen, ik wil het blijven doen. Moeder houdt van mij.'

Ze is rechtop in bed gaan zitten. De bank is een bed geworden. Hij kan de bank niet meer als bank zien.

'Mag moeder niet mee naar Zeeland? Kan ik haar niet in Zeeland verder verzorgen?'

Peinzend kijkt Kadoke haar aan. Hij herinnert zich het aanbod van de vader. Dit zou de ideale overgang zijn. Dit zou het voor Michette makkelijker maken om zonder zijn dagelijkse begeleiding verder te gaan.

'Ik moet erover nadenken. Niet voor altijd. Voor een korte periode.'

Hij zou moeder moeten overhalen. Dat zal niet makkelijk zijn. Aan de andere kant heeft ze niet veel kracht meer voor verzet.

'Ik ga naar boven,' zegt hij, 'mijn nachtdienst begint zo. Ik wil alles klaarmaken voor als ik gebeld word. Wil je het kerstboompje in bed houden of zal ik het weer naast de plant zetten?'

'Zet maar naast de plant. Ik hou je moedervlekken bij me in bed. Ik slaap met je moedervlekken.'

'Dat is goed,' zegt Kadoke. 'Dat mag.'

Hij gaat naar boven, legt zijn opschrijfboekje klaar en het potlood. Hij gaat op zijn opklapbed zitten.

Even overdenkt hij het gesprek met Michette. Er zijn al genoeg mensen die hun demonen met de buitenwereld delen, het is verstandig dat hij er niet aan meedoet. Zeker niet met patiënten, ook niet met vrienden. Geliefden. Nooit. Sommige dingen moet je voor jezelf houden. Sommige geheimen neem je mee je graf in.

Er brandt nog licht in moeders kamer. Hij opent voorzichtig de deur. Ze ligt in bed en kijkt hem met grote ogen aan. Hij loopt naar haar toe.

'Gaat het?'

'Het gaat.'

'Waar denk je aan?'

'Aan jou.'

'Wat denk je dan?'

'Of je ooit nog gelukkig wordt.'

'Ik ben gelukkig op mijn manier.'

Moeder schudt haar hoofd. 'Nee,' zegt ze, 'ik ken mijn zoon toch. Je bent niet gelukkig. Je bent ongelukkig. Ik zou willen dat ik je gelukkig kon maken. Mijn hele leven heb ik daar mijn best voor gedaan.'

'Je maakt me gelukkig door te leven.'

'En als ik niet meer leef? Wie maakt je dan gelukkig?'

'Dan zal ik mezelf gelukkig maken.'

'Je moet iemand vinden die je gelukkig maakt.'

'Ik heb jou gevonden, wij hebben elkaar gevonden, en mijn geluk is vanavond niet het thema. Ik wilde je iets vragen, moeder. Je moet het eerlijk zeggen en je mag er rustig over nadenken, zou je met Michette naar Zeeland willen?'

Moeder schrikt. Ze komt half overeind.

'Zeeland? Wat moet ik daar? Tussen al die antisemieten.'

'Er zijn niet meer antisemieten in Zeeland dan in Amsterdam. Je zou een tijdje met Michette in een hotel gaan wonen. Het hotel van haar ouders.'

'Maar waarom? Waarom zou ik in een hotel in Zeeland gaan wonen? Ik heb hier toch alles?'

'Het zou goed zijn voor Michette.'

Moeder is even stil. 'Was ze erg ziek, dat meisje?'

'Ze was erg ziek, ja.'

'Zieker dan ik ben?'

'Dat vind ik moeilijk te zeggen. Jullie zijn niet met elkaar te vergelijken. Er is geen competitie wie er het ziekste is.'

Hij gaat op de rand van het bed zitten zoals hij zo vaak heeft gezeten. 'Ik denk dat jij een mitswe doet als je met Michette naar Zeeland gaat.'

'Een mitswe? Ik ben te oud voor mitswes.'

'Ik denk dat God je zal belonen. Het is een goede daad.'

Hij ziet haar twijfelen. Als ze nu twijfelt, wil ze zich wel laten overhalen. Ze gaat met Michette naar Zeeland. Een paar weken. Dan haalt hij haar op. Daarna kan Michette naar haar eigen huis.

'Als jij het zegt,' zegt moeder na een voor haar doen korte hoestbui. 'Jij weet wat goed voor me is. Jij beschermt me. Jij bent toch mijn vadertje?'

'Ik ben je zoon. Maar ik ben ook je vadertje, als dat moet. En ik ga nu op bed liggen. Slaap lekker, mijn mooi meisje.'

'Ik hou zo vreselijk van je, jongen. Heb ik je dat ooit verteld? Ben ik wel een goede moeder geweest?'

De vragen maken hem onrustig. Ongemakkelijk en kwetsbaar. Liever heeft hij dat moeder hem uitscheldt. Met de liefde van het schelden kan hij iets beginnen, met de brandende kilte die haar liefde is. En is hij wel een goede psychiater geweest? Een goede zoon?

'Heel goed,' zegt hij. Hij geeft zijn moeder een kus, en nog een, en nog een. Hij gaat naar zijn kinderkamer, trekt zijn kleren uit, legt zijn telefoon naast het kussen en probeert nog wat te slapen voor het eerste noodgeval zich aandient.

25

Kadoke zit op de bank in Dekha's woonkamer. Ze is in de keuken thee aan het zetten. Nog twee nachtdiensten hebben ze samen, dan heeft hij vier dagen vrij. Morgen in de middag zal hij Michette en moeder naar Zeeland rijden. Ze zijn er voor zover hij kan overzien allebei klaar voor. En voor zover hij kan overzien is hij er ook klaar voor.

Michettes vader was opgetogen toen Kadoke hem over het plan vertelde. De man had aan een paar woorden genoeg gehad. 'Ik was al begonnen alles in orde te maken,' had hij gezegd. Hij had nog willen weten of moeder dieetwensen had. 'Geen vlees,' had Kadoke gezegd, 'vis, maar ook niet alle soorten. Michette kent haar dieetwensen. Michette weet alles.'

Daarop had de psychiater het gesprek willen beëindigen, maar de vader had toch nog de behoefte gevoeld om meer te vertellen: 'Misschien is dit wel de toekomst van De Zeemeermin: een zorghotel.'

Moeders koffer is al gepakt en hij heeft Michette geholpen een begin te maken met het verzamelen van haar spullen die door het hele huis zwerven.

Dekha komt met de thee uit de keuken.

'Waarom zit je altijd op de bank?' vraagt ze. 'Kom naast me op een kussen zitten.'

Hij neemt naast haar op een kussen plaats.

'Vond je mijn espresso niet meer lekker?'

'Ik had zin in thee,' zegt Kadoke. Voorzichtig drinkt hij van de hete thee en even voelt hij de aanvechting om Dekha alles te vertellen over Michette. Dat hij haar in huis heeft genomen, dat ze de bejaardenverzorgster van zijn moeder is geworden, dat hij de regels van de psychiatrie met voeten heeft getreden, dat hij voor de medische tuchtraad kan worden gesleept, dat hij zich zou kunnen en willen verdedigen, maar dat hij weet dat dat niet zou helpen, dat hij zijn baan kwijt zal zijn, dat hij nooit meer als psychiater zal werken. Hij voelt de behoefte dit allemaal aan Dekha te vertellen, beknopt en toch gedetailleerd, haar in vertrouwen te nemen, de dilemma's te schetsen, de twijfel, de onzekerheid. Haar om advies te vragen, misschien zelfs om hulp.

Wat hij uiteindelijk tegen Dekha zegt is: 'Ik kan me herinneren dat je een tijd geleden aangaf hoe moeilijk je de nachtdienst vond. Nu gaat het volgens mij veel beter.'

'Het went,' zegt ze op een toon alsof het onderwerp haar niet echt interesseert.

'Maar jij, waarom blijf jij altijd zo op afstand? Dat went niet. We hebben een keer half gezoend. Ik bedoel, met andere artsen in opleiding ging je veel verder.'

Hij neemt een slok thee.

'Hoe weet je dat?'

'Kom op,' zegt Dekha, 'denk je dat er op de crisisdienst niet wordt geroddeld?'

'Ja, ik heb weleens affaires gehad met artsen in opleiding. Eigenlijk is dat grensoverschrijdend gedrag. Het was beter geweest als het niet was gebeurd. En natuurlijk weet ik dat er wordt geroddeld.'

'Iedereen doet het.'

'Roddelen?'

'Affaires met artsen in opleiding.'

'Niet iedereen.'

'Heb je spijt?'

'Spijt? Nee. Dat is zo'n woord, vooral bedoeld om een onderwerp af te sluiten.'

'En waarom dan niet met mij? Ik dacht dat je op zwarte vrouwen viel of dat je dat eens wilde uitproberen. Dat je *jungle fever* had. Zoals veel witte mannen.'

Met zijn linkerhand wrijft hij over zijn voorhoofd. 'Jungle fever, Dekha, alsjeblieft. Ik heb je al eens gezegd dat ik op zijn best een vermomde witte man ben. Op zijn best. Ik ben een mens in vermomming. Voor jungle fever heb ik geen tijd, geen interesse, geen geduld.'

Ze kijkt hem streng en toch lachend aan. 'Ik wilde je niet beledigen.'

Hij aarzelt, houdt de kop thee in zijn handen, blaast. 'Het is goed zoals het is,' zegt hij. 'Ik begrijp best dat je iets op mij wilde projecteren, dat is misschien onvermijdelijk gezien onze rolverdeling.'

'Het gaat niet om projectie,' zegt Dekha. 'Hou toch eens op met die projectie. Misschien zit er iets in je wat ik de moeite van het liefhebben waard vind. Kun je dat niet accepteren? Is het echt zo moeilijk dat te geloven? Misschien wordt het tijd dat je eens mededogen met jezelf gaat hebben.'

Hij glimlacht. Met twee handen houdt hij nu de kop thee vast. Hij heeft sterk de indruk dat hij zich aan de kop thee vasthoudt als aan een reddingsboei. 'Je bent een goede psychiater aan het worden. Maar mededogen met mezelf? Nee. Ik ben opgevoed om het hardste oordeel over mezelf te vellen. Het ongenadige oordeel. Ik ben gemaakt om mijn eigen beul te zijn. Mededogen ga ik niet verspillen aan mezelf.'

Dekha zet haar kop neer, pakt zijn gezicht met beide handen vast, warme handen van de thee. Zo dwingt ze hem ook zijn kop neer te zetten. 'Hou op,' fluistert ze, 'hou alsjeblieft op met die onzin. Je bent toch meer dan het product van je opvoeding?'

Hij zoent haar niet. De psychiater drukt de arts in opleiding tegen zich aan. 'Het is niet goed,' fluistert hij in haar oor, 'het is hopeloos. We zullen de pijn vermeerderen in plaats van te verminderen. De hoop de ander te veranderen door middel van liefde is een van de grote illusies op deze wereld. Dat ik jou vasthoud, Dekha, dat wij hier zitten. Dat is genoeg. Verder hoeven we niet te gaan. Verder hoef ik niet meer te gaan. En vanavond hebben we weer nachtdienst samen. Hebben we echt iets anders nodig?'

Ze laat hem los. Ze duwt hem van zich af.

'Ja, ik wel, Kadoke. Ik heb iets anders nodig. Ik wel. Ik wil de liefde die iedereen heeft, ik wil de nachtdienst niet als vervangende liefde. Ik heb meer nodig, en ik vind dat dit grijze trainingsjack aan vervanging toe is. Dit kan echt niet meer. Ik bedoel, heb je echt maar een of twee kledingstukken?'

Hij ziet tranen in haar ogen. Huilen in het openbaar is ook een afweermechanisme. De psychiater zal proberen het licht te houden, zo licht mogelijk, tenslotte is hun nachtdienst nog niet begonnen.

'Je bedoelt dat je kleren met me wilt kopen, is dat wat je zegt? Misschien volgende week, als ik een paar dagen vrij heb. Ik ben eraan gehecht, aan dit jack, maar ik wil er ook geen dogma van maken.'

'Ja,' zegt ze, 'het moet. Dat is wat ik zeg. Het zou in ieder geval een begin zijn.' Ze wrijft over haar ogen.

'Een begin van wat?'

'Een begin, Kadoke. Een begin. Ik weet niet van wat.'

Hij drinkt zijn thee op, staat op. Dekha blijft zitten.

'Lang geleden,' zegt hij, kijkend naar de meubelen, de boeken die hier staan, een torentje van boeken, netjes opgestapeld, bijna te netjes, 'ik werkte nog niet zo lang als psychiater, heb ik de regels overschreden, heb ik me laten gaan. Ik nam een patiënt mee naar huis.'

Hij bestudeert haar gezicht of ze op deze confessie zit te wachten. Ze luistert ingespannen.

'Om seks mee te hebben?'

'Nee.'

'Waarom dan?'

'Ze was uitbehandeld. Automutilatie. Suïcidale gestes. Borderline. Recidieve depressie. Angststoornissen. Noem maar op. Vijftien jaar behandeling achter de rug. Vanaf de vroegste puberteit. Ik had haar laten opnemen. Maar de kliniek stuurde haar weer weg. Ze konden niets meer voor haar doen, zeiden ze. Ze was beter af buiten.'

Ze geeft geen blijk van herkenning. Misschien is ze Michette allang vergeten.

'En toen?' vraagt ze.

'Ik heb haar thuis behandeld. Zo goed en zo kwaad als dat ging.'

'En?'

'Ik had mijn geloof in de psychiatrie verloren. Ik dacht: als ik haar niet kan helpen kan ik geen psychiater meer zijn. Ik heb alle grenzen overschreden om redenen die ikzelf nog altijd niet helemaal heb kunnen achterhalen behalve die ene grens, geen liefde, geen seks, geen werkelijke intimiteit. En toch voelde het als een misstap.'

'Waarom vertel je me dit?'

Hij doet een paar stappen in de richting van de voordeur.

'Dat je weet wie je voor je hebt.'

Ze komt overeind. Ze loopt naar hem toe, driftig. Zoals een moeder naar haar zoon loopt. 'Ik weet wie ik voor me heb, Kadoke. Weet je waarom ik überhaupt psychiater wilde worden? Omdat ik jouw artikelen had gelezen over suïcidepreventie. Je inspireerde me.'

Het is ongetwijfeld bedoeld als compliment, maar het voelt als een klap. De sensatie van het wankelen overvalt hem weer.

'Ik heb niemand willen inspireren,' zegt hij zonder haar aan te kijken. 'Ik heb alleen mezelf willen redden. Het spijt me.'

De spijtbetuiging is oprecht. Dat was niet de bedoeling geweest van de artikelen die hij lang geleden had geschreven. Hij omhelst

Dekha, hij snuift de geur van haar parfum op.

'Laat je me weten als ik van je mag gaan houden?' vraagt ze.

'Verspil je liefde niet, Dekha. Dat zou zonde zijn. Er is al zoveel verspilling op deze wereld.'

Ze schudt haar hoofd, vol onbegrip, vol gespeeld onbegrip. Hij ziet een ironische glimlach om haar mond.

'Hoe is het eigenlijk verdergegaan?' vraagt ze. 'Met de patiënte. Die je mee naar huis nam. Je misstap.'

'Mijn open wond.'

'Leeft ze nog? Heeft het geholpen?'

Hij twijfelt. Wat zal hij hierop antwoorden? 'Dat is een lang verhaal, Dekha. Dat vertel ik een andere keer. Ze is naar haar ouders gegaan. Ze is gestabiliseerd. Laat ik het daarop houden.'

Allebei staan ze daar, ze lijken te wachten tot de ander iets zal gaan zeggen. Uiteindelijk verbreekt Dekha de stilte: 'Als ik niet van je mag houden ga ik wel kleren met je kopen, dat mag namelijk wel. De gedachte dat ik je nog langer in dit trainingsjack moet zien maakt me wanhopig.'

'Dat mag,' zegt hij, 'dat heb ik al gezegd. En we hebben de nachtdienst samen. Dat is beter dan liefde. Tot vannacht.'

Hij rijdt naar huis, waar hij Michette helpt met inpakken. Het ontslag van een patiënt zou gepaard moeten gaan met enige euforie, op zijn minst met hoop, maar zowel Michette als moeder ziet er verslagen uit.

'Ik heb iets speciaals gemaakt voor de laatste avond,' zegt Michette. 'Vissoep. Met alleen maar vis die moeder mag eten.'

'Dat is lief,' zegt Kadoke.

'En daarna gepofte zoete aardappelen.'

'Ik hoop dat moeder het lekker vindt.'

Hij loopt door de woonkamer, kijkt onder stoelen, achter kasten. Overal vindt hij wel een kledingstuk van Michette. Een sok, een panty, een hemdje.

De koffer van moeder staat naast de eettafel. Buurtzorg is ingelicht. Het logboek van moeder, waarin haar gewicht, bloeddruk en andere wetenswaardigheden worden genoteerd, zal hij in een aktetas stoppen die nog van zijn vader is geweest.

Ze gaan morgen vroeg weg.

Hij gaat tegenover moeder zitten, kijkt haar zo vrolijk mogelijk aan. Een gespeelde opgewektheid, maar dat heeft hij altijd goed gekund. 'Morgen ga je met Michette mee. Niet voor altijd, voor even. En ik kom je opzoeken. Vaak.'

Ze werpt haar zoon een sceptische blik toe.

'Waar ging ik ook alweer heen? Ik vergeet het omdat het me bang maakt.'

'Naar Zeeland. Naar een zorghotel.'

'En wat ging ik daar ook alweer doen?' Ze pakt haar agenda, opent die, alsof ze daarin het antwoord op haar eigen vraag zal vinden.

'Leven. Michette zal voor je zorgen. Het zal jullie allebei goed doen.'

Moeder kijkt hem wantrouwend aan.

'En jij?' vraagt ze. 'Wie zorgt er voor jou?'

'Ik blijf hier op je wachten. Voor mij hoeft niemand te zorgen.'

'Dus ik kom hier weer terug?'

'Je komt hier weer terug.'

Moeder knikt. Ze sluit haar agenda. Niet geheel overtuigd, zoveel is duidelijk, maar ze heeft geen keus. 'Het was een goede daad, zei je toch, het was een mitswe als ik naar Zeeland ging. Dat heb je toch gezegd?'

'Dat heb ik gezegd,' antwoordt Kadoke.

Hij komt naast haar zitten, fluistert in haar oor: 'Michette zal er veel aan hebben dat je met haar meegaat, dat ze nog even voor je kan zorgen. Je helpt haar enorm.'

Moeder schudt haar hoofd.

'Maar zijn er geen andere mensen die dat kunnen doen?' vraagt ze. 'Ik ben daar toch te oud voor?'

'Er zijn geen andere mensen,' zegt hij. 'Jij bent de enige.'

De zoon pakt haar linkerhand, houdt die stevig tussen zijn beide handen vast. 'Koude handen heb je,' zegt moeder. 'Slechte doorbloeding, ook dat nog. En straks ben je hier moederziel alleen en zit ik in Zeeland. Wie past er dan op je?'

Hij wrijft haar hand warm, zodat zijn handen warm worden, zodat ze zich geen zorgen hoeft te maken om zijn slechte doorbloeding.

Alsof haar plotseling iets te binnen schiet vraagt ze: 'Zijn er eigenlijk veel antisemieten in Zeeland?'

'Nee, moeder, dat heb je al gevraagd. Gewoon gemiddeld.'

Michette serveert de vissoep.

Moeder eet matig. De sfeer is bedrukt. Michette voert moeder, maar zelfs het voeren en de aanmoediging dat ze het voor haar zoon doet kunnen haar nauwelijks vermurwen meer te eten.

'Er zijn ook gepofte zoete aardappelen,' zegt Michette.

'Ook dat nog,' antwoordt moeder. 'Ik word niet goed als ik eraan denk.'

Michette reageert niet. Ze heeft geleerd om wat liefde is ook als liefde te herkennen.

'Kom je ons opzoeken?' vraagt Michette aan Kadoke.

'Natuurlijk. Niet te vaak, want het is de bedoeling dat je onafhankelijk van mij je leven gaat leiden. Als ik te vaak zou komen, hadden jullie net zo goed hier kunnen blijven.'

'En ik?' vraagt moeder. 'Is het de bedoeling dat ik ook een onafhankelijk leven ga leiden?'

'Nee,' antwoordt haar zoon lachend. 'Dat hoeft niet. Jij hoeft geen leven meer op te bouwen. Jij mag zo afhankelijk of onafhankelijk blijven als je zelf wilt.'

Twee hapjes neemt moeder van de gepofte zoete aardappel. Daarna geeft ze het op.

'Zullen we samen moeders aardappel opeten?' vraagt Michette. Hoewel Kadoke genoeg heeft gegeten stemt hij daarmee in.

Michette heeft erg haar best gedaan op het eten vandaag.

In de keuken gaan moeder en Michette flossen. Daarna wordt moeder op de vertrouwde wijze naar boven gebracht, waar ze wordt klaargemaakt voor de nacht.

Het is ongeveer twintig minuten voor het officiële begin van de nachtdienst als Michette op de bank onder haar deken gaat liggen.

Kadoke gaat naast haar zitten.

'Hoe voel je je?' vraagt hij.

'Gaat.'

'Vind je het lastig om weg te gaan?'

'Dat weet je en je weet ook waarom. Het voelt als verraad.'

'Verraad?'

'Je bent een psychiater van niets. Je geeft op.'

'Ik geef juist niet op. Als ik je hier had gelaten had ik opgegeven.'

'Zo voelt het niet. Het voelt als verraad. Als je iemand ontvoert laat je hem niet na een paar maanden weer vrij.'

'Een pleister lostrekken kan pijn doen. Ik ga naar boven. De nachtdienst gaat zo officieel beginnen. Ik weet dat jij er anders over denkt maar therapie is geen ontvoering.'

'Nog even, alsjeblieft, nog even.'

Ze pakt zijn hand.

'Naar wie ga jij?' vraagt ze.

'Hoe bedoel je?'

'Naar wie ga jij als ik er niet meer ben? Wie komt hier dan te liggen? Op deze bank?'

Ze lijkt te ijlen.

'Niemand. Dit doe ik niet nog een keer. Dit was eenmalig.'

Hij wil opstaan maar ze blijft hem vasthouden. 'Nog niet,' zegt ze, 'dit is onze laatste avond.'

Zwijgend blijft hij zitten en hij herinnert zich het eerste bezoek aan Michette. Het gesprek over de gedwongen opname, het bericht van de kliniek dat ze haar hadden laten gaan. Op veel momenten had hij professioneel gezien de beslissing moeten nemen die hoort bij de face-to-facecontacten die hij aflegt, die hoort bij de omschrijving van zijn werkzaamheden, die hoort bij de crisisdienst. Hij had zijn handen van Michette moeten aftrekken. Op veel momenten had hij er nog onderuit gekund, had hij kunnen afzien van deze alternatieve therapie. Hij had de patiënt verder alleen kunnen laten, hij had zich er niet mee hoeven te bemoeien.

Was er een punt geweest waarop hij had terug gekund? Toen hij haar ging opzoeken om zijn excuus aan te bieden? Toen hij haar zijn nummer gaf? Toen ze hem midden in de nacht belde en hij gehoor gaf aan haar oproep, haar bevel eigenlijk, bij haar langs te komen? Hij twijfelt of er een moment was waarop hij werkelijk terug had gewild. Hij wilde niet.

'Waar denk je aan?' vraagt ze.

'Aan het verleden.'

'En wat vind je van het verleden?'

'Ik vel geen oordelen over het verleden. Hooguit probeer ik het te begrijpen.'

'Wat probeer je te begrijpen? Het verleden? Jouw verleden? Het mijne? Dat van je moeder? Begrijp je jezelf eigenlijk wel? Je zou veel grensoverschrijdender moeten zijn, grensoverschrijdende psychiater Kadoke.'

'Hoe jij hier bent beland. Dat probeer ik te achterhalen, te analyseren. Wie begrijpt zichzelf? Zou dat het doel van het leven moeten zijn? Als dat het doel is, is het doel vermoedelijk een deceptie en ik vrees dat ik al te veel grenzen heb overschreden.'

'Vind je het erg dat ik hier ben beland? Of juist goed? Was dat geen deceptie?'

Kadoke schudt zijn hoofd.

'Niet erg, nee, ook geen deceptie maar puur rationeel gezien had het niet moeten gebeuren, niet mogen gebeuren en toch twijfel ik nog altijd of de ratio hier de beste raadgever was. Ik weet niet wat ik zou hebben gedaan als ik alles over had kunnen doen. Hetzelfde vrees ik. En nu moet ik naar boven, ik wil moeder nog goedenacht zeggen.'

Ze knijpt in zijn hand. 'Nog even. Alsjeblieft.'

Kadoke schudt zijn hoofd. Misschien kan hij nog snel een sigaret roken in de voortuin voor hij naar moeder gaat.

'We kunnen dit moment niet eeuwig rekken, Michette. Alles wat je loslaat, alles wat van je wordt afgenomen maakt – doordat je het loslaat, doordat het van je wordt afgenomen – ruimte voor iets nieuws, misschien zelfs iets beters. De melancholie berust dikwijls op een verheerlijking van het verleden die dat verleden helemaal niet verdient. Alleen omdat we het verleden betrekkelijk goed kennen, omdat het ons zo vertrouwd voorkomt, denken we dat we daar thuishoren.'

'Alleen door vast te houden kun je leren loslaten. Je moet weten wat vasthouden is om los te kunnen laten. Daarom hou ik vast.'

Hij rukt zijn hand los. 'Tot morgen,' zegt hij. 'Als ik morgenochtend terugkom van de nachtdienst zal ik nog even bij je kijken of je rustig slaapt.'

'Je moedervlekken zitten in mijn handtas,' roept ze hem na.

In de voortuin rookt hij haastig een sigaret.

Dan gaat hij naar moeder. Ze ligt met haar ogen wijdopen. 'Ik ben bang,' zegt ze.

'Waarom?'

'Straks ben ik met dat meisje alleen.'

'Dat is niet eng. En je bent niet alleen. Op de achtergrond ben ik er. Ze zal goed voor je zorgen. Een keer per week, een keer in de tien dagen kom ik naar jullie kijken.'

Hij dekt haar goed toe.

'Ik vind het eng,' zegt moeder.

'Het komt allemaal goed. Tot morgenochtend. Zal ik het licht uitdoen?'

'Dat doe ik.'

Hij loopt naar de deur en blijft in de deuropening staan tot moeder zelf het licht heeft uitgedaan.

26

De nachtdienst is rustig verlopen. Drie gevallen, alle drie niet bijzonder ernstig.

In alle vroegte wekt hij Michette, zij heeft nog veel in te pakken.

Haastig maakt Michette het ontbijt voor moeder klaar. Moeder zelf zit stijf in haar stoel in de slaapkamer. Ze werkt wat fruit naar binnen. Af en toe werpt ze een blik op haar zoon. 'Weet je zeker dat dit goed is?'

'Ja,' zegt Kadoke, 'dat weet ik zeker.'

Hij gaat naar beneden. 'Zet moeder vandaag maar niet onder de douche,' zegt hij. 'Doe dat maar in De Zeemeermin.'

Michette negeert hem, ze is bezig haar spullen in te pakken. Ze heeft heel wat verzameld de afgelopen weken, bovendien heeft ze haar fotospullen die mee moeten.

Iets later dan gepland zijn alle spullen in de auto gepropt. De aktetas met moeders zorgdossier heeft hij als laatste meegenomen. Er zal morgen een overdracht plaatsvinden, dan komt de huisarts van de ouders van Michette naar moeder kijken. Michette zelf zal de overdracht moeten doen.

Moeder zit naast hem, Michette zit op de achterbank. Moeder slaapt niet, maar ze praat evenmin.

'Ik geef je straks het zorgdossier,' zegt Kadoke tegen Michette, 'dan kun je dat morgen aan de huisarts laten zien. Misschien kun je net als bij moeder een vaste plek maken waar dat zorgdossier ligt? Ze zal wel een tafel hebben in haar kamer, leg het daarop.'

Als ze over een van de bruggen rijden richting Zeeland vraagt hij aan moeder: 'Vind je dit mooi?'

'Nee,' antwoordt ze, 'helemaal niet.'

Hij knikt, dan fluistert hij in haar oor: 'Over een paar weken ben je weer thuis. Je doet een goede daad.'

Er komt geen reactie, en ook Kadoke zegt niets meer. Zijn euforie over het idee dat moeder en Michette elkaar zouden helpen in De Zeemeermin is aan het slinken. Het is afwachten hoe het gaat, het is onduidelijk welk gedrag Michette zal gaan vertonen. En hij twijfelt ook of hij moeder wel uit haar vertrouwde omgeving had moeten wegrukken, maar het is nu te laat. Moeder is een onzekerder factor dan hij aanvankelijk had gedacht. En toch, er is geen alternatief, althans hij ziet dat niet. Dit is de weg die ze moeten gaan, moeder en Michette. Dit is ook de weg die hij moet gaan.

'Hoe ga je dat eigenlijk doen met opdrachten in de Randstad? Ga je dan helemaal op en neer rijden?' vraagt Kadoke.

'Ik neem minder opdrachten aan, ik wil tot rust komen.'

'Tot rust. Van wat of wie moet je tot rust komen? Ik dacht dat het verzorgen van moeder je goed afging, dat het je energie gaf.'

'Van jou, grensoverschrijdende psychiater Kadoke. Van jou.'

Michettes agressieve toon kalmeert hem op een bepaalde manier. Beter dat dan de stilte en de berusting van een zieke eekhoorn die ze ook kan vertonen.

Hotel De Zeemeermin ziet er net zo mistroostig uit als de vorige keer, misschien nog mistroostiger.

Moeder kijkt Kadoke aan met een gezichtsuitdrukking waarop hij leest: is dit waar je me heen hebt gebracht? Is dit waar je me achterlaat? Ook moeder voelt zich verraden.

'Kom,' zegt hij, 'we gaan snel naar binnen, buiten is het koud.'

Michette en moeder hebben twee kamers naast elkaar, met een tussendeur, zodat ze niet eerst de gang op moeten om bij elkaar te komen. De kamers zijn wel erg sober, ze zouden niet misstaan in een klooster.

'Ik heb een stoel in uw douche gezet,' zegt de vader van Michette tegen moeder. 'Dan kunt u zitten tijdens het douchen.'

'Ik kan prima staan tijdens het douchen.'

Daarop verwijdert de vader zich. Hij is duidelijk nog niet aan moeder gewend.

Kadoke moet hier niet te lang blijven, ze moeten het zelf doen. Michette is in haar kamer bezig dingen uit te pakken. Ze is de boel gezellig aan het maken, zoals zij dat noemt.

'Ik ga nu, moeder,' zegt hij. 'Het komt allemaal goed. Over een week, over minder dan een week, kom ik weer naar je kijken. Je doet iets heel goeds voor Michette. Ik denk dat je haar helpt.'

'Ik had liever gehad dat iemand anders die goede dingen voor haar had gedaan. Ik ben een beetje moe. Ik ga op bed liggen.'

'Wil je je uitkleden?'

'Nee, ik ga zo wel liggen. Alleen mijn schoenen doe ik uit.'

Hij helpt haar. Ze gaat liggen. Hij pakt een sprei en legt die over haar heen.

'Is die vies?' vraagt ze. 'Hebben daar katten of honden op gelegen?'

De zoon ruikt aan de sprei. 'Nee, niet vies. Hier hebben geen katten of honden op gelegen.'

Kadoke omhelst moeder, geeft haar drie kussen. 'Alles komt goed,' zegt hij. 'Over een paar dagen ben ik er weer. Michette zal voor je zorgen.'

'Maar ze is toch ziek?'

'Ze was ziek.'

Hij gaat. Hij moet niet langer aarzelen. Ook voor moeder geldt: de pleister kan beter snel van de huid worden getrokken.

In de andere kamer is Michette nog altijd bezig het gezellig te maken. Ze is foto's op een muur aan het hangen.

'Ik ga,' zegt Kadoke. 'Over een paar dagen ben ik er weer. Als er iets is, kun je me bellen.'

Geen onnodige dramatische taferelen, geen overbodige emoties. Hij laat het hierbij.

In het lege restaurant is de vader een krant aan het lezen.

'Ik ga,' zegt Kadoke, 'dank voor alles. Het ziet er goed uit. Michette heeft mijn nummer, jij hebt mijn nummer. Als er iets is, hoor ik het wel. Over een paar dagen kom ik weer kijken.'

Hij geeft de vader snel een hand, hij wil vragen voorkomen die hij niet kan beantwoorden. Maar omdat Michettes vader hem aarzelend blijft aankijken, vol onzekerheid, vraagt de psychiater: 'Waar is je vrouw? Waar is Michettes moeder? Is ze er weer niet?'

'In Eindhoven,' zegt de vader. 'Ze wilde voorkomen dat ze jou zou ontmoeten, maar tegen je moeder heeft ze geen principiële bezwaren.'

'Dat is goed, dat geeft hoop,' antwoordt Kadoke.

Meer zegt hij niet, meer is niet nodig.

Hij loopt over de vrijwel lege parkeerplaats naar zijn auto. Dit lijkt te zijn gelukt, deze etappe is volbracht.

Hij is bijna bij zijn auto, hij staat op het punt om in te stappen, als hij zijn naam hoort roepen. Hard. Snerpend. 'Kadoke. Kadoke.'

Michette komt op blote voeten naar hem toe gerend.

'Je vat kou,' zegt hij als ze voor hem staat. 'Op blote voeten naar buiten in dit weer. Wil je moeder besmetten?'

'Verrader,' zegt ze. 'Je bent een verrader.'

Ze kijkt hem aan met een kilte in haar blik die hij zich alleen nog herinnert van de allereerste keer dat hij bij haar was.

'Daarover hebben we al gesproken, je weet wat mijn antwoord is.'

De kilte verdwijnt niet uit haar ogen.

'We zijn nog niet uitgesproken. Ik heb niet alles gezegd. Je hebt me niet alles laten zeggen.'

Kadoke kijkt op zijn telefoon. 'Vijf minuten,' zegt hij. 'In de auto. Anders vat je kou.'

Ze gaan in de auto zitten, hoewel het daar niet veel warmer is dan buiten. In elk geval hebben ze daar geen noemenswaardige last van de wind.

Michette wilde praten, maar nu zegt ze niets. Ze kijkt strak voor zich uit. Daarom begint Kadoke maar te praten: 'Je kunt het zonder mij. Het was vanaf het begin af aan de bedoeling dat je het zonder mij zou kunnen, anders was ik er niet aan begonnen, anders was het allemaal zinloos geweest.'

Ze bijt op haar onderlip. Ze schudt haar hoofd.

Vóór hen is het strand. Net zo leeg als die keer dat hij hier een scholletje at. Ondenkbaar dat hier in de zomer mensen op een handdoekje gaan liggen of op een strandstoel.

'Hou je nog van me?' vraagt Michette. 'En dit is wat ik wilde zeggen: waarom laat je me in de steek? Het leven laat je in de steek. Dat weet ik. Dat heb ik geleerd. Maar van jou had ik meer verwacht, ik had verwacht dat je me niet in de steek zou laten, dat we samen konden lijden. Meer hoefde je niet voor me te doen, alleen maar samen met mij te lijden.'

Kadoke ziet moeder voor zich op haar bed, met haar kleren aan, in een kamer die lijkt te zijn ingericht voor een monnik of een non. Waarom dacht hij dat het een goed idee was Michette en moeder in De Zeemeermin onder te brengen? Waarom dacht hij dat ook alweer? Nu heeft hij weer iemand teleurgesteld.

'Ik heb nooit van je gehouden, Michette. Dat is niet mijn taak. Ik heb je mijn taak al vaak uitgelegd, je behoeden voor de dood, samen met jou manieren vinden om je demonen te bestrijden. Dat is alles. En uiteindelijk lijdt iedereen alleen.'

Ze huilt. Hartverscheurend. Maar hij heeft al zoveel mensen hartverscheurend zien huilen dat hij weet dat je erdoorheen moet, andermans tranen. Zoals een bergbeklimmer over een bepaalde helling moet, zo moet je door de tranen van de ander heen.

Hij kijkt naar het hotel. Zou het ooit vol zijn geweest? Toen Michette op haar vijftiende hier wienerschnitzels stond te bakken?

Zat het hier toen vol dagjesmensen? Duitsers? Gezinnetjes uit de Randstad?

'Waarom heb je me meegenomen als je niet van me hield? Waarom?'

Kadoke staart voor zich uit. Hij ziet Michettes vader voor zich, pratend, schelpen oprapend, steun zoekend, antwoorden zoekend op plekken waar geen antwoorden zijn.

'Ook dat heb ik al gezegd. Het is een vraag die mij kwelt. Het beste antwoord dat ik je kan geven is dat ik in jou een ramshoorn in mensengedaante herkende. Moeder wilde de ramshoorn horen vanwege Joods Nieuwjaar, maar de rabbijn kwam niet opdagen. Toen nam ik jou mee. Jouw stem zou God wakker maken en zo niet, dan toch zeker de mensen. Ik moet zo naar Amsterdam, ik moet op tijd terug zijn voor de nachtdienst.'

Hij werpt een blik op haar. Ze bijt nog steeds op haar onderlip. Ritmisch.

'Je hebt mij niet meer nodig, Michette, je kunt het nu zelf. En op een bepaalde manier ben ik altijd bij je. Ik heb je mijn moedervlekken gegeven.'

De wind is nu zelfs in de auto voelbaar. Het gaat stormen.

'Mag ik nog een keer voelen?'

'Heel even.'

Ze gaat met haar linkerhand over zijn onderrug. 'Het is zo gek,' zegt ze. 'Ze zijn weg. Je voelt niets meer.'

'Nee, ze zitten in een doosje. Ik moet echt gaan. Het belangrijkste wat je moet weten is dat je het kunt, dat je het zonder mij kunt. En dat ik niet ben verdwenen, maar dat de alternatieve therapie is afgesloten.'

Ze zegt niets. Ze voelt alsof er toch nog een moedervlek is vergeten, alsof zijn vriend de dermatoloog iets over het hoofd heeft gezien.

Ze trekt haar hand terug.

'Maar daarom wilde ik leven, daarom moest ik van mezelf blijven leven, om jou te leren liefhebben.'

Ze staart hem aan met een wanhoop op haar gezicht die hem ondanks al zijn ervaring de adem beneemt. Alsof hij hoog op de besneeuwde top van een berg staat en in het ravijn kijkt.

Hij snuit zijn neus in een papieren zakdoekje dat al minstens drie dagen in zijn broekzak zwerft.

'Elke reden waarom je wilt blijven leven is een goede reden. Nu moet je heel snel naar het hotel van je ouders rennen, anders vat je kou. Zo snel als je kunt. Moeder wacht op je. Moeder heeft je nodig.'

Maar ze rent niet. Ze blijft zitten terwijl de wind zo sterk is geworden dat de auto zelfs stilstaand zachtjes heen en weer wordt geschud.

'Nog één vraag. Als mensen me later vragen wat het was, die alternatieve therapie, mag ik dan zeggen: het was liefde? Mag dat, grensoverschrijdende psychiater Kadoke?'

'Je mag alles zeggen. Dat weet je. Je mag de alternatieve therapie elke naam geven die je prettig vindt, die grens is geheel aan jou.'

Ze opent het portier, ze stapt uit, ze lijkt zonder verder iets te willen zeggen naar het hotel te gaan lopen, maar dan steekt ze toch weer haar hoofd in de auto. 'Je hebt me nooit ontvoerd, klootzak. Je bent geen ontvoerder, je bent er te zwak voor. Je moeder heeft gelijk: je hebt geen ruggengraat.'

Ze gooit het portier dicht en rent inderdaad zo snel als ze kan naar het hotel van haar ouders. Zelfs rennend doet ze hem aan een eekhoorn denken. Hij wacht tot ze binnen is. Ze heeft zich niet meer omgedraaid.

Kadoke rijdt weg. Bij het eerste benzinestation stopt hij. Hij koopt een blikje cola, drinkt dat op in de auto, kijkend naar andere auto's, het benzinestation, mensen die bezig zijn met tanken. 'Verlos me van dit vak,' zegt hij. 'Verlos me van andermans pijn.' Dan rijdt hij in één ruk door naar Amsterdam.

Kadoke loopt door het lege huis. Hier en daar vindt hij nog kledingstukken van Michette, een broek van moeder die ze zijn vergeten in te pakken. Kadoke ordent wat papieren die op de eettafel liggen. Achter op een rekening staat in zijn handschrift de naam 'Priklopil' – kennelijk heeft hij die naam zonder er al te veel over na te denken genoteerd. Misschien had hij moeten doorvragen. Wat was die obsessie met Priklopil?

Nee, het is goed zo. Er bestaat geen ideale therapie, alleen de best mogelijke gezien de omstandigheden.

Nog een paar uur voor de nachtdienst begint.

Ze hebben hem niet meer gebeld. Alles lijkt goed te gaan in Zeeland.

Even denkt hij aan Rose. Zal hij haar nog een app-bericht sturen? Vragen hoe het met haar is? Hij ziet ervan af, Kadoke moet de mensen met rust laten. Als Rose wil, zal ze zich wel melden. Op een dag zal ze dat doen en zo niet, dan zijn er de herinneringen. Het verleden leeft, knettert als een pan vol hete olie.

Naast de plant vindt hij de zingende kerstboom. Ook vergeten. Die zal hij de volgende keer meenemen.

Hij gaat op de bank liggen, op de deken waaronder Michette heeft gelegen, de kerstboom naast zich. Hij doet hem aan, luistert naar het gezang, doet de kerstboom weer uit. Een paar seconden heeft hij de sensatie dat moeder en Michette allebei dood zijn, dat hij heeft gefaald. Dan herinnert hij zich weer dat dat niet zo is, dat ze in het hotel van de ouders van Michette zijn. Dat hij over een paar dagen weer naar Zeeland zal gaan om daar poolshoogte te nemen.

Kadoke staat op. De achtergebleven kledingstukken van Michette legt hij op een stoel naast de bank. Hij bekijkt het schilderij. Nee, lijden doe je niet samen, lijden verbindt niet. Dat is romantiek. Je lijdt alleen. Daarop moet je je voorbereiden. Daarop is Kadoke voorbereid. Daarop bereidt hij mensen voor.

Vroeger dan anders gaat hij op zijn opklapbed liggen. Het

avondeten slaat hij over. Hij laat het bij een appel die Michette altijd met zoveel smaak at.

Rond middernacht wordt hij gebeld door de crisisdienst. Hij maakt wat notities en belt dan Dekha.

'Sliep je al?' vraagt hij.

'Nee,' zegt ze.

'Goed zo. Luister, man van 43, drie nog betrekkelijk jonge kinderen, heeft zich geprobeerd te suïcideren door middel van strangulatie. Geen voorgeschiedenis. Is wat verward en agressief, maar tussen die aanvallen van agressie ook redelijk aanspreekbaar. Hij is in het ziekenhuis. Ik ben over twintig minuten, een halfuurtje bij je.'

Hij kleedt zich aan, poetst zijn tanden en gaat naar beneden.

In de woonkamer brandt het licht nog. Het zingende kerstboompje staat pontificaal op de bank.

Kadoke laat alles zo liggen.

Hij gaat naar buiten en besluit in de koude nacht nog een sigaret te roken.

Kijkend naar de donkere huizen van de buren overvalt hem een ongekend, bijna beangstigend verlangen dat zich niet laat onderscheiden van levenslust. De behoefte handen die nog warm zijn van de thee op zijn gezicht te voelen, zich in het diepe te storten, te kussen. Dit niet-sterven kan zo niet langer.

Staand voor zijn auto rookt Kadoke zijn laatste sigaret